De l'éducation

Jean Jaurès

De l'éducation

Introduction de Guy Dreux et Christian Laval
Postface de Gilles Candar

Édition établie par Madeleine Rebérioux,
Guy Dreux et Christian Laval

Textes présentés par Gilles Candar
et Catherine Moulin

Éditions Points

La première édition de cet ouvrage a paru en 2005
aux éditions Syllepse, Collection « Nouveaux Regards ».

ISBN 978-2-7578-3159-5

*Pour Madeleine Rebérioux,
en hommage et en souvenir*

Penser l'éducation avec Jaurès

par Guy DREUX et Christian LAVAL

Jean Jaurès, dans sa pleine maturité politique, tient qu'il n'y a de pensée juste de l'éducation et de réalisation effective de l'école démocratique et républicaine que dans l'horizon du socialisme. En dehors de cette perspective, les formules du républicanisme abstrait apparaissent comme autant de mensonges et d'illusions au regard de la condition réelle des hommes. Autant dire que cette pensée rencontre notre actualité éducative et sociale.

L'éducation et la République sociale

On sait par quelles considérations le républicain Jaurès est devenu socialiste[1]. La conscience de l'oppression ouvrière, l'expérience sur le vif de la répression policière et patronale y ont joué un rôle puissant. La conclusion fut nette : la « République bourgeoise » est une trahison continuée de l'idée républicaine et les forces cléricales, monarchistes, nationalistes, rétrogrades, assoient toujours leur puissance sur le conflit de la bourgeoisie et du prolétariat. 1848 et la Commune en étaient la preuve. Boulanger et l'Affaire Dreyfus en étaient le rappel. Sur le plan de la méthode, la conséquence fut tout aussi tranchée : toute pensée qui isolerait l'ordre politique des réalités sociales contribuerait

---

1. Cf. les repères biographiques de Jaurès par Catherine Moulin p. 47.

à affaiblir la République. Rien de plus étranger à Jaurès
que l'opposition aujourd'hui coutumière entre démocratie
et république, entre « démocrates » et « républicains ». Faire
la République à demi, à l'instar de ceux qui voulaient bien
reconnaître une « question politique » et une « question religieuse » mais point de « question sociale », est suicidaire.
Et nier, à l'inverse, les développements moraux, juridiques,
institutionnels de la démocratie politique, refuser d'y voir
l'effet du mouvement humain qui mène à la démocratie
sociale, conduit à l'isolement des forces socialistes et au
stérile repliement de la classe ouvrière sur elle-même. Telle
est la place singulière de Jaurès qui le distingue de nombreux
républicains comme d'une partie des socialistes.

On sait moins bien, du fait de l'oubli autant que du
culte dont il fut la victime et l'idole, quelle place essentielle, stratégique même, sa pensée attribue à l'éducation
du peuple. La politique de Jaurès est inséparable de cette
dimension éducative, non point seulement parce qu'elle en
fait l'un de ses principaux objets de réflexion, de discussion
et d'action, mais surtout parce que la politique socialiste,
dans ses objectifs, ses pratiques et son organisation, n'a de
sens que dans l'émancipation du travail, laquelle se confond
avec le mouvement d'éducation de l'humanité par elle-même.
C'est dans sa signification la plus forte qu'il faut entendre
ici le terme même d'éducation : elle est émancipation de
l'homme par lui-même, réunification de l'homme avec lui-
même. On ne s'étonnera donc pas qu'en toute occasion,
dans tous les débats parlementaires, dans ses articles, au
détour de ses ouvrages, Jaurès ne cesse de lier les questions
scolaires à la grande question sociale, qu'il ne cesse de les
mettre au cœur du combat politique.

Les thèmes abordés par Jaurès à propos de l'éducation
sont nombreux : de la liberté des communes en matière
de pédagogie et d'organisation des écoles à la nécessaire
reconnaissance des syndicats enseignants, de l'indispensable
maîtrise de la lecture par les plus jeunes à la défense de

la liberté d'expression politique des instituteurs et professeurs, en passant, bien entendu, par la défense des valeurs laïques et de la haute culture. Au-delà d'un style qui porte haut la dignité des éducateurs comme celle de l'ensemble des travailleurs, mais qui aujourd'hui peut voiler le contenu théorique du discours, il faut saisir une pensée singulière et cohérente.

On ne peut comprendre cette véritable philosophie politique de l'éducation si l'on se contente de la réduire à l'expression d'un républicanisme plus ou moins teinté de préoccupation sociale. Car Jaurès pense l'éducation dans la perspective du socialisme. Mieux, il pense que le destin de l'éducation dans les sociétés modernes est inséparable de l'idéal socialiste, que l'école démocratique ne peut que s'ordonner aux principes, aux objectifs, aux méthodes de la République sociale, c'est-à-dire d'un régime qui se propose d'étendre le principe d'égalité à l'ensemble de l'activité et de la vie des hommes. L'égalité libère non pas parce qu'elle est proclamée mais parce qu'elle est vécue, vérifiée dans toutes les dimensions de la vie humaine.

Ainsi, pour Jaurès, les questions d'éducation sont des questions sociales. Nier ce fait est la source de tous les rêves impuissants de la politique et de la pédagogie. L'école, institution fondamentale de la République, ne pourra réaliser ce qu'elle prétend faire, former des citoyens émancipés, sans les indispensables avancées de la démocratie sociale. Et il n'y aura pas de démocratie complète sans l'émancipation intellectuelle du prolétariat. Hors de cette solidarité entre progrès des conditions sociales et progrès culturels, la société se dotera peut-être d'une école, mais ce ne sera pas celle de la République ; laquelle, pour Jaurès, est nécessairement sociale. La République sociale, c'est-à-dire le socialisme, sont des termes qui doivent être entendus au sens originaire : le régime de la propriété sociale des moyens de production. La solidarité de ces deux progrès exclut la possibilité de créer aujourd'hui l'école de l'avenir, tant les questions scolaires dépendent de l'ensemble du régime social actuel : « L'école socialiste serait un monstre dans la société capitaliste[2]. » Rappeler cette solidarité c'est soutenir que la transformation conjointe, inséparable, de la société et de l'école est un mouvement en marche.

Cette perspective socialiste, inlassablement exprimée, explique toute la distance de Jaurès avec certains de ses contemporains, et en premier lieu avec Jules Ferry. À ce dernier, Jaurès demanda un jour quel était son idéal : « Vous avez une conception générale du monde et de l'histoire. Quel est votre but ? » Jaurès rapporte et commente ainsi la réponse de Ferry : « Il réfléchit un instant, comme pour trouver la formule la plus décisive de sa pensée : "Mon but, c'est d'organiser l'humanité sans Dieu et sans roi." S'il eût ajouté "et sans patron", c'eût été la formule complète du socialisme qui veut abolir théocratie, monarchie, capitalisme, et substituer la libre coopération des esprits et des forces à l'autorité du dogme, à la tyrannie du monarque, au despotisme de la propriété… Mais il s'arrêtait au seuil du problème social[3]. »

Une politique nourrie par une philosophie de l'homme et de l'histoire, tendue vers un idéal : voilà l'action socialiste de Jaurès. Une société « sans Dieu », « sans roi » *et* « sans patron », c'est-à-dire laïque, démocratique *et* fondée sur la propriété sociale : voilà la formule du socialisme de Jaurès. Et l'école doit y participer pleinement en en adoptant les caractéristiques.

Pensée singulière donc en ce qu'elle ne se ramène pas à la seule défense de l'école laïque, qu'elle ne se confond donc pas avec la doctrine de Ferry, qu'elle ne relève surtout pas d'une IIIe République illusoirement consensuelle. On ne dira jamais

---

2. Après le Congrès d'Angers, 7 août 1906, *L'Humanité*. Cf. p. 367 *sq*.

3. Jean Jaurès, « Préface » aux *Discours parlementaires, Le Socialisme et le Radicalisme en 1885*, présentation Madeleine Rebérioux, réédition Slatkine, « Ressources », 1980, p. 28-29.

assez combien, en effet, les simplifications habituelles qui se répandent sur une « école républicaine », présentée comme doctrinalement unifiée, favorisent l'oubli des oppositions et des luttes inscrites dans son développement et font grand tort à la pensée progressiste en la coupant de ses racines.

La pensée de Jaurès est fondée sur une philosophie générale et une conception du mouvement historique en contradiction avec la conception « positiviste » sur la base de laquelle la bourgeoisie républicaine entendait asseoir l'édifice scolaire. « Il n'y a pas de question particulière qui puisse être résolue si l'on ne s'est entendu sur une philosophie générale[4] » : en matière d'éducation comme en d'autres, il faut débuter par l'évocation de cette philosophie de Jaurès[5]. Elle tient en deux propositions majeures : l'unité de l'homme et la force des idées dans le mouvement historique.

Le socialisme est l'idéal de l'homme

« Aller à l'idéal et comprendre le réel » fait partie de ces formules fameuses de Jaurès qui sont passées à la postérité. Mais que signifie-t-elle au juste ? L'idéal et le réel ne sont pas extérieurs l'un à l'autre, ne constituent pas simplement deux mondes séparés que l'action humaine devrait réunifier dans un lointain avenir. C'est même tout l'inverse chez Jaurès, qui fait communiquer incessamment dans sa pensée les deux dimensions. L'idéal n'est pas un supplément d'âme de la réalité humaine ; il participe du réel de l'homme. L'homme est un être d'idéal, qui produit de l'idéal, agit selon un idéal

---

4. Jean Jaurès, « Idéalisme et matérialisme dans la conception de l'histoire », in *Études socialistes II*, Éditions Rieder, 1933, p. 12.
5. Si Jaurès critique le positivisme de la bourgeoisie conservatrice, il ne le confond pas avec l'œuvre d'Auguste Comte dont il connaît la richesse. Il a certainement retenu de ce dernier l'idée selon laquelle « tout véritable système d'éducation suppose l'ascendant d'une vraie doctrine philosophique et sociale qui en détermine la nature et la destination ».

et veut organiser une parcelle d'univers avec ses croyances et selon ses valeurs. En un autre sens, l'histoire montre que la connaissance même du réel, les progrès de l'esprit humain, ne vont pas sans l'idéal de l'humanité comme esprit agissant dans le monde, animée du désir de se hisser par le savoir au-dessus de sa condition présente. Le monde ne serait pas ce qu'il est sans les utopistes qui ont fondé « leurs conceptions sociales sur de vastes idées métaphysiques en cherchant dans l'ordre universel les bases de la cité humaine[6] », nous dit Jaurès en commémorant Benoît Malon. Car, insiste-t-il, les « grands méditatifs » font les systèmes dans lesquels nous vivons, et ce sont leurs rêves pour partie réalisés que nous partageons : « Ce sont de grandes idées et de grands rêves qui ont fait la vie quotidienne et familière des hommes ce qu'elle est : l'idéal n'est pas d'un côté, la vie de l'autre [...]. C'est que la vie de l'homme, dans ses détails même les plus familiers, est façonnée par les grands systèmes et les grands rêves ; c'est que le cœur de l'homme, dans ses joies même les plus naïves, les plus instinctives et les plus irréfléchies, est gouverné à son insu par l'action secrète d'un idéal supérieur[7]. »

Il en va ainsi du socialisme comme idéal social proprement moderne fondé sur les réalités des sociétés modernes. Jaurès n'a jamais cru que la doctrine du socialisme était une théorie exclusivement matérialiste, ni dans ses origines intellectuelles, ni dans les développements décisifs que Marx lui donne. Considérer le socialisme comme un matérialisme, c'est ne considérer que la forme la plus évidente qu'il prend lorsqu'il entend peser sur le réel. Mais cette forme présente n'est ni l'alpha ni l'oméga du socialisme[8].

---

6. Jean Jaurès, « Lettre à Gustave Rouanet », *Jean Jaurès, Bulletin de la société d'études jauresiennes* (*BSEJ*), n° 93, avril-juin 1984.

7. Jean Jaurès, « Le peuple et les systèmes », *La Dépêche*, 29 avril 1891, cité in Jean-Marc Gabaude, *Jean Jaurès philosophe*, Éditions universitaires du Sud, 2000, p. 95.

8. « En effet, si aujourd'hui le socialisme allemand combat sous des apparences matérialistes, derrière le bouclier du matérialisme,

Pour Jaurès, si l'on doit à Marx la démonstration selon laquelle « le ressort le plus intime et le plus profond de l'histoire, c'est le mode d'organisation des intérêts économiques[9] », elle ne doit pas empêcher de considérer le rôle de l'idéal dans l'histoire. Marx, lui-même, ne se contente pas d'annoncer le dépassement du capitalisme par le socialisme comme le simple résultat d'un processus historique automatique, inscrit dans l'ordre nécessaire des faits. Il montre que le socialisme seul est susceptible de concilier les formes d'organisation économique des sociétés contemporaines avec l'évolution de l'humanité marquée par la recherche de la justice et de l'unité. Seul le socialisme permet de mettre fin à cet « antagonisme des classes qui épuise l'humanité » et de réaliser « une vie pleine et libre ». Or comment croire que le socialisme puisse viser la liberté et la justice, vraies et enfin réelles, sans se faire une idée de la liberté et de la justice[10] ?

---

c'est là l'aspect, non pas de la paix future, mais uniquement de la lutte présente. Les socialistes s'affirment et se croient matérialistes, pour les facilités de leur démonstration, afin que cette terre, délivrée cependant de tous les fantômes de la superstition, apparût sous une lumière dure et crue, d'autant plus hérissée de rudes misères ; mais, dans les replis profonds du socialisme survit le souffle allemand de l'idéalisme », Jean Jaurès, *Des premiers linéaments du socialisme allemand chez Luther, Kant, Fichte et Hegel*, in *Philosopher à trente ans, Œuvres*, t. 3, Fayard, 2000, p. 384.

9. Jean Jaurès, « Idéalisme et matérialisme dans la conception de l'histoire », *op. cit.*, p. 6.

10. « [...] Est-ce que Marx lui-même ne réintroduit pas dans sa conception historique l'idée, la notion de l'idéal du progrès, du droit ? Il n'annonce pas seulement la société communiste comme la conséquence nécessaire de l'ordre capitaliste : il montre qu'en elle cessera enfin cet antagonisme des classes qui épuise l'humanité : il montre aussi que pour la première fois la vie pleine et libre sera réalisée par l'homme, que les travailleurs auront tout ensemble la délicatesse nerveuse de l'ouvrier et la vigueur tranquille du paysan, et que l'humanité se dressera, plus heureuse et plus noble, sur la terre renouvelée. N'est-ce pas reconnaître que le mot justice a un sens, même dans la conception matérialiste

Jaurès ne dissocie pas le socialisme d'une réalisation de l'homme universel, d'une conception de l'humanité comme marche vers l'unité. L'histoire n'est, pour lui, rien d'autre que la lente émergence de conceptions de l'homme et d'organisations sociales qui traduisent et incarnent une aspiration idéale que l'humanité produit à travers ses expressions culturelles. Et cette idée qui court dans l'histoire humaine, qui s'exprime dans les religions et les systèmes éthiques, est celle de la justice comme principe d'harmonie. Le socialisme est cette réalisation de l'humanité selon l'idée qu'elle se fait progressivement d'elle-même au cours de l'histoire : le socialisme, « c'est la recherche de l'absolue justice dans les relations des hommes entre eux[11] ». Conviction politique mais aussi conception philosophique qui apparaît dès sa thèse sur *La Réalité du monde sensible*, où le jeune philosophe Jaurès pose que « le changement n'est pas négation, destruction de ce qui était auparavant, mais réalisation de ce qui n'était jusque-là qu'en puissance[12] ».

Si le socialisme est la réalisation de la justice et de l'émancipation, celui-ci doit embrasser toutes les facultés de l'homme et en particulier les facultés de l'esprit les plus essentiellement humaines, que l'on trouve universellement en tout être humain quelle que soit sa classe, quelle que soit son occupation. L'homme est un être potentiellement complet qui doit s'accomplir comme tel. Le socialisme jaurésien est un humanisme conséquent et pratique.

---

de l'histoire, et la conciliation que je vous propose, n'est-elle pas dès lors, acceptée de vous ? », *ibid.*, p. 19.

11. Cf. Jean Jaurès, *La Question religieuse et le Socialisme*, présentation de Michel Launay, Éditions de Minuit, 1959, p. 44.

12. Selon l'expression d'Annick Taburet-Wajngart, « Avant-propos », in *Philosopher à trente ans*, *op. cit.*, p. 13.

La force du travail et la force du savoir

Les écrits et propos de Jaurès sur l'éducation, aussi proches de l'actualité soient-ils, ont pour trame les idées majeures de cette « philosophie générale ». L'unité de l'homme est l'ontologie qui fonde l'alliance entre les travailleurs et les intellectuels, entre les membres du prolétariat et les enseignants. Cette alliance n'est pas tactique, elle ne dépend pas des seules conditions de l'action politique, elle se confond avec la nature de l'évolution sociale comme émancipation humaine. Lorsqu'il prévient les éducateurs des capacités insoupçonnées du peuple et qu'il les incite à se rapprocher du prolétariat, ce n'est pas par le simple souci d'instruire des principes républicains un peuple ignorant. Il s'agit bien plutôt, en établissant ainsi une *communication* de la culture avec le prolétariat, d'aller dans le sens d'une réalisation de cette unité. Cette communication de l'école avec les forces vivantes de la société doit être systématique et réciproque, loin de toutes les formes de séquestration et de caste. La démocratisation des institutions publiques est synonyme de la pleine participation de tous à la vie politique, à la vie culturelle, à la vie économique, dans une citoyenneté de plus en plus intégrale.

Rien n'illustrerait mieux cette notion de communication des dimensions de l'existence individuelle et sociale que la propre vie de Jaurès. Professeur de philosophie, ancien élève de l'École normale supérieure, il aurait pu n'être que l'un des plus brillants prototypes de la « République des professeurs ». Mais Jaurès, entré jeune en politique, ne voulut pas « profiter », selon son mot, des avantages que l'époque réservait à ses élites intellectuelles avides des bénéfices de la carrière, du pouvoir et de l'argent. Ce fut aussi une manière de ne pas renier la haute culture que la République voulait bien transmettre à quelques-uns, tout en la refusant au plus grand nombre. Que cette culture littéraire, philosophique,

scientifique soit un principe social de séparation, qu'elle
soit un mur entre les hommes, voilà le scandale qu'il faut
sans cesse dénoncer, qu'il faut inlassablement combattre
pratiquement. Mais Jaurès sait aussi que l'isolement des
lycéens, des étudiants, des professeurs dans leurs citadelles
de culture, loin des réalités sociales, est au principe d'une
culture morte, sans enjeux et sans idéaux, sinon ceux de la
seule réussite promise aux enfants de la bourgeoisie. Jaurès
en a témoigné pour lui-même disant combien ses études
l'avaient privé du « contact immédiat des hommes et des
choses »[13]. Comment surmonter le déchirement ?

Certainement pas en invitant les enfants du peuple à se
détourner d'une culture dénoncée comme « bourgeoise »
et à se contenter des expériences premières et immédiates
supposées plus conformes aux formes de vie et aux intérêts
des gens du peuple. Mais pas plus en conviant le peuple à
se rendre aux conférences de maîtres qui se contenteraient
du haut de leur chaire de déverser leur savoir tout en restant
dans l'ignorance de leurs destinataires et de ce que sont
leurs conditions de vie. Si le peuple ne doit être ni hostile
à la culture ni simple spectateur des œuvres de l'esprit, les
maîtres, même bienveillants, ne peuvent se contenter d'en
être les hérauts. Car ce serait oublier ce que la création
esthétique et l'intelligence scientifique, dans leurs formes
les plus élaborées, doivent au travail de la masse obscure
des travailleurs et à la puissance anonyme de la force du
savoir dans la marche des sociétés. La pensée pédagogique
de Jaurès est inséparable d'une conception de l'histoire
marquée par le développement conjugué de deux grandes
forces qui tendent à l'unité par leur communication toujours
plus intense : la force du travail et la force de la pensée. Et
l'on ne comprendrait pas cette éducation culturelle – sous
sa forme la plus noble – ni cette exigence de rigueur et de

---

13. Jean Jaurès, « Préface » aux *Discours parlementaires*, *op. cit.*,
p. 2.

connaissance qu'il attend des enseignants, si l'on n'avait pas à l'esprit que, pour Jaurès, la révolution sociale est au confluent de ces deux grandes forces de l'histoire moderne. Les enfants du peuple ne seront demain les vrais maîtres collectifs du destin social que par l'acquisition des plus beaux fruits de la connaissance humaine. Autant dire, qu'il s'agit bien d'une pensée qui se tient à la hauteur de celle de Condorcet, si admiré de Jaurès.

L'action constante de l'interpénétration des contraires et de la communication des éléments dispersés de la société et du cosmos constitue le schème philosophique fondamental de Jaurès[14]. Dieu et le monde sensible, la conscience et la réalité objective, l'esprit et la matière, les classes sociales entre elles, la culture et le travail : toutes les oppositions sont aussi échanges et entrelacs, hybridations et réciprocités. Cette imbrication complexe des contraires, cette absence de toute cloison étanche, traduit une foi profonde dans une commune substance, monisme fondamental qui est la base logique d'une philosophie démocratique. Cette métaphysique sous-tend l'analyse de l'évolution historique dans laquelle se rencontrent la bourgeoisie et le prolétariat, la culture et le travail.

L'éducation et l'action du prolétariat

Les classes s'opposent, se combattent. Elles se transforment aussi dans cette lutte en s'éduquant l'une l'autre. Jaurès, qui répétait vouloir se garder de calomnier le passé pour ne pas insulter l'avenir, voyait dans la bourgeoisie, la « grande et sévère éducatrice[15] » du prolétariat, au temps de la Réforme comme à l'époque de la Révolution, avant que le prolétariat ne se mette lui-même à éduquer la bourgeoisie en

---

14. Cf. Bruno Antonini, *État et socialisme chez Jean Jaurès*, L'Harmattan, 2004, p. 45.
15. Jean Jaurès, *L'Armée nouvelle*, 10/18, UGE, 1969, p. 207.

lui faisant savoir par son action collective qu'aucun régime de production ne perdurerait sans l'association de tous les citoyens aux bienfaits de la civilisation nouvelle. Les savoirs, au même titre que les moyens de production économique, sont sans doute stimulés, exploités, organisés par une classe d'élite qui les accumule et les réserve à sa jouissance et à sa domination. Mais ils n'en sont pas moins le produit de l'humanité et un trésor qui doit lui revenir. Le prolétariat, pour être à la hauteur de sa mission historique, doit acquérir les moyens de diriger toute la société. L'école publique démocratique est le début et le moyen de l'appropriation sociale des moyens de l'intelligence.

Jaurès est une nouvelle fois très proche et pourtant très loin de Marx. Que montre l'histoire de la bourgeoisie sinon une grande capacité de renouvellement des idées, des institutions, des combinaisons techniques, des formes politiques ? Le capitalisme a réveillé et orchestré les forces considérables du travail et de la science. D'où l'identification du capitaliste au créateur infatigable d'une civilisation toujours plus productive, à l'instar du *Manifeste* qui en déroulait l'épopée héroïque. Mais ce sont bien cette création, cette abondance et cette productivité qui vont ouvrir au prolétariat des chances d'ascension individuelle et collective. D'où le refus des conclusions apocalyptiques du marxisme vulgaire : les conditions économiques qui s'imposent aux capitalistes les conduisent à ne pas toujours nuire au pouvoir d'achat des salariés, à le soutenir quand il en va des débouchés, comme elles les obligent à « ne pas laisser tomber la masse au-dessous d'un certain niveau d'intelligence [16] », car il en va de la productivité du système économique.

Au XVIIIe siècle, la bourgeoisie fut cette classe qui réussit à conjuguer puissance sociale et force d'intelligence, donnant par la philosophie nouvelle à l'existence et à la société son sens moderne. C'est maintenant le prolétariat qui la relaye.

16. *Ibid.*, p. 206.

Cette maturation intellectuelle, il la doit d'abord aux volontés bourgeoises d'éclairer le peuple ; ce furent les écoles de la Réforme, les grands projets scolaires de la Révolution française. La bourgeoisie en effet n'a pu accomplir sa révolution économique qu'en étant sûre de sa mission et en diffusant largement la nouvelle représentation du monde qui était la sienne[17]. Et cette classe, capable d'imposer ses buts et ses conceptions à tous, est nécessairement la classe éducatrice des autres classes quoiqu'elle ne l'ait pas voulu : « Même dans sa parole, purement critique et dissolvante, la philosophie ne travaillait pas pour la bourgeoisie seule[18] », rappelle Jaurès.

L'élévation culturelle du prolétariat a une portée historique tout aussi grande que la socialisation des forces productives dans la grande industrie. Tout change potentiellement quand l'esclave nouveau commence à lire. Le socialisme est enfant de la conception bourgeoise du monde qui enfermait en elle ce souci d'éducation universelle. Il est l'expression de la puissance intellectuelle d'une classe particulière qui arrive à maturité ; puissance qui permet à l'humanité de faire un pas supplémentaire vers son affranchissement définitif.

Jaurès s'oppose donc absolument à l'idée d'une révolution de la misère et du dénuement. Tout comme la Révolution française n'est pas née de la misère populaire mais de la prospérité bourgeoise, le socialisme ne naîtra pas de l'individu prolétarien absolument nu, mais du travailleur instruit et organisé, c'est-à-dire doublement éduqué. Dans la conclusion tardive qu'il donne à l'*Histoire socialiste, 1789-1900*, en 1908, il rappelle que, si la Révolution française a gagné dans le siècle avec l'avènement de la démocratie politique, le peuple n'a pas encore su pousser plus loin, jusqu'à son émancipation économique, la conquête du pouvoir[19]. Ce

17. *Ibid.*, p. 176-177.
18. *Ibid.*, p. 179.
19. « [...] c'est bien le peuple qui gouverne par le suffrage universel. Il dépend de lui de conquérir le pouvoir. Ou plutôt il l'a déjà

qui donne précisément à toutes les formes d'éducation du peuple un rôle historique considérable : « [...] C'est déjà chose immense qu'il suffise d'un progrès d'éducation du prolétariat pour que sa souveraineté formelle devienne une souveraineté substantielle[20]. »

Mais le prolétariat n'est pas un groupe passif qui reçoit les lumières de l'extérieur. Il acquiert l'idée de son être potentiel et de son action dans la lutte, moyen constant d'éducation du peuple par lui-même. Les organisations syndicales, les Amicales, les Bourses du Travail, les coopératives, les partis sont des moyens et des lieux d'auto-éducation du prolétariat. Apprendre par soi-même pour se gouverner soi-même. L'autonomie de cet apprentissage est gage de démocratie ouvrière. Elle est conjuration de la bureaucratie d'État, dont Jaurès pressent la menace sur l'avenir du mouvement ouvrier. Ni extérieure à la classe, ni produit spontané des conditions matérielles, cette force d'idéal et cette solidarité morale naissent de l'organisation, et tout particulièrement du syndicalisme : l'organisation de la classe ouvrière, souligne-t-il, « en multipliant les centres de réflexion et de délibération, prépare ainsi la transformation sociale qui sera d'autant plus décisive et profonde qu'en chaque parcelle de la classe ouvrière vibreront une pensée libre et une volonté[21] ». La puissance intellectuelle de cette classe organisée va avec la puissance morale, la confiance en soi, le sentiment de justice, la conscience de sa dignité et le poids économique qu'elle joue et, bien entendu, la puissance politique que lui donnera son unité

---

conquis, puisqu'aucune force ne peut faire échec à sa volonté légalement exprimée. Mais il ne sait pas encore en faire usage. Il ne sait pas l'employer vigoureusement à sa pleine émancipation économique », Jean Jaurès, « Le bilan social du XIXe siècle » in *Histoire socialiste*, t. 12, éd. J. Rouff, p. 309.

20. *Ibid.*

21. Jean Jaurès, *La Classe ouvrière*, textes rassemblés et présentés par Madeleine Rebérioux, Maspero, « Petite collection Maspero », 1976 p. 73.

de parti. Quand Jaurès avance que « la Révolution n'est pas une rupture, c'est une conquête », il faut entendre qu'elle sera l'issue normale de cette conquête du prolétariat sur lui-même, exactement comme la Révolution française a traduit la confiance morale et intellectuelle de la bourgeoisie en elle-même. Pas d'émancipation des salariés sans dignité morale, sans autonomie intellectuelle. Jaurès a toujours tenu que l'abolition du salariat n'était pas seulement affaire de besoins, mais de dignité : « Il y a au fond du socialisme un grand rêve de perfection morale, et c'est par là qu'il triomphera[22]. » Comment faire entendre au prolétaire que le capitalisme n'obéit pas à des lois éternelles mais à des lois historiques, donc provisoires ? Car c'est bien sous l'effet de cette croyance que, loin de l'abolir par leurs capacités politiques récemment acquises, ils le prolongent du passé à l'avenir comme un fait de nature. Le prolétariat ne peut se départir du fatalisme auquel le conduit sa situation que par la *confiance* acquise en lui-même, condition de la force persuasive qu'il peut avoir sur toutes les autres classes sociales. Il ne peut vaincre que s'il est persuadé qu'il constitue l'avenir de la société, comme la bourgeoisie s'en est assurée pour elle-même au cours d'une ascension intellectuelle autant qu'économique qui aura duré plusieurs siècles.

La culture est nécessaire au prolétariat, mais elle ne lui viendra pas par un simple transvasement de l'extérieur. Il n'y aurait là que transmission d'une culture sans vie, oxymore insupportable. La culture au contraire est puissance de vie, ressort du développement de la vie sociale. La culture n'est pas un capital accaparé par une élite étroite de non-travailleurs, ou plus exactement, son essence ne se confond pas avec cette captation. La culture est le produit du travail des praticiens et des intellectuels, transmis et augmenté de

---

22. « Le discours de M. Ferry », *La Dépêche*, 25 mars 1891, cité par J.-M. Gabaude, *op. cit.*, p. 96.

génération en génération. L'éducation véritable doit transmettre la vie dans ses aspects culturels, en communication
avec toutes les autres dimensions de l'activité sociale. Elle
transmet par là une culture qui fait vivre, grandir, créer.
Loin d'opposer le savoir et la vie, Jaurès ne cesse de plaider
pour une unification pratique de l'intelligence et de l'action,
par laquelle la culture se lie aux enjeux de la vie sociale
et de la condition humaine. Combien d'articles dirigés vers
les questions les plus pratiques et les plus actuelles sont
emplis d'apparentes digressions qui réveillent par un lien
vivant Homère, Virgile, Montaigne, Corneille, Balzac ou
Hugo du sommeil des bibliothèques ? Ce fut de 1893 à
1898, dans *La Dépêche*, la critique littéraire du « liseur »,
activité poursuivie de façon plus épisodique dans de multiples revues et journaux dont la *Revue de l'enseignement
primaire et primaire supérieur*, qui témoigne de ce dialogue
critique et respectueux avec les œuvres contemporaines les
plus variées, françaises et étrangères, modèle d'une relation
pédagogique qui ne cède rien à la fausse neutralité ou à la
vaine polémique sans écraser pourtant le lecteur de jugements
dogmatiques[23]. L'art n'est pas étranger au discours politique.
Distinct par ses moyens mais complémentaire dans la saisie de la réalité, il communique avec lui du fait même de
l'identité des buts qu'ils poursuivent, l'élargissement de la
connaissance, l'aiguisement de la sensibilité. Le socialisme
n'a pas seulement en charge la revendication de la réduction
de la durée de travail ; il doit nécessairement s'interroger
sur l'utilisation du temps libéré et l'accès aux œuvres de
l'esprit. Le socialisme n'a pas seulement pour objectif de
libérer les travailleurs de l'exploitation capitaliste ; il doit
faire « pénétrer l'art et la vie de l'art jusqu'au plus profond

    23. Cf. Camille Rousselas, « Le Liseur », *in* Madeleine Rebérioux
et Gilles Candar (dir.), *Jaurès et les intellectuels*, Les Éditions de
l'Atelier, 1994 ; et Jean Jaurès, *Critique littéraire et critique d'art*,
Œuvres, t. 16, Fayard, 2000.

de la vie sociale[24] ». De même, les premières tentatives d'organisation ouvrière, syndicats ou coopératives, ne doivent pas se contenter de résoudre des problèmes « concrets » ou matériels ; elles doivent être des expériences de vie au sein desquelles les travailleurs prennent conscience d'eux-mêmes et de leurs facultés[25].

Pour une culture vivante, réaliste et pluraliste

Le grand problème est ensuite de savoir comment les contenus de la culture scolaire peuvent traduire ces principes quand c'est toute la jeunesse, et non seulement sa fraction bourgeoise, qui doit y accéder. Pour faire sens, cette culture scolaire doit être ouverte sur le monde et rendre disponibles les grandes œuvres qui ne sont pas des formes définitives et indépassables du génie humain, mais autant d'illustrations de l'imagination et de la liberté des hommes.

Les enfants du peuple doivent recevoir une culture « équivalente » à celle des fils de la bourgeoisie, aussi haute et raffinée, aussi rigoureuse et exigeante, mais pénétrée du sens social et historique dont a besoin la classe ouvrière afin de pouvoir être « interprétée selon les conditions d'existence de ceux auxquels elle est proposée[26] ».

24. Jean Jaurès, « L'art et le socialisme », in *Études socialistes II*, *op. cit.*, p. 150.

25. À propos des coopératives, dont la nécessité vient d'être reconnue par le Congrès du 15-16 juillet 1910, Jaurès écrit : « Quand la coopération n'aurait d'autre effet en se développant que de donner au prolétariat confiance en lui-même, de lui montrer ce qu'il peut dès maintenant par l'utilisation collective de ses ressources de consommation, elle aurait une haute vertu révolutionnaire ; car, si j'étais obligé pour ma part de définir d'un mot la Révolution sociale, je dirais qu'elle est avant tout la confiance du prolétariat en lui-même », *L'Humanité*, 23 juillet 1910, *in* Jean Jaurès, *La Classe ouvrière*, *op. cit.*, p. 172.

26. Jean Jaurès, « Homme et ouvrier », *Revue de l'enseignement primaire et primaire supérieur* (*REPPS*), 24 octobre 1909, *infra*

La difficulté est immense, note Jaurès qui, sans avoir la prétention de la régler, offre néanmoins des pistes de réflexion aux éducateurs. Pour échapper à tout catéchisme, l'honnêteté intellectuelle et le sens de la liberté doivent délivrer les instituteurs de toute inhibition dans les sujets et les problèmes abordés et de tout dogmatisme sectaire dans l'exposé des faits et des doctrines. Ils doivent chercher de surcroît à concilier la distance vis-à-vis des asservissements du travail qui entravent l'esprit et la mise en rapport des connaissances au « point fixe » des nécessités du métier sans lequel elles perdent leur sens. Cette synthèse dans une culture vivante et réaliste du travail et du savoir explique qu'on ne trouve chez Jaurès aucune concession au spontanéisme pédagogique. L'enseignement doit être méthodique et commencer par la maîtrise de la lecture et de l'écriture. La culture n'est pas donnée par la routine et la coutume : les paysans ne voient pas dans la nature tout ce qu'observent les naturalistes. Le savoir, sous sa forme scientifique, ne se laisse pas découvrir sous les pas du berger ou dans la main du forgeron. Mais là encore, la pédagogie démocratique doit agencer cette rencontre entre le mouvement de la connaissance et l'observation concrète et systématique des faits sans laquelle il n'est pas d'esprit scientifique. Jaurès relève d'ailleurs que, dans le mouvement des sciences, « l'action est passée la première » et, même quand les sciences sont les plus spéculatives, elles ne valent rien sans les expériences, sans « le détail infini des choses » : « Toutes les théories du monde physique, du monde social, du monde moral, doivent perpétuellement des comptes à la réalité, à la vie[27]. » Ce qui rejoint l'idée selon laquelle le souci du détail, la maîtrise du geste, l'exercice de la technique offrent un avantage au prolétariat dans l'accès à la connaissance scientifique, à la

---

p. 278. Cf. Gérard Baal, « Jaurès et la laïcité », *Cahiers Jaurès*, n° 150, octobre-décembre 1998.

27. Jean Jaurès, *L'Armée nouvelle*, *op. cit.*, p. 123.

condition que le rapport au métier soit éclairé par la théorie et ce qu'il appelle le sens des « grandes questions ».

En un mot, pour faire de l'homme à la fois « un praticien et un philosophe[28] », la culture transmise par les enseignants doit être *réaliste*, c'est-à-dire orientée vers la connaissance du réel sous tous ses aspects, dans toutes ses dimensions. Il faut en particulier un enseignement ouvert sur le monde social et économique, sur l'histoire, sur la politique, moins formaliste, plus vivant. Cette ouverture sur les « réalités du monde sensible » concerne aussi bien les réalités les plus immédiates de l'environnement des élèves que les peuples les plus éloignés. Comme le montre Madeleine Rebérioux, cette éducation appelle la connaissance des cultures du vaste monde, des civilisations les plus différentes de la nôtre[29]. L'éducation est communication entre les classes et entre les peuples, rencontre entre les formes de vie, elle doit « développer le sens profond de la vie universelle[30] », favoriser cette interpénétration culturelle qui révèle à l'humanité son unité et sa pluralité. Cette nouvelle culture internationaliste et pluraliste fait partie de la grande tâche émancipatrice des enseignants socialistes et syndicalistes.

Une culture réaliste et vivante passe par la rencontre avec les œuvres de la pensée et de l'art. L'art a son histoire et des significations métaphysiques ou sociologiques qui n'ont rien d'immédiat. Jaurès reste méfiant envers les pédagogues qui n'ont pour méthode qu'une relation supposée directe de l'enfant avec la nature, enfant que l'on imagine capable de recréer la connaissance utile et de se développer lui-même dans ce rapport. Jaurès a su identifier cette posture comme l'expression de l'individualisme moderne qui laisse l'individu

28. Jean Jaurès, « Discours à la jeunesse ».
29. Madeleine Rebérioux, « Jean Jaurès : la nouvelle laïcité », *in* Jean Jaurès, *Bulletin de la société d'études jaurésiennes*, n° 115, octobre-décembre 1989.
30. Jean Jaurès, « La Fontaine et les nations », *REPPS*, 7 janvier 1912, infra p. 308.

isolé dans un face-à-face chaotique avec la nature. Jaurès, on
l'a dit, est homme des livres, un lettré, « liseur » passionné
qui ne conçoit pas d'éducation et de culture sans un profond
rapport aux œuvres écrites. D'où la priorité qu'il accorde à
la maîtrise de la lecture comme moyen d'accès aux savoirs
anciens et modernes, et qui renvoie aux premiers essors de
la scolarisation du peuple quand il s'agissait de faire accéder
le plus grand nombre à la Bible, « ce livre farouche que la
bourgeoisie industrielle a mis aux mains des hommes, des
pauvres travailleurs des villes et des villages, de ceux-là
même qui étaient ses ouvriers ou qui allaient le devenir[31] ».
Mais on retiendra surtout la portée libératrice qu'il attribue
à la langue et à la littérature dès l'école primaire comme
forme d'expression et comme domaine culturel. Jaurès est de
ceux qui pensent que la sensibilité réclame l'incorporation
et l'usage des formes d'expression les plus précises et les
plus variées : « Tant que le socialisme n'aura pas complété
l'éducation populaire jusqu'à donner à tous les travailleurs
le maniement complet, la perception subtile de toutes les
richesses de notre langue, le prolétariat ne sera pas encore
élevé à la hauteur de l'art[32]. » L'idéal humaniste de l'homme
complet est incompatible avec le capitalisme. S'il ne peut
se réaliser qu'avec l'affranchissement du travail, il peut
déjà commencer à inspirer les instituteurs : l'école libère un
temps pendant lequel une première rencontre avec les œuvres
est possible et nécessaire. Et ce rapport n'est pas envisagé
pour faire, comme il le dit, des enfants des « pédants et
des mandarins ». L'œuvre d'art, et en particulier le livre de
littérature, met en rapport le jeune enfant avec l'humanité
telle qu'elle s'est exprimée dans ses productions les plus
significatives, lui offre le contact avec les « grandes questions » qu'elle s'est posées, témoigne du cours et du sens de
l'évolution humaine, expose la diversité des formes et des

31. Jean Jaurès, *L'Armée nouvelle*, *op. cit.*, p. 175.
32. Jean Jaurès, « L'art et le socialisme », *op. cit.*, p. 151.

forces de vie, et brise par toutes ces richesses cette illusion d'immédiateté de l'individu avec le monde qu'il dénonce dans les pédagogies desséchantes du fait brut et de l'utilitaire.

Cet humanisme jaurésien fait de l'œuvre non seulement un puissant moyen de connaissance de l'humanité mais aussi un moyen de développement de l'imagination comme faculté libératrice. Dans une page célèbre de *L'Armée nouvelle*, il décrit son « épouvante sociale » quand il découvrit tout jeune dans Paris la « foule innombrable des fantômes solitaires déliés de tout lien ». D'où venait donc qu'ils subissaient leur misère morale et matérielle en silence ? C'est, répond Jaurès, que « la vie avait empreint ses formes dans les esprits, l'habitude les y avait fixées ; le système social avait façonné ses hommes ; il était en eux, il était, en quelque façon, devenu leur substance même, et ils ne se révoltaient pas contre la réalité, parce qu'ils se confondaient avec elle[33] ». C'est dire toute la difficulté de l'émancipation à laquelle l'école peut dès maintenant contribuer, qui est d'« arriver à entrevoir, au-dessus de l'ordre social présent, la possibilité d'un ordre nouveau ». L'œuvre sert encore en ce sens d'école de l'espérance.

Éducation et sens de l'histoire

Clemenceau a pu dire qu'il était facile de reconnaître une phrase de Jaurès parce que « tous les verbes y sont au futur[34] ». La volonté de discréditer a peut-être empêché l'auteur de cette remarque de voir ce qu'elle pouvait contenir de juste tant la pensée de Jaurès est tout orientée vers son idéal, le socialisme, qui est aussi le sens de l'histoire.

Le prolétariat devient à son tour la classe intellectuelle, selon Jaurès. Cette intelligence de la classe ascendante se

33. Jean Jaurès, *L'Armée nouvelle*, *op. cit.*, p. 169.
34. Cité par Jean-Pierre Rioux, *Jean Jaurès*, éd. Perrin, 2005, p. 221.

définit par la compréhension du sens du mouvement historique plus que par une somme de connaissances déterminées.
Ou, plus exactement, ces connaissances acquises n'ont de
valeur et de portée que dans cette saisie du sens de l'histoire. La conscience d'une certaine destination historique est
un préalable à la réalisation effective du socialisme. C'est
encore dans cette perspective qu'il faut situer les considérations jaurésiennes sur l'institution scolaire. Tout l'esprit de
l'éducation progressiste se tient là en effet : loin de toute
idée d'adaptation au monde capitaliste, elle est commandée
par le principe d'anticipation de la démocratie sociale. Elle
est animée par le mouvement social et elle en est l'un des
vecteurs les plus puissants. Le socialisme est le meilleur
idéal de l'éducation, il en est *l'âme*, écrit-il, dans la mesure
même où tout progrès de l'éducation est commandé par une
anticipation de la souveraineté intégrale des citoyens et des
travailleurs : « L'école doit donc avoir cet objet sublime de
préparer le prolétariat à assumer dans la nation renouvelée
la grande fonction qui appartient au travail[35]. » Si l'unité du
travail et de la culture se réalise dans la lutte pour la souveraineté du travail, elle doit également s'opérer en tout instant
dans l'école populaire, laquelle est un espace particulier mais
décisif où se joue cette lutte. C'est même la perspective du
socialisme qui seule pousse à l'élévation des connaissances
au-delà des nécessités actuelles de la production capitaliste
et de la hiérarchie sociale.

Dès lors, ne pas adapter l'école à l'actuelle distribution
des places et des capacités, aller au-delà de l'utile immédiatement constatable, anticiper la démocratie sociale, sont
les principes qui doivent présider à son développement. Si
le prolétariat est la classe universelle appelée à prendre en
charge l'organisation de la société entière, on ne saurait se
satisfaire de transmettre aux futurs coopérateurs de la propriété sociale les seules connaissances liées aux fonctions

---

35. Jean Jaurès, « Le mouvement », 5 avril 1908, *REPPS*, infra p. 245.

productives qu'ils seront conduits à accomplir. Il faut même refuser comme conservateur, au sens strict du terme, un enseignement de spécialité déterminé par la division du travail. La classe ouvrière se bat pour son unité, doit faire son unité, qui suppose l'unité de connaissance indispensable à sa pleine et entière souveraineté future. On ne saurait donc concevoir la culture générale comme l'expression des goûts bourgeois ou comme un divertissement aristocratique loin des nécessités du travail. La culture générale, avec les qualités qu'on lui a vues plus haut, est indispensable à une classe candidate à la direction de la société et qui par la pensée et l'action vise l'unité. La lui refuser sous prétexte de « réalisme » social, c'est vouloir la maintenir dans sa situation subordonnée.

L'éducation est inséparable de la question du sens historique aussi parce qu'elle est, essentiellement, une communication entre générations. Elle est même « génération », dit Jaurès, en ce qu'elle établit concrètement un lien fécond entre les générations. Jaurès, contemporain et ami de Durkheim, le rejoint dans l'importance qu'il accorde à la transmission des formes sociales de la pensée et de la morale dans la marche des sociétés[36]. Mais il est peut-être plus proche encore par la pensée du socialiste et sociologue Marcel Mauss, neveu du premier : on n'éduque pas seulement pour conserver mais pour engendrer, quoi qu'on le veuille, pour aller au-delà de l'homme d'aujourd'hui en lui donnant ce qu'il rendra plus encore qu'il n'a reçu. *Trans*mettre, c'est *pro*mettre. Le progressisme de Jaurès ne se résume pas, comme chez de nombreux marxistes, en une foi dans le développement matériel des forces productives. Le progrès est le fruit de l'éducation en tant que cette dernière est promesse d'avenir, en tant qu'elle est anticipation de l'excellence future : « Tout progrès social est une constatation ; il est aussi une

36. Cf. M. Rebérioux, « Jaurès et les sociologues de son temps », *BSEJ*, n° 48, janvier-mars 1973.

anticipation. Il y a une part de crédit qui doit être faite à l'homme. Si on ne prêtait à un individu que l'équivalent de ce qu'il possède, on ne lui prêterait rien[37]. »

Cela nous mène à la proposition fondamentale de Jaurès, autant politique que pédagogique, selon laquelle il ne saurait y avoir d'éducation culturelle effective du peuple sans que cette éducation ne soit pénétrée de l'idéal de l'émancipation, sans qu'elle ne vise la connaissance des progrès sociaux et culturels dont le peuple fut l'acteur ; connaissance qui seule est capable de donner un *sens* à cette éducation : « Les éducateurs du peuple ne feront une œuvre pleinement efficace que lorsqu'une philosophie politique et sociale réglera et animera leur effort d'éducation[38]. » Le sens de l'histoire collective est en fin de compte ce qui seul peut donner du sens aux études : « Donner aux enfants le sens du perpétuel mouvement humain », telle est la maxime de Jaurès qui fait écho à Condorcet. Maxime pédagogique qui donne dans le même temps la raison de l'effort auquel il faut consentir pour s'approprier la culture et la signification même de cet effort sans laquelle il ne serait pas. Mais maxime politique aussi : les maîtres, comme représentants du mouvement humain auprès des enfants, ne doivent jamais insulter le passé dont ils sont les héritiers, mais toujours combattre la résignation et le désespoir d'aujourd'hui pour donner des « possibilités nouvelles de libération ». Sans que jamais les instituteurs socialistes ne se prennent pour les nouveaux prédicateurs et ne trahissent les exigences de la liberté de l'esprit, il s'agit, par l'observation du réel, la connaissance de l'histoire et la jouissance des œuvres, d'inscrire les enfants dans la temporalité émancipatrice de l'humanité.

Il y a là un enseignement décisif qui tranche avec notre idée moderne de la « démocratisation » de l'école, marquée

---

37. Jean Jaurès, 20 octobre 1907, *REPPS*.
38. Jean Jaurès, « Les instituteurs et le socialisme », 16 octobre 1905, *REPPS*, infra p. 181.

par l'individualisme compétitif. Nous sommes familiarisés aujourd'hui avec l'idée que l'accès à la culture et l'égalité des chances à l'école sont des enjeux importants des luttes politiques et des revendications sociales. L'immense majorité des travailleurs d'aujourd'hui sont des salariés, dont la place dans la division du travail est largement déterminée par l'obtention d'un diplôme initial. De la sorte, nous nous sommes habitués à considérer une grande partie des questions scolaires à travers la perspective de la mobilité sociale *individuelle*. L'école tout entière a été pénétrée par ses propres effets sur les trajectoires personnelles et professionnelles des individus. Et de plus en plus l'école trouve ses justifications en dehors d'elle-même, en dehors de ses valeurs les plus singulières. Or, l'école n'est pas envisagée par Jaurès comme le moyen d'une échappée individuelle sur le modèle de la réussite bourgeoise. Comment pourrait-on enseigner aux enfants du peuple la signification de son histoire et la notion de son rôle collectif, sans laquelle la culture transmise est lettre morte, tout en préconisant ce mode de réussite individuelle ? Il y aurait là un contresens.

C'est sur ce point que la pensée de Jaurès présente un intérêt capital, qu'elle nous est tout à la fois la plus éloignée et la plus précieuse. Loin de nier les conditions sociales d'apprentissage[39], Jaurès présente toujours l'accès à la culture comme souhaitable pour lui-même. La connaissance, l'art, sont des valeurs défendues en soi, leur transmission est un principe inconditionnel, car elles sont des dimensions essentielles

---

39. « De même que par la pénétration de ces trois termes : le prolétaire, le prolétariat, l'humanité, le socialisme élève l'égoïsme jusqu'à l'idéal au lieu de le répudier, de même, en prenant pour fond et pour point d'appui les intérêts matériels, les besoins physiques, le socialisme élève le peuple à la vie intellectuelle. Prêcher au peuple surmené que la science est une belle chose, que la pensée est une noble puissance, est vraiment aussi facile que stérile », Jean Jaurès, *La Classe ouvrière, op. cit.*, p. 53.

de la vie. Pour Jaurès, l'accès à la culture n'est pas tant un
accès aux diplômes et, par le fait, aux places. C'est plus
profondément la condition d'accès au sens et à la maîtrise de
sa propre vie. Avec la connaissance, « le prolétariat, jusque
dans sa servitude présente, est libre, puisqu'il en sait l'origine
et qu'il en marque la fin[40] », écrit-il. La culture est pensée
par Jaurès comme le vecteur d'une double émancipation
qu'il veut nouer : *l'autonomie intellectuelle* de l'individu
et *l'émancipation collective* de la classe ouvrière. Les deux
doivent précisément se concilier dans un socialisme qui sera
garant d'un accomplissement de la liberté de l'individu. La
question de l'éducation est d'ailleurs étroitement liée chez
Jaurès à la question de la liberté de l'individu dans le socialisme[41] : « L'éducation universelle, le suffrage universel, la
propriété universelle, voilà, si je puis dire, le vrai postulat
de l'individu humain. Le socialisme est l'individualisme
logique et complet[42]. »

La laïcité et l'espérance

Jaurès a toujours soutenu l'effort scolaire de la bourgeoisie
républicaine contre les offensives cléricales. Pour lui, comme
pour la plupart des républicains de sa génération, le dogme
catholique est liberticide, il veut imposer ses mystères à la
science et bloquer le mouvement de l'esprit. Si Jaurès a
été au côté de Combes lors du combat pour la séparation

40. *Ibid.*, p. 54.
41. Cf. Jean Jaurès, « L'État socialiste et les fonctionnaires », *Études
socialistes I*, Éditions Rieder. Le socialisme ne peut se concevoir que
s'il assure « d'emblée la liberté, la vraie, la pleine, la vivante liberté
[…] où nous pourrons marcher et chanter et délirer même sous les
cieux, respirer les larges souffles et cueillir les fruits du hasard », *in*
Jean Jaurès, « Collectivisme et radicalisme », cité par Gilles Candar,
BSEJ, n° 102-103, juillet-décembre 1986, p. 7.
42. Jean Jaurès, « Socialisme et liberté », *Études socialistes II,
op. cit.*, p. 88.

de 1905, il s'est refusé à entretenir la guerre religieuse. Il a plutôt voulu hâter un compromis pour passer au plus vite à la question sociale décisive. Quant à l'Église, il est convaincu, comme son discours « Pour la laïque » le montre bien, qu'elle est condamnée à composer avec le siècle ou à disparaître. La laïcité, argumente Jaurès, n'est pas de l'ordre du choix arbitraire, car les sociétés n'enseignent pas ce qu'elles veulent mais ce qu'elles sont. Pénétrées du principe de raison, reconnaissant à la science son indépendance, profondément marquées par l'exigence démocratique d'égalité, elles ne peuvent faire autrement que de respecter la séparation de l'ordre civil et de l'ordre religieux, certes de façon plus ou moins explicite et plus ou moins tranchée selon les nations. L'autonomie intellectuelle, les idéaux de la liberté personnelle se sont imposés sans régression possible.

La position laïque de Jaurès est originale et doit être replacée dans sa philosophie générale. Pas de révolution sociale sans suppression du joug clérical, mais pas de révolution non plus si la question religieuse continue d'opposer le cléricalisme dépassé et le positivisme conservateur. La conception originale de la laïcité qu'il défend doit être pensée en dehors du positivisme bourgeois, elle ne peut se réduire à « une collection de préceptes médiocres d'hygiène ou de morale subalterne, à un recueil de recettes morales et de recettes culinaires[43] ». Elle ne va pas sans idéal, sans espérance. En ce sens, ici encore, elle ne peut être définie qu'en rapport au socialisme. Mais qu'est-ce qu'une laïcité conforme au socialisme quand le socialisme est défini comme une révélation religieuse, comme l'achèvement de l'évolution religieuse de l'humanité ? Et qu'est-ce qu'une école laïque dont *l'âme* est ce même socialisme conçu comme religion ? Voilà des questions difficiles et périlleuses qui doivent être examinées de près.

---

43. Jean Jaurès, « Pour la laïque », infra p. 89.

Jaurès ne s'est jamais privé de critiquer les limites sociales et historiques de l'école républicaine « à la Ferry ». Il s'est battu pour la liberté d'expression politique des enseignants, pour leur droit à la vie politique et aux fonctions électives contre toutes les formes de contrôle ministériel. Il a également refusé le côté étroit, utilitaire, chichement compté des programmes et des consignes officiels. Toute la mesquinerie d'une bourgeoisie, dont l'idéal historique s'est pétrifié dans un positivisme dogmatique, s'exprime dans le contrôle obsessionnel des contenus enseignés et dans la surveillance politique des instituteurs. Or, comme le note Madeleine Rebérioux, pour Jaurès, « l'école n'est ni un isolat social, ni un isolat religieux, ni un isolat politique[44] ». La laïcité « à la Ferry » définie comme « neutralité » de l'école lui répugne. Rien de tel pour abolir le sens des études, pour rendre tout « indifférent », « insignifiant ». « Il n'y a que le néant qui soit neutre[45] » : en réponse aux attaques cléricales, la bourgeoisie veut néantiser la culture transmise à l'école, en éradiquer le sens des réalités, les valeurs, la portée émancipatrice. Sans l'avouer, du moins tout de suite, elle a voulu conjurer du même coup la montée de la conscience sociale ouvrière. Mais, démontre Jaurès, la bourgeoisie se rend incapable, par cette néantisation même des valeurs, d'endiguer le cléricalisme dans l'enseignement. Rendre l'enseignement incolore, le réduire à la froide transmission de faits et de règles coupés des enjeux de l'histoire, du sens des luttes sociales, des questions métaphysiques même, est bien le meilleur moyen de redonner des couleurs au mysticisme et au catéchisme moral de l'Église, qui peut garder ainsi indéfiniment le monopole des valeurs et des espérances. Et d'ailleurs comment la bourgeoisie pourrait-elle arrêter le mouvement de la pensée

---

44. Madeleine Rebérioux, « Jaurès, la culture et l'État », in *Jean Jaurès, Cahiers trimestriels*, n° 150, octobre-décembre 1998, p. 204.
45. Jean Jaurès, « Neutralité et impartialité », 4 octobre 1908, *REPPS*, infra p. 255.

libre, si profondément inscrit dans l'évolution des sociétés modernes ? Devenue conservatrice, elle a fini par craindre les effets de ses propres idéaux de jadis, la liberté de la pensée, l'éducation et le suffrage universel. Elle a fini par avoir peur surtout que la connaissance ne soit une arme d'émancipation entre les mains des travailleurs. D'où cette volonté de toujours restreindre les enseignements à une culture minimale, d'où ce dessèchement des savoirs scolaires, leur embaumement mortifère, leur isolement de la vie économique, sociale et politique, leur fragmentation selon les découpages utilitaires. La stérilisation scolaire est le pendant exact du caractère formel d'une citoyenneté politique séparée des réalités sociales, économiques, culturelles. La laïcité pour Jaurès doit donc s'entendre au sens précis où l'école entre en communication avec les grandes questions sociales ; où elle est le point de rencontre des deux grandes forces historiques du travail et du savoir ; où l'école participe de l'évolution humaine vers la réalisation de l'idéal de justice.

Jaurès n'est pas le seul en son temps à soutenir la nécessité de l'idéal et celle de la croyance en un point d'unité, en un foyer divin vers lequel tendent les espérances humaines. La sociologie durkheimienne a regardé comme un fait social objectif la nécessité du rêve commun pour les sociétés, l'impératif de l'espérance collective pour vivre ensemble harmonieusement. Jaurès reconnaît dans l'action humaine le caractère inséparable des faits et des valeurs que la sociologie met, autrement, en évidence dans les conduites humaines. Il n'est pas le premier non plus à identifier le socialisme à une religion nouvelle, cette identification pouvant même être considérée comme un point de départ du socialisme, autant en France qu'en Allemagne.

L'approche de Jaurès est certes métaphysique, mais elle ne va pas sans considérer la façon dont les hommes vivent et comment ils font l'histoire. On ne peut vivre sans espérer, on ne peut vivre sans lutter, on ne peut lutter sans espérer. Et c'est bien comme des idéaux devenus faits ou en train de le devenir qu'il pense la République et le socialisme, l'une et l'autre étant pour lui la continuation du christianisme.

Cette conception de la laïcité est relative à la façon de définir le socialisme comme aspiration de nature religieuse à la justice. Elle oblige à regarder de plus près l'analyse que fait Jaurès de la question religieuse dans les sociétés modernes. Dans le texte très important de 1891, resté longtemps inédit, *La Question religieuse et le Socialisme*, Jaurès tient que le problème religieux est « le plus grand problème de notre temps, de tous les temps ». Et il ajoute : « [...] je ne conçois pas une société sans une religion, c'est-à-dire sans des croyances communes qui relient toutes les âmes en les rattachant à l'infini, d'où elles procèdent et où elles vont [...] On peut dire qu'aujourd'hui, il n'y a pas de religion, c'est-à-dire, en un sens profond, pas de société[46]. » C'est que, pour Jaurès, « l'histoire des religions et des sociétés a démontré que la race humaine était essentiellement religieuse[47] », qu'elle est « le fait essentiel de l'histoire humaine[48] ». Cette essence religieuse de l'humanité constitue la fameuse « arrière-pensée » de Jaurès, avouée dans *L'Armée nouvelle* : « Après tout, j'ai sur le monde si cruellement ambigu, une arrière-pensée sans laquelle la vie de l'esprit me semblerait à peine tolérable à la race humaine. » Le problème n'est pas que la religion comme aspiration à l'unité et à la justice soit trop envahissante, qu'elle submerge tout au détriment des forces de libération, c'est qu'au contraire, elle se soit affaiblie par son incarnation historique dans l'Église, devenue arme conservatrice, instrument inique au service des classes dominantes. Cette dernière est encore une puissance qui cherche à contrôler les esprits mais elle n'est plus en phase avec les sociétés modernes : « Le christianisme traditionnel se meurt philosophiquement, scientifiquement

---

46. Jean Jaurès, *La Question religieuse et le Socialisme*, *op. cit.*, p. 31.
47. *Ibid.*, p. 44.
48. Jean Jaurès, « De la neutralité », 11 octobre 1908, *REPPS*, infra p. 259.

et politiquement[49]. » Or, sans une croyance commune dans l'unité humaine répondant à un idéal de justice, la société se pétrifie et se fragmente sous l'action des égoïsmes. En d'autres termes, les sociétés modernes connaissent une grave crise morale du fait même de cette déperdition de l'idéal.

La question religieuse est une question sociale. Et, là encore, c'est le socialisme qui en est l'issue en permettant de sortir du catholicisme « par le haut », si l'on peut dire, non en rabaissant l'homme à ses seuls besoins matériels mais en élargissant à l'humanité et à l'univers l'idée d'infinité à partir de laquelle les combats d'aujourd'hui prennent sens. Religion d'avenir, le socialisme l'est parce qu'il n'est pas contraire à l'esprit scientifique, qu'il se fonde sur la connaissance du monde social, de l'histoire et des lois naturelles pour fonder rationnellement l'espérance en une humanité réconciliée et organisée harmonieusement sur les principes de justice. Et toute son efficacité historique tient à ce qu'il ne repose pas sur une « spiritualité abstraite, factice, détachée » mais sur une « spiritualité réelle et concrète[50] ». Le socialisme n'entend pas résoudre le problème moral par des formules abstraites, mais par la conjugaison étroite des intérêts matériels et de l'aspiration à la justice. Dans *La Question religieuse et le Socialisme*, Jaurès, définissant le socialisme comme « une Révolution morale qui doit être servie et exprimée par une révolution matérielle[51] », explique que « la misère économique et la misère morale se tiennent et, comme il est plus aisé d'agir sur l'ordre social, malgré sa résistance que sur les consciences mêmes, le problème moral et religieux est d'abord pour nous un problème social, non de prédication[52] ». Régler la question sociale, en ce sens, c'est aussi parvenir

---

49. Jean Jaurès, *La Question religieuse et le Socialisme*, *op. cit.*, p. 31.
50. Jean Jaurès, « Pour la laïque », *infra* p. 89.
51. Jean Jaurès, *La Question religieuse et le Socialisme*, *op. cit.*, p. 31.
52. *Ibid.*, p. 59.

avec le socialisme à « l'achèvement de la vie religieuse de l'humanité ».

On le voit, Jaurès est décidément un philosophe politique que le mot Dieu n'effraye pas, selon l'expression célèbre de « Pour la laïque », dans la mesure même où « les vrais croyants sont ceux qui veulent abolir l'exploitation de l'homme par l'homme, et, par suite, les haines d'homme à homme ; les haines aussi de race à race, de nation à nation, toutes les haines, et créer vraiment l'humanité qui n'est pas encore[53] ». Et c'est cet « esprit de vie » tel qu'il a été un temps présent dans le christianisme qui doit être réanimé à l'école, pour lui épargner autant le cléricalisme que le positivisme desséchant. Car détruire l'espérance, refuser de montrer aux enfants la grandeur de l'humanité, c'est nier en l'homme l'animal métaphysique qui se passionne et agit pour la justice. Et sur le plan pédagogique, comme on l'a déjà évoqué, le refus de la philosophie et de la religion bloque le ressort de l'appropriation culturelle qui est la passion pour le sens de ce que l'on est et de ce que l'on fait. On ne peut apprendre sans rêver, sans poser les grandes questions de l'être et sans interroger les grands enjeux de la vie.

Philosophie du syndicalisme enseignant

La pensée politique de l'éducation de Jaurès est une philosophie qui permet de penser le rôle politique et l'action syndicale des enseignants. Les maîtres d'école, les professeurs, les intellectuels qui se réclament du socialisme ont l'immense responsabilité historique d'aider à l'accouchement de la démocratie sociale par le moyen de l'instruction et de la diffusion de la culture. L'axe prééminent de leur action, nous l'avons vu, est de faire l'école du peuple en mettant en communication le plus concrètement possible dans leurs

53. *Ibid.*, p. 58.

leçons, et par leur pratique, les deux forces d'avenir, celle du savoir et celle du travail. Il convient donc de former les « éducateurs du peuple » afin qu'ils puissent être à la hauteur de cette action. C'est tout le sens et l'intérêt des articles de Jaurès dans la *Revue de l'enseignement primaire et primaire supérieur.* Dans cette revue, à partir de 1905, Jaurès ne s'y adresse pas seulement aux éléments les plus avancés politiquement[54]. Il écrit pour le milieu enseignant le plus large, non pour plaire ou convertir mais pour accompagner la réflexion collective et individuelle des instituteurs. Jaurès tenait à utiliser cette tribune qui pouvait atteindre régulièrement plusieurs dizaines de milliers d'abonnés, dont beaucoup étaient surtout désireux d'informations professionnelles et pédagogiques[55].

Jaurès n'y livre pas une doctrine toute faite de la pédagogie progressiste mais développe plutôt, toutes les deux semaines, dans ses « questions du jour » une pédagogie exemplaire et formatrice, au second degré en somme, de ce que peut et doit être une pratique pédagogique progressiste. Ancrés dans l'actualité, appuyés sur des faits, aimantés par l'objectif politique, ces articles déchiffrent les réalités du temps et les conflits de son époque à la lumière de la longue histoire du peuple travailleur et de l'issue libératrice de son combat. Mais Jaurès ne dogmatise pas. Ce n'est pas le chef de parti qui ordonne, ce n'est pas le maître qui commande. La pensée est libre, l'esprit est incontrôlable. L'enseignement, œuvre pleinement humaine, est d'abord affaire éthique, non mécanique : on connaît le propos fameux de « Pour la laïque », sans savoir toujours qu'il est de Jaurès : « On n'enseigne pas ce que l'on sait ou ce que l'on croit savoir : on n'enseigne et on ne peut enseigner que ce que l'on est. » Ce qui n'est

---

54. Cf. Laurence Ruimy, « La Revue de l'enseignement primaire et primaire supérieur, 1890-1914 », Conférence Jaurès 1996, *Jean Jaurès, Cahiers trimestriels,* n° 146, octobre-décembre 1998.

55. Christophe Prochasson, « Jaurès et les revues », *in* M. Rebérioux et G. Candar, *op.cit.*, p. 128-130.

pas un plaidoyer pour la sainte ignorance, il va sans dire, venant d'un héritier aussi fidèle des Lumières. Enseigner ce que l'on est, c'est enseigner un certain désir de liberté, inséparable d'un certain sens du savoir pour l'humanité et d'un engagement politique et social pour l'émancipation de sa partie opprimée et exploitée. Il ne s'agit pas de transformer les ouvriers en pédants, mais de les aider à réfléchir sur leur vie, à leur donner « l'intelligence profonde de soi-même[56] ». Tels devraient être par exemple ces « cercles d'études » animés par les instituteurs qui constitueraient, dans l'esprit de Jaurès, autant de moments de cette grande éducation populaire qu'avait déjà imaginée Condorcet.

Les instituteurs et les professeurs sont des observateurs mais aussi des penseurs qui doivent vivre, agir, œuvrer comme tels. Il arrive à Jaurès de dire qu'ils incarnent, par cela même, la liberté du peuple en marche, ce qui explique la suspicion et la répression dont ils font l'objet. Leurs conditions professionnelles mêmes, leur logement, leur revenu, leur formation, la considération que l'administration et la société leur doivent, tout est commandé par la grandeur de leur fonction intellectuelle, par les contraintes de leur participation nécessaire à la création culturelle et à l'exercice de la pensée. Ce haut niveau de culture est la condition pour que les enseignants soient aussi de grands initiateurs, d'audacieux inventeurs partout où doit naître un moyen pédagogique qui répond aux nécessités et aux possibilités de la situation :

« Pour les démocraties surtout qui ne se meuvent que par l'action des masses, il importe que dans toutes les institutions, dans l'éducation publique, dans la vie des partis, dans l'organisation militaire, les mécanismes soient assez souples pour que les initiatives hardies puissent se produire, et il importe en même temps qu'un grand nombre d'esprits

---

56. Jean Jaurès, « Le Syndicat des instituteurs », 24 décembre 1905, *REPPS*, infra p. 189.

soient préparés à comprendre, à aimer, à s'assimiler les méthodes nouvelles[57]. »

Mais au-delà de l'exemplarité des « leçons » de Jaurès dégageant de chaque fait singulier le sens du mouvement humain, faisant méthodiquement le lien entre la question sociale centrale et toutes les autres, les articles de la *Revue de l'enseignement primaire et primaire supérieur* ou de *L'Humanité* traduisent la visée *stratégique* de l'alliance des instituteurs et du prolétariat, de la *communication* des instituteurs avec la classe ouvrière qui fait tout l'enjeu du syndicalisme enseignant. C'est par ce dernier que les instituteurs seront concrètement, organiquement, situés à cette place décisive pour le mouvement social que leur confère la réflexion jaurésienne, celle de *charnière* des deux forces émancipatrices du travail et de la pensée libre. C'est en trouvant leur place au plus près de la classe ouvrière organisée dans la CGT, tout en restant en étroite relation avec le mouvement de la culture et de la science en train de se faire, qu'ils seront à même de contribuer à la synthèse de la connaissance et de la production, de la démocratie politique et de l'égalité économique.

Le syndicalisme enseignant, poursuivant et amplifiant l'œuvre des Amicales ainsi que le travail de diffusion de la presse militante et des revues professionnelles, en butte

---

57. On retrouve cette valorisation de la création dans le souci de soumettre aux enfants les œuvres poétiques les plus accomplies, comme les *Fables* de La Fontaine, afin de ne pas « diminuer le sens de la vie » et de ne pas « dessécher toute l'existence ». La créativité est une qualité qu'on n'a pas manqué d'attribuer à Jaurès lui-même. Ainsi Trotsky l'a reconnue chez celui qu'il n'hésite pas à qualifier de « créateur le plus puissant de son temps, et peut-être de tous les temps » : « En lui, aucune routine : se cherchant, se trouvant lui-même, toujours et inlassablement mobilisant à nouveau les forces multiples de son esprit, il se renouvelait sans cesse et ne se répétait jamais », Léon Trotstky, « Jean Jaurès », *Les Cahiers communistes*, 1924, extraits reproduits *in* Madeleine Rebérioux, *Jaurès, la parole et l'acte*, Découvertes Gallimard, 1994, p. 131.

à une répression gouvernementale et administrative parfois
systématique, apparaît sous la plume de Jaurès comme la
condition d'éducation des instituteurs eux-mêmes, comme
l'organe d'éducation sociale et politique des « éducateurs du
peuple ». Évidemment essentiel pour défendre efficacement
leurs intérêts corporatifs, le syndicat doit promouvoir, sans
jamais les séparer, les conditions mêmes de l'école publique
démocratique : libertés pédagogiques et intellectuelles contre
l'oppression administrative ; reconnaissance de la dignité
de la fonction enseignante dans la société ; haut niveau de
culture et participation à la vie intellectuelle, artistique et
scientifique des enseignants ; connaissance des conditions
de vie des milieux populaires ; idéal d'émancipation comme
valeur partagée.

En somme, on ne comprendrait pas le rôle qu'il attend du
syndicalisme enseignant sans le schème qui lui est habituel
de l'interpénétration des éléments dispersés ou opposés, sans
cette notion systématique de la rencontre et de l'unité qui
constitue la pensée et l'action humaines. Le syndicalisme
enseignant, contre les illusions politiques du républicanisme
abstrait et les illusions pédagogiques du phalanstère scolaire,
est l'organe qui doit expliciter l'imbrication de la question
sociale et de la question scolaire et les articuler concrètement
dans la lutte : « Quiconque ne rattache pas le problème
scolaire ou plutôt le problème de l'éducation à l'ensemble
du problème social se condamne à des efforts ou à des
rêves stériles[58] », écrit-il dans la *Revue de l'enseignement
primaire et primaire supérieur*. C'est aux syndicalistes de
faire valoir que l'éducation publique n'est possible qu'à la
mesure de l'amélioration des conditions d'existence du peuple.
Et c'est encore aux syndicalistes enseignants qu'il revient de
montrer que les réformes sociales doivent avoir toujours en
vue l'élévation du niveau culturel des futurs copropriétaires

---

58. Jean Jaurès, « Éducation post-scolaire », 30 septembre 1906,
REPPS, infra p. 203.

des moyens de production : « Toutes les lois de progrès social doivent être des moyens d'éducation, et elles n'ont toute leur valeur que par un effort d'éducation[59] », dit-il à propos du repos hebdomadaire. Le syndicat doit être à ses yeux le creuset même où se fondent pratiquement la lutte sociale et la diffusion culturelle, l'une ne pouvant manquer à l'autre comme on l'a vu plus haut. Le syndicat enseignant est l'instrument de cette synthèse, ses membres doivent en eux-mêmes conjuguer ces dimensions, être les agents de cette fusion pratique, à la fois penseurs et lutteurs. En ce sens ils sont des membres organiques particulièrement importants de la nouvelle classe intellectuelle des travailleurs, à la constitution de laquelle ils participent aussi par l'éducation scolaire des enfants et post-scolaire des adultes. À l'instar des autres institutions de la République comme la justice ou l'armée, il faut « réorganiser l'école dans un sens démocratique et populaire », c'est-à-dire ne pas les délaisser de façon fataliste comme autant d'instruments irrémédiablement et complètement au service de la classe dominante. L'école, comme toute institution, est le lieu d'un rapport de force entre les classes, un terrain de lutte plus qu'un instrument passif aux mains de la bourgeoisie. Il s'agit donc d'investir ce champ de lutte en y faisant entendre la revendication populaire et en la transformant même peu à peu en la chose du peuple lui-même par l'intervention active des membres du prolétariat, des familles d'élèves, des représentants des municipalités populaires, des syndicats ouvriers. Il ne s'agit pas, ce qui serait d'ailleurs en contradiction avec les positions générales de Jaurès, de soutenir un quelconque « socialisme d'État » qui ne serait jamais qu'un capitalisme administratif d'État[60]. L'école, comme l'appareil d'État et l'appareil de production, doit être socialisée, doit devenir une « fonction sociale »

---

59. Jean Jaurès, « Le repos hebdomadaire et l'éducation », 16 septembre 1906, *REPPS*, infra p. 199.
60. Jean Jaurès, « Socialisme et liberté », *op. cit.*, p. 73-74.

grâce au rôle décisif des syndicats et des coopératives, par la décentralisation, la coopération, l'intervention active des associations professionnelles dans la gestion et la politique pédagogique[61]. Le syndicalisme enseignant, lié à l'ensemble du mouvement ouvrier, doit participer de cette action du prolétariat pour démocratiser l'État, lequel peut jouer un rôle positif dans l'émancipation ouvrière s'il est lui-même « travaillé » ainsi de l'intérieur par les forces du prolétariat.

On sait combien Jaurès est devenu un nom sacré que l'on se dispute encore. Il faut bien parfois cette hypertrophie « commémorielle » pour cacher les renoncements les plus avérés. Mais il faudrait bien plutôt se demander si l'on peut encore tirer quelque leçon actuelle de cette pensée ou si, les questions politiques et sociales ayant radicalement changé, on doit la regarder comme définitivement enfermée dans une situation historique de la société et de l'école qui n'est plus. Pour notre part, disons-le tout net, nous avons fait nôtre la remarque de Madeleine Rebérioux : « Rien de moins désuet que sa pensée lors même que paraissent dater les solutions qu'il propose[62]. »

---

61. Cf. Bruno Antonini, *op. cit.*, p. 105.
62. Madeleine Rebérioux, *BSEJ*, n° 15, p. 16, cité par Jean-Pierre Rioux, « Lectures posthumes de Jaurès », *in* M. Rebérioux et G. Candar, *op. cit.*, p. 245.

Repères biographiques

par Catherine MOULIN

Né le 3 septembre 1859 à Castres dans le Tarn, Jean Jaurès est issu d'une famille bourgeoise désargentée. Brillant élève, il est un bon exemple de la promotion par l'Instruction publique. Alors qu'il fréquente le collège de Castres, il est remarqué par un inspecteur général en 1876 et obtient une bourse d'internat pour préparer à Paris le concours d'entrée à l'École normale supérieure auquel il est reçu premier après avoir été distingué au concours général. En 1881, il se classe troisième à l'agrégation de philosophie. De 1881 à 1885, il enseigne cette discipline au lycée d'Albi puis à l'université de Toulouse. Parallèlement, il rédige ses thèses (*De la réalité du monde sensible* en français et *Des premiers linéaments du socialisme allemand* en latin).

Après avoir assisté, fasciné, aux débats parlementaires au Palais-Bourbon lorsqu'il était étudiant, Jaurès se présente aux élections législatives de 1885 sur la liste républicaine dans le Tarn et devient le plus jeune député de la Chambre. C'est alors un admirateur de Jules Ferry et plus tard, devenu socialiste, il souligna toujours l'importance de son œuvre législative dans le domaine scolaire même s'il s'agissait à ses yeux d'une œuvre incomplète et paradoxale si elle ne s'accompagne pas de l'émancipation économique et sociale des classes populaires. Jaurès prend rapidement conscience de l'importance de la « question sociale » et il est vite déçu puis indigné par l'inertie parlementaire des républicains qui ne votent aucune réforme sociale. Battu aux élections législatives

de 1889, il devient, l'année suivante, conseiller municipal à
Toulouse et adjoint à l'Instruction publique jusqu'en 1893
dans une municipalité à tendance radicale. Ces premières
années en politique marquent aussi, pour Jaurès, le début
d'une féconde carrière de journaliste. En effet à partir de
1887, il collabore régulièrement à *La Dépêche* de Toulouse.
Sous le pseudonyme du « liseur », il y assure même une
chronique littéraire de 1893 à 1898 car, tout au long de sa
vie, il fut un immense lecteur, curieux de tout.

Même si Jaurès a toujours affirmé que « depuis 1886,
il était profondément socialiste », il s'agit en réalité d'une
lente évolution intérieure et non d'une conversion brutale. Le
contexte politique et social l'a favorisée avec la révélation
de divers scandales politico-financiers comme le scandale
de Panama en 1892, et la multiplication des grèves pour la
défense et l'application des quelques droits sociaux reconnus
par la loi aux ouvriers. C'est du reste une grève qui fait
définitivement entrer Jaurès dans le socialisme : celle des
mineurs de Carmaux en 1892, qui éclate à la suite du licen-
ciement de Jean-Baptiste Calvignac, un mineur qui a été élu
maire de la ville et auquel est reproché, en conséquence,
de trop nombreuses absences... Pour Jaurès, il s'agit d'une
remise en cause inacceptable du suffrage universel, de la
démocratie et du « droit ouvrier ». Il s'engage activement
aux côtés des ouvriers en grève. En octobre 1892, le marquis
de Solages, administrateur des mines de Carmaux et député,
démissionne de son mandat et Calvignac est réintégré. Les
militants socialistes choisissent Jaurès comme candidat pour
l'élection législative partielle de janvier 1893 : il est élu et
reste fidèle à la circonscription de Carmaux jusqu'à sa mort.

L'action menée par Jaurès durant la grève de Carmaux,
ajoutée à son charisme, lui confère un prestige inégalé.
Entre 1893 et 1900, il est appelé sur de multiples lieux de
grèves à travers la France. En 1895, il conseille et soutient
les verriers de Carmaux en grève à la suite du renvoi abusif
de deux délégués ouvriers. Ce conflit social très dur s'achève

le 25 octobre 1896 par l'inauguration d'une verrerie ouvrière à Albi, propriété collective du prolétariat. Mais, si Jaurès consacre une grande partie de son temps et de son action aux ouvriers, il porte un intérêt constant aux paysans et aux problèmes agraires.

Par ailleurs, il ne saurait y avoir à ses yeux d'émancipation du peuple sans instruction et c'est pourquoi Jaurès attache une importance fondamentale à l'école. Tout au long de sa carrière politique, Jaurès a promu le développement d'un enseignement démocratique et laïque. Le professeur qu'il était n'a cessé de porter attention à la dimension pédagogique de la question scolaire et, à partir de 1905, il donne, tous les quinze jours, un article à la *Revue de l'enseignement primaire et primaire supérieur*. À la Chambre, le député Jaurès intervient de nombreuses fois à la tribune pour défendre les instituteurs (leurs conditions matérielles et financières, leur indépendance morale, la conquête de leurs droits syndicaux – non encore reconnus à cette époque) et l'école laïque qui doit être aussi une école pleinement démocratique. Ainsi affirme-t-il le 12 février 1895 : « Il faut que vous organisiez des institutions mettant facilement les moyens de travail et d'éducation au service des enfants pauvres. » Pour cela, il exige un budget qui ne sacrifie pas « les œuvres de civilisation premières », au premier rang desquelles il place l'école. Jaurès souligne aussi, surtout lors de l'Affaire Dreyfus, qu'il importe de soustraire les enfants à l'influence « néfaste » du cléricalisme. Cette lutte contre le cléricalisme s'inscrit dans le combat pour la défense de la République et de ses principes, alors menacés.

L'année 1898 constitue un tournant important dans la vie politique de Jaurès. Tout d'abord, à la suite de la publication de la lettre ouverte de Zola, « J'accuse », il s'engage dans le débat public avec de nombreux intellectuels et hommes politiques de gauche : pour lui, la lutte des classes va de pair avec le fait de « lutter pour l'humanité ». Il multiplie les meetings à travers la France et rédige, dans *La Petite République*, une série d'articles intitulée « Les Preuves », dans laquelle il démontre avec une grande rigueur que le dossier d'accusation contre Dreyfus repose sur une série de faux. À partir de 1898, Jaurès s'engage par ailleurs dans un autre combat : la réalisation de l'unité socialiste. Il déplore en effet l'émiettement du mouvement socialiste en divers partis qu'il qualifie de « sectes ». Si le contexte de l'Affaire Dreyfus a permis un certain rapprochement entre les socialistes, les tentatives unificatrices impulsées par Jaurès en 1898 et 1899 échouent. Une nouvelle source de discorde apparaît alors avec la question du « ministérialisme », c'est-à-dire la participation à un gouvernement « bourgeois » : Jaurès soutient l'entrée du premier socialiste dans un gouvernement, Alexandre Millerand, ministre dans le gouvernement Waldeck-Rousseau de « défense républicaine », mais Guesde et Vaillant s'y opposent avec vigueur. Le face-à-face fratricide prend fin sur l'injonction de l'Internationale socialiste réunie à Amsterdam en août 1904 pour son sixième congrès. Au terme de débats très vifs, une motion invite les socialistes à s'unir dans chaque pays au sein d'un seul parti. Dès lors, la marche vers « le beau soleil de l'unité socialiste » s'accélère. Les 23 et 24 avril 1905 se tient le congrès dit « du Globe » par référence au nom de la salle qui l'a accueilli. Il débouche sur la création de la SFIO (Section française de l'Internationale ouvrière), premier véritable parti politique moderne en France.

En devenant socialiste au début des années 1890, Jaurès s'est rallié aux « conceptions économiques » de Marx : il condamne le capitalisme, ses conséquences sociales et les crises qu'il génère. La lutte des classes, « antagonisme profond, inévitable », est au cœur de son argumentation. Pour mettre un terme à la dépendance socio-économique des salariés qu'il qualifie de « servitude », il faut, pour Jaurès, édifier une autre société reposant sur la collectivisation des moyens de production, mais celle-ci est envisagée dans le cadre d'une gestion largement décentralisée. Depuis 1898, il renonce à un certain messianisme révolutionnaire alors largement partagé chez les socialistes et, par ailleurs, il a toujours été étranger à toute idée de « grand soir » et de recours à la violence pour renverser le capitalisme. En conséquence, Jaurès envisage « une sorte d'évolution pacifique », une « réalisation graduelle du socialisme ». Il mise donc sur le suffrage universel pour permettre aux socialistes, d'une part, de conquérir des mairies, appelées à être des « laboratoires », des « vitrines » du socialisme et, d'autre part, d'agir au Parlement, car les réformes successives sont importantes pour apporter des améliorations immédiates face à la dureté de la condition ouvrière (réduction de la durée du temps de travail, retraites ouvrières, reconnaissance des droits syndicaux, etc.) et aussi pour introduire au sein même de la société capitaliste des « bribes » de plus en plus nombreuses et significatives de socialisme. La pensée jaurésienne est donc bien une pensée révolutionnaire (il n'est pas question d'aménager le capitalisme, mais bien de le détruire), mais cette « évolution révolutionnaire » passe par une action légale et réformatrice. C'est pourquoi Jaurès insiste sur le rôle éducatif du parti et de ses membres. Lui qui se définit comme un « éducateur du peuple » souligne la nécessité de « propagander » sans cesse, ce qu'il fit amplement en sillonnant la France pour participer à d'innombrables meetings, conférences et autres manifestations.

Bien que ses positions aient été mises en minorité lors du congrès fondateur du Globe, Jaurès affirme de plus en plus son influence au sein de la SFIO au fil des années. Le 18 avril 1904, paraît le premier numéro de *L'Humanité*, journal socialiste dont il est le fondateur, le directeur, et dont il écrit chaque jour l'éditorial. La qualité du quotidien en fait une référence et contribue à la diffusion des idées jaurésiennes.

De 1902 à 1914, Jaurès conserve son mandat de député. Mais, durant ces années d'intense activité parlementaire, il s'efforce de ne pas s'éloigner de la classe ouvrière. En octobre-novembre 1903, alors qu'il est vice-président de la Chambre, il participe à une commission parlementaire créée à la suite de la grève des ouvriers et ouvrières du textile de la vallée de la Lys dans la région d'Armentières. Venu à la rencontre des ouvriers, il est frappé par la profondeur de leur misère. Dans un rapport à la Chambre, il dénonce avec vigueur les industriels du Nord. Entre 1906 et 1910, éclatent de grandes grèves dans divers secteurs. Jaurès les soutient activement et prend la défense des syndicalistes victimes de la répression. En 1906, lors du congrès d'Amiens, la CGT affirme sa totale autonomie par rapport aux partis politiques, son caractère révolutionnaire et la pertinence du recours à la grève générale insurrectionnelle. Dans les années 1906-1907, les rapports entre les socialistes et les syndicalistes sont au cœur des débats de la SFIO. Jaurès prend acte de la « charte » d'Amiens de la CGT, défend avec succès le principe d'une « coopération volontaire » entre le parti et la CGT, respectant l'autonomie de cette dernière. Enfin, en 1906, il crée une tribune libre à disposition de la CGT au sein de *L'Humanité*. Il résulte de ses prises de position un lent rapprochement entre Jaurès et la CGT, toujours suspicieuse à l'égard du politique.

Si Jaurès ne s'est jamais désintéressé des problèmes internationaux, c'est surtout à partir de 1904 qu'ils prennent une part importante dans son activité politique, part qui devient primordiale après 1910. La guerre russo-japonaise en 1904 et la première crise marocaine qui oppose la France et l'Allemagne l'année suivante illustrent à ses yeux le risque de la généralisation d'un conflit régional par le jeu des alliances militaires. Elles mettent en évidence les problèmes générés par la diplomatie secrète, mais aussi par les convoitises et les marchandages impérialistes menés par ceux qu'il nomme les « maquignons de la patrie ». Enfin, Jaurès s'inquiète aussi

de la « griserie nationaliste et chauvine » encouragée par la
grande presse et de nombreux hommes politiques.

Comment, dès lors, préserver l'humanité du pire ? Rappelons tout d'abord que Jaurès n'agit pas par antipatriotisme.
Déjà à Lyon en 1894, il affirmait : « Nous voulons la patrie
française et républicaine libre et forte, mais nous ne voulons
pas que, sous prétexte de patriotisme, on jette les uns sur
les autres les peuples affolés. » Il ne se départit jamais de
cette position par la suite. Jaurès cherche à agir à l'échelle
nationale et à l'échelle internationale. Au niveau national,
le député socialiste se mobilise contre le poids excessif
des budgets militaires, mais aussi contre la « loi des Trois
Ans » qui allonge le service militaire en 1914. Mais il ne
limite pas son action à l'opposition et à la contestation. Il
cherche à être aussi une force de proposition. En témoigne
notamment le projet qu'il propose à la Chambre en 1910
sur la réforme de l'armée : il s'agit d'une réorganisation
basée sur l'idée d'une armée populaire à vocation stricte-
ment défensive, formée de milices éduquées et entraînées.
Ce projet donne naissance à un ouvrage intitulé *L'Armée
nouvelle*, publié en 1911. Au niveau international, Jaurès
préconise une politique de « désarmement simultané entre
les nations » et « une politique d'arbitrage international
applicable à tous les litiges », proposition novatrice pour
l'époque et qui préfigure les objectifs de la Société des
Nations… Il pense aussi qu'il serait possible de résoudre
certains problèmes internationaux par la négociation et les
concessions bilatérales : ce pourrait être, selon lui, le cas
de l'Alsace-Lorraine. Mais Jaurès mise aussi, et de plus
en plus au fil des ans, sur l'organisation internationale du
prolétariat et donc sur l'action de la Deuxième Internationale
socialiste, fondée en 1889 : elle doit être un instrument de
lutte contre les menaces de guerre, une force d'action pour
la paix. En cas de déclenchement d'une guerre, il préconise
le recours à « la grève générale ouvrière internationalement

organisée » à laquelle la CGT est très attachée… mais à
laquelle les sociaux-démocrates allemands sont résolument
hostiles. Les propositions de Jaurès sur les problèmes internationaux et les questions de défense nationale lui valent,
plus que tout le reste, le déchaînement de campagnes de
haine. « Herr Jaurès » est présenté dans la presse à grand
tirage comme *Le Petit Journal* et par divers auteurs (de
Péguy à Maurras), comme un traître à sa patrie, vendu à
l'Allemagne, « fossoyeur de l'armée », de l'Alsace-Lorraine
et des intérêts français.

Lorsque survient la crise de juillet 1914, Jaurès n'anticipe
pas l'ampleur du péril, pas avant l'ultimatum de l'Autriche
à la Serbie, le 23 juillet. Le 25 juillet, il vient d'apprendre
la rupture des relations diplomatiques entre les deux pays
lorsqu'il s'adresse aux Lyonnais du quartier de Vaise. Il
leur parle « avec une sorte de désespoir », dénonce une fois
encore les méfaits de l'impérialisme, la diplomatie secrète, le
mécanisme des alliances, mais veut croire « encore, malgré
tout, qu'en raison même de l'énormité du désastre dont nous
sommes menacés, à la dernière minute, les gouvernements se
ressaisiront ». Il mise sur la médiation proposée par l'Angleterre à l'Allemagne et à la Russie. Mais il compte surtout
sur la mobilisation du prolétariat « pour écarter l'horrible
cauchemar ». Dans les jours qui suivent, Jaurès s'efforce de
mobiliser l'Internationale : le 29 juillet il est à Bruxelles et
il obtient la réunion d'un congrès international à Paris prévu
le 9 août et à l'occasion duquel devraient être organisées
de grandes manifestations pour la paix. Le 30, de retour à
Paris, il rencontre Viviani, à la fois président du Conseil
et ministre des Affaires étrangères, pour l'exhorter à faire
pression sur la Russie et à soutenir la médiation britannique.
Il sort trop confiant de l'entretien et, le lendemain, lorsque
l'Allemagne décrète « l'état de danger de guerre », Jaurès
comprend que la diplomatie française, prise dans les rets de
l'alliance militaire franco-russe et des intérêts économiques

et financiers, a laissé faire la Russie qui a commencé à mobiliser dès le 29 juillet. C'est pourquoi il veut écrire dans *L'Humanité* une sorte de « J'accuse » afin de présenter au grand jour les causes et les responsables de la crise. Mais, alors qu'il dîne au café du Croissant, il est assassiné d'un coup de revolver par un nationaliste, Raoul Villain.

« Ils ont tué Jaurès… c'est la guerre. »

Une anthologie sur l'éducation

par Guy Dreux et Christian Laval

Orateur exceptionnel, Jean Jaurès a laissé une œuvre écrite immense au point d'en interdire toute publication exhaustive[1]. Cette immensité ne tient pas seulement à la quantité des textes produits, mais aussi à l'étonnante richesse des thèmes abordés. Jaurès a tout investi en effet : les relations internationales comme la critique littéraire, l'histoire de la Révolution française comme la question des impôts, la laïcité comme l'organisation de l'armée… et toujours, toujours le socialisme. Le corpus jaurésien est donc constitué d'ouvrages majeurs, qui ont connu quelques rééditions, mais aussi, et surtout, de centaines de discours et de conférences et de milliers d'articles.

Face à cette œuvre immense et éparse, le choix de l'anthologie s'est rapidement imposé pour permettre à un large public d'y accéder. Du vivant même de Jaurès, Charles Péguy constitue, avec l'accord de l'auteur, une anthologie fameuse, *L'Action socialiste*, la première d'une longue série. Chaque anthologie permet à ses concepteurs de privilégier certaines thématiques, d'insister sur certains aspects de sa pensée, éventuellement sur son évolution. Mais si plusieurs d'entre elles font une place à la question de l'éducation,

---

1. La publication des œuvres complètes par la librairie Arthème Fayard, sous la direction de Madeleine Rebérioux et Gilles Candar, est d'autant plus salutaire que c'est une tâche à laquelle plusieurs éditeurs s'étaient attelés depuis 1914, sans jamais aboutir. Malgré l'ampleur du projet, cette édition ne pourra restituer intégralement les milliers de textes et d'articles que Jaurès a produits, pour ne rien dire de sa correspondance.

aucune à ce jour ne lui a été exclusivement consacrée. Ce « manque » est d'autant plus regrettable que cette question n'a pas seulement été une préoccupation permanente de Jaurès, elle est constitutive de sa conception du socialisme. Depuis son premier discours à la Chambre en 1886 portant sur les écoles municipales jusqu'aux articles les plus tardifs de *L'Humanité* et de la *Revue de l'enseignement primaire et primaire supérieur*, la question scolaire, et plus largement éducative, est un leitmotiv du combat politique de Jaurès.

Les discours et articles que Jaurès a consacrés à l'éducation sont innombrables et de nature différente. La présente anthologie voudrait en offrir les éléments les plus significatifs. Fondations de la pensée scolaire de la gauche française, véritables monuments de l'histoire de l'école laïque, les grands et fameux discours de Jaurès sur le thème de l'éducation et de l'école ne pouvaient manquer d'ouvrir cette anthologie, même s'ils ont été maintes fois réédités depuis sa mort. Moins connus mais tout aussi précieux pour la connaissance de la pensée de Jaurès, les multiples interventions de Jaurès sur l'éducation dispersées dans les journaux et les revues offrent toute la gamme de son combat en faveur de l'école populaire, bien au-delà de la question de la laïcité. Dans ses textes, Jaurès se veut et se fait formateur des éducateurs, de tous les militants socialistes, des syndicalistes, des instituteurs, qui ont la tâche stratégique de contribuer à l'éducation des enfants du peuple.

De ce travail de formation politique, intellectuelle, morale, les articles que Jaurès a donnés dans la *Revue de l'enseignement primaire et primaire supérieur* de 1905 à 1914 en sont l'une des réalisations les plus achevées[2]. Ce qui explique la place importante qu'ils tiennent ici[3].

2. Cf. Laurence Ruimy, « La Revue de l'enseignement primaire et primaire supérieur, 1890-1914 », in *Jean Jaurès, Cahiers trimestriels*, n° 146, octobre-décembre 1998.
3. La *Revue de l'enseignement primaire et primaire supérieur* créée en 1890 est une revue pédagogique et corporative qui a joué un rôle important dans le développement des Amicales puis dans la naissance

Cette anthologie voudrait faciliter l'accès à une pensée originale et puissante de l'éducation, à la fois politique et philosophique. Cette pensée authentique est aujourd'hui trop souvent voilée par ce qu'on retient du brio de l'orateur. Et si elle est bien la trame des centaines d'interventions de l'éditorialiste et du journaliste, la forme fragmentaire de son expression en a jusqu'alors entravé la perception de son unité et de sa singularité.

L'idée de cette anthologie a trouvé un accueil enthousiaste chez Madeleine Rebérioux qui se trouvait être non seulement la spécialiste de Jaurès que l'on sait mais également la co-présidente du Conseil scientifique de l'Institut de Recherches de la FSU. C'est avec elle que nous avons défini l'esprit de ce recueil, le double rapport de l'école et de la société et de l'éducation et du socialisme dans la pensée de Jaurès (quel meilleur angle d'approche pouvions-nous trouver quand ce qui nous réunissait était aussi l'engagement syndical ?), et que nous avons choisi l'essentiel des textes. À la suite de sa disparition en février 2005, Catherine Moulin et Gilles Candar ont accepté de poursuivre le travail de Madeleine Rebérioux, en contribuant au choix des textes et en constituant l'appareil critique de cette édition.

---

du Syndicat des instituteurs avant et après la Première Guerre mondiale. On retrouvera d'ailleurs parmi les créateurs de ce syndicat quelques-uns des collaborateurs les plus importants de la *Revue*. Celle-ci se propose d'améliorer les conditions d'enseignement, de diffuser les méthodes et exercices pédagogiques, de défendre les intérêts moraux et matériels de la profession. À la défense de l'école laïque et de la République, les rédacteurs, qui sont pour la plupart des enseignants, vont joindre une dimension socialiste de plus en plus affirmée.

DISCOURS

Le droit des communes en matière d'enseignement primaire

Séance du 21 octobre 1886,
tenue sous la présidence de M. Charles Floquet

Ce court discours sur les droits des communes est peu connu. Il s'agit pourtant de la première intervention à la tribune parlementaire de Jean Jaurès, le 21 octobre 1886. Le jeune député républicain du Tarn (27 ans), benjamin de la Chambre, élu en octobre 1885, n'avait pas pris auparavant la parole. Pas vraiment par timidité, comme cela fut souvent dit, mais parce que l'abstinence oratoire la première année de mandat parlementaire était une règle coutumière, et que Jaurès, si la nécessité contraire ne s'imposait pas, se montrait volontiers respectueux des bons usages. Son propos peut sembler concerner une question de détail : un député de la majorité républicaine, professeur de surcroît, intervient sur les questions scolaires à l'occasion du retour devant la Chambre des dispositions législatives sur le traitement des instituteurs et l'organisation laïque de l'enseignement primaire. René Goblet, député républicain et radical de la Somme, fort estimé par Jaurès, est alors ministre de l'Instruction publique. À première vue, le propos de Jaurès – il s'agit ici d'une proposition d'amendement – peut nous surprendre. Il défend en effet le droit des communes à ouvrir, sous la garantie de l'État, des écoles laïques qui pourront « instituer des écoles d'expériences où des programmes nouveaux, des méthodes nouvelles puissent être essayés, où des doctrines plus hardies puissent se produire ». Intervention pour prendre date, pour exprimer son point de vue, l'orateur concluant par le retrait de son amendement, soucieux de ne

*pas causer de difficultés à la majorité gouvernementale et
à l'avancement des lois scolaires. Mais elle montre dès les
origines la richesse et la complexité des conceptions laïques
de Jaurès : l'État doit aider au développement des libertés,
être un garant, non une force de contrainte, et la laïcité,
affaire nationale et publique, ne doit pas s'enfermer dans
un cadre uniforme, rigide et administratif, mais s'ouvrir à
la vie sociale et accepter la diversité.*

M. le Président : Vient maintenant, sur ce même article,
l'amendement de M. Jaurès, qui est ainsi conçu : « Les établissements d'enseignement primaire de tout ordre peuvent
être publics, c'est-à-dire institués au nom de l'État, ou
communaux, c'est-à-dire fondés ou entretenus directement
par les communes, ou privés, c'est-à-dire par des particuliers
ou des associations. » La parole est à M. Jaurès.

À gauche : Retirez-le !

M. Jaurès : Rassurez-vous, messieurs. L'amendement
que j'ai déposé, je crois utile de le défendre en quelques
mots, uniquement pour rappeler un point de doctrine républicaine. *(Très bien ! à gauche.)* Je crois que nous devrons
nous préoccuper, lorsque l'heure sera venue, d'assurer et
de régler, en matière d'enseignement primaire, le droit des
communes. Je me hâte de dire que dans ma proposition, pas
plus aujourd'hui que pour l'avenir, il ne se cache aucune
arrière-pensée, d'hostilité contre la loi ; j'en accepte pleinement, sans réserve aucune, le principe essentiel, qui est
la laïcité. Il est vrai que d'habitude, c'est pour combattre
indirectement la laïcité qu'on fait appel aux franchises
communales. Mais je crois, après réflexion sérieuse, qu'au
fond de cette tactique il y a une erreur de doctrine. Si la
commune n'est pas un être fictif, elle n'est pas non plus une

personne réelle. Elle a été, il est vrai, faite par l'histoire, mais elle tient son autorité de l'État ; elle tient de l'État le droit sans lequel tous les autres sont vains, le droit de lever l'impôt. Donc, si vous accordiez à la commune la faculté d'avoir des écoles à elle, fondées, entretenues, dirigées par elle seule, la commune, parce qu'elle tient son autorité de l'État, n'aurait pas le droit d'aller contre le principe dominant de l'enseignement public.

Or, ce principe, c'est que la société française repose non plus sur l'idée religieuse transmise et discutable, mais sur l'idée naturelle de justice, acceptée par tous. Et la laïcité n'étant que l'expression de ce principe, non seulement l'école publique, mais l'école exclusivement communale devrait être laïque. Mon vœu est donc bien simple : je demande seulement, lorsque la commune aura pourvu à toutes ses obligations envers l'État, lorsqu'elle aura créé le nombre d'écoles publiques exigé par celui-ci, qu'elle ait encore le droit, à ses frais, et sans sortir de la laïcité, d'instituer des écoles d'expériences où des programmes nouveaux, des méthodes nouvelles puissent être essayés, où des doctrines plus hardies puissent se produire. *(Très bien ! très bien ! à gauche.)*

M. Le Provost de Launay, député bonapartiste des Côtes-du-Nord : Les communes n'auront plus un centime. Elles seront ruinées par votre loi.

M. Jaurès : Remarquez, d'ailleurs, messieurs, que sur ce point la loi de 1882 et la loi complémentaire qui vous est soumise aujourd'hui ne sont pas explicites. J'ai consulté plusieurs de nos collègues, parmi les plus compétents ; la plupart m'ont répondu qu'ils ignoraient si le droit des communes subsistait ou non. Quelques-uns m'ont dit : Oui, il subsiste, mais il est sous-entendu. Prenons garde, n'en parlons pas ; n'avertissons pas les villes qu'elles peuvent faire concurrence à l'État ; n'imitons pas le confesseur qui révèle les fautes au pénitent. *(Rires approbatifs à gauche.)*

Messieurs, je suis convaincu qu'à l'occasion nos adversaires politiques ne manqueront ni de conseillers ni de directeurs pour les instruire au péché. Il serait étrange de maintenir obscurément les franchises communales dans la loi pour être libéral, et de ne pas en avertir les communes pour rester pratique.

Nous devons d'autant plus nous préoccuper, au moins dans l'avenir, d'accorder aux municipalités des écoles exclusivement municipales, que tout lien entre les communes et les écoles publiques va être désormais rompu. Nous traversons une période où tout se fait dans l'enseignement primaire, à tous ses degrés, par la collaboration confiante des communes et de l'État. Pourquoi ? Parce que l'État a besoin des communes. Il en a besoin pour l'édification des locaux ; il en a besoin pour la rémunération des maîtres. Ainsi, les communes sont attachées à leurs écoles et par des sacrifices récents et par les droits tout neufs que ces sacrifices leur confèrent. Il leur semble, lorsqu'elles consacrent une idée, que cette idée sera acceptée aisément, que pour quelques détails on ne rebutera pas leurs conceptions, parce qu'il faudrait en même temps rebuter leurs offres. Mais dans quelques années, quand la plupart des écoles nécessaires auront été construites ; demain, quand les maîtres seront payés par l'État, quand le souvenir des sacrifices consentis par les communes et des droits que ces sacrifices leur conféraient aura disparu, que verrons-nous ? Je le crains : insouciance des communes et arrogante tutelle de l'État. *(Très bien ! très bien ! sur plusieurs bancs à gauche.)*

Je sais des administrateurs républicains de nos grandes villes qui voient avec tristesse l'œuvre où depuis bien des jours ils mettent leur pensée sortir définitivement de leurs mains : M. Barodet, en 1882, et M. le comte Albert de Mun[1], quand ils proposaient de confier aux conseils municipaux, représentant

---

1. Donc à la fois l'un des champions de la gauche le radical Désiré Barodet (1823-1906) et le député royaliste et catholique Albert de Mun (1841-1914).

les familles, la nomination des instituteurs, commettaient à mon sens une erreur grave ; l'école ne continue pas la vie de famille, elle inaugure et prépare la vie des sociétés. *(Vif assentiment à gauche.)*

Est-ce à dire que les familles, qui sont, après tout, cette partie de la société qui a l'intérêt le plus direct dans l'éducation des enfants, ne doivent pas être entendues ? Est-ce à dire qu'il n'est pas utile, même au point de vue social, de tourner au profit de tous leur sollicitude passionnée pour quelques-uns ? Oui, à condition que dans ce métier d'éducateur, où la tendresse ne suffit pas, elles fassent leur apprentissage et leurs preuves ; Or, à l'avenir les programmes seront discutés bien loin des familles, tout contrôle leur échappera, et même jusqu'à la pensée d'en exercer un. Le peuple sera obligé de subir passivement pour ses fils un enseignement qu'il n'aura pas préparé, comme la bourgeoisie a subi passivement depuis un siècle un enseignement qui avait été réglé sans elle. Laissez, au contraire, à quelques municipalités la gestion de quelques écoles indépendantes, et les municipalités mettront tous les jours les familles en face des problèmes de l'éducation. J'espère bien, lorsque l'école républicaine aura porté ses premiers fruits, que les travailleurs, les vrais, arriveront en grand nombre dans les conseils locaux, et là ils diront, si vous leur en donnez la tentation avec le droit, quelle est la partie de l'enseignement autrefois reçu par eux qui leur a été le plus utile ; ils vous diront ce qui leur a le plus servi, à l'épreuve : ou la connaissance précise de quelques règles techniques, ou la ferme intelligence de certains principes généraux, et ils vous diront dans quelle mesure on peut les associer ; ils vous diront quelle partie de l'histoire a le mieux éclairé pour eux ces problèmes politiques et sociaux qui travaillent notre siècle ; ils vous diront aussi jusqu'où leur esprit peut s'élever sans trouble dans les hautes conceptions générales d'où la science prétend résumer l'univers ; à quels exemples, à quels récits, à quels accents… *(Interruptions sur plusieurs bancs.)* Je serais heureux de saisir le sens de ces interruptions.

Voix à droite : Ce n'est pas nous qui vous interrompons !

À gauche : Parlez ! parlez !

M. Jaurès : Je développe simplement cette pensée, que le jour où les programmes seraient contrôlés par l'expérience même des enfants du peuple, que le jour où les travailleurs pourraient dire ce qui les a le plus soutenus dans les combats de la vie, ce jour-là, nous aurions des programmes mieux adaptés aux exigences, aux nécessités de la vie quotidienne. Ainsi, vous inspirerez à l'éducation populaire non pas la pensée captive et refroidie de quelques fonctionnaires enclins au repos, mais l'âme ardente et libre du travail humain. (*Applaudissements à gauche.*) Messieurs, il y a une autre raison, très haute et très délicate – et je finis par celle-là – il y a une autre raison pour laquelle l'État doit respecter la liberté des communes : c'est qu'en matière d'enseignement philosophique et moral, l'État ne peut approprier son enseignement à la diversité de tous les esprits et de tous les milieux. Deux forces se disputent aujourd'hui les consciences : la tradition, qui maintient les croyances religieuses et philosophiques du passé ; la critique, aidée de la science, qui s'attaque non seulement aux dogmes religieux, mais aux dogmes philosophiques ; non seulement au christianisme, mais au spiritualisme. Eh bien, en religion, vous pouviez résoudre la difficulté et vous l'avez résolue : l'enseignement public ne doit faire appel qu'à la raison, et toute doctrine qui ne se réclame pas de la seule raison s'exclut elle-même de l'enseignement primaire. Vous nous dites tous les jours que c'est nous qui avons chassé Dieu de l'école, je vous réponds que c'est votre Dieu qui ne se plaît que dans l'ombre des cathédrales. (*Très bien ! très bien ! et applaudissements à gauche. – Interruptions à droite.*)

En religion, nous pouvons nous taire sans abdiquer ; nous n'avons qu'un devoir, c'est de ne pas introduire dans l'école nos agressions personnelles, qui peuvent être offensantes et qui sont inutiles, c'est de ne pas les ajouter aux agressions constantes de la vérité scientifique contre vous. Mais en philosophie, entre toutes les doctrines qui ne se réclament que de la raison, quel choix ferez-vous ? Vous avez choisi, et vous ne pouviez pas faire autrement, la doctrine qui a le plus de racines dans le pays, je veux parler du spiritualisme traditionnel. (*Bruit.*) Messieurs, je sens la difficulté de parler dans ces conditions…

À gauche : Parlez ! parlez !

M. Jaurès : Vous êtes l'État, et vous ne pouvez faire qu'une chose : traduire pour l'enfant la conscience moyenne du pays. J'entends que l'on ne peut guère enseigner dans les écoles de l'État que les opinions les plus généralement répandues dans le pays, mais j'ajoute que le spiritualisme, qui est notre doctrine d'État, est contesté par un très grand nombre d'esprits ; il est répudié par l'élite, – à tort ou à raison, je n'ai pas à me prononcer là-dessus – par l'élite intellectuelle de l'Europe. (*Applaudissements sur divers bancs à gauche. Exclamations et interruptions à droite.*)

M. le comte Albert de Mun, député royaliste du Morbihan : Qu'est-ce que vous appelez l'élite intellectuelle de l'Europe ?

M. Jaurès : Messieurs, je ne constate que des faits, je n'y mêle aucune appréciation de doctrine.

M. Lucien de la Ferrière, député royaliste de l'Eure : Que dit M. le ministre de cette manière de voir ?

M. le Président, *se tournant vers la droite* : Vous demandez, messieurs, la liberté pour l'école ; laissez-la au moins
pour la tribune. *(Très bien ! très bien !)*

M. le comte Albert de Mun : Nous voudrions savoir ce
que l'orateur appelle « l'élite intellectuelle de l'Europe ».

M. Jaurès : Messieurs, je crois m'être borné à constater un
fait, c'est qu'il y a une difficulté très grande pour l'État, une
difficulté très sérieuse, une difficulté qui n'a pas préoccupé
nos collègues, mais qui éclatera très prochainement sur tous
les points de la France, dans les milieux les plus différents ;
alors que les doctrines les plus diverses peuvent s'emparer
des esprits, dans les campagnes et dans les villes, vous êtes
obligé, vous, État, qui avez toute la responsabilité devant la
nation, d'enseigner des doctrines qui partout auront pu être
acceptées. Je dis qu'il y a des grandes villes où les travailleurs
se sont approprié les résultats généraux de la critique et de
la science, et que dans ces grandes villes, le spiritualisme ne
peut être la règle exclusive des esprits et le dogme scolaire.
J'ajoute que dans l'intérêt même de l'État, qui ne peut pas
aller au-delà de l'opinion générale de la nation, vous devez
permettre aux municipalités d'interroger, par certaines écoles
communales, la conscience populaire, et de proportionner
l'enseignement à cet état des esprits. *(Applaudissements sur
plusieurs bancs à gauche.)* Que viens-je vous demander ? Une
seule chose : c'est qu'il y ait partout dans l'enseignement
populaire une sincérité et une franchise absolues, que vous
ne dissimuliez rien au peuple, que là où le doute est mêlé
à la foi, vous laissiez se produire le doute, et que quand la
négation domine, elle puisse aussi se produire librement.
   Voilà les simples idées que je viens apporter à la tribune.
Je crois qu'elles sont conformes à la pure doctrine du parti
républicain. Je crois qu'il est impossible à l'État d'assumer
à lui tout seul la charge de l'éducation populaire ; je crois
qu'il ne peut pas traduire dans cet enseignement tout ce qui

dans la conscience humaine peut surgir de neuf et de hardi, et que la loi doit laisser le soin de traduire ces sentiments nouveaux aux représentants élus des grandes villes, aux municipalités. *(Applaudissements sur les mêmes bancs à gauche.)*

Messieurs, je me rends parfaitement compte qu'il est impossible, pour introduire plus de liberté dans votre loi, d'ajourner les résultats déjà obtenus, et je ne doute pas que dans l'application de la loi, M. le ministre de l'Instruction publique, qui est partisan dans une très large mesure de la liberté des communes, ne leur fasse leur juste part. Il a dit, il y a quelques mois, qu'il fallait développer les libertés communales ; je pense qu'il entend par là les libertés budgétaires ; mais comme ces libertés commandent toutes les autres, c'est avec confiance que je lui remets, en retirant mon amendement, le soin de corriger l'excès de la centralisation scolaire. *(Applaudissements sur plusieurs bancs à gauche et au centre.)*

M. le Président : L'amendement est retiré. *(Rires ironiques à droite.)*

M. le comte de Kergariou, député royaliste des Côtesdu-Nord : C'était bien la peine ! *(Bruit.)*

Discours à la jeunesse

Discours prononcé par Jean Jaurès,
vice-président de la Chambre des députés,
à la distribution des prix du lycée d'Albi, en 1903

*Au cours de sa carrière universitaire et politique, Jaurès
prononça plusieurs discours de distribution des prix. Les
circonstances en furent à chaque fois assez différentes : le
3 août 1883, ce fut le benjamin du corps professoral du
lycée d'Albi qui disserta devant les élèves et ses collègues de
« la bienveillance dans les jugements ». Le 31 juillet 1904,
c'est un des hommes forts de la majorité parlementaire,
du Bloc des gauches, qui expose devant les professeurs
et élèves de son ancien collège de Castres sa conception
de l'enseignement laïque, alors que la France a rompu
ses relations diplomatiques avec le Vatican et s'apprête à
séparer l'Église de l'État. Ici, le 30 juillet 1903, la situation
est à la fois proche, mais distincte, de celle de 1904. Jaurès
est un personnage officiel, vice-président de la Chambre
des députés, fonction alors auréolée d'un prestige encore
puissant, qu'il ne devait conserver qu'une année. Il est
député socialiste de Carmaux, co-directeur de* La Petite
République, *déjà un des animateurs de la majorité combiste,
mais l'action laïque entreprise par le gouvernement Combes
n'a pas encore produit tous ses effets. Certes, la question de
la séparation est déjà posée (la première proposition a été
déposée le 7 avril à la Chambre par le socialiste Francis
de Pressensé), mais rien n'est encore déterminé. Combes
notamment hésite toujours, considérant les avantages du
Concordat pour contrôler l'Église catholique. Les débats
sont pourtant des plus vifs, à la Chambre et dans l'opinion.*

*L'affrontement concerne pour l'heure les congrégations,
c'est-à-dire les ordres monastiques, et notamment leurs
établissements d'assistance ou d'enseignement.*

*Il est remarquable de voir comment Jaurès n'élude pas
l'atmosphère de batailles passionnées du débat civique sans
tomber dans la prédication militante. Il parle de plus haut.
Il s'adresse à des lycéens, donc des jeunes gens issus pour
l'essentiel de la bourgeoisie, bons latinistes (il ne se donne
pas le ridicule de leur traduire la citation, pas trop abstruse
il est vrai, de Virgile qu'il utilise) et leur présente, cartes
sur table pourrait-on dire, la conception générale de la vie
et de l'action qui l'inspire comme homme politique. D'où
sans doute la célébrité de ce texte, si souvent cité et invoqué.*

Mesdames, Messieurs, Jeunes Élèves,

C'est une grande joie pour moi de me retrouver en ce
lycée d'Albi et d'y reprendre un instant la parole. Grande
joie nuancée d'un peu de mélancolie ; car lorsqu'on revient
à de longs intervalles, on mesure soudain ce que l'insensible
fuite des jours a ôté de nous pour le donner au passé. Le
temps nous avait dérobés à nous-mêmes, parcelle à parcelle, et
tout à coup c'est un gros bloc de notre vie que nous voyons
loin de nous. La longue fourmilière des minutes emportant
chacune un grain chemine silencieusement, et un beau soir
le grenier est vide.

Mais qu'importe que le temps nous retire notre force peu
à peu, s'il l'utilise obscurément pour des œuvres vastes en
qui survit quelque chose de nous ? Il y a vingt-deux ans,
c'est moi qui prononçais ici le discours d'usage. Je me
souviens (et peut-être quelqu'un de mes collègues d'alors
s'en souvient-il aussi) que j'avais choisi comme thème :
les Jugements humains. Je demandais à ceux qui m'écou-
taient de juger les hommes avec bienveillance, c'est-à-dire
avec équité, d'être attentifs dans les consciences les plus

médiocres et les existences les plus dénuées, aux traits de
lumière, aux fugitives étincelles de beauté morale par où
se révèle la vocation de grandeur de la nature humaine. Je
les priais d'interpréter avec indulgence le tâtonnant effort
de l'humanité incertaine.

Peut-être, dans les années de lutte qui ont suivi, ai-je
manqué plus d'une fois envers des adversaires à ces conseils
de généreuse équité. Ce qui me rassure un peu, c'est que
j'imagine qu'on a dû y manquer aussi parfois à mon égard,
et cela rétablit l'équilibre. Ce qui reste vrai, à travers toutes
nos misères, à travers toutes les injustices commises ou
subies, c'est qu'il faut faire un large crédit à la nature
humaine ; c'est qu'on se condamne soi-même à ne pas
comprendre l'humanité, si on n'a pas le sens de sa grandeur
et le pressentiment de ses destinées incomparables.

Cette confiance n'est ni sotte, ni aveugle, ni frivole. Elle
n'ignore pas les vices, les crimes, les erreurs, les préjugés,
les égoïsmes de tout ordre, égoïsme des individus, égoïsme
des castes, égoïsme des partis, égoïsme des classes, qui
appesantissent la marche de l'homme, et absorbent souvent
le cours du fleuve en un tourbillon trouble et sanglant. Elle
sait que les forces bonnes, les forces de sagesse, de lumière,
de justice, ne peuvent se passer du secours du temps, et que
la nuit de la servitude et de l'ignorance n'est pas dissipée par
une illumination soudaine et totale, mais atténuée seulement
par une lente série d'aurores incertaines.

Oui, les hommes qui ont confiance en l'homme savent
cela. Ils sont résignés d'avance à ne voir qu'une réalisation
incomplète de leur vaste idéal, qui lui-même sera dépassé ;
ou plutôt ils se félicitent que toutes les possibilités humaines
ne se manifestent point dans les limites étroites de leur vie.
Ils sont pleins d'une sympathie déférante et douloureuse pour
ceux qui ayant été brutalisés par l'expérience immédiate ont
conçu des pensées amères, pour ceux dont la vie a coïncidé
avec des époques de servitude, d'abaissement et de réaction,
et qui, sous le noir nuage immobile, ont pu croire que le

jour ne se lèverait plus. Mais eux-mêmes se gardent bien
d'inscrire définitivement au passif de l'humanité qui dure les
mécomptes des générations qui passent. Et ils affirment, avec
une certitude qui ne fléchit pas, qu'il vaut la peine de penser
et d'agir, que l'effort humain vers la clarté et le droit n'est
jamais perdu. L'histoire enseigne aux hommes la difficulté
des grandes tâches et la lenteur des accomplissements, mais
elle justifie l'invincible espoir.

Dans notre France moderne, qu'est-ce donc que la République ? C'est un grand acte de confiance. Instituer la République, c'est proclamer que des millions d'hommes sauront
tracer eux-mêmes la règle commune de leur action ; qu'ils
sauront concilier la liberté et la loi, le mouvement et l'ordre ;
qu'ils sauront se combattre sans se déchirer ; que leurs
divisions n'iront pas jusqu'à une fureur chronique de guerre
civile, et qu'ils ne chercheront jamais dans une dictature
même passagère une trêve funeste et un lâche repos. Instituer
la République, c'est proclamer que les citoyens des grandes
nations modernes, obligés de suffire par un travail constant
aux nécessités de la vie privée et domestique, auront cependant assez de temps et de liberté d'esprit pour s'occuper de
la chose commune. Et si cette République surgit dans un
monde monarchique encore, c'est s'assurer qu'elle s'adaptera
aux conditions compliquées de la vie internationale, sans
entreprendre sur l'évolution plus lente des autres peuples,
mais sans rien abandonner de sa fierté juste et sans atténuer
l'éclat de son principe.

Oui, la République est un grand acte de confiance et un
grand acte d'audace. L'invention en était si audacieuse, si
paradoxale, que même les hommes hardis qui, il y a cent dix
ans, ont révolutionné le monde, en écartèrent d'abord l'idée.
Les constituants de 1789 et de 1791, même les législateurs de
1792 croyaient que la monarchie traditionnelle était l'enveloppe nécessaire de la société nouvelle. Ils ne renoncèrent
à cet abri que sous les coups répétés de la trahison royale.
Et quand enfin ils eurent déraciné la royauté, la République

leur apparut moins comme un système prédestiné que comme
le seul moyen de combler le vide laissé par la monarchie.
Bientôt cependant, et après quelques heures d'étonnement
et presque d'inquiétude, ils l'adoptèrent de toute leur pensée et de tout leur cœur. Ils résumèrent, ils confondirent
en elle toute la Révolution. Et ils ne cherchèrent point à
se donner le change. Ils ne cherchèrent point à se rassurer
par l'exemple des républiques antiques ou des républiques
helvétiques et italiennes. Ils virent bien qu'ils créaient une
œuvre nouvelle, audacieuse et sans précédent. Ce n'était
point l'oligarchique liberté des républiques de la Grèce,
morcelées, minuscules et appuyées sur le travail servile. Ce
n'était point le privilège superbe de la république romaine,
haute citadelle d'où une aristocratie conquérante dominait le
monde, communiquant avec lui par une hiérarchie de droits
incomplets et décroissants qui descendait jusqu'au néant du
droit, par un escalier aux marches toujours plus dégradées
et plus sombres, qui se perdait enfin dans l'abjection de
l'esclavage, limite obscure de la vie touchant à la nuit sou-
terraine. Ce n'était pas le patriciat marchand de Venise et
de Gênes. Non, c'était la République d'un grand peuple où
il n'y avait que des citoyens et où tous les citoyens étaient
égaux. C'était la République de la démocratie et du suffrage
universel. C'était une nouveauté magnifique et émouvante.

Les hommes de la Révolution en avaient conscience. Et
lorsque dans la fête du 10 août 1793, ils célébrèrent cette
Constitution, qui pour la première fois depuis l'origine de
l'histoire organisait dans la souveraineté nationale la souveraineté de tous, lorsque artisans et ouvriers, forgerons,
menuisiers, travailleurs des champs défilèrent dans le cortège,
mêlés aux magistrats du peuple et ayant pour enseignes leurs
outils, le président de la Convention put dire que c'était
un jour qui ne ressemblait à aucun autre jour, le plus beau
jour depuis que le soleil était suspendu dans l'immensité
de l'espace ! Toutes les volontés se haussaient, pour être à
la mesure de cette nouveauté héroïque. C'est pour elle que

ces hommes combattirent et moururent. C'est en son nom qu'ils refoulèrent les rois de l'Europe. C'est en son nom qu'ils se décimèrent. Et ils concentrèrent en elle une vie si ardente et si terrible, ils produisirent par elle tant d'actes et tant de pensées, qu'on put croire que cette République toute neuve, sans modèles comme sans traditions, avait acquis en quelques années la force et la substance des siècles.

Et pourtant que de vicissitudes et d'épreuves avant que cette République que les hommes de la Révolution avaient crue impérissable soit fondée enfin sur notre sol. Non seulement après quelques années d'orage elle est vaincue, mais il semble qu'elle s'efface à jamais et de l'histoire et de la mémoire même des hommes. Elle est bafouée, outragée ; plus que cela, elle est oubliée. Pendant un demi-siècle, sauf quelques cœurs profonds qui gardaient le souvenir et l'espérance, les hommes la renient ou même l'ignorent. Les tenants de l'Ancien Régime ne parlent d'elle que pour en faire honte à la Révolution : « Voilà où a conduit le délire révolutionnaire ! » Et parmi ceux qui font profession de défendre le monde moderne, de continuer la tradition de la Révolution, la plupart désavouent la République et la démocratie. On dirait qu'ils ne se souviennent même plus. Guizot s'écrie : « Le suffrage universel n'aura jamais son jour. » Comme s'il n'avait pas eu déjà ses grands jours d'histoire, comme si la Convention n'était pas sortie de lui. Thiers, quand il raconte la Révolution du 10 août, néglige de dire qu'elle proclama le suffrage universel, comme si c'était là un accident sans importance et une bizarrerie d'un jour. République, suffrage universel, démocratie ce fut, à en croire les sages, le songe fiévreux des hommes de la Révolution. Leur œuvre est restée, mais leur fièvre est éteinte et le monde moderne qu'ils ont fondé, s'il est tenu de continuer leur œuvre, n'est pas tenu de continuer leur délire. Et la brusque résurrection de la République, reparaissant en 1848 pour s'évanouir en 1851, semblait en effet la brève rechute dans un cauchemar bientôt dissipé.

Et voici maintenant que cette République, qui dépassait de si haut l'expérience séculaire des hommes et le niveau commun de la pensée que, quand elle tomba, ses ruines mêmes périrent et son souvenir s'effrita, voici que cette République de démocratie, de suffrage universel et d'universelle dignité humaine, qui n'avait pas eu de modèle et qui semblait destinée à n'avoir pas de lendemain, est devenue la loi durable de la nation, la forme définitive de la vie française, le type vers lequel évoluent lentement toutes les démocraties du monde.

Or, et c'est là surtout ce que je signale à vos esprits, l'audace même de la tentative a contribué au succès. L'idée d'un grand peuple se gouvernant lui-même était si noble qu'aux heures de difficulté et de crise elle s'offrait à la conscience de la nation. Une première fois en 1793 le peuple de France avait gravi cette cime, et il y avait goûté un si haut orgueil, que toujours sous l'apparent oubli et l'apparente indifférence, le besoin subsistait de retrouver cette émotion extraordinaire. Ce qui faisait la force invincible de la République, c'est qu'elle n'apparaissait pas seulement de période en période, dans le désastre ou le désarroi des autres régimes, comme l'expédient nécessaire et la solution forcée. Elle était une consolation et une fierté. Elle seule avait assez de noblesse morale pour donner à la nation la force d'oublier les mécomptes et de dominer les désastres. C'est pourquoi elle devait avoir le dernier mot. Nombreux sont les glissements et nombreuses les chutes sur les escarpements qui mènent aux cimes ; mais les sommets ont une force attirante. La République a vaincu parce qu'elle est dans la direction des hauteurs, et que l'homme ne peut s'élever sans monter vers elle. La loi de la pesanteur n'agit pas souverainement sur les sociétés humaines, et ce n'est pas dans les lieux bas qu'elles trouvent leur équilibre. Ceux qui, depuis un siècle, ont mis très haut leur idéal ont été justifiés par l'histoire.

Et ceux-là aussi seront justifiés qui le placent plus haut encore. Car le prolétariat dans son ensemble commence à affirmer que ce n'est pas seulement dans les relations politiques des hommes, c'est aussi dans leurs relations économiques et sociales qu'il faut faire entrer la liberté vraie, l'égalité, la justice. Ce n'est pas seulement la cité, c'est l'atelier, c'est le travail, c'est la production, c'est la propriété qu'il veut organiser selon le type républicain. À un système qui divise et qui opprime, il entend substituer une vaste coopération sociale où tous les travailleurs de tout ordre, travailleurs de la main et travailleurs du cerveau, sous la direction de chefs librement élus par eux, administreront la production enfin organisée.

Messieurs, je n'oublie pas que j'ai seul la parole ici et que ce privilège m'impose beaucoup de réserve. Je n'en abuserai point pour dresser dans cette fête une idée autour de laquelle se livrent et se livreront encore d'âpres combats. Mais comment m'était-il possible de parler devant cette jeunesse qui est l'avenir, sans laisser échapper ma pensée d'avenir ? Je vous aurais offensés par trop de prudence ; car quel que soit votre sentiment sur le fond des choses, vous êtes tous des esprits trop libres pour me faire grief d'avoir affirmé ici cette haute espérance socialiste, qui est la lumière de ma vie.

Je veux seulement dire deux choses, parce qu'elles touchent non au fond du problème, mais à la méthode de l'esprit et à la conduite de la pensée. D'abord, envers une idée audacieuse qui doit ébranler tant d'intérêts et tant d'habitudes et qui prétend renouveler le fond même de la vie, vous avez le droit d'être exigeants. Vous avez le droit de lui demander de faire ses preuves, c'est-à-dire d'établir avec précision comment elle se rattache à toute l'évolution politique et sociale, et comment elle peut s'y insérer. Vous avez le droit de lui demander par quelle série de formes juridiques et économiques elle assurera le passage de l'ordre existant à l'ordre nouveau. Vous avez le droit d'exiger d'elle que les premières applications qui en peuvent être faites ajoutent à la vitalité économique et morale de la nation. Et il faut qu'elle prouve, en se montrant capable de défendre ce qu'il y a déjà de noble et de bon dans le patrimoine humain, qu'elle ne vient pas le gaspiller, mais l'agrandir. Elle aurait bien peu de foi en elle-même si elle n'acceptait pas ces conditions.

En revanche, vous, vous lui devez de l'étudier d'un esprit libre, qui ne se laisse troubler par aucun intérêt de classe. Vous lui devez de ne pas lui opposer ces railleries frivoles, ces affolements aveugles ou prémédités et ce parti pris de négation ironique ou brutale que si souvent, depuis un siècle même, les sages opposèrent à la République, maintenant acceptée de tous, au moins en sa forme. Et si vous êtes tentés de dire encore qu'il ne faut pas s'attarder à examiner ou à discuter des songes, regardez en un de vos faubourgs[1] ! Que de railleries, que de prophéties sinistres sur l'œuvre qui est là ! Que de lugubres pronostics opposés aux ouvriers qui prétendaient se diriger eux-mêmes, essayer dans une grande industrie la forme de la propriété collective et la vertu de la libre discipline ! L'œuvre a duré pourtant ; elle a grandi : elle permet d'entrevoir ce que peut donner la coopération collectiviste. Humble bourgeon à coup sûr mais qui atteste le travail de la sève, la lente montée des idées nouvelles, la puissance de transformation de la vie. Rien n'est plus menteur que le vieil adage pessimiste et réactionnaire de l'Ecclésiaste désabusé : « Il n'y a rien de nouveau sous le soleil. » Le soleil lui-même a été jadis une nouveauté, et la terre fut une nouveauté, et l'homme fut une nouveauté. L'histoire humaine n'est qu'un effort incessant d'invention, et la perpétuelle évolution est une perpétuelle création.

C'est donc d'un esprit libre aussi, que vous accueillerez cette autre grande nouveauté qui s'annonce par des symptômes multipliés : la paix durable entre les nations, la paix définitive. Il ne s'agit point de déshonorer la guerre dans

---

1. L'orateur fait allusion ici à la Verrerie ouvrière d'Albi, fondée par les anciens verriers de Carmaux renvoyés par leur patron, constituée grâce à une large solidarité ouvrière et inaugurée par Jaurès le 25 octobre 1896.

le passé. Elle a été une partie de la grande action humaine, et l'homme l'a ennoblie par la pensée et le courage, par l'héroïsme exalté, par le magnanime mépris de la mort. Elle a été sans doute et longtemps, dans le chaos de l'humanité désordonnée et saturée d'instincts brutaux, le seul moyen de résoudre les conflits ; elle a été aussi la dure force qui, en mettant aux prises les tribus, les peuples, les races, a mêlé les éléments humains et préparé les groupements vastes. Mais un jour vient, et tout nous signifie qu'il est proche, où l'humanité est assez organisée, assez maîtresse d'elle-même pour pouvoir résoudre par la raison, la négociation et le droit les conflits de ses groupements et de ses forces. Et la guerre détestable et grande tant qu'elle était nécessaire, est atroce et scélérate quand elle commence à paraître inutile.

Je ne vous propose pas un rêve idyllique et vain. Trop longtemps les idées de paix et d'unité humaines n'ont été qu'une haute clarté illusoire qui éclairait ironiquement les tueries continuées. Vous souvenez-vous de l'admirable tableau que nous a laissé Virgile de la chute de Troie ? C'est la nuit : La cité surprise est envahie par le fer et le feu, par le meurtre, l'incendie et le désespoir. Le palais de Priam est forcé et les portes abattues laissent apparaître la longue suite des appartements et des galeries. De chambre en chambre, les torches et les glaives poursuivent les vaincus ; enfants, femmes, vieillards se réfugient en vain auprès de l'autel domestique que le laurier sacré ne protège pas contre la mort et contre l'outrage ; le sang coule à flot, et toutes les bouches crient de terreur, de douleur, d'insulte et de haine. Mais par-dessus la demeure bouleversée et hurlante, les cours intérieures, les toits effondrés laissent apercevoir le grand ciel serein et paisible, et toute la clameur humaine de violence et d'agonie monte vers les étoiles d'or : *Ferit aurea sidera clamor*[2].

2. « Leur clameur heurte les étoiles d'or », Virgile, *L'Énéide*, II, 488, Les Belles Lettres, 2002.

De même, depuis vingt siècles et de période en période, toutes les fois qu'une étoile d'unité et de paix s'est levée sur les hommes, la terre déchirée et sombre a répondu par des clameurs de guerre.

C'était d'abord l'astre impérieux de Rome conquérante qui croyait avoir absorbé tous les conflits dans le rayonnement universel de sa force. L'empire s'effondre sous le choc des barbares, et un effroyable tumulte répond à la prétention superbe de la paix romaine. Puis ce fut l'étoile chrétienne qui enveloppa la terre d'une lueur de tendresse et d'une promesse de paix. Mais atténuée et douce aux horizons galiléens, elle se leva dominatrice et âpre sur l'Europe féodale. La prétention de la papauté à apaiser le monde sous sa loi et au nom de l'unité catholique ne fit qu'ajouter aux troubles et aux conflits de l'humanité misérable. Les convulsions et les meurtres du Moyen Âge, les chocs sanglants des nations modernes, furent la dérisoire réplique à la grande promesse de paix chrétienne. La Révolution à son tour lève un haut signal de paix universelle par l'universelle liberté. Et voilà que de la lutte même de la Révolution contre les forces du vieux monde, se développent des guerres formidables.

Quoi donc ? La paix nous fuira-t-elle toujours ? Et la clameur des hommes, toujours forcenés et toujours déçus, continuera-t-elle à monter vers les étoiles d'or, des capitales modernes incendiées par les abus, comme de l'antique palais de Priam incendié par les torches ? Non ! non ! et malgré les conseils de prudence que nous donnent ces grandioses déceptions, j'ose dire, avec des millions d'hommes, que maintenant la grande paix humaine est possible, et si nous le voulons, elle est prochaine. Des forces neuves y travaillent : la démocratie, la science méthodique, l'universel prolétariat solidaire. La guerre devient plus difficile, parce qu'avec les gouvernements libres des démocraties modernes, elle devient à la fois le péril de tous par le service universel, le crime de tous par le suffrage universel. La guerre devient plus difficile parce que la science enveloppe tous les peuples dans un réseau multiplié, dans un tissu plus serré tous les jours de relations, d'échanges, de conventions ; et si le premier effet des découvertes qui abolissent les distances est parfois d'aggraver les froissements, elles créent à la longue une solidarité, une familiarité humaine qui font de la guerre un attentat monstrueux et une sorte de suicide collectif.

Enfin, le commun idéal qui exalte et unit les prolétaires de tous les pays les rend plus réfractaires tous les jours à l'ivresse guerrière, aux haines et aux rivalités de nations et de races. Oui, comme l'histoire a donné le dernier mot à la République si souvent bafouée et piétinée, elle donnera le dernier mot à la paix, si souvent raillée par les hommes et les choses, si souvent piétinée par la fureur des événements et des passions. Je ne vous dis pas : C'est une certitude toute faite. Il n'y a pas de certitude toute faite en histoire. Je sais combien sont nombreux encore aux jointures des nations les points malades d'où peut naître soudain une passagère inflammation générale. Mais je sais aussi qu'il y a vers la paix des tendances si fortes, si profondes, si essentielles, qu'il dépend de vous, par une volonté consciente, délibérée, infatigable, de systématiser ces tendances et de réaliser enfin le paradoxe de la grande paix humaine, comme vos pères ont réalisé le paradoxe de la grande liberté républicaine. Œuvre difficile, mais non plus œuvre impossible. Apaisement des préjugés et des haines, alliances et fédérations toujours plus vastes, conventions internationales d'ordre économique et social, arbitrage international et désarmement simultané, union des hommes dans le travail et dans la lumière : ce sera, jeunes gens, le plus haut effort et la plus haute gloire de la génération qui se lève.

Non, je ne vous propose pas un rêve décevant : je ne vous propose pas non plus un rêve affaiblissant. Que nul de vous ne croie que dans la période encore difficile et incertaine qui précédera l'accord définitif des nations nous voulons remettre au hasard de nos espérances la moindre parcelle de la sécurité, de la dignité, de la fierté de la France. Contre toute menace et toute humiliation, il faudrait la défendre : elle est deux fois sacrée pour nous, parce qu'elle est la France, et parce qu'elle est humaine.

Même l'accord des nations dans la paix définitive n'effacera pas les patries, qui garderont leur profonde originalité historique, leur fonction propre dans l'œuvre commune de l'humanité réconciliée. Et si nous ne voulons pas attendre, pour fermer le livre de la guerre, que la force ait redressé toutes les iniquités commises par la force, si nous ne concevons pas les réparations comme des revanches, nous savons bien que l'Europe, pénétrée enfin de la vertu de la démocratie et de l'esprit de paix, saura trouver les formules de conciliation qui libéreront tous les vaincus des servitudes et des douleurs qui s'attachent à la conquête. Mais d'abord, mais avant tout, il faut rompre le cercle de fatalité, le cercle de fer, le cercle de haine où les revendications même justes provoquent des représailles qui se flattent de l'être, où la guerre tourne après la guerre en un mouvement sans issue et sans fin, où le droit et la violence, sous la même livrée sanglante, ne se discernent presque plus l'un de l'autre, et où l'humanité déchirée pleure de la victoire de la justice presque autant que de sa défaite.

Surtout, qu'on ne nous accuse point d'abaisser et d'énerver les courages. L'humanité est maudite, si pour faire preuve de courage elle est condamnée à tuer éternellement. Le courage, aujourd'hui, ce n'est pas de maintenir sur le monde la sombre nuée de la Guerre, nuée terrible, mais dormante, dont on peut toujours se flatter qu'elle éclatera sur d'autres. Le courage, ce n'est pas de laisser aux mains de la force la solution des conflits que la raison peut résoudre ; car le courage est l'exaltation de l'homme, et ceci en est l'abdication. Le courage pour vous tous, courage de toutes les heures, c'est de supporter sans fléchir les épreuves de tout ordre, physiques et morales, que prodigue la vie. Le courage, c'est de ne pas

livrer sa volonté au hasard des impressions et des forces ;
c'est de garder dans les lassitudes inévitables l'habitude du
travail et de l'action. Le courage dans le désordre infini de
la vie qui nous sollicite de toutes parts, c'est de choisir un
métier et de le bien faire, quel qu'il soit : c'est de ne pas se
rebuter du détail minutieux ou monotone ; c'est de devenir,
autant que l'on peut, un technicien accompli ; c'est d'accepter
et de comprendre cette loi de la spécialisation du travail qui
est la condition de l'action utile, et cependant de ménager
à son regard, à son esprit, quelques échappées vers le vaste
monde et des perspectives plus étendues. Le courage, c'est
d'être tout ensemble et quel que soit le métier, un praticien et un philosophe. Le courage, c'est de comprendre sa
propre vie, de la préciser, de l'approfondir, de l'établir et
de la coordonner cependant à la vie générale. Le courage,
c'est de surveiller exactement sa machine à filer ou à tisser,
pour qu'aucun fil ne se casse, et de préparer cependant un
ordre social plus vaste et plus fraternel où la machine sera
la servante commune des travailleurs libérés. Le courage,
c'est d'accepter les conditions nouvelles que la vie fait à
la science et à l'art, d'accueillir, d'explorer la complexité
presque infinie des faits et des détails, et cependant d'éclairer
cette réalité énorme et confuse par des idées générales, de
l'organiser et de la soulever par la beauté sacrée des formes
et des rythmes. Le courage, c'est de dominer ses propres
fautes, d'en souffrir, mais de n'en pas être accablé et de
continuer son chemin. Le courage, c'est d'aimer la vie et
de regarder la mort d'un regard tranquille ; c'est d'aller
à l'idéal et de comprendre le réel ; c'est d'agir et de se
donner aux grandes causes sans savoir quelle récompense
réserve à notre effort l'univers profond, ni s'il lui réserve une
récompense. Le courage, c'est de chercher la vérité et de la
dire ; c'est de ne pas subir la loi du mensonge triomphant
qui passe, et de ne pas faire écho, de notre âme, de notre
bouche et de nos mains aux applaudissements imbéciles et
aux huées fanatiques.

Ah ! vraiment, comme notre conception de la vie est pauvre, comme notre science de vivre est courte, si nous croyons que, la guerre abolie, les occasions manqueront aux hommes d'exercer et d'éprouver leur courage, et qu'il faut prolonger les roulements de tambours qui dans les lycées du Premier Empire faisaient sauter les cœurs ! Ils sonnaient alors un son héroïque ; dans notre XXe siècle, ils sonneraient creux. Et vous, jeunes gens, vous voulez que votre vie soit vivante, sincère et pleine. C'est pourquoi je vous ai dit, comme à des hommes, quelques-unes des choses que je portais en moi.

Pour la laïque
Discours à la Chambre des députés,
21 et 24 janvier 1910

Le discours « Pour la laïque » a été souvent reproduit.
À bon droit, car, prononcé en deux fois à la Chambre des
députés, les 21 et 24 janvier 1910, il contient une présentation
détaillée et approfondie des conceptions laïques de Jaurès.
La séparation a été votée. Le pape Pie X a imposé une ligne
intransigeante de refus de tout compromis. Financièrement,
l'Église y a certainement perdu. Moralement, c'est affaire
d'appréciation. En tout cas, même si les questions sociales
ont tendance à prendre de plus en plus d'importance dans
les années 1906-1910, avec la révolte du Midi viticole en
1907, d'importantes grèves, la poussée du syndicalisme
révolutionnaire qui inspire l'action de la Confédération
générale du Travail, les affrontements, la répression souvent
sanglante (morts de Draveil et de Villeneuve-Saint-Georges),
toujours rigoureuse (révocations en masse de cheminots et
de fonctionnaires), les questions d'enseignement demeurent
présentes dans le débat public.

Le débat n'est pas seulement technique ou affaire de
spécialistes. D'un côté, l'Église est à l'offensive, critiquant
les manuels scolaires de l'école « sans Dieu ». Maurice
Barrès, député de Paris, personnellement agnostique, mais
politiquement catholique et conservateur, mène campagne
à la Chambre contre les instituteurs, « prêtres manqués »,
et défend le droit naturel des pères de famille. De l'autre,
nombre d'hommes politiques cherchent les moyens d'un
nouveau rassemblement antisocialiste, à l'instar de ce qui

avait été tenté dans les années 1890. Aristide Briand, socia-
liste jusqu'en 1906, ministre depuis, président du Conseil en
1909-1911, est ainsi l'homme de « l'apaisement » envers les
catholiques en même temps que celui de la fermeté face aux
grèves ou au syndicalisme des fonctionnaires. Il pourrait être
l'homme de la situation et a ainsi réussi à établir fin 1909
à Paris une nouvelle majorité municipale de centre droit.
C'est dans ce contexte assez embrouillé que, saisissant le
prétexte d'une interpellation parlementaire au sujet de la
campagne d'un enseignant public contre l'organisation et les
méthodes de son administration, Jaurès décide d'intervenir
longuement.

Jaurès parle avec éloquence, mais aussi habileté. Il fustige
d'abord la fermeture de l'Église à l'esprit de raison et de
démocratie pour mieux défendre une laïcité ouverte, qui ne
demeure pas abstraite, mais s'ouvre à l'analyse sociale et
fasse le pari de la liberté. Le droit des familles est récusé
au profit du droit fondamental de l'enfant que doit garantir
l'État. Une laïcité qui ne se mue pas en contrainte, mais invite
au contraire l'Église à s'adapter pour ne pas disparaître
et qui se fonde sur l'universalité des droits de la personne
humaine, et qui séduit une bonne part de l'assistance, par
l'aisance de la culture ainsi manifestée et la largesse des
perspectives envisagées. En tout cas, une nouvelle réflexion
historique et politique, voire métaphysique, où Jaurès ne
dissimule pas, mais s'expose tel qu'il est.

M. Jaurès : Messieurs, maintenant que la Chambre, à une
grosse majorité, a pris son parti, je lui demande respectueuse-
ment de vouloir bien s'y tenir. M. le président du Conseil a
circonscrit le problème politique qui s'est posé devant vous.
J'espère ne point vous paraître indiscret ou présomptueux
si je reviens au grand problème d'ordre général qui, selon
moi, domine le débat.

Par l'ample et noble débat qui s'est développé à cette tribune et qui a attesté une fois de plus que, quelles que puissent être les fautes de tel ou tel Parlement, c'est dans la liberté des débats publics, dans le libre contrôle réciproque des partis qu'est, pour les nations modernes, la seule garantie des droits et des intérêts de tout citoyen, par ce grand débat deux questions sont posées devant vous : comment organiser, distribuer l'enseignement populaire de façon qu'il soit en conformité avec l'esprit de la République et des temps nouveaux et qu'il donne à l'ensemble des familles et à toutes les consciences les garanties nécessaires ?

Et puis, par quelle politique, par quels actes, par quelles lois pourrait être défendue, contre toute menace et contre toute attaque, l'école laïque ?

Quand on discute sur les fondements de l'enseignement populaire public, sur sa nature, sur son caractère, quand on parle de la neutralité scolaire et qu'on essaye de la définir, en sens divers, il me semble que l'on commet un malentendu.

On discute, on raisonne comme si une grande nation pouvait arbitrairement donner tel ou tel enseignement. Messieurs, on n'enseigne pas ce que l'on veut ; je dirai même que l'on n'enseigne pas ce que l'on sait ou ce que l'on croit savoir : on n'enseigne et on ne peut enseigner que ce que l'on est. J'accepte une parole qui a été dite tout à l'heure, c'est que l'éducation est, en un sens, une génération.

Je n'entends point du tout par là que l'éducateur s'efforcera de transmettre, d'imposer à l'esprit des enfants ou des jeunes gens telle ou telle formule, telle ou telle doctrine précise.

L'éducateur qui prétendrait ainsi façonner celui qu'il élève, ne ferait de lui qu'un esprit serf. Et le jour où les socialistes pourraient fonder des écoles, je considère que le devoir de l'instituteur serait, si je puis ainsi dire, de ne pas prononcer devant les enfants le mot même de socialisme.

S'il est socialiste, s'il l'est vraiment, c'est que la liberté de sa pensée appliquée à une information exacte et étendue l'a conduit au socialisme. Et les seuls chemins par où il y puisse conduire des enfants ou des jeunes gens, ce serait de leur apprendre la même liberté de réflexion et de leur soumettre la même information étendue. *(Applaudissements à l'extrême gauche.)*

Messieurs, il en est de même d'une nation et il serait puéril à un grand peuple d'essayer d'inculquer, aux esprits, à l'esprit de l'enfance, selon l'ombre fuyante des événements ou les vicissitudes d'un gouvernement d'un jour, telle ou telle formule passagère. Mais, il reste vrai que l'éducateur, quand il enseigne, communique nécessairement à ceux qui l'écoutent, non pas telle ou telle formule particulière et passagère, mais les principes essentiels de sa liberté et de sa vie.

Eh bien ! Messieurs, il en est des nations comme des individus ; et lorsqu'une nation moderne fonde des écoles populaires, elle n'y peut enseigner que les principes mêmes selon lesquels les grandes sociétés modernes sont constituées. Or, sur quels principes, depuis la Révolution surtout, reposent les sociétés politiques modernes, sur quels principes repose particulièrement la France, dont ce fut le péril, on l'a dit souvent, mais dont c'est la grandeur d'avoir par son esprit logique et intrépide poussé jusqu'aux conséquences extrêmes l'idée même de la Révolution ? L'idée, le principe de vie qui est dans les sociétés modernes, qui se manifeste dans toutes leurs institutions, c'est l'acte de foi dans l'efficacité morale et sociale de la raison, dans la valeur de la personne humaine raisonnable et éducable.

C'est ce principe, qui se confond avec la laïcité elle-même, c'est ce principe, qui se manifeste, qui se traduit dans toutes les institutions du monde moderne. C'est ce principe qui commande la souveraineté politique elle-même. Ah ! messieurs, les catholiques, les chrétiens peuvent continuer à dire que même le pouvoir populaire d'aujourd'hui est une dérivation, une émanation du pouvoir de Dieu. Mais ce n'est pas en vertu de cette délégation que la démocratie moderne prétend exercer sa souveraineté.

Et la preuve c'est que la société moderne, lorsqu'elle constitue les organes de sa souveraineté, lorsqu'elle met sa souveraineté propre en action, en mouvement, quand elle confère, quand elle reconnaît à tous les citoyens le droit de participer à l'exercice du pouvoir, à l'élaboration de la loi, à la conduite de la société, l'État ne demande ni au citoyen qui vote, ni au législateur qui traduit la pensée des citoyens : Quelle est votre doctrine religieuse ? Quelle est votre pensée philosophique ?

L'exercice de la souveraineté, l'exercice de la puissance politique dans les nations modernes n'est subordonné à aucune formule dogmatique de l'ordre religieux ou métaphysique. Il suffit qu'il y ait des citoyens, il suffit qu'il y ait des êtres majeurs ayant leur liberté, leur personnalité et désireux de mettre en œuvre ce droit pour que la nation moderne dise : Voilà la source unique et profonde de la souveraineté. *(Applaudissements à l'extrême gauche.)*

Messieurs, c'est la même laïcité, c'est la même valeur de la raison qui est à la base de la famille. Il a été parlé ces jours-ci des droits des pères de famille, et je ne sais pas à quelles conditions, ou plutôt je sais à quelles conditions l'Église subordonne l'exercice du droit, affirmé par elle, des pères de famille ; mais ce que je sais bien, c'est que la société moderne, c'est que la France moderne ne subordonne à aucune condition préalable de foi religieuse, de déclaration confessionnelle, l'exercice du droit et du pouvoir de fonder une famille légale.

L'autorité du père, elle sera grande, il dirigera les enfants, il gouvernera la famille ; mais cette autorité, l'État ne lui dit pas : Tu ne l'exerceras qu'à condition de donner à la société la garantie d'une foi religieuse déterminée.

Ainsi, Messieurs, comme à la base de la souveraineté, à la base de la famille est, dans la nation moderne, le principe de laïcité et de raison ; et c'est de la même source que procède aujourd'hui la communauté de la patrie. Oh ! messieurs, je ne suis pas de ceux qui disent que c'est la Révolution

française qui a créé la nation. La France préexistait à la
Révolution française...

**M. le marquis de Rosambo, député conservateur des
Côtes-du-Nord :** Cela me fait très grand plaisir de vous
l'entendre dire !

M. Jaurès : ... J'entends qu'elle préexistait comme personnalité consciente, même quand elle n'avait d'autre symbole
de son unité, que la famille royale en qui elle résumait mys-
tiquement son origine, son titre, son droit. Même alors elle
était une ; mais ce qui est vrai, c'est que cette nation, cette
patrie, la Révolution française l'a singulièrement élargie et
intensifiée. Et pourquoi la patrie à l'heure de la Révolution
est-elle devenue plus une, plus consciente, plus ardente et plus
forte ? Est-ce à un renouvellement de foi religieuse, est-ce à
l'unité de la foi chrétienne que la patrie de la Révolution a
demandé ce surcroît d'ardeur et de flamme ? Non, messieurs ;
c'est parce que les citoyens qui n'étaient jusque-là que des
sujets, qui n'étaient qu'une sorte de foule passive ont été
appelés, tous, à l'exercice d'un droit individuel, d'un droit
personnel fondé sur la raison, que tous ces hommes entrant
ensemble avec leurs âmes neuves et ardentes, dans la patrie
d'hier, l'ont enflammée et l'ont agrandie. *(Applaudissements
à l'extrême gauche et à gauche.)*

M. le marquis de Rosambo : Bien avant 1789, les sujets
du roi de France étaient des citoyens. *(Bruits à gauche.)*

M. Jaurès : Lorsque dans la fête de la Fédération, au
14 juillet 1790, des délégués de toutes les provinces se
sont rencontrés pour affirmer l'unité nationale et la liberté
commune, ce n'est pas la messe constitutionnelle célébrée
au Champ-de-Mars par l'évêque boiteux qui a propagé sur
tout ce peuple l'émotion et l'enthousiasme, ce n'est pas
de cet autel improvisé et équivoque qu'a rayonné la force

des temps nouveaux, c'est de la communauté du sentiment humain et de l'espérance humaine.

Je ne veux pas blesser nos collègues catholiques de la droite, mais je constate un fait historique en disant qu'en 1793 et 1794, dans ces jours de l'an II si ardents, si débordants de sacrifices, où la foi chrétienne, pour une heure peut-être était en bas, en fait et sans que je prétende rattacher les deux ordres d'idées, c'est à l'heure où la foi chrétienne était dans les âmes au plus bas que la patrie était au plus haut.

Et de même, Messieurs, ce n'est pas le culte de la foi traditionnelle, ce n'est pas le culte de l'ancienne religion nationale qui a jeté les hommes de l'Empire, incroyants pour la plupart, aux aventures épiques, malgré les oripeaux de catholicisme officiel dont Napoléon drapait son césarisme demi-païen ; ce n'est pas la foi chrétienne qui a suscité alors les énergies et les enthousiasmes ; et comme la Révolution avait laïcisé la patrie, l'Empire a laïcisé la gloire. *(Vifs applaudissements à l'extrême gauche et à gauche.)*

Et de la science, Messieurs, qui ne voit que le caractère autonome apparaît dans les nations modernes ? Je veux parler de la science comme d'une institution, non pas seulement parce qu'elle a des laboratoires publics, mais qu'elle agit si profondément sur les esprits auxquels elle fournit des données communes, et sur la marche même de la vie sociale, qu'elle a, en effet, la valeur d'une institution, institution autonome, institution indépendante. Il y a eu des temps où la science elle-même était obligée de subordonner son enquête à des affirmations religieuses extérieures à sa propre méthode et à ses propres résultats. Eh bien, aujourd'hui, lorsque par sa méthode propre, par l'expérience qu'élargit le calcul, par le calcul qui vérifie l'expérience, lorsque la science a constaté des faits, si lointains soient-ils dans l'espace, lorsqu'elle a déterminé des rapports, il n'y a pas de livre, même s'il se déclare révélé en toutes ses parties, qui puisse faire dans aucun esprit, pas plus dans l'esprit des catholiques que dans l'esprit des libres penseurs, équilibre et échec à la vérité scientifique proclamée dans son ordre et dans son domaine. *(Très bien ! très bien ! à l'extrême gauche.)*

Je ne dis pas non plus que la science épuise tous les problèmes ; et l'admirable savant qui a écrit un jour : « Le monde n'a plus de mystère[1] », me paraît avoir dit une naïveté aussi grandiose que son génie. Mais dans son domaine, dans l'ordre des faits qu'elle atteint, des rapports qu'elle constate, elle est invincible et incontrôlable à toute autre autorité ; et si entre un livre et elle, étudiant, explorant l'univers, il y a conflit, c'est le livre qui a tort et c'est l'univers qui a raison.

Voilà donc le mouvement de laïcité, de raison, de pensée autonome qui pénètre toutes les institutions du monde moderne ; et ce n'est pas là une société médiocre. Depuis que le droit à la raison a été promulgué, depuis que dans le vieux monde a retenti l'appel du monde nouveau, depuis que dans les vieux clochers la Révolution a sonné le tocsin des temps nouveaux, jamais la vie humaine n'a atteint une plus prodigieuse intensité. Ce n'est pas seulement l'intensité de la vie, ce n'est pas seulement l'ardeur de la bataille menée par les principes du monde nouveau contre les principes encore affirmés du monde ancien ; c'est qu'une occasion admirable s'est offerte au monde nouveau soulevé ainsi par la raison.

La démocratie, Messieurs, nous en parlons quelquefois avec un dédain qui s'explique par la constatation de certaines misères, de certaines vulgarités ; mais si vous allez au fond des choses, c'est une idée admirable d'avoir proclamé que, dans l'ordre politique et social d'aujourd'hui, il n'y a pas d'excommuniés, il n'y a pas de réprouvés, que toute personne humaine a son droit. *(Applaudissements à l'extrême gauche et à gauche.)*

Et ce ne fut pas seulement une affirmation ; ce ne fut pas seulement une formule ; proclamer que toute personne

---

1. Le chimiste Marcellin Berthelot (1827-1907), un des grands noms de la science et du rationalisme, ancien ministre radical des Affaires étrangères.

humaine a un droit, c'est s'engager à la mettre en état d'exercer ce droit par la croissance de la pensée, par la diffusion des lumières, par l'ensemble des garanties réelles, sociales, que vous devez à tout être humain si vous voulez qu'il soit en fait ce qu'il est en vocation, une personne libre.

Et voilà comment, par l'ardeur intérieure du principe de raison, par la revendication des foules éveillées par l'idée du droit à l'espérance, la démocratie politique tend à s'élargir en démocratie sociale, et l'horizon devient tous les jours plus vaste devant l'esprit humain en mouvement.

Ah ! Messieurs, nos collègues de droite nous reprochent parfois de n'avoir pas de base métaphysique à notre morale. Ils nous reprochent d'être obligés ou de nous réfugier dans l'ancienne morale dépouillée de ses sanctions, ou de nous humilier dans l'humilité de la morale pratique et domestique.

Ils oublient que, dans la dure nature dont elle subit encore les lois, l'humanité cherche à créer une forme sociale où toutes les personnes humaines seraient vraiment libres et, par la pratique de la justice, seraient harmonisées les unes aux autres, lorsque nous créons ce fait, lorsque nous faisons jaillir dans l'univers aveugle et brutal cette possibilité, cette réalité de liberté et d'harmonie, nous jetons dans l'univers, nous, dans la réalité, le fondement d'une interprétation idéaliste du monde. *(Applaudissements sur divers bancs à gauche et à l'extrême gauche.)*

Leibniz n'opposait pas substantiellement la matière à l'esprit. Pour lui, la matière était la force à l'état de confusion et d'exclusion, l'esprit, la même force à l'état d'organisation, d'harmonie et de lumière.

Mais c'est lui qui, pour distinguer, par leurs qualités, la matière de l'esprit, disait cette parole incomparablement belle : « Les corps s'empêchent, les esprits ne s'empêchent pas. »

Je dis que fabriquer, que produire, que créer une société où toutes les personnes auraient un droit certain et, par la certitude de la garantie sociale, seraient harmonisées les unes avec les autres, c'est faire œuvre de spiritualité profonde, non pas de spiritualité abstraite, factice, détachée, mais de spiritualité réelle et concrète qui s'empare de tous les éléments du monde naturel pour les transfigurer. *(Applaudissements à l'extrême gauche et à gauche.)*

Et, en même temps, j'ajoute que la démocratie moderne n'a pas interdit à l'esprit humain les grands élans, les grandes audaces de spéculation. Il est facile de railler la multiplicité, l'apparente contradiction, le prompt effondrement des systèmes ; mais je dis que, de toutes ces synthèses, que ce soient celles de la philosophie allemande, ou anglaise, ou française, il reste toujours, pour l'esprit de l'homme, une habitude des hauteurs. Elles sont comme ces sentiers qui restent frayés vers les sommets, et qui, même s'ils se dégradent par intervalles et ne peuvent plus porter nos pas, conduisent du moins nos regards jusqu'à la cime. *(Très bien ! très bien ! à l'extrême gauche.)* Ainsi, ce n'est pas une entreprise médiocre, ce n'est pas une entreprise sans idéal et sans hauteur que celle de la révolution de la raison ; et j'ose dire que, parce que la révolution de la raison n'a été possible que par un long effort, par une longue préparation, par des luttes séculaires, c'est nous, aujourd'hui, qui représentons vraiment la tradition en ce qu'elle a de vivant et d'agissant.

M. Barrès nous invite souvent à revenir vers le passé ; il a, pour ceux qui ne sont plus et qui sont comme sacrés par l'immobilité des attitudes, une sorte de piété et de culte. Eh bien ! nous aussi, Messieurs, nous avons le culte du passé. Mais la vraie manière de l'honorer ou de le respecter, ce n'est pas de se tourner vers les siècles éteints pour contempler une longue chaîne de fantômes : le vrai moyen de respecter le passé, c'est de continuer, vers l'avenir, l'œuvre des forces vives qui, dans le passé, travaillèrent. *(Applaudissements à l'extrême gauche et à gauche.)*

Ceux qui ont lutté dans les siècles disparus, à quelque parti, à quelque religion, à quelque doctrine qu'ils aient appartenu, mais par cela seul qu'ils étaient des hommes qui pensaient, qui désiraient, qui souffraient, qui cherchaient une issue, ils ont tous été, même ceux qui, dans les batailles d'alors, pouvaient paraître des conservateurs, ils ont tous été, par la puissance invincible de la vie, des forces de mouvement, d'impulsion, de transformation, et c'est nous qui recueillons ces frémissements, ces tressaillements, ces mouvements, c'est nous qui sommes fidèles à toute cette action du passé, comme c'est en allant vers la mer que le fleuve est fidèle à sa source. *(Vifs applaudissements à l'extrême gauche et à gauche.)*

Messieurs, oui, nous avons, nous aussi, le culte du passé. Ce n'est pas en vain que tous les foyers des générations humaines ont flambé, ont rayonné ; mais c'est nous, parce que nous marchons, parce que nous luttons pour un idéal nouveau, c'est nous qui sommes les vrais héritiers du foyer des aïeux ; nous en avons pris la flamme, vous n'en avez gardé que la cendre. *(Vifs applaudissements répétés sur les mêmes bancs. – Interruptions à droite.)*

Voilà, Messieurs, quelle est notre doctrine, voilà quel est notre titre, à la fois idéal et vivant, à enseigner. Et je défie que, dans la France moderne, on puisse instituer un enseignement vivant qui ne se conforme pas à ces principes ; je défie même qu'il puisse y avoir un enseignement privé qui s'y dérobe hardiment et qui ne s'y soumette pas, non pas par peur des contraintes extérieures, mais par peur de se sentir en contradiction trop violente avec l'esprit vivant du monde nouveau.

Mais nous nous trouvons en face d'une autre puissance, d'une autre société qui a traversé les siècles avec une autre foi, avec un autre principe et qui, malgré les orages, malgré les coups qu'elle a reçus, reste, dans les sociétés modernes en état d'hostilité, une puissance encore considérable. Or, cette puissance, l'Église, organisatrice de l'ancienne foi, pour beaucoup de consciences se perpétue, elle a, elle, un autre principe, une autre doctrine.

Messieurs, je veux faire un reproche à la plupart des orateurs catholiques qui se sont succédé à cette tribune, et que M. le président du Conseil leur adressait déjà, il y a un instant, à quelque degré. Les évêques, dans le manifeste où ils ont dénoncé l'école, ont eu un beau courage. Ils ont posé nettement le problème ; ils n'ont pas seulement dénoncé les abus, les prétendues grossièretés, les excès de zèle de quelques maîtres ou les polémiques subalternes de quelques manuels. Ils ont dénoncé l'école laïque elle-même comme école neutre, c'est-à-dire qu'ils ont proclamé que toujours, suivant eux, toute école, qui ne serait pas impérieusement confessionnelle serait une école mauvaise.

Messieurs, c'est un thème hardi, nettement formulé. Que les orateurs catholiques me permettent de leur dire qu'ils n'ont pas eu dans le débat – au moins la plupart d'entre eux – la même netteté et la même audace.

M. Groussau[2] qui sait – et je le lui ai dit souvent – quelle estime j'ai, je puis dire nous avons, pour la loyauté de sa parole (*Très bien ! très bien ! à gauche.*) pour la ferveur de sa conviction, pour la vivacité aussi de son tempérament, M. Groussau nous a parlé des droits des pères de famille, comme si c'était là pour l'Église la règle du droit et le fondement de ses protestations.

Non, Messieurs, pour l'Église, l'enfant n'appartient pas au père de famille, l'enfant appartient à Dieu, et comme Dieu ne peut manifester et réaliser sa volonté que par l'Église visible, l'Église proclame que l'enfant lui appartient et le chef de famille n'a des droits pour l'Église que dans la mesure où il est l'interprète et l'agent des droits de Dieu, par l'intermédiaire de l'Église, sur toutes les consciences des enfants. (*Applaudissements à l'extrême gauche et à gauche.*) De même, la patrie qu'on nous a parfois de ce côté de la Chambre (*la droite*) opposée comme une sorte d'absolu inviolable et

2. Henri Groussau (1851-1936), député libéral du Nord.

intangible, la patrie elle-même, n'est pour l'Église et elle ne peut être qu'une réalité subordonnée. Je pourrais apporter le texte récent des déclarations pontificales où Pie X rappelle, à l'occasion d'un pèlerinage français, que la patrie n'a de droits que dans la mesure où elle se soumet à l'Église.

M. Jacques Piou, député libéral de la Lozère : Il faudrait lire le texte, monsieur Jaurès.

M. Jaurès : Je vous l'apporterai demain.

M. Félix Chautemps, député radical de la Savoie : Cela vous gêne, M. Piou !

M. Jacques Piou : Mais non ! Je veux savoir si c'est exact, voilà tout.

M. Félix Chautemps : C'est exact.

M. Lasies, député nationaliste du Gers : C'est une opinion, ce n'est pas un dogme !

M. Jaurès : Messieurs, j'apporterai le texte mais laissez-moi dire que ceux d'entre vous qui connaissent la pensée de l'Église dans sa vérité, dans son audace qui a sa noblesse comme elle peut avoir aujourd'hui, pour bien des esprits, son scandale, ceux-là ne contesteront pas ce que je dis, car il est impossible, lorsqu'on a proclamé que Dieu est si intimement mêlé aux choses humaines, qu'il s'est incarné dans un individu humain et qu'il a transmis à une Église le droit de continuer cette incarnation, il est impossible que Dieu ne reste pas incarné dans cette Église comme la puissance souveraine et exclusive devant laquelle les individus, les sociétés, les patries, toutes les forces de la vie doivent s'incliner. *(Applaudissements à gauche et à l'extrême gauche.)*

Voilà la contradiction des deux mondes, voilà la contradiction des deux principes et voilà par conséquent, quand nous arrivons au problème de l'enseignement, la dualité et le conflit. Si les hommes de la Révolution poussent jusqu'au bout le principe révolutionnaire et si les chrétiens poussent jusqu'au bout le principe de l'Église, c'est dans une société unie en apparence, c'est dans une société où nous avons tous la même figure d'hommes, le plus prodigieux conflit qui se puisse imaginer.

Je lisais, il y a quelques jours, un des sermons prononcés à Oxford par le futur cardinal Newman[3]. Cet homme charmant, cet homme dont M. Morley a pu écrire qu'il avait été le plus grand prosateur anglais du XIXᵉ siècle, cet homme qui a été appelé le magicien d'Oxford et dont la pensée a une souveraine élégance, ah ! il sait mettre aussi en relief, avec une étonnante vigueur, la dureté du dogme. Il dit : « Dans la société humaine, il y a des individus qui, s'ils mouraient subitement, seraient sauvés ; il y en a d'autres à côté d'eux qui, s'ils mouraient, seraient à jamais perdus. Et tous ces hommes parlent, et tous ces hommes causent entre eux, et tous ces hommes échangent des poignées de main, des affections, des sourires, ignorant qu'un prodigieux abîme et un gouffre effroyable les séparent. »

Eh bien ! dans l'apparente uniformité de la vie moderne, dans l'apparente familiarité de nos rapports, dans l'estime réciproque que nous avons, que nous affectons, que nous croyons avoir les uns pour les autres, du camp des incroyants au camp des croyants, si chacun pousse ses principes jusqu'au bout, c'est un gouffre terrible qui se creuse. Pour moi, je ne pouvais pas lire les paroles de Newman sans avoir une sorte de cauchemar, sans entrevoir sous les pas de tous les êtres humains misérables et fragiles qui se croient reliés par une communauté de sympathie et d'épreuves, sans entrevoir sous leurs pas, un abîme effroyable prêt à se creuser.

---

3. Passé de l'anglicanisme au catholicisme, le cardinal John Henry Newman (1801-1890) est un écrivain et philosophe alors encore très renommé.

Lorsque tout à l'heure M. Piou disait : nous ne céderons pas, nous ne capitulerons pas, nous ne voulons pas d'une neutralité qui proclamerait que le droit de toutes les croyances est égal, lorsque M. Piou parlait ainsi, lui qui est un modéré, qui se croit un modéré, qui passe pour un modéré, qui sera peut-être excommunié comme un modéré par les extrémités de l'Église, c'est lui qui creusait en effet ce gouffre.

La question se pose : comment ce problème se résoudra-t-il ? Comment ce conflit se dénouera-t-il ? Messieurs, j'ai trop présumé de mes forces ; je demande à la Chambre de renvoyer la suite de ce débat à une autre séance. *(Vifs applaudissements sur divers bancs.)* À lundi !

M. le Président : On demande le renvoi de la suite de la discussion à lundi. Il n'y a pas d'opposition ? Le renvoi est ordonné.

Interruption.
Reprise du discours le 24 janvier 1910.

M. le Président : La parole est à M. Jaurès pour continuer son discours dans la discussion des interpellations qui ont été jointes au budget du ministère de l'Instruction publique.

M. Jaurès : Messieurs, l'autre soir, lorsque je mettais en présence la conception laïque qui a pénétré toutes les institutions de la société moderne et la doctrine de l'Église, j'ai été surpris que M. Piou esquissât, sinon un geste de protestation, au moins un geste de doute, car lorsque je disais que, pour l'Église catholique, toutes les institutions, la patrie comme la famille, n'avaient pas et ne pouvaient pas avoir une valeur absolue, qu'elles n'avaient de valeur que dans la mesure où elles étaient conformes aux principes de l'Église elle-même, je croyais traduire la pensée commune des catholiques. J'ai dit à M. Piou : Je vous apporterai le texte. Messieurs, je l'ai pris dans l'allocution que le pape a prononcée devant les pèlerins français à l'occasion des fêtes de la béatification de Jeanne d'Arc. Il a commencé par affirmer la beauté, la grandeur morale de la patrie. Il a défendu le catholicisme avec véhémence contre les calomniateurs qui prétendent qu'il est l'ennemi de la patrie. Il a montré que la patrie avait un fondement naturel dans la communauté du sol, dans le voisinage des berceaux. Mais poussant plus loin et plus haut le problème, il s'est demandé ce que serait la patrie séparée de l'Église et il a dit textuellement ceci : « Ces sentiments de vénération et d'amour cette patrie seule peut nous les inspirer, qui, unie en sainte alliance avec l'Église, poursuit le vrai bien de l'humanité. » J'ai pris le texte dans le *Journal des débats* du 21 avril ; je voulais surtout montrer à M. Piou ma bonne foi.

Jacques Piou : Je n'ai jamais douté de votre bonne foi. La phrase que vous citez est exacte ; mais vous en aviez donné une explication qui ne l'est pas.

M. Jaurès : Soit, s'il le faut, nous en discuterons ! mais je crois pouvoir maintenir – ce n'est pas vous qui me démentirez après le cri de guerre que vous avez poussé à cette tribune –, je crois pouvoir maintenir que ce qui fait la gravité du problème de l'enseignement, c'est le conflit passionné, violent, des principes de la société moderne, manifestés par toutes ses institutions, et des principes, des affirmations essentielles de l'Église catholique elle-même. Comment peut se résoudre ce conflit ou comment, avec un tel antagonisme, un enseignement public est-il possible ? Résoudrons-nous la difficulté en ramenant l'enseignement, comme parfois on nous le conseille ou on nous le suggère, à un niveau plus que modeste et humilié ? Renoncerons-nous à mettre dans l'enseignement du peuple quelque idéal et le réduirons-nous à une collection de préceptes médiocres d'hygiène ou de morale subalterne, à un recueil de recettes morales et de recettes culinaires ? Ce serait, Messieurs, la véritable faillite, la véritable abdication de la société civile, qui proclamerait que l'Église seule est capable de donner à la conscience quelque lumière, à l'enseignement quelque hauteur et à la vie quelque noblesse.

Messieurs, suivrons-nous le conseil que nous donnait M. Piou ? Dirons-nous que désormais dans ce pays, trop profondément divisé, tout enseignement commun est impossible, qu'il faut prendre notre parti définitif de cet antagonisme, qu'il y aura, d'un côté les écoles de l'État, les écoles laïques, pratiquant, sous le nom menteur de neutralité, un enseignement d'agression et d'intolérance ; qu'il y aura, de l'autre côté, des écoles privées, des écoles catholiques, où seront enseignés, sans correction, sans contrôle et sans contrepoids, les dogmes les plus contraires aux principes mêmes de la société moderne et que les générations françaises seront indéfiniment divisées, non pas entre ces deux écoles, mais entre ces deux camps ? J'admirais, Messieurs, avec quelle facilité, de quel cœur, je ne dirai pas léger mais presque provocant, M. Piou acceptait cette scission définitive.

Messieurs, ce serait la plus grave qui pût se produire dans une société. Les luttes de classes elles-mêmes, si âpres qu'elles puissent être, supposent un terrain commun. La classe bourgeoise et la classe ouvrière sont les filles d'un même monde moderne, d'un même système de production et de pensée. Elles ont l'une et l'autre besoin que la science développe par la liberté de l'esprit les forces productives de l'homme, et même en se combattant elles reconnaissent des nécessités communes et des communes pensées. (*Très bien ! très bien ! à l'extrême gauche et à gauche.*) Au contraire, s'il est entendu qu'entre les fils d'un même pays, d'une même génération, d'un même siècle, d'une même classe, l'antagonisme de doctrine, de pensée et de conscience doit être à jamais si irréductible qu'on ne pourra jamais rassembler ces enfants sous la discipline d'une même école, messieurs, c'est le déchirement intégral de la nation. *(Applaudissements à l'extrême gauche et à gauche.)*

M. Ferdinand Buisson : Très bien ! L'Église transige avec la vie.

M. Jaurès : Sommes-nous acculés à cette extrémité ? Sommes-nous voués à cette formidable hypothèse ? En fait, je ne le crois pas. Quelle que puisse être l'opposition logique des principes qui se heurtent, la force de la vie, la force de la réalité sociale en mouvement prépare les solutions qui ont paru d'abord abstraitement impossibles. Et ce que je veux constater aujourd'hui, du haut de cette tribune, c'est que ceux-là mêmes dans l'Église qui dénoncent le plus violemment les vicissitudes, les incertitudes, l'inconsistance de la pauvre raison humaine, sont obligés, beaucoup plus qu'ils ne l'avouent, de marcher à sa suite et de se rallier de siècle en siècle aux idées qu'ils avaient d'abord exclues et abandonnées.

L'absolu chrétien et catholique a été obligé, de génération en génération, à composer, à transiger avec une réalité sociale et intellectuelle qui le débordait. À l'origine, les premières générations chrétiennes ont pu prendre au mot la parole du maître qui annonçait qu'une génération ne se passerait point sans que le fils de l'homme apparût sur les nuées pour juger les hommes.

Il a bien fallu, les jours se succédant, accueillir une interprétation moins littérale ; et c'est pour vivre, et c'est pour durer dans le monde naturel d'aujourd'hui que l'Église a dû s'organiser. Elle est donc devenue non plus simplement la messagère d'un royaume nouveau à échéance immédiate, mais une puissance temporelle terrestre, mondaine, à calculs lointains ; et là elle s'est heurtée nécessairement à d'autres puissances terrestres, à d'autres puissances temporelles, à des royaumes, à des empires avec lesquels il a bien fallu qu'elle négociât, qu'elle transigeât, qu'elle définît le partage des attributions et des droits ; et c'est un premier glissement, c'est une première diminution des prétentions absolues de l'origine.

Puis, quand la Réforme est venue, quand l'Europe moderne a voulu dérober les livres sacrés dont elle vivait à l'interprétation exclusive et autoritaire de l'Église traditionnelle, quand les hommes ont été rebutés du régime de l'ancienne Église par les abus qui s'y étaient introduits, lorsqu'ils ont voulu appliquer les libertés naissantes de l'esprit à l'interprétation même des Écritures, quand ils se sont dit que devant toutes les tentations, toutes les sollicitations, tout le développement du monde moderne, la foi chrétienne périrait si elle se réduisait à des œuvres extérieures et superficielles et que la croyance chrétienne devait être rappelée à l'intimité de ses origines, quand de ces causes multiples la Réforme est née, le premier mouvement de l'Église catholique a été d'absolue détestation et d'absolue condamnation, et, au XVIe siècle, les réformés étaient dénoncés par l'Église, comme un pire danger, comme un pire scandale, que les matérialistes et les athées. Et aujourd'hui, quand j'ouvre les journaux conservateurs, quand j'ouvre dans la période de lutte de la séparation, les journaux catholiques eux-mêmes, j'y vois un appel des catholiques à l'Église protestante, l'invitant à défendre, avec l'Église catholique, la commune foi chrétienne. *(Applaudissements à gauche et à l'extrême gauche. – Mouvements divers.)*

De même qu'elle a dû s'accommoder au mouvement de la vie, de même qu'elle a dû, en quelque mesure, transiger avec la Réforme, l'Église catholique a été obligée de s'accommoder parfois malgré elle, au progrès, à la science et à la démocratie.

Ah ! Messieurs, pardonnez-moi de faire allusion une fois de plus à des faits trop souvent cités. Je sais qu'aujourd'hui auprès de quelques-uns de nos collègues, on risque de passer pour un esprit grossier ou, tout au moins, pour un esprit vulgaire si on se rappelle les épreuves qu'ont dû traverser la pensée libre et la science, et cependant il faut le constater une fois de plus, non pas pour triompher des erreurs passées de l'Église – ce serait chose vaine –, mais pour chercher dans les concessions qui lui ont été arrachées déjà par la force des choses le gage des concessions nouvelles qui lui seront imposées. *(Applaudissements à l'extrême gauche.)*

Messieurs, le problème de l'infinité du monde ne s'est pas posé d'abord sérieusement à la théologie catholique. La théologie catholique s'est préoccupée du problème de l'éternité du monde, parce que sur ce problème il n'y avait pas accord entre les deux grandes autorités du Moyen Âge, Aristote et l'Église. Aristote avait affirmé et démontré l'éternité du monde ; la foi catholique affirmait que le monde était d'origine récente, contradiction qui obligeait l'Église à s'expliquer. Et voilà pourquoi le grand docteur de l'Église catholique donnait toutes les raisons qui, en raison, nous induisent à affirmer l'éternité du monde et y opposait ensuite la conclusion contraire de la foi. Il y avait visiblement dans sa pensée comme un regret de ne pouvoir adhérer à l'idée de l'éternité du monde si puissamment démontrée par le philosophe ancien.

Au contraire. Sur le problème de l'infinité de l'univers, accord complet entre la tradition d'Aristote et la tradition de la Bible et des Écritures. Pour Aristote comme pour l'Église, le monde est un être fini, une sphère, vaste mais limitée, qui tourne autour de la terre centrale et immobile. Et parce que toutes les autorités allaient dans le même sens, l'Église a d'abord négligé le problème. Saint Thomas n'en traite, en effet, qu'en passant ; et lorsque Copernic commença à ébranler la vieille conception de Ptolémée, l'Église même ne prit pas le péril au sérieux. Les hommes se raillaient, les hommes se moquaient, et l'Église accepta cette première hypothèse comme une sorte de jeu d'esprit.

Les ombrages ne s'éveillèrent même pas lorsque Galilée reprit le problème. Il eut l'adresse de le soumettre d'abord comme une hypothèse ingénieuse, et la papauté s'en amusait.

Mais lorsque par les lunettes nouvelles qui permirent de fouiller la profondeur des cieux, Galilée apporta à l'appui de ce qui n'était la veille qu'une hypothèse raillée ou acceptée simplement comme une élégante fiction, lorsqu'il apporta la preuve de l'expérience, la vérité devint odieuse à mesure qu'elle devenait certaine. *(Applaudissements à l'extrême gauche et à gauche.)*

Et alors, point n'est besoin d'imaginer la légende des tortures matérielles infligées à Galilée ; il suffit de constater qu'il a été obligé par l'Église d'abjurer, d'abdiquer à genoux les vérités sublimes qui allaient renouveler la pensée de l'homme et élargir la conscience religieuse elle-même.

Que s'est-il passé ? Quelle révolution s'est opérée ? Est-ce le monde qui a changé depuis Galilée ? Ou est-ce l'Église ? Et c'est l'Église qui, aujourd'hui, commente le *Cæli enarrant gloriam Dei* au moyen des magnifiques découvertes astronomiques qu'elle a d'abord condamnées et flétries. *(Applaudissements à l'extrême gauche et à gauche.)* C'est Pasteur que nous invoquons ici comme la grande autorité conciliant à la fois la science et la pensée catholique, qui, dans son discours à l'Académie française, formulait une sorte d'hymne à l'infinité du monde, à cette infinité, disait-il, qui tend le ressort de la pensée humaine jusqu'à le faire crier.

M. de Gailhard-Bancel, député libéral de l'Ardèche : Et Pasteur terminait le magnifique passage du discours auquel vous faites allusion en disant : Il ne reste plus qu'à se prosterner et à adorer. *(Très bien ! très bien ! à droite.)*

M. Jaurès : J'entends bien, monsieur de Gailhard-Bancel. Mais voyez comme vous confirmez ma thèse, puisque, aujourd'hui, avec Pasteur, vous, catholique croyant, catholique passionné, vous trouvez un motif nouveau d'adoration dans les découvertes scientifiques que vous avez rejetées comme impies. *(Vifs applaudissements à l'extrême gauche et à gauche.)* Encore une fois, je ne cherche pas à ranimer des controverses éteintes, mais je veux montrer, faire pressentir aux catholiques eux-mêmes que le mouvement qu'ils ont été obligés d'accomplir, entraînés, pour ainsi dire, par la force du monde moderne, ira plus loin et que c'est dans l'accommodation inévitable de l'Église, si elle ne veut pas périr, aux vérités de la science et aux lois de la démocratie, qu'est la solution définitive du problème de l'enseignement. *(Applaudissements à l'extrême gauche et à gauche.)* Messieurs, même fait, même vérité, même mouvement dans l'interprétation de la durée du monde. Il y a eu un temps où les jours de la création étaient entendus dans la rigueur du lever du soleil au coucher du soleil. Et il n'eût pas été prudent à certains hommes d'apporter une interprétation plus large…

M. Lemire, député catholique et républicain du Nord : Saint Augustin l'avait déjà donnée.

M. Jaurès : Oui, j'entends bien, monsieur l'abbé Lemire. Il y a dans tous les pères de l'Église le germe de toutes les hérésies. *(Applaudissements et rires à l'extrême gauche.)*

M. Lemire : Et de toutes les vérités. Ce n'est pas là une hérésie.

M. Jaurès : Je ne conteste pas que saint Augustin eût déjà indiqué cette interprétation selon la méthode allégorique qu'il a si largement appliquée. Ce que j'ai dit, c'est qu'il y a eu de longues générations où il eût été imprudent à bien des laïques de se permettre, à l'égard des Écritures, cette liberté d'interprétation. Et qu'est-ce que je constate aujourd'hui ? Que disait à l'Institut catholique l'illustre professeur de géologie M. de Lapparent ? Que dit-il dans ses cours réunis en volumes ? C'est que, s'il est difficile d'imaginer la durée exacte des phénomènes géologiques, il faut bien reconnaître que la transformation successive des faunes et des flores ne peut s'évaluer qu'en millions d'années. Et il ajoute, après avoir montré l'apparition de l'homme au sommet de toute la lignée organique des espèces, après avoir montré la noblesse de l'être humain, il ajoute : on ne peut rien concevoir au-delà ou au-dessus, et si on voulait imaginer des besoins nouveaux, il faudrait imaginer une ère où l'âme dominerait, dégagée des liens de la matière. Et ainsi les habitudes de la science moderne pénètrent si profondément tous les esprits, même des savants catholiques, que M. de Lapparent ne conçoit l'avènement d'une sorte de spiritualisme que comme le prolongement de l'évolution économique de notre planète. Messieurs, qu'est-ce à dire encore une fois ? C'est que des vérités que l'Église avait déclarées longtemps mortelles pour sa doctrine, funestes pour le salut des âmes, elle les enregistre aujourd'hui.

M. Lemire : N'exagérons pas !

M. Jaurès : Vous le savez bien, monsieur Lemire, vous qui m'opposez sinon votre contestation, du moins vos réserves. Vous savez bien que, dans un autre ordre qui vous touche et vous préoccupe de près, dans l'application aux livres sacrés des règles de l'exégèse, vous savez bien qu'une révolution aussi, silencieuse, partielle, s'accomplit dans l'Église ; vous savez bien que prêtres et laïques étaient obligés autrefois d'accepter sans réserves l'inspiration littérale des Écritures dans tous les ordres de la pensée, vous savez qu'il y a eu péril pour les laïques et pour les prêtres à accepter l'idée que les Écritures pourraient être soumises aux règles communes de la critique historique. Et l'heure est venue pourtant où, dans l'Église même et à l'heure où nous discutons, un travail profond s'accomplit en ce sens.

Messieurs, ceux d'entre vous qui ont siégé à la Chambre de 1893 à 1898 se rappellent sans doute la physionomie originale, aristocratique, subtile, hautaine de Mgr d'Hulst. C'était un prélat diplomate. Il passait pour avoir avec la famille

d'Orléans des rapports très étroits. Il avait été irrité au jour
de la fusion, de l'intransigeance du comte de Chambord et on
raconte – je ne garantis pas le mot – qu'il disait : « Je prie
Dieu tous les jours, je demande à Dieu tous les jours qu'il
ouvre les yeux de Monseigneur… ou qu'il les lui ferme. »
(Rires à gauche.) Lorsqu'il paraissait à cette tribune, pour
définir les prétentions, les doctrines de l'Église, nous étions
tentés de le prendre pour le représentant de l'orthodoxie.

Or, le même homme écrivait dans *Le Correspondant*, sur
les études de Lenormant, un article dans lequel il reconnaissait
qu'il fallait faire la part, dans les Écritures, des origines
diverses, que notamment une partie de la Genèse provenait
de légendes chaldéennes. Et l'homme que nous, laïques,
nous prenions ici pour le représentant intraitable de l'orthodoxie intransigeante, était obligé, sur la plainte des jésuites,
d'aller se défendre à Rome contre l'accusation de moder-
nisme et d'hérésie. Il y est allé ; il s'est défendu ; il n'a
pas été frappé. D'autres, les uns avec éclat, d'autres plus
prudemment, marchent dans la même trace, suivent le même
exemple, et je lisais, l'autre jour, un avertissement discret
de mon archevêque *(sourires)*, de l'archevêque d'Albi au
clergé de France.

Ainsi, là aussi, dans ce sens aussi, il y a, à l'intérieur
même de l'Église, évolution nécessaire. C'est de même
façon qu'elle a été obligée, au cours du XIXe siècle, après
avoir longtemps lié sa cause à tous les partis du passé,
d'essayer un appel à la démocratie. C'est la période ardente
où s'affirmaient la pensée de Lamennais et la pensée de
Lacordaire. Ils disaient à la papauté : « Dégage-toi des
gouvernants nationaux qui sont pour toi une entrave, et qui
sont en même temps pour les peuples une chaîne. Brise tes
propres chaînes pour pouvoir travailler à briser les chaînes
des peuples et réconcilier la démocratie grandissante avec
l'Église qui meurt de ce malentendu et de cet abandon. »

Voilà ce que disaient ces hommes, et ils appelaient en
même temps l'attention de la papauté sur le problème social.

Ah ! je sais bien que Lamennais a été frappé, je sais bien que la foudre est tombée sur lui, je sais bien que Lacordaire n'a pu risquer un peu de sa pensée qu'en se débattant contre une perpétuelle surveillance et contre un perpétuel soupçon, qu'à peine avait-il paru, en quelques paroles éblouissantes, dans la chaire de Notre-Dame, il était obligé, pour laisser se calmer les rumeurs et les soupçons, de s'enfoncer de nouveau dans le silence et les solitudes de la province. Mais enfin il disait là des paroles dont il empruntait à la démocratie la force, le sens, l'accent, il criait : « La foi et la raison rendent le même son, la foi est la lyre ionienne plus mesurée et plus divine, la raison est la lyre éolienne suspendue aux forêts où passent les souffles gémissants, la lyre éolienne qui s'anime et s'inspire dans les orages. » Et ces orages, il les appelait pour animer et inspirer la lyre chrétienne ; ces orages, c'était le prolongement des orages de la Révolution, c'étaient les orages de la démocratie. *(Applaudissements à l'extrême gauche et à gauche.)*

Et j'entends bien que Lamennais a été frappé, j'entends bien que Lacordaire a été isolé, a été suspect. Mais enfin, lorsqu'a paru cette encyclique pontificale, *Rerum novarum*, où M. de Mun saluait l'autre jour ce qu'il appelait le plus grand acte social du XIXᵉ siècle, lorsqu'a paru cette encyclique par laquelle Léon XIII conseillait aux catholiques d'accepter au moins la forme constitutionnelle et de travailler pour leur part à l'allègement des souffrances du prolétariat, lorsqu'a paru cette encyclique, est-ce que ce n'était pas en quelque manière un réveil, une reprise, oh ! bien atténuée et bien diplomatique, de la pensée de ce Lamennais qui, il y a trois quarts de siècle, fut frappé par l'Église ? Et là encore, Messieurs, c'est la revanche de la raison.

L'Église catholique ne peut plus se mouvoir sans se mouvoir dans le sens du siècle : ou elle est obligée de s'arrêter, de s'immobiliser, de devenir par là une puissance rétrograde ; ou, dès qu'elle essaye de faire un pas, un geste, un mouvement, dès qu'elle essaye de secouer la torpeur, la routine d'une puissance séculaire et endormie, c'est dans le sens de l'esprit du siècle qu'elle est obligée de se mouvoir. Et moi je vous dis : Quoi que vous fassiez, ou vous périrez, ou vous ferez à la science, à la démocratie, à la liberté, de nouvelles et si fortes concessions que tous les enfants de la patrie pourront se réunir dans une enceinte commune. *(Vifs applaudissements à gauche et à l'extrême gauche.)*

Messieurs, voulez-vous des signes nouveaux, des symptômes récents de cette inéluctable pénétration de l'esprit du siècle jusque chez ceux qui croient le combattre ? L'autre jour, M. du Halgouet a protesté avec indignation contre les paroles de l'évêque français, de cet ancien aumônier des Invalides, qui, au cours d'une cérémonie de Wissembourg, avait annoncé que, dans la France sans Dieu, les soldats seraient à l'heure du péril destitués de courage. M. du Halgouet nous a dit que M. le général Bonnal avait protesté immédiatement et que la protestation aurait été plus véhémente encore si l'incident ne s'était produit dans les pays annexés.

Ce n'est donc pas une inconvenance seulement et une indiscrétion que vous avez relevées dans les paroles de l'aumônier ; elles vous ont paru attentatoires à la France, à la patrie elle-même. Mais qu'est-ce à dire, et de quel droit prétendez-vous, dans ce débat, que, seule, la foi chrétienne peut être le fondement de la morale et de toutes les vertus, si vous-mêmes vous vous croyez obligés, par pudeur envers la France et la patrie, de proclamer que votre Dieu n'est pas le principe nécessaire du courage et du sacrifice ? *(Applaudissements à l'extrême gauche et à gauche.)*

M. Paul Lerolle, député libéral de Paris (VIIe arrondissement) : Monsieur Jaurès, permettez-moi de vous le dire, je crois que, sans le vouloir, vous exagérez beaucoup le sens des paroles de M. du Halgouet.

M. Jaurès : Je ne le pense pas. Je suis tout prêt, si j'ai commis une erreur d'interprétation, à le reconnaître avec une bonne foi absolue ; mais je ne crois pas qu'il soit possible de comprendre autrement les paroles de notre honorable collègue.

Marcel Sembat, député socialiste de Paris (XVIIIᵉ arrondissement) : Qu'aurait-il voulu dire si ce n'était pas cela ?

M. Jaurès : Et voyez le pape lui-même : l'intransigeant Pie X est, si je puis dire, en passe de glisser à son tour. *(Applaudissements à l'extrême gauche et à gauche.)* L'autre jour, comme l'évêque de Nancy, Mgr Turinaz, avait proposé pour les élections prochaines une association, une entente des catholiques, des libéraux et des honnêtes gens de tous les partis, la papauté a écrit à l'évêque que si Pie X avait été appelé à rédiger lui-même le document, il n'aurait pas fait appel aux libéraux ; et c'est vraiment bien peu gracieux pour l'Action libérale de M. Piou. *(Applaudissements et rires à gauche et à l'extrême gauche.)*

M. Jacques Piou : Voulez-vous me permettre un mot ?

M. Jaurès : Je vous en prie.

M. Jacques Piou : Le mot « libéraux » s'applique à ceux qui font partie de l'école philosophique libérale dont vous êtes vous-même un des représentants, et non à nous qui n'avons rien de commun avec elle, et qui demandons simplement au Gouvernement, qui nous les refuse, les libertés dues à des citoyens dans un pays libre.

Marcel Sembat : C'est-à-dire que vous repoussez l'épithète.

M. Jaurès : J'entends bien, monsieur Piou ; mais alors comment l'habile homme que vous êtes, et si maître de la langue française, a-t-il pris précisément, comme titre de son association, un mot qui prête à tant de malentendus ?

(Nouveaux rires et applaudissements à l'extrême gauche et à gauche.)

M. Jacques Piou : Le mot « libéral » a un sens philosophique qui est justement réprouvé par l'Église. Il ne prête à aucun malentendu dans le sens restreint politique et nullement religieux où nous l'avons pris. *(Interruptions à gauche et à l'extrême gauche.)*

M. Jaurès : Ah ! voici qui est grave, car c'est dans un document politique de Mgr Turinaz qu'était le mot « libéraux ». C'est donc dans un document politique que le pape a condamné ce mot et puisqu'il a un sens politique, c'est sur vous que tombe toute la condamnation. *(Vifs applaudissements et rires à gauche et à l'extrême gauche. – Dénégations à droite.)*

M. Jacques Piou : Vous m'avez prédit l'excommunication ; alors je ne suis pas surpris ! *(Rires à droite.)*

M. Jaurès : Ce que je voulais dire – ce léger incident n'est qu'une parenthèse – c'est qu'en obligeant l'évêque ou en lui conseillant de retirer le mot « libéraux » le pape consentait au maintien de l'appel aux honnêtes gens. Il y a donc maintenant, officiellement, dogmatiquement, comme parole relevée de la papauté elle-même, à côté des catholiques qui sont honnêtes comme catholiques, des gens qui sont, sans être catholiques, d'honnêtes gens. *(Interruptions à droite. – Mouvements divers.)*

MM. Anthime-Ménard et Ollivier : On n'a jamais dit le contraire !

M. Jaurès : Ah ! Messieurs, voilà que nous allons avoir des catholiques plus jaloux de l'intransigeance morale du catholicisme que ne l'est Pie X lui-même.

Je constate qu'officiellement, comme pour donner un sens à ce qu'on appelait la morale indépendante, le pape reconnaît et proclame qu'en dehors de l'Église, de la catholicité, de la foi catholique, il y a une honnêteté, une conscience, une probité.

M. Anthime-Ménard, député républicain modéré de la Loire-Atlantique : Je le crois bien !

M. Jaurès : C'est quelque chose de vous l'entendre dire ! *(Applaudissements à gauche et à l'extrême gauche.)*

M. Anthime-Ménard : Alors il n'y aurait pas eu d'honnêtes gens avant le christianisme ? Mais c'est la doctrine de l'honnêteté naturelle ! Il n'y a pas un catholique, monsieur Jaurès, qui prétende qu'il n'y a pas d'honnêtes gens en dehors des catholiques.

M. Jaurès : Que signifient alors toutes les interrogations indignées et ironiques que vous adressez au parti républicain quand vous lui dites : Quelle est donc cette prétention d'enseigner la morale en dehors de la doctrine religieuse ? *(Applaudissements à gauche et à l'extrême gauche. – Interruptions à droite.)* Je sais bien que vous avez la ressource, comme l'a fait M. Piou l'autre jour, de rappeler le mot de Renan. Nous ne sommes restés honnêtes gens si nous le sommes, que par une sorte de survivance, par la vertu affaiblie, mais continue des croyances d'autrefois. C'est le mot de Renan aristocrate et désabusé : « Nous ne vivons que de l'ombre d'une ombre et du parfum d'un vase vide. » Et moi, je crois que dans les sociétés modernes nées de la Révolution, il y a une si prodigieuse effervescence de vie, un si prodigieux éclat de pensée et, à certaines heures, une flamme si ardente d'enthousiasme qu'il n'est pas possible de dire qu'il n'y a là que la survivance fantomatique d'une croyance disparue. Il y a l'attestation magnifique d'une croyance nouvelle. *(Vifs applaudissements à gauche et à l'extrême gauche.)* Messieurs, veuillez élargir votre regard et le porter sur le reste du monde. Vous, France catholique, vous n'êtes pas toute l'humanité d'aujourd'hui ; et lorsque nous discutons ici, quels sont les exemples que vous nous opposez ? Qu'opposez-vous à la prétendue décadence de la France républicaine minée par la pensée libre et par l'anarchie ? Vous lui opposez la vertu virile des peuples anglo-saxons, la large tolérance, l'activité infatigable, le patriotisme vigilant et robuste du peuple des États-Unis, du peuple d'Angleterre…

M. Louis Ollivier, député libéral des Côtes-du-Nord : Ce sont des croyants.

M. Jaurès : … C'est-à-dire des peuples qui, s'ils ne sont pas des mécréants, s'ils ne sont pas des athées, sont du moins, par le schisme, en dehors de votre Église et au-delà de ce cercle d'une chrétienté que vous ne tenez plus sous votre loi. *(Applaudissements à l'extrême gauche et à gauche.)* Voici que d'autres peuples s'éveillent et montent ; voici que des peuples musulmans lèvent la tête, et voici surtout que vous nous montrez, depuis des années, comme un exemple, ce peuple du Japon où l'amour passionné de la patrie, où l'esprit de sacrifice, où le mépris de la vie individuelle constamment sacrifiée à la grandeur collective atteint, si je puis dire, les proportions d'un héroïsme commun et universel ; et vous nous l'opposez, et vous nous dites : c'est là qu'est le foyer de la vie, c'est là qu'est l'exemple.

Oui ; mais où donc ce peuple japonais prend-il cette force de courage, cette puissance d'héroïsme, cet esprit de sacrifice ? Direz-vous encore que c'est sous je ne sais quelle répercussion, quelle transformation lointaine de la croyance chrétienne dont un dernier parfum, subtil, évaporé, aurait pénétré là-bas les consciences asiatiques ? Non, non, c'est un jaillissement autonome, c'est de leur tradition, c'est de leur race, c'est de leur religion à eux…

À droite : De leur religion !

M. Jaurès : Ah ! de leur religion. Il suffit donc que sur leurs croyances, il y ait le mot de religion sans que ce soit la vôtre ! Mais vous êtes condamnés par tous les doctrinaires. *(Applaudissements prolongés à gauche et à l'extrême gauche.)* Ah ! Messieurs, que j'avais raison de dire tout à l'heure que l'évolution se continuait, qu'elle était profonde, irrésistible ! Vous êtes obligés de proclamer à cette heure que ce qui importe, c'est l'esprit religieux…

À droite : D'abord.

M. Jaurès : … C'est-à-dire l'habitude de subordonner l'individu à un ensemble, quel que soit le contenu de cette religion, quelles qu'en soient les origines, quelles qu'en soient les sanctions, quelles qu'en soient les garanties ! Quand nous parlons, nous, de la religion de l'espérance humaine, de la justice, vous nous dites : « Elle n'a pas de sanction ; il n'y a pas l'autorité de Dieu. » Est-ce que vous dites, vous, catholiques intransigeants, que la religion japonaise a la sanction de votre Dieu ? Non, Messieurs, la vérité est que malgré tout, quoi que vous fassiez, à mesure que le monde s'élargit, vous êtes obligés de reconnaître vous-mêmes que partout jaillissent en abondance des sources que vous n'avez pas fait surgir du sol et que la valeur humaine, la puissance de pensée, de dévouement, de sacrifice, de grandeur qui est dans la nature humaine se manifeste dans toutes les races, sous toutes les formes et que ce qui importe, ce qui vaut, ce n'est pas la forme partielle, locale, temporelle de l'esprit de sacrifice et de pensée, mais c'est la puissance même du sacrifice et de la pensée. *(Applaudissements à gauche et à l'extrême gauche.)* La preuve, et une preuve nouvelle, que ce mouvement se poursuit et qu'il est irrésistible, c'est que ou l'Église fléchit, comme je l'indiquais tout à l'heure, et cède ou bien, quand elle résiste, elle résiste en s'appuyant sur des forces qui lui sont extérieures.

Messieurs, j'admire comme vous – et ce n'est pas de ma part une habileté oratoire – le discours de M. Barrès[4] et j'y ai trouvé, d'ailleurs, pour les instituteurs une sorte de haute sympathie qui m'a consolé de quelques paroles d'autrefois. Mais au nom de quelle doctrine M. Barrès a-t-il parlé ? Je vois que les journaux conservateurs s'empressent et de publier et de répandre son discours, non pas seulement pour sa beauté littéraire, mais surtout pour sa puissance de doctrine. Ce matin encore dans *l'Écho de Paris*, M. de Mun, catholique, faisait sien ce discours. J'imagine, sans ironie aucune, que M. Barrès doit s'étonner un peu de ce rôle de sauveur et de protecteur de l'Église. Ce qui est bien frappant, c'est que la foi catholique paraisse aujourd'hui obligée de se réfugier dans la philosophie d'un incroyant. Ce n'est pas comme croyant que M. Maurice Barrès a parlé à cette tribune. Il ne nous a pas dit : la parole d'éternelle vérité a été dite ; il n'est plus possible de la remanier et tout ce qu'on fera hors d'elle sera vain ; il s'est tourné vers nous, vers vous, parti républicain et il vous a dit : si vous étiez capable de construire autre chose que ce qui est, je serais peut-être avec vous ; mais l'Église catholique est là comme une construction solide ; c'est un temple peut-être lézardé, mais dont on aurait pu réparer les lézardes et qui est debout. Et vous, vous êtes dans la confusion ; votre édifice n'est pas construit ; tous vos plans d'architecture se croisent et s'effacent les uns les autres.

Ah ! Messieurs, s'il suffisait, pour condamner une grande époque en travail d'un monde nouveau, de constater que les

4. Maurice Barrès (1862-1923), député nationaliste de Paris et écrivain fameux, alors au sommet de sa gloire, fait souvent figure d'antithèse de Jaurès à la Chambre.

constructions nouvelles n'ont pas encore la rigidité, la netteté mathématique des constructions du passé, jamais un progrès n'aurait été réalisé par la race humaine. *(Applaudissements à l'extrême gauche et à gauche.)*

Vous opposez nos flottements, nos incertitudes, notre inconsistance, à la solidité de la vieille armature catholique. Je vous dirai, sans offenser votre esthétique, que le squelette est toujours plus consistant que le germe *(Très bien ! très bien ! à l'extrême gauche.)*, et vous-mêmes, vous nous avez fourni, par l'analogie historique que vous avez invoquée, la plus saisissante réponse. Vous nous avez dit que l'insti-tuteur laïque d'aujourd'hui, assailli par toutes les formules contradictoires de la morale laïque : morale déiste, morale indépendante, morale solidariste[5], vous apparaissait comme ce pauvre solitaire de la Thébaïde, assailli par toutes les visions. Oui ! en effet, dans les premiers siècles où le chris-tianisme s'est élaboré, l'argument des païens était celui-ci contre les chrétiens : vous êtes des rêveurs, vous êtes des dissolvants, vous n'êtes pas des constructeurs. La vieille construction romaine, elle est là, elle a été cimentée par les siècles ; cet édifice païen, cet édifice impérial, c'est le culte de Jupiter, le culte de Rome. Tant que ce culte a duré, il a fait la victoire du peuple romain, et vous, que voulez-vous maintenant avec vos rêves, avec vos contradictions, avec vos hérésies, avec vos extases contradictoires ? Vous êtes le flottement, l'incertain et l'obscur.

Il n'y a que nous – disait le paganisme – qui soyons une construction solide et massive. Oui ! mais cette construction solide, elle n'était que ruine, elle n'était qu'un bloc de pierres mortes, et dans le bouillonnement, l'effervescence et la contradiction apparente et l'apparent désordre des doctrines

---

5. Allusion à la doctrine solidariste proposée par Léon Bourgeois afin de donner une base doctrinale au radicalisme dans le domaine social. Cf. la réédition de *Solidarité* par Marie-Claude Blais au Bord de l'eau (2007).

nouvelles, il y avait en formation le monde que vous essayez de défendre aujourd'hui parce qu'il est à son déclin. *(Vifs applaudissements à gauche et à l'extrême gauche.)*

M. Jules Delafosse, député conservateur du Calvados : Le christianisme était une construction.

M. Jaurès : Messieurs, je ne veux citer qu'un dernier trait du désarroi d'esprit auquel sont réduits ceux qui dénoncent nos incertitudes et nos faiblesses. Quel est l'homme, quel est l'historien, quel est le philosophe sur lequel s'appuient depuis des années les défenseurs de l'Église en France, non seulement M. Barrès qui est un défenseur du dehors *(sourires)*, mais M. Paul Bourget qui, sans doute parce qu'il avait à racheter de plus graves péchés d'esprit, est entré plus avant dans la basilique ? *(On rit.)* Messieurs, l'homme qu'ils invoquent, l'autorité sur laquelle ils s'appuient, c'est Taine. Eh bien, je ne veux pas contester la valeur du philosophe, je n'en veux pas dire du mal ; d'abord, j'affligerais mon éminent et respecté ami Vaillant, qui a, pour une partie de l'œuvre de Taine, pour la partie où la sensation rejoint les mouvements, où le monde de l'esprit rejoint, par l'analyse, le monde de la nature, une vive admiration. Mais d'ailleurs, Taine, c'est la juxtaposition de deux philosophies qu'à mon sens, il n'a jamais réussi à fondre et voilà pourquoi on peut en dire à la fois beaucoup de bien et beaucoup de mal. Mais enfin est-ce que c'est au moins un catholique ? Oh ! je ne veux pas dire par là seulement – ce serait une naïveté – qu'il n'adhère pas aux dogmes et aux formules du catholicisme, je veux dire qu'il est tout à fait en dehors, par toute sa pensée, de cet esprit catholique et national que vous essayez de clarifier.

Vous dites, depuis des années, que, le sachant ou non, nous faisons le jeu du protestantisme qui, sous les aspects hypocrites de la libre pensée, essaye de prendre sa revanche des défaites du XVIe siècle. Or, le penseur qui a le plus d'affinités avec le protestantisme du début à la fin de sa carrière,

c'est Taine. Il a commencé par l'admiration passionnée de
Guizot et il a fini en demandant pour son cercueil les rites
et les cérémonies du protestantisme, et quand vous essayez
de réveiller le catholicisme en le solidarisant avec la tradition nationale, il n'y a pas d'homme qui ait été plus sévère
que Taine pour l'originalité du génie français, il n'y a pas
d'homme qui ait été plus dur que Taine pour toute l'histoire
de la France. Ah ! vous allez chercher dans les manuels scolaires quelques brutalités, quelques exagérations, mais s'il y
a une œuvre qui ait donné le signal des réquisitoires contre
l'histoire de la France, c'est l'œuvre de Taine. Vous l'avez
oublié, parce qu'il a dit du mal de la Révolution française.
(Applaudissements à gauche et à l'extrême gauche.) Vous
détestez à ce point la Révolution qu'il suffit que Taine en
ait dit du mal pour que vous ayez pardonné le jugement
terrible qu'il a porté et sur toute l'ancienne monarchie et sur
l'Empire. L'Ancien Régime ? Corruption, famine, détresse,
abomination ; le peuple réduit en effet à manger de l'herbe,
pendant que les courtisans, les rois, les reines et les princesses
s'amusent, ou, affectant de plaindre la pauvre bête de somme,
ajoutent encore élégamment à son fardeau. *(Applaudissements
à gauche et à l'extrême gauche.)* Voilà comment Taine a
résumé l'histoire de la vieille monarchie pendant les deux
siècles qui ont précédé la Révolution. Le Premier Empire ?
Massacres, orgueil, boucherie atroce, boucherie abominable.
(Interruptions à droite.)

M. Fernand Engerand, député royaliste du Calvados :
Cette hostilité n'a rien de surprenant : l'Empire, c'était
toujours la Révolution.

M. Jaurès : Ah ! que les manuels scolaires ne sont qu'un
pâle reflet des sévérités historiques de celui qui est votre
maître ! *(Vifs applaudissements à gauche et à l'extrême
gauche.)* Ainsi, le mouvement est tel que l'Église subit et est
obligée de subir le mouvement de l'esprit du siècle, et nous

touchons à la période que j'ai résumée ainsi tout à l'heure :
ou il faudra qu'elle fasse un pas nouveau, qu'elle rejette les
vieilles maximes étroites d'intolérance ou de caprice, et si elle
ne le fait pas, elle périra ; ou, si elle le fait, elle ne pourra
plus rien trouver dans l'enseignement laïque et rationnel de
nos écoles dont elle ait le droit de dire que c'est une offense
pour la conscience des croyants. *(Vifs applaudissements à
gauche et à l'extrême gauche.)* Je serais reconnaissant à la
Chambre de vouloir bien m'accorder quelques minutes de
repos. *(Assentiment.)*

M. le Président : L'orateur demande une suspension de
séance de quelques minutes. Il n'y a pas d'opposition ? La
séance est suspendue.

[…]

M. le Président : La parole est à M. Jaurès pour continuer
son discours.

M. Maurice Barrès : M. Jaurès, me permettez-vous de
présenter une observation ?

M. Jaurès : Très volontiers.

M. Maurice Barrès : Messieurs, je ne dirai pas que
M. Jaurès a trahi ma pensée, mais enfin, avec sa courtoise autorisation, je voudrais la préciser en deux mots.
J'ai combattu à la tribune les excès de l'esprit critique à
l'école primaire. M. Jaurès me dit : « Sur quels principes
vous appuyez-vous, vous qui ne vous confondez pas avec
les croyants catholiques ? » Vous comprenez qu'une telle
question, qui va si avant dans la conscience d'un homme,
doit lui importer et le toucher profondément. *(Très bien !
très bien ! à droite.)* Il y a une vingtaine d'années – j'étais
alors secrétaire d'âge à la Chambre ! – j'eus l'occasion de

rencontrer, pour la première fois, Brunetière. Dans la conversation, je lui dis : « Pourquoi n'avez-vous pas la curiosité d'entrer au Parlement ? » Il me répondit : « Une chose m'embarrasserait, c'est que, dans la discussion des questions religieuses, on me poserait telle question directe à laquelle, pour le moment, je ne désire pas répondre. » Je n'éprouve pas cet embarras, et je diminuerais trop mon autorité, quelle qu'elle soit, si je me dérobais à cette sorte de question... oui, à une question qui se trouve nécessairement dans la voie où s'engageait M. Jaurès. Je répondrai donc nettement.

Je suis de ceux qui se détournent de la recherche des causes. Je suis de ceux qui substituent à cette recherche la recherche plus immédiate des lois. Ma connaissance de l'histoire, si insuffisante qu'elle soit, et mon expérience de la vie me prouvent que les lois de la santé, pour la société comme pour l'individu, sont d'accord avec le décalogue que nous apporte l'Église. *(Applaudissements à droite.)* Voilà une des raisons pour lesquelles je suis un défenseur du catholicisme.

J'en donnerai une seconde. Je vois dans le catholicisme l'atmosphère où se développent le mieux les plus magnanimes sentiments de notre nation. Et par exemple, il y a quelques semaines, je visitais Rouen et j'y sentais, avec une extrême vivacité, que ce n'est pas à Burgos, ni sur les routes de l'Andalousie que le Cid est né, mais bien à l'ombre des églises catholiques de Normandie. *(Applaudissements à droite.)* Voici, Messieurs, les deux motifs principaux de mon attitude. Santé sociale, exaltation des plus hautes puissances de l'âme, telle est la double vertu que je constate à travers notre histoire, dans le catholicisme. Voilà de quoi il est générateur. Voilà pourquoi je le défends avec un respect filial. *(Applaudissements à droite.)*

M. Jaurès : Messieurs, j'ai à peine besoin de dire que les déclarations de M. Maurice Barrès confirment exactement ce que j'avais dit à la Chambre. *(Très bien ! très bien ! sur*

divers bancs.) J'en demande bien pardon à M. Barrès, mais
je n'avais pas commis l'indiscrétion de lui demander le
secret de sa conscience personnelle ; je n'avais pas commis
l'indiscrétion de le lui demander parce que je le connais
(sourires), parce qu'il est dans toute son œuvre et parce
qu'il me suffit de le lire et, je l'espère, de le comprendre,
pour savoir que s'il défend le catholicisme, c'est par des
raisons qui n'ont rien de commun avec la foi chrétienne
elle-même… *(Sourires à gauche.)*

M. Jacques Piou : Quand on le défend, c'est qu'on y croit.

M. Jaurès : … Et ce n'est pas à lui, qu'il me permette de
le lui dire, que s'adressaient ma critique et mon argumentation.
Je ne lui reproche pas du tout de soutenir le catholicisme
par des raisons d'ordre purement esthétique ou purement
social. Au XVIIᵉ siècle, quand il y avait de vrais croyants,
il y avait aussi des hommes qui ne soutenaient la religion
que par les raisons que donne M. Barrès. La Bruyère en a
parlé et il dit : « J'appelle mondains, terrestres et grossiers
ceux qui ne défendent la religion que dans l'intérêt de la
société. » *(Applaudissements et rires à l'extrême gauche et
à gauche.)* Ce n'est donc pas à lui que je m'adresse et je
lui demande seulement de ne pas confisquer pour lui-même
les cathédrales, même les cathédrales de Normandie. *(Rires
à gauche.)* Nous pouvons les admirer ; nous les avons admirées.
Quand je suis passé à Rouen, quand nous y avons tenu
notre Congrès socialiste, tous mes camarades ont admiré les
cathédrales ; mais ils n'ont pas dit que la France avait là
ses forteresses définitives et immuables. Aussi n'est-ce pas
à lui que je m'adresse, c'est aux croyants, c'est à l'Église
elle-même. Et au terme de la longue évolution séculaire
par laquelle elle s'est de plus en plus adaptée, non pas
spontanément, mais par la force des choses, au mouvement
de la réalité moderne, au terme de ce mouvement, comme
un symptôme des concessions fondamentales qu'elle était

obligée de faire, je notais que son principal appui à l'heure présente était chez les penseurs qui n'ont avec elle qu'une communauté extérieure d'intérêt social.

M. Groussau : C'est une erreur.

M. Jaurès : C'était là ma thèse. Je ne crois pas en avoir forcé le sens et je crois qu'après les paroles de M. Barrès ma démonstration subsiste en son entier.

Ainsi, tandis que l'intransigeance catholique, quand elle se dresse en sa rigueur abstraite, semble rendre impossible dans ce pays une communauté d'existence et d'enseignement, la force assouplissante de la vie oblige l'Église elle-même à s'accommoder. Et, d'autre part, Messieurs, est-ce que nous sommes, nous, le parti de la révolution, un parti de sectaires ? Nous sommes, non pas le parti de la tolérance – c'est un mot que Mirabeau avait raison de dénoncer comme insuffisant, comme injurieux pour les doctrines des autres.

M. Lemire : C'est le respect qu'il faut dire.

M. Jaurès : Nous n'avons pas de la tolérance, mais nous avons, à l'égard de toutes les doctrines, le respect de la personnalité humaine et de l'esprit qui s'y développe. *(Applaudissements à l'extrême gauche et à gauche.)* Cet esprit-là, il est présent à toute la Révolution française. Oh ! vous pouvez montrer cette lutte intérieure, vous pouvez abuser contre elle des combats terribles où elle a été réduite par la nécessité de vivre et de défendre sa pensée ; mais ce qu'il y a d'admirable, sachez-le bien, et de bien caractéristique et qui devrait vous émouvoir, vous, le fervent de la tradition, c'est que c'est depuis la Révolution française que la grande tradition nationale a été le mieux comprise. C'est chose admirable de voir comment la grande force historique qui a soulevé un monde nouveau, a ouvert en même temps l'intelligence des mondes anciens. *(Applaudissements à gauche.)*

Messieurs, ce n'est pas seulement parce que la Révolution française, en infligeant aux hommes les épreuves d'un drame aux péripéties ramassées, a invité toutes les consciences à se recueillir, ce n'est pas seulement parce que la Révolution française a donné une sorte d'attrait mélancolique et romantique au monde qu'elle avait aboli, non ! c'est parce qu'en faisant surgir pour la première fois des profondeurs sociales et jaillir en pleine lumière de l'action et de la raison ces forces populaires qui n'avaient été, dans l'ancienne France, que des forces obscures ou subordonnées, en les faisant jaillir, elle a obligé l'historien du lendemain, quand l'atmosphère se serait de nouveau éclairée, à rechercher dans le passé l'histoire de ces forces populaires profondes.

Le volcan qui éclate et qui projette des profondeurs du sol les roches et les laves enfouies depuis des siècles a invité le géologue à fouiller les couches profondes ; de même la force mécanique de la Révolution, en faisant monter, en faisant jaillir la vie du peuple jusque-là ensevelie, jusque-là enfouie, apport obscur de toute la terre de France, la Révolution a amené les historiens à chercher, à fouiller, et c'est de là que sont venus les Chateaubriand, les Thierry, les Michelet et tous les grands historiens qui ont ressuscité le passé avec une sympathie que les siècles précédents ne connaissaient pas. *(Applaudissements à gauche et à l'extrême gauche.)* Messieurs, c'est l'honneur nouveau de notre siècle et de notre civilisation. L'hellénisme si merveilleux, si intelligent, il n'a compris les civilisations antérieures ou les civilisations différentes que par la curiosité accidentelle de quelques rares esprits comme Hérodote. L'ensemble du peuple grec considérait comme barbare tout ce qui n'était pas hellénique. Et le christianisme ! Qu'il a été souvent injuste pour l'antiquité de la Grèce et de Rome ! Le monde moderne est la première grande formation historique qui ait eu le souci des origines lointaines, le sens de la continuité et de la tradition humaine, et voilà pourquoi nous pouvons nous enseigner nous-mêmes sans abaisser le passé. *(Applaudissements répétés à gauche.)*

M. Lemire : À cause du christianisme.

M. Jaurès : À cause du christianisme ! Mais il est l'un des éléments évidents de notre formation. Et qui donc, parmi les historiens issus de la Révolution française ou parmi ses philosophes, l'a contesté ? M. Gérard Varet disait l'autre jour que nous étions les héritiers de la culture hellénique. Pas d'elle seule. J'espère que nous avons hérité d'elle le sens de la loi, du rythme, de l'équilibre, l'admiration de la beauté aisée. Mais je sais bien aussi que la tradition hellénique n'a pas été le seul élément de l'origine de la grande force française ; il y a la tradition de l'Orient, il y a la tradition chrétienne. Et nous perdrions beaucoup s'il ne s'était pas prolongé dans la conscience française le sérieux de ces grands juifs qui ne concevaient pas seulement la justice comme une harmonie de beauté, mais qui la réclamaient passionnément de toute la ferveur de leur conscience, qui en appelaient au Dieu juste contre toutes les puissances de brutalité, qui évoquaient l'âge où tous les hommes seraient réconciliés dans la justice et où le Dieu qu'ils appelaient, suivant l'admirable mot du psalmiste ou du prophète, « effacerait, essuierait les larmes de tous les visages ». *(Applaudissements à gauche.)* C'est cet appel passionné à la justice humaine, c'est ce sérieux de la conscience hébraïque, mêlé à la grâce, à la force, à la raison de la pensée grecque, qui s'est fondu dans le génie de la France. *(Vifs applaudissements à gauche et à l'extrême gauche.)*

Il nous est facile de rendre justice à tout le passé, et il nous serait facile de montrer en effet, dans le mouvement de la nation française, le retentissement de toutes ces forces. Je ne le puis, Messieurs, et je passe. M. Piou regrette que dans l'éducation que nous donnons aux enfants nous ne prononcions plus ou que nous prononcions à peine dans nos écoles le mot de Dieu. Quoi ! on avait promis en 1882 d'enseigner Dieu, non pas précisément le Dieu des chrétiens, mais un Dieu qui ne serait ni celui des chrétiens, ni celui des

déistes, un Dieu qu'on ne définissait pas, un Dieu emprunté
à Cousin, le jour où il faisait ses excuses à la papauté en
1856, ou emprunté à Jules Simon le jour où Mgr Dupanloup
lui disait : « Vous serez cardinal avant moi. » *(On rit.)* Eh
bien, je l'avoue, je comprends mal ces regrets de M. Piou.
Ah ! comme les paroles et les jugements de nos adversaires
changent ! Je me rappelle le temps où l'Université était
dénoncée parce qu'elle enseignait le Dieu de Victor Cousin
et de Jules Simon. Ce Dieu-là menait au panthéisme qui
lui-même menait au socialisme, lequel aurait été le pire des
fléaux, s'il n'avait été destiné à se perdre dans l'athéisme
et dans l'anarchie ! Maintenant ce Dieu de Jules Simon, ce
Dieu de Cousin que l'on anathématisait, que l'on dénonçait,
on le regrette et on fait grief aux instituteurs de n'en plus
répéter quotidiennement la formule.

Voulez-vous me permettre de vous dire toute ma pensée ?
Je vous la dis sans embarras : je ne suis pas de ceux que le
mot Dieu effraye. J'ai, il y a vingt ans, écrit sur la nature
et Dieu et sur leurs rapports, et sur le sens religieux du
monde et de la vie, un livre dont je ne désavoue pas une
ligne, qui est resté la substance de ma pensée. Au risque
de vous surprendre, je vous dirai que j'en ai fait il y a peu
de temps une deuxième édition, et que je n'y ai fait aucun
changement. *(Sourires.)* Je ne suis donc pas suspect, et je
n'ai pas de ce mot la superstition ni positive ni négative ;
j'essaye de chercher avant tout quelle idée on entend lui
faire exprimer.

Eh bien, pour ma part, je ne comprends pas que vous
ayez regret du changement qui s'est produit dans les écoles.
Est-ce que vous avez beaucoup cru, est-ce que vous pouviez
croire à la vertu éducative de ce Dieu de transition, de ce
Dieu centre-gauche *(On rit.)*…

M. Aynard, député modéré de Lyon : C'est de votre
côté qu'on fait des miracles ! Ce n'est pas du nôtre. *(Très
bien ! très bien ! au centre.)*

M. Jaurès : ... qui avait été introduit, non plus dans les programmes, mais dans les règlements ? C'était une sorte de compromis politique entre le Dieu des chrétiens qu'on ne voulait pas maintenir et le Dieu plus hardi du panthéisme et du monisme qu'on n'osait pas introduire.

Les instituteurs ont eu le sentiment, ils ont eu l'instinct qu'il y avait là une sorte de transition politique oh ! pratiquée de très bonne foi ! – ils se sont bien rendu compte que ni Paul Bert, ni Ferry, qui étaient des positivistes, ne pouvaient introduire Dieu avec beaucoup de ferveur, et ils ont eu assez de respect pour Dieu pour ne pas pratiquer simplement envers lui les devoirs de politesse. *(Rires et applaudissements à gauche et à l'extrême gauche.)* Messieurs, je dis ces choses sans ironie aucune et en homme qui désire que le souci des grands problèmes sur le tout de l'Univers, sur l'idéale destinée du monde et de l'homme ne disparaisse point de l'esprit des générations. Mais si vous voulez mon sentiment, ce n'est pas par des formules, ce n'est pas par des mots balbutiés par complaisance, ce n'est pas par des timidités, c'est, au contraire, par l'enseignement toujours plus hardi, plus large, je dirai plus auguste de la science elle-même que vous éveillerez dans les jeunes esprits, sans qu'ils puissent voir dans votre enseignement un piège ou une routine, le sens des vastes problèmes. Est-ce que vous vous défiez à ce point des leçons de mystère, d'infinité, d'unité qui sortent de la science elle-même ? Leçons d'unité, les forces diverses : électricité, lumière, chaleur. La science enseigne qu'elles sont les équivalentes d'une même force, d'une force qui se manifeste donc par des effets sensibles pour nous, mais qui, précisément parce qu'elle comprend, parce qu'elle domine toutes ces manifestations diverses, échappe à nos prises immédiates et recule vers les profondeurs l'esprit de l'homme, qui découvre toujours une chose à expliquer sous la chose expliquée. Comme l'onde sous l'onde en une mer sans fond. *(Applaudissements.)* Et puis, c'est la leçon de

la vie qui monte des espèces, qui, degré par degré, semble
gravir vers une cime, comme si la vie avait pour loi dans
la nature même de se dépasser sans cesse elle-même, vous
obligeant ainsi à chercher le ressort profond de ce mouvement
et de cette ascension. *(Vifs applaudissements à gauche et à
l'extrême gauche.)* Et c'est dans cette montée l'élargissement
de l'esprit, la croyance, la confiance croissante de l'esprit
en lui-même.

Eh bien, je dis que des hommes, des enfants qui auraient
reçu en toute liberté, en toute simplicité, par des exemples
librement commentés, ces grandes leçons et ces premières
initiatives de la science, ils seraient mieux préparés que par la
répétition mécanique des formules de Cousin, à comprendre
ce qui subsiste dans les systèmes religieux du passé, ou dans
les grandes philosophies où l'homme a mis son effort, pour
comprendre ce qui y subsiste de réalité concrète et assimi-
lable à la conscience d'aujourd'hui. *(Applaudissements à
gauche et à l'extrême gauche.)* Voilà dans quel esprit, qui
n'est ni la routine et la fausse habileté de l'opportunisme
politique, ni l'esprit de négation superficielle et ironique,
voilà dans quel esprit peut et doit, à mon sens, être conduit
l'enseignement de la morale, l'enseignement des sciences et
aussi l'enseignement de l'histoire.

Il a beaucoup été parlé des manuels scolaires. Messieurs,
j'ai essayé de lire non pas seulement par extraits, car ces
lectures fragmentaires sont toujours injustes *(Très bien ! très
bien ! à gauche.)*, j'ai essayé de lire et je crois avoir lu presque
en entier les manuels qui ont été dénoncés et je vais vous
dire en toute sincérité mes impressions. J'en avais abordé la
lecture avec défiance, parce que quelques extraits qui nous
avaient été produits et aussi, dans quelques-uns d'entre eux,
quelques résumés tout à fait sommaires et secs avaient éveillé
en moi l'impression d'un esprit de polémique subalterne qui
ne convient nulle part. On a dit beaucoup ces jours-ci qu'il y
avait des choses qui ne convenaient pas à l'école. Il y a, je
le répète, un esprit de polémique subalterne qui ne convient

nulle part. *(Très bien ! très bien ! sur divers bancs.)* Après avoir lu ces livres, sans doute toutes mes critiques préventives ne se sont pas dissipées, mais elles ont été atténuées. Et, laissez-moi vous le dire, laissez-moi le dire aux catholiques : dans aucun d'eux je n'ai trouvé, sur aucune des époques de l'histoire de France, sur aucune de nos institutions, sur aucun de nos grands hommes, le parti pris de destruction totale, de dénigrement meurtrier que j'ai trouvé dans quelques-uns des livres que vous *(l'orateur désigne la droite)*, vous mettez aux mains des enfants. *(Applaudissements à gauche et à l'extrême gauche.)* J'ai lu le livre de M. de la Guillonnière auquel M. de Mun a donné l'autorité de son nom par une forte préface. Eh bien, dans ce livre, il n'y a pas seulement des procès de tendance ; il n'y a pas seulement l'injustice, volontaire ou involontaire, qui consiste à faire plus large, dans la peinture d'un homme, ou d'une époque, ou d'une institution, la part de l'ombre que la part de la lumière. Il y a, pour la Réforme, pour la Révolution, pour tout ce qui n'est pas la pure tradition catholique, un esprit d'absolu dénigrement. Toutes ces œuvres, elles n'ont de sens que par le déchaînement de la sensualité ou du plus bas orgueil ; et vos livres parlent de la Réforme comme jamais Bossuet, se sentant la responsabilité de l'éducation du dauphin, n'a osé en parler. *(Applaudissements à gauche et à l'extrême gauche.)* Et quel triste écho de vos propres querelles intérieures ! Ah ! que jésuites et jansénistes ne se soient point aimés, on le sait. Qu'ils aient pu avoir de justes griefs les uns contre les autres, je vous l'accorde. Mais, est-ce une raison à M. de la Guillonnière, lorsqu'il parle de la littérature française du grand siècle, d'énumérer les grands prosateurs, les grands poètes, les philosophes hardis, même Descartes, même le Molière de *Tartuffe*, mais, pour prouver que l'on hait davantage ceux qui sont plus près, de n'omettre qu'un nom, celui de Pascal ? *(Vifs applaudissements à gauche et à l'extrême gauche.)* Et puis, est-ce que, arrivant au XVIIIᵉ siècle, vous avez le droit, vous, éducateurs du peuple, même des fils chrétiens du peuple chrétien, est-ce que vous avez le droit, comme le fait M. de la Guillonnière, de dire de Voltaire et de Rousseau : Je ne veux point les juger moi-même, je ne serais pas assez impartial ou je serais suspect de partialité, je veux les juger l'un par l'autre ; et alors de ne donner aux enfants d'autre idée de Voltaire qu'une phrase injurieuse de Rousseau sur Voltaire et de ne donner aux enfants d'autre idée de Rousseau qu'une critique et qu'une épigramme de Voltaire sur Jean-Jacques Rousseau ? *(Applaudissements à l'extrême gauche et à gauche.)* Quoi ! est-ce l'histoire, l'histoire sereine ? Est-ce que ces deux hommes, même à la minute où ils s'outrageaient, si on leur avait dit vraiment : Résumez votre pensée sur l'adversaire, est-ce qu'ils l'auraient condensée dans cette phrase ? Même la passion du combat, même les rivalités dans la vie ne les auraient pas rendus injustes à ce point de fixer à jamais leur jugement réciproque dans ces paroles d'outrages. Et vous qui prenez ces morts, réconciliés malgré tout par la grandeur de l'esprit qui se survit et par la grandeur de leur caractère *(vifs applaudissements à gauche et à l'extrême gauche)*, vous les heurtez misérablement l'un contre l'autre, par ce que leurs rivalités d'un jour ont pu avoir de plus mesquin ou de plus venimeux ! *(Nouveaux applaudissements sur les mêmes bancs.)* Non, Messieurs, lorsqu'on a dans sa collection de manuels scolaires des livres de cet ordre, et recommandés par de telles autorités, il convient d'être indulgent pour les quelques erreurs qui se sont glissées dans nos manuels. *(Applaudissements à gauche.)* Ces erreurs, je ne les méconnais pas : rien, après tout n'est plus difficile que de faire l'histoire et que de la résumer. Mais savez-vous – s'il m'est permis de signaler librement, en ami, la tendance d'erreur de quelques-uns de nos manuels – savez-vous ce qui me frappe ? C'est qu'ils ont pour le présent une sorte d'optimisme excessif.

Oh ! je ne dis pas du mal du présent ; je trouve médiocres les hommes qui ne savent pas reconnaître dans le présent la force accumulée des grandeurs du passé et le gage des grandeurs de l'avenir. *(Très bien ! très bien !)* Je ne méconnais donc pas le présent. Mais enfin il n'est qu'un moment dans l'humanité en marche. Et il y a dans quelques-uns de nos manuels une sorte d'admiration un peu complaisante et béate pour les choses d'aujourd'hui qui est injurieuse pour le passé et stérilisante pour l'avenir. *(Applaudissements.)* Je vous l'avoue, quand je lis dans nos manuels, à la charge des siècles passés, à la charge de la monarchie, qu'alors les riches vivaient dans des palais splendides et que les pauvres végétaient dans des taudis.

M. Meslier, député socialiste de la Seine : Et aujourd'hui ?

M. Jaurès : J'ai peur précisément qu'un des fils du peuple venu à l'école par le détour de nos riches avenues et sortant de ces pauvres taudis où sont encore accumulées tant de familles ouvrières, j'ai peur que cette petite tête ne se redresse anxieuse et interrogative et que l'enfant ne dise tout haut : « Eh bien ! et aujourd'hui ? » *(Applaudissements à l'extrême gauche et à gauche.)* J'ai peur que nos écrivains ne soient pas justes, lorsqu'ils condamnent toute une époque par le seul trait des famines qui l'ont désolée, oubliant que ce n'est pas la seule faute de l'organisation politique et sociale d'alors, mais d'une insuffisance des moyens de production *(très bien ! Très bien !)* et je trouve douloureux que nous reprochions ainsi aux siècles passés les famines qui venaient de la pauvreté, de la misère, quand dans l'abondance et dans la puissance des moyens de production d'aujourd'hui, nous ne pouvons pas toujours, nous ne savons pas, ou nous ne voulons pas épargner toujours aux hommes ces dures épreuves ! Famine de l'Inde, famine d'Irlande, en plein XIXe siècle ! Chômages meurtriers dans nos civilisations industrielles ! Oh ! Messieurs, glorifions le présent, mais avec mesure, avec sobriété, avec modestie ! *(Applaudissements à gauche.)* Oui, ce qu'il faut, ce n'est pas juger toujours, juger tout le temps. Ah ! je sais bien qu'il est impossible que

l'historien, dans le récit des faits, ne s'oriente pas pour ainsi
dire vers les clartés d'aujourd'hui ; il est impossible qu'il
ne cherche pas, qu'il ne retrouve pas avec émotion tout ce
qui annonce, tout ce qui prépare les grandeurs de l'époque
moderne ; mais chaque époque doit être jugée en elle-même
dans ses moyens d'action et dans son enchaînement naturel.
(Très bien ! très bien !) Il faut se demander dès l'origine
de notre histoire française et avant Clovis, avant le christianisme, dans cette Gaule qui avait déjà, même avant les
Romains, une physionomie saisissable, il faut se demander
d'époque en époque, de génération en génération de quels
moyens de vie, d'action, de culture disposaient les hommes,
à quelles difficultés ils étaient en proie, quel était le péril ou
la pesanteur de leur tâche et rendre justice à chacun sous le
fardeau. *(Applaudissements.)* Alors, si vous traduisez ainsi
l'histoire, si vous la menez ainsi dans son enchaînement, vous
serez justes pour les grandeurs d'aujourd'hui, puisque vous
aiderez l'enfant, par acheminement, à les mieux comprendre ;
mais en même temps vous verrez à chaque époque surgir
d'admirables grandeurs. Et pour moi, le Charlemagne qui,
au VIIIe siècle, quand tout croule, sait, un moment, organiser
et maintenir pour ainsi dire à la surface de l'eau un monde
qui allait sombrer, celui-là m'apparaît avec une admirable
hauteur, et lorsque trois siècles après je vois sortant du chaos
féodal où l'empire de Charlemagne avait sombré, sortant du
jargon qu'était devenue notre pauvre langue décomposée,
incapable de suffire à la clarté et à l'analyse des idées,
lorsque je vois au XIIe siècle surgir les grands poèmes avec
leur admirable langue qui a gardé un peu de la sonorité du
latin et a déjà la précision d'analyse de notre belle langue
classique, j'admire que de ce chaos aient déjà pu surgir
de l'ordre et de la pensée. *(Applaudissements.)* Je regrette,
non pas pour vous, mais pour moi, que mes forces ne me
permettent pas de pousser dans le même sens l'analyse et
l'indication de ce mouvement de l'histoire, mais c'est ainsi
que les enfants apprendront à connaître la France, la vraie

France, la France qui n'est pas résumée dans une époque ou dans un jour, ni dans le jour d'il y a des siècles ni dans le jour d'hier, mais la France qui est tout entière dans la succession de ses jours, de ses nuits, de ses aurores, de ses crépuscules, de ses montées, de ses chutes et qui, à travers toutes ces ombres mêlées, toutes ces lumières incomplètes, et toutes ces vicissitudes, s'en va vers une pleine clarté qu'elle n'a pas encore atteinte, mais dont le pressentiment est dans sa pensée. *(Vifs applaudissements sur un grand nombre de bancs.)* Alors, comme j'ai dit d'une part, et comme je crois avoir démontré, que l'Église, si elle veut vivre, doit continuer jusqu'à l'affirmation de la pleine liberté de conscience et du droit des démocraties la nécessaire évolution qu'elle a été obligée d'accomplir depuis des siècles, et comme je montre d'autre part que vous pouvez enseigner la France nouvelle, la France laïque, la France de la Révolution, l'enseigner tout entière, non pas petitement et humblement, mais hardiment et généreusement, et en l'enseignant tout entière, enseigner cependant le respect du passé, de toutes ses forces, de toutes ses initiatives, de toutes ses grandeurs ; comme je crois avoir démontré cela, j'ai démontré par là même qu'une école vraiment laïque et nationale est possible aujourd'hui où se rencontreraient tous les enfants de la patrie. *(Très bien ! très bien ! à gauche.)*

À vrai dire, je ne crois pas que la campagne entreprise depuis quelques mois par l'Église catholique contre l'école laïque puisse aboutir. Je ne le crois pas ; et je suis d'accord avec M. le président du Conseil pour dire que le premier devoir du parti républicain est, en effet, devant cette campagne de garder tout son sang-froid. L'Église, qu'on me permette de le dire, ne l'a pas gardé, et elle nous fait payer ou elle essaie de nous faire payer en ce moment les conséquences de la double faute qu'elle a commise.

Oh ! je ne veux pas triompher contre elle des difficultés que lui a créées le régime de la séparation, difficultés qu'elle a le droit de considérer comme passagères, et je ne veux pas triompher de la diminution que subit à cette heure, jusque dans ses sources, dans les séminaires, petits et grands, le recrutement de son clergé. Mais je dis que c'est le spectacle de cette décroissance dans le recrutement du clergé qui a surexcité l'Église, et à la date la plus inopportune pour elle, a réveillé cette bataille contre l'école laïque.

Les difficultés qui résultent pour vous, Messieurs de la droite, de la séparation ont été aggravées par vous-mêmes. D'abord, depuis longtemps confiants en ce régime du Concordat, en cette sorte de mécanique administrative qui vous apportait tous les ans un contingent de recrues, vous avez laissé le recrutement de votre clergé s'accomplir presque exclusivement dans ces classes pauvres pour lesquelles la fonction du sacerdoce apparaissait surtout comme un moyen de gagner sa vie dans une fonction rémunérée. *(Applaudissements à gauche.)* C'est une des grandes infirmités des hautes classes sociales catholiques dans la France du XIXe siècle qu'elles aient voulu tout donner à l'Église, leur protection, leur estime, quelquefois même leur argent *(rires à gauche)*, jamais ou presque jamais leurs enfants – oh ! quelquefois dans les ordres réguliers *(très bien ! très bien ! sur les mêmes bancs)*, quelquefois dans les congrégations ; mais le curé, celui qui va dans les hameaux, de maison de paysan en maison de paysan, de lit d'agonie en lit d'agonie, oh ! on voulait bien le recevoir au château le dimanche, mais en faire l'égal des fils ! *(Réclamations à droite. – Mouvements divers.)* Messieurs, ne récriminez pas ; c'est dans des documents épiscopaux que je pourrais vous produire, que j'ai lu ces choses.

Et alors que s'est-il passé ? c'est que comme votre recrutement n'était pas soutenu depuis des générations par des forces sociales indépendantes, dès que la fonction du sacerdoce n'a plus donné le morceau de pain officiel, le recrutement a été menacé, et vous payez là une des fautes d'égoïsme des classes dirigeantes du monde catholique. *(Vifs applaudissements à l'extrême gauche et à gauche.)* Et puis, sans que je veuille rouvrir des blessures, vous vous demanderez tout bas si vous n'avez pas aggravé vous-mêmes, bien inutilement pour vous, les conditions matérielles de la séparation. Et sous quelle influence ? Ah ! messieurs, il a été beaucoup question ici, tous ces jours-ci, du cas Rocafort. Eh bien, moi, je ne crois pas du tout que M. Rocafort soit une sorte d'agent ou de demi-agent. *(M. le ministre de l'Instruction publique fait un signe de dénégation.)* Oh ! M. le ministre de l'Instruction publique, ne me faites pas signe que non. Je suis sûr qu'il ne l'est pas, mais, permettez-moi de vous le dire, c'est un des rares points où votre dénégation ne pourrait rien ajouter à la certitude que j'ai. *(On rit.)* Je suis convaincu que M. Rocafort n'est pas un agent du Vatican. Seulement, ce qui m'a beaucoup étonné, c'est l'espèce de défaveur et de doute qui, même à droite, semble s'attacher à lui. M. Ferrette, dans une interview récente, exprimait à un journal son indignation des propos de M. Massabuau et son indignation plus grande encore du silence étrange que la droite avait gardé.

Eh bien, Messieurs, je ne crois pas du tout et je n'en infère pas que la droite catholique songe à voir en M. Rocafort un instrument suspect, mais elle n'a pas en lui une de ces confiances irrésistibles *(rires à gauche)* qui dissipent toutes les ombres. Or, Messieurs, et c'est ici que cet incident en apparence minuscule et anecdotique prend une valeur d'histoire, cet homme honnête mais discuté, cet homme qu'attaquent les républicains, que dénonce M. Massabuau, que la droite catholique soutient mal, cet homme dont on ne connaît ni les grands services universitaires ni les grands services religieux, cet homme qui, si on classait les catholiques par ordre de services rendus à l'Église, viendrait à un rang tel que je n'ose pas le classer, cet homme-là, tout le monde sait en France, tous les catholiques informés de France savent qu'il a été, depuis plusieurs années, l'homme le plus écouté, le plus autorisé du Vatican, le vrai conseiller de la politique pontificale. *(Dénégations sur divers bancs à droite.)*

M. de Gailhard-Bancel : Nous n'en savons rien.

Marcel Sembat : Il est mieux écouté que vous, monsieur de Gailhard-Bancel ! *(Rires à l'extrême gauche.)*

M. Jaurès : Et c'est la rançon de ces puissances prodigieusement centralisées où un homme seul peut tout, mais où il ne dépend pas de lui que les informations qui lui viennent du reste du monde soient toujours exactes et désintéressées. Je dis qu'il y a eu, dans la conduite de l'Église, une part d'erreur et d'aveuglement, et qu'elle s'apercevra bientôt que sa campagne contre l'école laïque, surtout après la démonstration faite à cette tribune depuis huit jours de l'inanité presque complète des griefs allégués, sa campagne contre l'école laïque n'aboutira pas. Et c'est en ce sens que vous avez le droit de dire que politiquement, pratiquement, la question du monopole n'est pas posée à l'heure actuelle.

Je veux, pour finir, dire un mot de cette question. Je n'ai jamais dit, comme l'a déclaré, en termes, d'ailleurs, extrêmement courtois pour moi, *Le Journal des débats*, je n'ai jamais dit que j'étais opposé au monopole. J'ai dit deux choses. La première, c'est qu'il pouvait être du droit de l'État d'organiser un service public national de l'enseignement. *(Très bien ! très bien ! à l'extrême gauche. – Mouvements divers au centre et à droite.)*

M. Aynard : Personne ne le nie.

M. Jaurès : J'entends un service national où seraient appelés tous les enfants de France. *(Applaudissements à l'extrême gauche.)*

M. Aynard : C'est la nationalisation de l'enfant !

M. Jaurès : Laissez-moi, monsieur Aynard, expliquer les deux termes de ma pensée. Je dis qu'il ne s'agit ni du droit de l'État, ni du droit des familles, mais qu'il y a un droit de l'enfant. *(Très bien ! très bien ! sur divers bancs à l'extrême gauche et à gauche.)* Proudhon, qui était un grand libéral en même temps qu'un grand socialiste, Proudhon l'a dit avec force : l'enfant a le droit d'être éclairé par tous les rayons qui viennent de tous les côtés de l'horizon, et la fonction de l'État, c'est d'empêcher l'interception d'une partie de ces rayons. *(Applaudissements sur les mêmes bancs.)* Voilà comment, au point de vue du droit, se définit le problème. J'ajoute qu'il ne me paraît pas que nécessairement, l'État, en exerçant cette faculté enseignante, serait un tyran. Je ne crois pas, comme l'a indiqué mon excellent ami Allard, je ne crois pas que le contrôle des citoyens sur l'État demeurerait inefficace. Je crois qu'il pourrait, au contraire, s'exercer et, par conséquent, je ne crois pas qu'il y ait d'objection de doctrine, d'objection de principe à ce que l'enseignement national pour tous soit organisé.

Mais je déclare très volontiers et j'ai toujours dit que c'était, en effet, un droit extrême, qui ne peut et ne doit être revendiqué et exercé que lorsqu'il a été fait contre le droit de l'enfant, sous le nom de liberté, un tel abus, si visible et si scandaleux, qu'il est nécessaire d'y mettre un terme. *(Applaudissements à l'extrême gauche et à gauche.)* Et j'ajoute qu'avant d'aborder par cet aspect le problème, avant de songer à étendre à d'autres, par la loi, l'enseignement de l'État, vous devez vous-mêmes organiser et améliorer cet enseignement lui-même. Comment aurions-nous le droit de recruter, même par la loi, des écoliers nouveaux, si nous laissons des classes de 60, 70 élèves ? *(Applaudissements à l'extrême gauche et à gauche.)* Comment le pourrions-nous, si nous n'avons pas le courage de pousser jusqu'à quatorze ans la scolarité ? *(Nouveaux applaudissements.)* Comment le pourrions-nous, si nous ne nous mettons pas en état de donner, en effet, à tous nos maîtres de l'enseignement primaire, qui commencent déjà à s'élever, mais de leur donner d'une façon plus générale encore, et, plus haute, cette culture dont Allard disait avec raison, l'autre jour, qu'elle est la condition absolue d'un enseignement à la fois élevé et impartial ? Comment voulez-vous qu'ils aient ou qu'ils maintiennent ou qu'ils développent en eux cette culture quand beaucoup d'entre eux plient sous le fardeau démesuré de classes énormes ? *(Applaudissements.)* C'est à tous ces problèmes que vous devez songer...

M. le président du Conseil, ministre de l'Intérieur et des Cultes, Aristide Briand : C'est cela.

M. Jaurès : ... Comme à tous les problèmes d'ordre social, en limitant un peu la journée de travail, en donnant à la famille ouvrière, comme en Angleterre, les dernières heures du samedi, pour permettre à la sortie de l'école, de convoquer hebdomadairement les enfants pour entretenir en eux le goût de la haute culture. C'est là, c'est cet ensemble de problèmes que vous devez aborder. Et, ici encore, la question scolaire rejoint la question sociale ; elle n'est pas pour nous une diversion. Ces deux questions se tiennent. Laïcité de l'enseignement, progrès social, ce sont deux formules indivisibles. Nous n'oublierons ni l'une ni l'autre, et, en républicains socialistes, nous lutterons pour toutes les deux. *(Applaudissements vifs et répétés à l'extrême gauche et à gauche.)*

JOURNAUX ET REVUES

Aux instituteurs et institutrices
La Dépêche, 15 janvier 1888

En 1888, Jaurès n'a pas encore poussé les portes du socialisme. Il a été élu député en 1885 sur la liste des républicains « opportunistes » du Tarn. Ce qui ne l'empêche pas d'être sensible à la « question sociale ». En revanche, on trouve déjà, dans ce texte célèbre, quelques-unes de ses grandes idées sur la « question scolaire » – idées dont il ne se départira pas par la suite : il promeut un enseignement exigeant et méthodique, reposant en priorité sur l'apprentissage rigoureux de la lecture dans lequel ce lettré passionné qu'est Jaurès voit la clef indispensable pour accéder à l'ensemble des savoirs. Il insiste aussi sur le fait que les instituteurs doivent pouvoir eux-mêmes se cultiver, découvrir, apprendre afin de pouvoir transmettre : « Il faut que le maître soit tout pénétré de ce qu'il enseigne. » Enfin, Jaurès se montre critique à l'égard du système scolaire et de ses programmes encyclopédiques qui reposent sur des méthodes répétitives et sur la mnémotechnie : ces prétentions encyclopédiques, dont le certificat d'études primaires est une illustration, ne visent qu'à former le futur adulte, non à épanouir l'enfant, et brident les initiatives pédagogiques des instituteurs.

Vous tenez en vos mains l'intelligence et l'âme des enfants ; vous êtes responsables de la patrie. Les enfants qui vous sont confiés n'auront pas seulement à écrire et à déchiffrer une lettre, à lire une enseigne au coin d'une rue, à faire une addition et une multiplication. Ils sont Français et ils doivent connaître la France, sa géographie et son histoire : son corps et son âme. Ils seront citoyens et ils doivent savoir ce qu'est une démocratie libre, quels droits leur confère, quels devoirs leur impose la souveraineté de la nation. Enfin ils seront hommes, et il faut qu'ils aient une idée de l'homme, il faut qu'ils sachent quelle est la racine de toutes nos misères : l'égoïsme aux formes multiples ; quel est le principe de notre grandeur : la fierté unie à la tendresse. Il faut qu'ils puissent se représenter à grands traits l'espèce humaine domptant peu à peu les brutalités de la nature et les brutalités de l'instinct, et qu'ils démêlent les éléments principaux de cette œuvre extraordinaire qui s'appelle la civilisation. Il faut leur montrer la grandeur de la pensée ; il faut leur enseigner le respect et le culte de l'âme en éveillant en eux le sentiment de l'infini qui est notre joie, et aussi notre force, car c'est par lui que nous triompherons du mal, de l'obscurité et de la mort.

Eh quoi ! Tout cela à des enfants ! – Oui, tout cela, si vous ne voulez pas fabriquer simplement des machines à épeler. Je sais quelles sont les difficultés de la tâche. Vous gardez vos écoliers peu d'années et ils ne sont point toujours assidus, surtout à la campagne. Ils oublient l'été le peu qu'ils ont appris l'hiver. Ils font souvent, au sortir de l'école, des rechutes profondes d'ignorance et de paresse d'esprit, et je plaindrais ceux d'entre vous qui ont pour l'éducation des enfants du peuple une grande ambition, si cette grande ambition ne supposait un grand courage.

J'entends dire, il est vrai : « À quoi bon exiger tant de l'école ? Est-ce que la vie elle-même n'est pas une grande institutrice ? Est-ce que, par exemple, au contact d'une démocratie ardente, l'enfant devenu adulte ne comprendra point de lui-même les idées de travail, d'égalité, de justice, de dignité humaine qui sont la démocratie elle-même ? » – Je le veux bien, quoiqu'il y ait encore dans notre société, qu'on dit agitée, bien des épaisseurs dormantes où croupissent les esprits. Mais autre chose est de faire, tout d'abord, amitié avec la démocratie par l'intelligence ou par la passion. La vie peut mêler, dans l'âme de l'homme, à l'idée de justice tardivement éveillée, une saveur amère d'orgueil blessé ou de misère subie, un ressentiment et une souffrance. Pourquoi ne pas offrir la justice à des cœurs tout neufs ? Il faut que toutes nos idées soient comme imprégnées d'enfance, c'est-à-dire de générosité pure et de sérénité.

Comment donnerez-vous à l'école primaire l'éducation si haute que j'ai indiquée ? Il y a deux moyens. Il faut d'abord que vous appreniez aux enfants à lire avec une facilité absolue, de telle sorte qu'ils ne puissent plus l'oublier de la vie et que, dans n'importe quel livre, leur œil ne s'arrête à aucun obstacle. Savoir lire vraiment sans hésitation, comme nous lisons vous et moi, c'est la clef de tout. Est-ce savoir lire que de déchiffrer péniblement un article de journal, comme les érudits déchiffrent un grimoire ? J'ai vu, l'autre jour, un directeur très intelligent d'une école de Belleville, qui me disait : « Ce n'est pas seulement à la campagne qu'on ne sait lire qu'à peu près, c'est-à-dire point du tout ; à Paris même, j'en ai qui quittent l'école sans que je puisse affirmer qu'ils savent lire. » Vous ne devez pas lâcher vos écoliers, vous ne devez pas, si je puis dire, les appliquer à autre chose tant qu'ils ne seront point par la lecture aisée en relation familière avec la pensée humaine. Qu'importent vraiment à côté de cela quelques fautes d'orthographe de plus ou de moins, ou quelques erreurs de système métrique ? Ce sont des vétilles dont vos programmes, qui manquent absolument de proportion, font l'essentiel.

J'en veux mortellement à ce certificat d'études primaires qui exagère encore ce vice secret des programmes. Quel système déplorable nous avons en France avec ces examens à tous les degrés qui suppriment l'initiative du maître et aussi la bonne foi de l'enseignement, en sacrifiant la réalité à l'apparence ! Mon inspection serait bientôt faite dans une école. Je ferais lire les écoliers, et c'est là-dessus seulement que je jugerais le maître.

Sachant bien lire, l'écolier, qui est très curieux, aurait bien vite, avec sept ou huit livres choisis, une idée, très générale, il est vrai, mais très haute de l'histoire de l'espèce humaine, de la structure du monde, de l'histoire propre de la terre dans le monde, du rôle propre de la France dans l'humanité. Le maître doit intervenir pour aider ce premier travail de l'esprit ; il n'est pas nécessaire qu'il dise beaucoup, qu'il fasse de longues leçons ; il suffit que tous les détails qu'il leur donnera concourent nettement à un tableau d'ensemble. De ce que l'on sait de l'homme primitif à l'homme d'aujourd'hui, quelle prodigieuse transformation ! et comme il est aisé à l'instituteur, en quelques traits, de faire sentir à l'enfant l'effort inouï de la pensée humaine !

Seulement, pour cela, il faut que le maître lui-même soit tout pénétré de ce qu'il enseigne. Il ne faut pas qu'il récite le soir ce qu'il a appris le matin ; il faut, par l'exemple, qu'il se soit fait en silence une idée claire du ciel, du mouvement des astres ; il faut qu'il se soit émerveillé tout bas de l'esprit humain, qui, trompé par les yeux, a pris tout d'abord le ciel pour une voûte solide et basse, puis a deviné l'infini de l'espace et a suivi dans cet infini la route précise des planètes et des soleils ; alors, et alors seulement, lorsque, par la lecture solitaire et la méditation, il sera tout plein d'une grande idée et tout éclairé intérieurement, il communiquera sans peine aux enfants, à la première occasion, la lumière et l'émotion de son esprit. Ah ! sans doute, avec la fatigue écrasante de l'école, il vous est malaisé de vous ressaisir ; mais il suffit d'une demi-heure par jour pour maintenir la pensée à sa hauteur et pour ne pas verser dans l'ornière du métier. Vous serez plus que payés de votre peine, car vous sentirez la vie de l'intelligence s'éveiller autour de vous.

Il ne faut pas croire que ce soit proportionner l'enseignement aux enfants que de le rapetisser. Les enfants ont une curiosité illimitée, et vous pouvez tout doucement les mener au bout du monde. Il y a un fait que les philosophes expliquent différemment suivant les systèmes, mais qui est indéniable : « Les enfants ont en eux des germes, des commencements d'idées. » Voyez avec quelle facilité ils distinguent le bien du mal, touchant ainsi aux deux pôles du monde ; leur âme recèle des trésors à fleur de terre : il suffit de gratter un peu pour les mettre à jour. Il ne faut donc pas craindre de leur parler avec sérieux, simplicité et grandeur.

Je dis donc aux maîtres, pour me résumer : lorsque d'une part vous aurez appris aux enfants à lire à fond, et lorsque d'autre part, en quelques causeries familières et graves, vous leur aurez parlé des grandes choses qui intéressent la pensée et la conscience humaine, vous aurez fait sans peine en quelques années œuvre complète d'éducateurs. Dans chaque intelligence il y aura un sommet, et, ce jour-là, bien des choses changeront.

L'instruction morale à l'école
La Dépêche, 3 juin 1892

Cet article, comme le précédent et le suivant, a été publié dans La Dépêche *de Toulouse. Depuis le 21 janvier 1887, Jaurès y rédige des chroniques hebdomadaires. Sa collaboration se poursuit sans faille avec le journal radical jusqu'à sa mort en 1914.* La Dépêche *est un des plus importants organes de presse à cette époque en France (il revendique un million de lecteurs en 1900 !). Ce texte expose un aspect essentiel de la pensée jaurésienne : l'homme est fondamentalement un être d'idéal. Par conséquent, la morale laïque transmise par l'école, débarrassée des références religieuses, ne saurait être une morale sans idéal. Par ailleurs, à une époque où l'on considère l'enfant avant tout comme un futur adulte, producteur et citoyen en devenir, Jaurès affirme ici les potentialités et les capacités intrinsèques de l'enfant. Il s'inscrit dans la tradition optimiste du XVIIIe siècle et de la Révolution (il est, du reste, un fervent admirateur de Condorcet) : l'enfant possède un esprit naturellement doué de bon sens et d'intelligence qui ne demande qu'à être éveillé.*

Il y a quelques jours, dans l'amphithéâtre de la Faculté des Lettres de Toulouse, madame Kergomard[1], inspectrice

---

1. Pauline Kergomard (1838-1925), sœur des frères Reclus, fondatrice et inspectrice générale des écoles maternelles depuis 1881.

générale des écoles maternelles, a donné à plus de cinq cents instituteurs ou institutrices de Toulouse et du département quelques conseils sur l'enseignement de la morale dans les écoles primaires. Elle a mis dans ces conseils son esprit très ferme et son âme très vaillante : je voudrais y revenir, non pour ajouter quelque chose, mais pour insister, car il le faut.

La morale laïque, c'est-à-dire indépendante de toute croyance religieuse préalable, et fondée sur la pure idée du devoir, existe ; nous n'avons point à la créer. Elle n'est pas seulement une doctrine philosophique ; elle est devenue, depuis la Révolution française, une réalité historique, un fait social. Car la Révolution, en affirmant les droits et les devoirs de l'homme, ne les a mis sous la sauvegarde d'aucun dogme. Elle n'a pas dit à l'homme : Que crois-tu ? Elle lui a dit : Voilà ce que tu vaux et ce que tu dois ; et, depuis lors, c'est la seule conscience humaine, la liberté réglée par le devoir qui est le fondement de l'ordre social tout entier.

Il s'agit de savoir si cette morale laïque, humaine, qui est l'âme de nos institutions, pourra régler et ennoblir aussi toutes les consciences individuelles. Il s'agit de savoir si tous les citoyens du pays, paysans, ouvriers, commerçants, producteurs de tout ordre, pourront sentir et comprendre ce que vaut d'être homme et à quoi cela engage. Là est l'office principal de l'école. Nos écoles, depuis qu'elles sont pleinement laïcisées, n'attaquent aucune croyance religieuse, mais elles se passent de toutes les croyances religieuses. Ce n'est pas à tel ou tel dogme qu'elles demandent les principes de l'éducation. Elles sont donc tenues de découvrir et de susciter dans la conscience de l'enfant un principe de vie morale supérieure et une règle d'action. L'enseignement de la morale doit donc être la première préoccupation de nos maîtres.

Il semble bien que beaucoup aient hésité jusqu'ici, et presque éludé cette partie de leur tâche. Peut-être n'y étaient-ils point assez préparés ; peut-être aussi étaient-ils retenus par une sorte de réserve et de pudeur. Qui donc, parmi les hommes, a qualité pour parler au nom de la loi morale et pour exiger le sacrifice de tous les penchants mauvais au devoir ? Comment pourrions-nous, comment oserions-nous, avec nos innombrables faiblesses, parler aux enfants de la beauté et de l'inviolabilité de la loi ? – Il le faut pourtant, il faut oser, avec modestie, mais sans trouble. La majesté et l'autorité de la loi morale ne sont point diminuées, même en nous, par nos propres manquements et nos propres défaillances : et pourvu que nous sentions en nous une volonté bonne et droite, même si elle est débile et trop souvent fléchissante, nous avons le droit de parler, aux enfants, du devoir.

Au reste, les maîtres de nos écoles, dans leurs obscures et pesantes fonctions, ont bien souvent, et tous les jours sans doute, l'occasion de se soumettre librement au devoir : quand ils se sont sentis obligés à l'exactitude, à la préparation minutieuse des leçons, à la correction consciencieuse des cahiers, en dehors de tout calcul et de tout espoir de récompense, quand ils ont réprimé un mouvement d'impatience et lutté contre la fatigue et l'énervement pour élever l'enfance dans une douce égalité d'humeur et dans une lumière sereine, quand, se croyant méconnus, ils n'ont rien perdu de leur zèle, – ils ont accompli la loi par respect pour la loi, ils ont été les libres serviteurs du devoir, ils se sont élevés à lui, et ils peuvent s'y fixer par la pensée, même s'ils n'y restent pas invariablement attachés par la conduite ; et, alors, ce n'est pas nous qui parlons, c'est le devoir qui parle en nous ; et par nous, qui n'y sommes pas tout à fait étrangers.

Kant a dit qu'on ne peut prévoir ce que l'éducation ferait de l'humanité, si elle était dirigée par un être supérieur à l'humanité. Or, cet être supérieur à l'homme, c'est l'homme lui-même. Car il peut, à toute heure, quand il n'est pas sous l'impression immédiate du mal, et dans l'humiliation récente d'une chute, se porter, par un rapide élan de sa pensée, à ces hauteurs morales où sa volonté appesantie n'atteint que bien rarement. Et ainsi l'humanité peut grandir par la vertu même de l'idéal suscité par elle : et, par un étrange paradoxe qui prouve que le monde moral échappe aux lois de la mécanique, l'humanité s'élève au-dessus d'elle-même sans autre point d'appui qu'elle-même. Donc, les maîtres ne doivent pas, par défiance de soi ou par humilité, rapetisser l'enseignement moral : ils doivent parler sans crainte de l'excellence du devoir, de la dignité humaine, du désintéressement, du sacrifice, de la sainteté.

Trop souvent, ils négligent l'enseignement moral pour l'enseignement civique, qui semble plus précis et plus concret, et ils oublient que l'enseignement civique ne peut avoir de sens et de valeur que par l'enseignement moral, car les constitutions qui assurent à tous les citoyens la liberté politique et qui réalisent ou préparent l'égalité sociale ont pour âme le respect de la personne humaine, de la dignité humaine. La Révolution française n'a été une grande révolution politique que parce qu'elle a été une grande révolution morale.

Trop souvent aussi les maîtres réduisent les prescriptions morales à n'être que des recettes d'utilité, comme s'ils se méfiaient de l'âme et de la conscience des enfants. Erreur profonde : l'âme enfantine est beaucoup moins sensible à de petits calculs d'intérêt qu'aux raisons de sentiment et aux nobles émotions de la conscience. Madame Kergomard a montré cela l'autre jour, par quelques exemples, avec autant de précision que d'élévation.

Ne dites pas aux enfants : « Soyez propres, parce que, si vous n'êtes pas propres, vous ne vous porterez pas bien. » D'abord, cela n'est pas toujours vrai, et puis, la propreté vaut par elle-même et en dehors de toute hygiène. Il faut leur dire : « Il y a en vous quelque chose qui sent, qui pense, qui aime ; c'est ce qu'on appelle votre âme, – quelle que puisse être d'ailleurs la signification métaphysique de ce mot-là. Cette puissance de penser et d'aimer, c'est ce qu'il y a de meilleur en vous : pourquoi donc voulez-vous la loger dans un corps sordide et malpropre, quand vous choisissez un joli vase pour y mettre une jolie fleur ? Votre âme est unie à votre corps et s'exprime par lui ; elle se traduit par le son de votre voix, par la lumière de vos yeux, par la coloration de votre front, par le sourire de votre visage : pourquoi voulez-vous l'enfouir sous des souillures qui l'empêchent de se manifester et d'être visible pour les autres âmes ? » Ou encore : « L'homme, et c'est sa noblesse, veut être maître de la nature et des choses ; il les soumet à sa puissance par sa pensée et son travail ; or, quand l'homme est sale, quand il ne se nettoie pas, quand il ne se lave pas, il laisse les choses s'emparer de lui, mettre sur lui leur empreinte et leur souillure. La preuve, c'est que l'homme, quand, après le travail, il a pu nettoyer son corps et ses vêtements mêmes de toute souillure, éprouve comme un sentiment de délivrance et de fierté. »

De même, ne dites pas aux enfants, ou du moins ne leur dites pas seulement : « Ne soyez pas gourmands ou gloutons, parce que cela vous fera mal. » Dites-leur surtout qu'ils diminueront, par les excès de table, leur puissance de travail, leur promptitude d'esprit, leur lucidité de pensée.

Ne leur dites pas : « Il ne faut pas mentir, parce que le menteur n'est pas cru, même s'il dit la vérité. » Non, dites-leur que le mensonge est une lâcheté, car l'homme qui nie ce qu'il a fait se nie en quelque sorte et se supprime lui-même ; il n'ose pas être ce qu'il est ; il retranche de la réalité une part de lui-même : le mensonge est une mutilation de soi-même. De plus, c'est la vérité qui est le lien des intelligences entre elles, des consciences entre elles. Le mensonge brise ce lien ; et, poussé jusqu'au bout, il réduirait chaque homme à être seul, absolument seul en pleine humanité ; il ferait rétrograder l'espèce humaine au-delà même de la sauvagerie, où il y avait quelque vérité, c'est-à-dire quelque mutuelle assistance.

Ainsi, de tous nos devoirs, et des plus familiers en apparence, comme la propreté et la sobriété, il faut toujours donner les raisons les plus hautes, celles qui font le mieux sentir la grandeur de l'homme.

Par là, tous les enfants de nos écoles auront le sentiment concret et précis de l'idéal. Il semble, d'abord, que ce soit là un mot bien ambitieux pour nos écoles primaires et bien au-dessus de l'enfance. Il n'en est rien : l'âme enfantine est pleine d'infini flottant, et, toute l'éducation doit tendre à donner un contour à cet infini qui est dans nos âmes. On le peut, et les observations de madame Kergomard ont été, ici, particulièrement précises et pénétrantes. L'enfant sait très bien, par exemple, qu'il ne faut pas mentir ; il sait que mentir toujours est abominable, que mentir très souvent est honteux, que ne mentir presque jamais est bien : et si on ne mentait jamais, jamais, jamais ? ce serait la perfection, ce serait l'idéal. De même, si on ne cédait jamais à la colère, si jamais on ne médisait, si jamais on ne jalousait, si jamais on ne s'abandonnait à la paresse ou à la convoitise. On peut donc conduire l'esprit de l'enfant jusqu'à l'idée de la perfection absolue, de la sainteté.

Et alors, combien grande serait une humanité où tous les hommes respecteraient la personne humaine en eux-mêmes et dans les autres, où tous les hommes diraient la vérité, où tous fuiraient l'injustice et l'orgueil, où tous respecteraient le travail d'autrui, et ne recourraient ni à la violence, ni à la ruse, ni à la fraude ! Ce serait la société parfaite, l'humanité idéale, que tous les grands esprits et les grands cœurs ont préparée par la promulgation du devoir et par la soumission au devoir, celle que tous les hommes, et les plus humbles, et les enfants même, peuvent préparer aussi par la soumission libre à la loi morale ; car cette humanité idéale, quand elle prendra corps, sera faite avec la substance de tous les désintéressements et de tous les sacrifices.

Et ainsi, non seulement l'enfant de nos écoles comprendra ce qu'est l'idéal moral pour tout individu humain, pour lui-même et pour l'ensemble de l'humanité, mais il sentira qu'il peut concourir lui-même, par la droiture, par la pratique journalière du devoir, à la réalisation de l'idéal humain. Du coup, sa vie intérieure sera transformée et agrandie : ou, plutôt, la vie intérieure aura été créée en lui.

Voilà le but suprême que doit se proposer l'école primaire. Par quelle voie, par quelle méthode pourra-t-elle y atteindre le plus sûrement ? Quels doivent être les procédés pratiques d'enseignement de la morale aux enfants ? Et encore, est-ce que la vie morale, libre de toute croyance religieuse *préalable*, ne devient pas le point de départ d'une conception religieuse, rationnelle et libre, de l'univers ? Questions difficiles ou périlleuses, mais qu'il faudra aborder aussi, si nous ne voulons pas traiter la conscience de la démocratie et l'âme du peuple comme une quantité négligeable. Mais il suffit, pour aujourd'hui, que nous ayons bien compris toute la grandeur de la mission de nos maîtres ; ils doivent être avant tout des instituteurs de morale – et nous remercions madame Kergomard de l'avoir rappelé à tous.

Liberté universitaire
La Dépêche, 25 juin 1894

Le début des années 1890 est difficile pour la République et ses institutions. Il y eut la révélation de divers scandales politico-financiers dont le plus célèbre reste l'affaire de Panama qui éclaboussa de nombreux parlementaires en 1892. Le contexte politique est marqué par les attentats anarchistes qui se multiplient et c'est du reste le 24 juin 1894 que le président de la République Sadi Carnot est assassiné à Lyon. Ces attentats servent d'alibi aux différents ministères qui se succèdent pour déposer et faire voter des projets de loi répressifs que la gauche qualifie de « lois scélérates ». Mais à cela s'ajoutent de graves atteintes aux droits politiques des ouvriers menées par le patronat (c'est en 1892 qu'éclate la grande grève des mineurs de Carmaux). Le cabinet ministériel n'est pas en reste à l'égard des fonctionnaires. Le 21 juin, Jaurès est intervenu longuement à la Chambre pour dénoncer la politique du ministère Dupuy, en place depuis le 30 mai, qui veut priver les enseignants du droit d'adresser des pétitions aux parlementaires, les livrant ainsi un peu plus à l'arbitraire de l'administration et aux pressions des notables locaux. Par ailleurs, le gouvernement remet en question le droit des enseignants à briguer un mandat électif, proclamant son incompatibilité avec leurs fonctions professionnelles ! Enfin, le ministre de l'Instruction publique, Leygues, cherche à réduire au silence les instituteurs et les professeurs socialistes en multipliant les menaces, les pressions et les sanctions. Mais Jaurès affirme,

*ici comme souvent, sa foi dans le caractère inéluctable de
la propagation de l'idée socialiste dans le milieu scolaire
comme dans le reste de la société. Sa conviction s'est, au
demeurant, trouvée renforcée par le progrès sensible des
socialistes lors des élections législatives de 1893. Notons
enfin que les articles écrits par Jaurès dans* La Dépêche *prolongent souvent ses interventions à la Chambre et renforcent
leur écho, ce qui est tout à fait le cas ici.*

Ceux qui de loin jugeraient l'interpellation Thierry Cazes[1]
et ses effets sur le petit nombre des voix – 70 à peine – qui
se sont prononcées à la fin contre le ministère, se tromperaient
singulièrement. Oui, il est vrai que seuls les socialistes et
les radicaux-socialistes comme MM. Pelletan et Goblet[2] ont
condamné nettement jeudi dernier toute politique de vexation
et d'oppression à l'égard des membres du corps enseignant,
maîtres répétiteurs, professeurs, instituteurs. Mais il est certains aussi que la Chambre, dans son immense majorité,
était hésitante. Et si elle a voté avec une sorte d'ensemble
l'ordre du jour accepté par le gouvernement, on peut dire
qu'elle a émis surtout un vote d'ajournement sur la question.

En fait, elle a été surprise par ce problème comme elle
l'est par les problèmes nouveaux que suscite dans tous les
ordres d'activité le mouvement socialiste. Eh quoi ! les
fonctionnaires, tenus jusqu'ici pour des serfs, taillables et
corvéables à merci, dans l'ordre politique et électoral, livrés
à tous les caprices des préfets, gouvernés eux-mêmes par
des tyranneaux, ces fonctionnaires deviendraient subitement

---

1. Thierry Cazes (1861-1932), député radical-socialiste du Gers.
2. Camille Pelletan (1846-1915), député radical-socialiste des
Bouches-du-Rhône, un des principaux orateurs et journalistes du radicalisme. René Goblet (1828-1905), ancien président du Conseil, évolue
alors vers la gauche.

des citoyens libres ! Une fois leur tâche accomplie, ils n'appartiendraient plus qu'à eux-mêmes ! – Voilà ce que demandent les socialistes, qu'on accuse pourtant d'un esprit de réglementation et de tyrannie. Et la Chambre, surprise, n'osait pas reconnaître et adopter cette doctrine. Elle n'osait pas non plus la désavouer ouvertement et signifier aux 700 000 fonctionnaires de France qu'ils étaient la chose des préfets. Partant, elle n'osait pas signifier cette attitude à l'Université. Et elle s'est ralliée alors à un ordre du jour très vague. Millerand[3] a crié qu'il n'était pas compromettant, et c'était vrai, car la Chambre, en approuvant les déclarations du gouvernement, approuvait les idées les plus confuses et les plus contradictoires.

Le ministre a dit en toute chose le pour et le contre. Il a dit qu'il était déplorable que les professeurs pussent briguer un mandat électif, – et il n'a pas osé se rallier à l'ordre du jour de MM. de Montfort et Montebello[4] qui réclamaient une loi interdisant aux universitaires les fonctions électives. Il a déclaré que toute pétition directe des professeurs et instituteurs au Parlement était interdite : – mais il ne m'a pas répondu quand je lui ai demandé avec insistance s'il permettrait aux universitaires de se concerter pour faire parvenir au ministre par voie hiérarchique des pétitions identiques. Et encore quand je lui ai demandé de déclarer si, dans les questions économiques et sociales inscrites au programme, les professeurs ont la même liberté de doctrine que dans les questions métaphysiques, je n'ai eu d'autre réponse que le silence ; quand la question devenait délicate, M. Leygues glissait à côté avec une parfaite élégance. Enfin, pour les

3. Alexandre Millerand (1859-1943). Venu du radicalisme, député de Paris (XIIe arrondissement), il fait alors figure de chef du socialisme parlementaire.
4. Louis de Montfort (Seine-Inférieure) et Adrien Lannes de Montebello (Marne) sont deux députés de la droite républicaine (royalistes récemment « ralliés » à la République).

déplacements mêmes, qui étaient l'occasion de l'interpellation, M. Leygues les maintenait, mais il essayait de les présenter comme des avancements.

Aussi, pendant qu'il parlait, l'attitude de la Chambre était bien curieuse. Tantôt c'étaient nos amis qui se soulevaient ; tantôt c'était le centre, surtout quand le ministre donnait l'apparence d'un avancement aux mesures prises contre les professeurs, qui s'indignait et criait presque à la trahison. M. Maurice Lasserre[5] a, un moment, crié : « Mais c'est l'anarchie pure ! qu'on nous rende les anarchistes ! »

Enfin, entre les radicaux qui ne voulaient pas voter à fond contre le gouvernement et le centre qui n'osait pas encore voter ouvertement contre l'Université, il est intervenu une sorte de transaction et on a approuvé des déclarations qui, au fond, n'engageaient ni le gouvernement ni la Chambre.

Et j'ose dire que là est le succès décisif, et le gouvernement et la Chambre ont reculé devant la question posée. Le courage d'esprit leur a manqué pour la résoudre, soit dans le sens de la contrainte, soit dans le sens de la liberté. Et comment, dans cette indécision forcée des pouvoirs publics et du Parlement, le droit des professeurs socialistes ne s'affirmerait-il pas tous les jours avec plus de force et d'autorité ?

5. Député modéré du Tarn-et-Garonne.

Université et politique

Revue bleue, 7 juillet 1894

L'époque de Jaurès constitue une sorte d'« âge d'or » des revues, souvent éphémères mais multiples. Or, à la différence de nombreux intellectuels, y compris socialistes, comme Lucien Herr, Charles Andler ou Georges Sorel, Jaurès n'a jamais été un « homme de revue » et il n'eut jamais une stratégie en la matière. Sa principale collaboration fut réservée à la Revue de l'enseignement primaire et primaire supérieur *à partir de 1905 : elle représente les trois quarts des articles de Jaurès parus dans des revues. Il est très peu présent dans les revues non socialistes. On n'y trouve qu'une dizaine d'articles parmi lesquels trois sont publiés dans la* Revue bleue *: outre ce texte paru en 1894, les deux autres datent de 1897. Comme l'indique Christophe Prochasson, « Jaurès publia peu (dans les revues non socialistes) et lorsqu'il s'y exprima, il y fit plus valoir sa légitimité de militant politique que celle d'intellectuel*[1] *». Il est significatif, à ce propos, de retrouver dans cet article les thèmes qu'il avait abordés dans* La Dépêche *quelques jours auparavant (voir l'article « Liberté universitaire » du 25 juin). Ils sont seulement plus développés et le ton de l'article, plus caustique, est différent. Ici encore, Jaurès pose le problème de la défense des droits politiques des enseignants, menacés par les mesures répressives des ministres*

---

1. Christophe Prochasson, « Jaurès et les revues », *in* Madeleine Rebérioux et Gilles Candar (dir.), *Jaurès et les intellectuels*, Éditions de l'Atelier, 1994.

successifs de l'Instruction publique, Spuller et Leygues. Mais il situe cette question dans une problématique plus large : la nécessité de promouvoir la République sociale, la « République jusqu'au bout », conciliant enfin la démocratie et les libertés individuelles avec l'épanouissement des travailleurs qui suppose le règlement de la question de la propriété par une « révolution sociale », c'est-à-dire l'abolition du capitalisme et la socialisation des moyens de production. On trouve, dans cet article, un ton presque « messianique » chez Jaurès, bien caractéristique de ces années (il s'effacera par la suite). Il est vrai que les progrès de l'idée socialiste sont alors réels : une bonne quarantaine de députés socialistes ont ainsi été élus à la Chambre lors des élections législatives de 1893 et, pour la première fois, ils forment un groupe parlementaire. Ce que Jaurès souligne avec force au début de son article, passant sous silence leur diversité et leurs divisions ! La fin du texte dénonce le caractère élitiste de l'enseignement secondaire et supérieur accessible aux seuls fils de la bourgeoisie et de l'aristocratie. Pour Jaurès, la « République jusqu'au bout », c'est aussi donner la possibilité aux prolétaires d'accéder au savoir, aux sciences et aux arts et d'atteindre ainsi leur plein épanouissement en révélant toutes leurs potentialités. Pour Jaurès, l'élévation culturelle du prolétaire a une portée historique tout aussi grande que la socialisation des forces productives.

Je suis tenté, avant de répondre au fond à M. Sarcey[2], de le quereller un peu. Il m'a traité ici même de rhéteur « fort habile il est vrai ». Négligeons, s'il vous plaît, l'adjectif : mais

2. L'article de M. Sarcey avait paru dans la *Revue bleue* du samedi 30 juin. Francisque Sarcey (1827-1899), normalien et ancien professeur, collaborateur du *Temps*, de *La Dépêche* et de nombreux journaux, était le principal critique dramatique de l'époque. Politiquement, il est essentiellement républicain modéré.

puisque M. Sarcey aime assez les discussions de vocabulaire et les définitions de mots, je lui demanderai pourquoi
il m'appelle rhéteur. Il me semblait que ce parti socialiste
dont je suis, parfois, et à mon tour, l'interprète, n'était pas
voué à une œuvre vaine de rhétorique. Il a une doctrine
précise, fondée sur le mouvement même de l'histoire et
des faits économiques. Il veut réaliser la socialisation des
moyens de production et d'échange, et ceux-là mêmes qui
jugent sa conception ou inique ou chimérique ou barbare
n'en peuvent contester la précision. Il croit que lorsque
les individus humains n'auront plus besoin de demander à
d'autres individus humains les instruments de travail sans
lesquels ils ne peuvent vivre, il n'y aura plus ni exploitation
ni oppression d'aucune individualité humaine. Et comme,
selon notre parti, dans l'ordre social nouveau, il y aura plus
de bien-être pour ceux qui travaillent, plus de liberté aussi
pour tous les hommes, il essaie de conquérir les masses
laborieuses et l'élite pensante à sa doctrine en soutenant
partout les revendications du travail, en aidant partout à
l'essor de toutes les libertés. C'est ainsi que la question de
la pleine liberté politique et intellectuelle des membres de
l'enseignement entrait tout naturellement dans son œuvre de
propagande sociale, dans son programme d'action. Tous les
représentants du groupe socialiste parlementaire ont la même
doctrine, ils ont la même tactique. Quand l'un de nous parle,
c'est, dans les questions graves, au nom de tous. Et devant
cette unité et cette fermeté de doctrine, devant cette unité
et cette persévérance de tactique, devant cette action diverse
et concordante qui, hors du Parlement, dans les discussions
budgétaires comme dans les grèves, va toujours au même
but, il est peut-être un peu frivole de parler de rhétorique.
En tout cas, dans l'œuvre multiple de propagande, de polémique, de groupement, de combat qu'il poursuit sur tous
les points du pays, le socialisme ne prend guère le temps
d'orner sa parole. C'est dans sa passion qu'est tout le secret
de sa rhétorique.

J'ai observé quand on nous traite de rhéteurs, qu'on entend par là nous signifier deux choses. On nous signifie d'abord qu'on n'est pas de notre avis, et il est vrai. On nous signifie aussi que nous ramenons d'habitude les faits particuliers aux questions générales dont ils ne sont que des cas. C'est ce que nous avons fait, Thierry Cazes et moi, dans la question sur l'université : avions-nous tort ? M. Sarcey veut traiter la question « familièrement ». C'est son droit ; mais qu'il y prenne garde : il y a une rhétorique de la familiarité. On peut, très familièrement, passer à côté de la question, et la bonhomie n'exclut pas toujours le sophisme. M. Sarcey s'imagine qu'avec quelques comparaisons très « familières » il donnera à ses solutions l'autorité irrésistible du bon sens, et quand il a assimilé le professeur qui se mêle de politique au cordonnier qui réclamerait le droit de gâter une paire de bottes sous prétexte de sauver la patrie, il n'y a plus, semble-t-il, qu'à s'incliner. Pourtant Socrate qui, lui aussi, se servait très souvent de la comparaison du cordonnier, a été accusé d'être un sophiste. Je crains que M. Sarcey, qui ressemblerait un peu à Socrate si Socrate avait égaré son démon, n'encoure à son tour le même reproche.

Il raisonne, en effet, tout le temps comme si la question soumise à la Chambre l'autre jour était celle-ci : Le ministre de l'Instruction publique doit-il permettre à un professeur de faire mal et irrégulièrement sa classe pour se livrer plus aisément à la politique ? Sur ce thème, M. Sarcey triomphe, et il multiplie les exemples décisifs avec une abondante familiarité. Eh quoi ! permettrez-vous à votre médecin de négliger votre santé, à votre bottier de torturer vos pieds dans une mauvaise chaussure, à votre cuisinier de gâter votre sauce, à votre coiffeur de laisser votre barbe à moitié faite, ou à l'acteur de quitter le théâtre au beau milieu de la scène à faire pour aller à une réunion publique, ou à un bureau électoral, ou au Conseil municipal ? Je le répète, une fois entré dans cette voie, M. Sarcey s'y avance avec une familiarité triomphale, et je crois qu'il y pourrait marcher jusqu'à la Saint-Jean prochaine sans rencontrer un contradicteur sérieux.

Le malheur est que la question débattue n'était pas celle-là, mais celle-ci : Quand un professeur fait bien sa classe, quand il a préparé consciencieusement ses explications, quand avec une exactitude parfaite il a corrigé ses devoirs, quand il s'acquitte de son métier, avec zèle, avec feu, quand il a là-dessus le témoignage unanime des élèves, des parents, du proviseur, du recteur, des divers inspecteurs, et quand le ministre, consultant son dossier, n'y relève que d'excellentes notes professionnelles, quand le professeur est d'ailleurs, à tous égards, d'une honorabilité parfaite, peut-il être encore par surcroît un citoyen libre ? Peut-il se mêler, en toute liberté, aux luttes politiques ? Ou, au contraire, aura-t-on le droit de le frapper, de le déplacer, de le révoquer parce que sa conception et son action politique déplairont à M. le maire, ou à M. le préfet, ou à M. le ministre de l'intérieur ?

Voilà la question posée, la vraie question : elle est assez délicate et complexe pour tenter le bon sens subtil de M. Sarcey ; je regrette qu'il en ait soulevé une autre, et je conviens d'ailleurs que cette autre il l'a résolue.

M. Sarcey semble croire que, quand un professeur s'occupe de politique, quand il s'intéresse aux élections, ou remplit lui-même un mandat, il crée d'emblée contre lui-même, au point de vue professionnel, un préjugé de négligence et d'inexactitude. C'est une erreur absolue. Le professeur qui est mêlé aux luttes politiques, qui vit, en quelque sorte, sous l'œil et la malveillance des partis, se sent plus que tout autre obligé au plus scrupuleux dévouement dans ses fonctions. Ce qui, pour les autres, est un devoir, devient, pour lui, par surcroît, une nécessité. J'en pourrais citer bien des exemples, et, si je ne craignais d'être accusé par M. Sarcey de cette rhétorique spéciale qui s'appelle le paradoxe, je lui dirais, avec des détails précis, que ce sont peut-être les professeurs

politiciens qui fournissent, en moyenne, la plus grande somme
de labeur universitaire.

M. Sarcey dit que le métier de professeur est si pénible,
si absorbant qu'on ne peut guère, honnêtement, s'occuper
d'autre chose. L'Université est une épouse exigeante et,
comme la matrone de la comédie romaine, elle réclame tout
son dû. Quand M. Sarcey faisait la classe, il était sur les
dents : et il lui restait tout juste la force de soupirer après
les vacances. Maintenant, il fait dix, douze articles, dans les
journaux, dans les revues ; il ne prend jamais de congés, et
il est tenté d'interpeller les journaux disponibles, les revues
vacantes qui encerclent l'horizon : à qui le tour ? En sorte
que, quand le ministre interdit aux professeurs de se dépenser
dans la politique, il les oblige, dans l'intérêt de l'Université,
à une sage économie de leurs forces.

Mon Dieu ! tout cela est peut-être vrai, et voilà une
physiologie de l'universitaire qui ne manque pas de saveur.
Seulement, si le ministre veut imposer à tous les maîtres cette
sorte de continence nécessaire, ce n'est pas la politique seule
qu'il doit leur interdire. J'espère qu'il leur interdira aussi de
la bonne manière, c'est-à-dire en élevant leurs traitements,
ces accablantes leçons particulières auxquelles la modicité
de leur salaire condamne beaucoup d'entre eux.

Mais M. Sarcey ne s'avise pas qu'il revient tout doucement
à la vieille conception cléricale et rétrograde de l'enseignement. Nos bons aïeux avaient la logique impérieuse. Pour être
un bon professeur, il fallait n'être que professeur, et retrancher
tout le reste. La politique n'était pas l'ennemie, alors : c'était
la famille. Vraiment, quand on doit enseigner les rudiments
et la logique, peut-on avoir femme et enfants ? Ce sont là
distractions profanes, funestes aux études, scandaleuses aux
familles, ruineuses pour les Universités. Et qu'adviendrait-il,
juste ciel ! de l'union nécessaire des maîtres si leurs femmes,
en se brouillant, pouvaient les brouiller ? Aussi bannissait-on
des collèges la diversité des humeurs féminines, comme
M. Leygues et M. Sarcey en veulent bannir aujourd'hui la

diversité des opinions politiques. Si les professeurs avaient été des journalistes, on leur eût permis de prendre femme, parce que le métier, moins fatigant leur eût laissé quelques forces disponibles. Mais ils enseignaient, ils devaient toute leur âme, toute leur sève, aussi, à l'enseignement, et la robe qu'ils portaient, semi-doctorale, semi-cléricale, enveloppait un célibat éternel.

Ce n'était pas la famille seule qui était l'ennemie de l'enseignement : c'était aussi la science, oui, la science. Et il n'y a pas bien longtemps de cela. Les grandes curiosités de l'esprit sont inutiles au professeur. Elles lui sont même nuisibles. Pourvu qu'il sache bien ce qu'il doit enseigner, à quoi bon le reste ? Et s'il veut étudier sans cesse, étudier pour lui, ne risque-t-il pas de prendre en dégoût sa classe monotone, ou d'y jeter des notions qui y sont déplacées, ou de dérober à ses élèves le temps qu'il donne à d'égoïstes recherches ? Je n'appartiens pas à la même génération universitaire que M. Sarcey : j'ai été élève et professeur sous la IIIᵉ République ; mais j'ai vu le temps où des proviseurs considéraient sourdement comme un ennemi, comme un irrégulier, le professeur qui se livrait à « des travaux personnels » ; j'ai vu le temps où, dans les salles d'étude les plus silencieuses, les mieux disciplinées, on interdisait aux maîtres répétiteurs de lire parce que, tant qu'ils lisaient, ils ne surveillaient pas : j'en ai vu qui, à l'arrivée subite du proviseur, cachaient un Virgile ou un Homère comme l'écolier surpris à lire Faublas.

L'Université s'est affranchie peu à peu de ces prohibitions plus ridicules encore qu'ignominieuses. Les professeurs ont conquis le droit d'être amoureux, fiancés, chefs de famille. Ils ont conquis le droit d'être mondains, d'arriver en classe gantés et avec une badine. Ils ont scandalisé de leur clientèle les tailleurs à la mode ; ils ont appris à danser, fait des visites et conduit des cotillons ; ils ont écrit des livres profanes, même des romans et des vers ; ils ont été à leur gré sceptiques et croyants ; ils ont été orateurs de loge ou se sont agenouillés dans les pèlerinages ; ils ont dépassé, par leur curiosité, par leurs travaux, le cercle le plus large des programmes les plus ambitieux ; ils ont étudié pierre à pierre cathédrales et mosaïques ; ils ont redescendu la pensée allemande de Spinoza à Hegel. Il en est même qui, toujours professeurs, ont fait de la critique théâtrale, au risque de mêler malgré eux à une somnolente explication de Salluste le frémissement intérieur des salles de spectacle, le trouble persistant des beautés féminines entrevues.

D'autres, en revanche, et comme pour réparer les entraînements profanes de l'Université nouvelle, ont jeté sur leurs épaules le manteau du philosophe antique ; ils se sont faits consolateurs des âmes affligées ; ils ont éveillé les consciences, prêché le devoir, et on a pu croire un instant que de quelque pupitre universitaire allait sortir une religion nouvelle. Et il n'est pas encore tout à fait sûr qu'il n'en sera pas ainsi. D'autres encore, et non des moins illustres, ont dépensé beaucoup de temps, beaucoup d'énergie à grouper les étudiants, à leur inculquer une politique extérieure, à ressusciter dans notre Paris fin de siècle le béret, les bannières, les corporations, tout le décor archéologique de nos Universités disparues.

Oui, depuis vingt ans, l'Université de France a fait tout cela et bien d'autres choses encore en dehors de ses classes et de ses programmes et de ses règlements. Or – et j'appelle sur ce point, avec le moins de rhétorique possible, les méditations familières de M. Sarcey – jamais l'Université n'a autant travaillé, j'entends pour ses élèves, jamais elle n'a produit autant de livres classiques d'une méthode nouvelle et d'une inspiration supérieure, jamais elle n'a fait circuler dans les classes autant de faits et d'idées, jamais elle n'a aussi puissamment rajeuni l'enseignement des littératures, de la philosophie, de l'histoire, que depuis qu'elle s'est livrée à cette débauche extérieure de mondanité, de dilettantisme, de curiosité désintéressée, de libre esthétique, de libre critique, de religiosité, de néo-christianisme, de moralisme, de tolstoïsme, etc., etc. Et ceux qui s'en étonnent sont ceux qui ne comprennent pas que, pour transmettre la vie, il faut la posséder, et que pour préparer les générations nouvelles à la destinée complexe, inquiète, troublante qui les attend, il faut que le maître ait eu dans son esprit et dans sa conscience quelque pressentiment des temps nouveaux, quelques frissons des crises prochaines. Cela est ainsi, et il en doit être ainsi, et, au risque de détourner de ses devoirs professionnels le cordonnier de M. Sarcey, je suis obligé de le dire. Et c'est à cette Université, mêlée, nécessairement et heureusement, à toutes les curiosités, à toutes les activités, à tous les problèmes de notre temps qu'on prétendrait interdire le problème politique et social ! C'est absurde et, surtout, c'est impossible.

Deux questions vitales, décisives, se posent à l'heure présente devant notre pays. La République est fondée : ses ennemis mêmes sont obligés de s'y rallier. Mais par qui sera-t-elle dirigée ? Est-ce par les grandes forces conservatrices, et à leur profit ? Est-ce par la vieille aristocratie réconciliée avec l'aristocratie d'argent, par le noble, par le banquier, par le prêtre, par le grand bourgeois, moderne héritier des puissances féodales ? Ou bien est-ce par la démocratie et pour elle ? – Voilà le problème politique.

Et puis, la propriété capitaliste, celle qui livre à quelques hommes les moyens de production tous les jours plus développés tout ensemble et plus concentrés, est-elle la forme définitive de la propriété, le suprême aboutissement du mouvement économique ? Ou bien, après le communisme primitif, après la propriété grecque et romaine, après la propriété féodale, après la propriété semi-féodale, semi-capitaliste des derniers siècles de l'Ancien Régime, après la propriété capitaliste telle qu'elle fonctionne aujourd'hui, une forme nouvelle de propriété va-t-elle surgir ? Pourra-t-on assurer le droit individuel de ceux qui travaillent par l'organisation collective de la production ? De simples palliatifs, le développement des sociétés de secours mutuels et des caisses de retraite, quelques réformes d'impôts, suffiront-ils à corriger les principaux abus du régime capitaliste ? Ou doit-il disparaître comme le régime féodal a disparu ?

Marchons-nous à une révolution sociale, c'est-à-dire à une transformation essentielle de la propriété ? – Voilà le problème social.

Et dans ces deux problèmes tous les autres sont engagés, et, selon qu'on les résout dans un sens ou dans l'autre, la conception du droit, de l'histoire, de l'humanité, de l'art, de la vie, de la religion se modifie. Et il est impossible à tout homme qui pense et qui vit, quel que soit l'objet de sa pensée, quelle que soit la forme de sa vie, de ne point songer à ces problèmes où tous les autres sont engagés, et de ne point prendre parti.

Il est donc impossible à l'Université, au moins dans sa conscience, de ne pas prendre parti, et j'ai à peine besoin de rappeler aux philosophes qui dirigent à cette heure l'enseignement public que toute idée forte « passe nécessairement à l'acte » et que, lorsque des maîtres ont une conviction énergique en ces questions décisives et troublantes, ils ne peuvent pas ne pas la produire. En dépit de la fausse et banale antithèse, l'homme de pensée est nécessairement un homme d'action.

J'ai à peine besoin de leur rappeler aussi que l'Université elle-même depuis plusieurs années pousse les jeunes générations à l'action et vers le peuple. Qu'ont dit et répété des maîtres éminents, des hommes illustres ? Qu'ont dit et M. Lavisse, et M. Ferry, et M. de Vogüé, et bien d'autres, à cette Association des étudiants de Paris, qui compte tant de futurs professeurs ? Ils ont dit aux jeunes gens : Pas d'indifférence ; pas de scepticisme élégant ; pas de dilettantisme stérile. Croyez, agissez : allez vers le peuple.

Et qu'est-ce que cela signifie, je vous prie ? Cela veut-il dire simplement qu'il faut passer dans les maisons pauvres en y laissant quelques aumônes ? Mais si l'étudiant se dit que la charité la plus active pourra à peine adoucir les souffrances sociales et qu'elles ont leur racine profonde dans l'organisation économique et la forme de la propriété, s'il se dit en outre que ce n'est pas connaître vraiment le peuple que le voir seulement à l'état de mendicité, qu'il faut le voir surtout et le pratiquer dans ces vivants groupements ouvriers, où sa pensée s'affirme, où son cœur s'exalte, le voilà qui est engagé par vous-mêmes, ô sages conseillers, dans tous les orages de notre temps.

Peut-être vous vouliez dire à ces jeunes gens qu'ils devaient être des prédicants, qu'ils devaient prêcher aux riches la largeur d'âme, aux pauvres et aux souffrants la résignation. Mais triste prédicant à l'heure où nous sommes que celui qui n'est pas aussi un militant ! Le prédicant d'Église a une doctrine sur laquelle il s'appuie : et il a derrière lui une organisation de combat, je veux dire l'Église elle-même qui, tout en répandant ses sermons, essaie de mettre la main sur le pouvoir pour plier à son idéal les choses humaines. L'homélie cléricale n'est jamais ridicule parce qu'on y sent toujours la pointe du glaive. Passe pour l'homélie laïque si l'on doit sentir aussi en elle la résolution militante !

Tous les chemins aujourd'hui mènent donc les nouvelles générations universitaires au problème politique et social, à l'action politique et sociale.

Cela ne veut pas dire que tous les professeurs et instituteurs vont se jeter dans les agitations électorales et briguer des mandats : d'abord, quel que soit le dédain que l'on professe parfois pour les politiciens, il n'est pas donné à tout le monde de l'être ; il y faut des qualités et des défauts que tout le monde n'a pas. Puis le peuple est méfiant, et il n'acceptera pas à l'aveugle tous les concours et toutes les interventions. Enfin l'Université elle-même, quand elle se sentira libre, quand elle ne risquera pas d'ajouter, contre le maître suspect, une peine de plus aux persécutions gouvernementales, fera elle-même, si je puis dire, sa police morale. Elle sera sévère pour les maîtres qui ne chercheront dans la politique qu'une vaine agitation ou une puérile satisfaction d'amour-propre. Elle sera sévère aussi pour ceux qui, même dans les petites luttes locales, ne donneront pas l'exemple du respect de soi-même, de la dignité simple dans l'attitude et dans le langage.

Mais ce qui importe, c'est que les maîtres de l'Université ne se sentent pas suspects si les hasards de la vie ou une passion ardente pour une idée ou un goût vif de l'action les ont jetés dans la mêlée politique et électorale. Ce qui importe, c'est que l'idée socialiste ait droit, dans l'Université, comme les autres idées, à l'affirmation, à l'action.

Et, je le répète, car toute la question est là, ou on contraindra l'Université à se désintéresser jusque dans sa conscience du problème politique et social, ou il faudra bien permettre à cette passion intérieure de se produire librement. Ou les professeurs seront libres d'affirmer nettement leurs convictions politiques et sociales, quelles qu'elles soient, ou il faudra ramener toute l'Université en arrière : il faudra la cloîtrer de nouveau dans l'étude morte des choses mortes.

Aussi on ne peut s'empêcher de sourire quand on voit que les gouvernants s'imaginent résoudre de pareils problèmes par des mesures administratives. Juste à l'heure où M. Leygues maintenait contre certains professeurs les mesures arbitraires prises par M. Spuller, des instituteurs et des professeurs agrégés entraient publiquement dans une organisation ouvrière et socialiste. Ah non ! on n'arrêtera pas le mouvement commencé !

On nous fait deux objections pratiques. On nous dit : Mais si les professeurs peuvent faire de la politique, et la politique qui leur plaît, une politique contraire à celle du gouvernement qui les paie, contraire aussi aux idées moyennes de la bourgeoisie dont ils élèvent les enfants, il n'y a plus de discipline gouvernementale et le professeur aura travaillé contre l'Université en éloignant d'elle une part de sa clientèle.

Je l'avoue, je suis tenté de dire à ceux qui nous opposent ces deux difficultés : Dans l'intérêt du gouvernement et dans l'intérêt de la bourgeoisie, n'insistez pas. Car s'il était vrai que le gouvernement ne peut maintenir dans l'Université le bon ordre et la hiérarchie professionnelle, la seule qui importe, qu'en imposant à tous les maîtres ou un formulaire politique étroit ou le silence ; s'il était vrai aussi que la bourgeoisie capitaliste prétend imposer aux éducateurs de ses fils ou un dogme social étroit ou le silence, jamais sentence plus dure n'aurait été portée et contre le gouvernement et contre la bourgeoisie. Oui, qu'on y prenne garde : les professeurs de nos collèges et de nos lycées sont personnellement, au moins dans une assez large mesure, désintéressés des luttes sociales. Ni ils n'appartiennent d'habitude à la classe capitaliste, ni ils ne font partie, en tant que professeurs, du prolétariat le plus misérable et le plus accablé. Lorsque donc ils vont vers telle ou telle solution sociale, c'est plutôt par raison ou par sentiment que par intérêt propre et immédiat. Tout au plus peut-on dire que, dans nos lycées, leurs relations et la condition sociale de leurs élèves les inclinent de préférence vers la bourgeoisie. Ah ! je comprends que l'on trouve grave qu'ils se prononcent contre l'ordre social actuel, contre la puissance du capital, contre la domination politique et sociale de la bourgeoisie. Oui, c'est là un symptôme grave, et je comprends que la bourgeoisie, attaquée par le prolétariat, s'émeuve d'être désavouée en même temps par ses propres éducateurs. C'est là, j'en conviens, pour une classe triomphante depuis un siècle, adulée et chamarrée, une situation tragi-comique. Mais qu'y faire et à qui la faute ? Et la situation après tout ne serait pas meilleure si, au lieu de parler librement, les professeurs étaient contraints d'élever les nouvelles générations bourgeoises avec une ironie silencieuse. Surtout, si la bourgeoisie commettait la sottise de proclamer que, laissée à elle-même, à sa liberté d'esprit, l'Université irait au socialisme, et si elle invoquait contre ses propres éducateurs le bras séculier, ou si encore elle menaçait l'Université, coupable de libre examen envers le capital, d'une sorte de grève générale, elle s'abîmerait décidément dans le ridicule. Elle se bifferait elle-même de la liste des classes sociales viables.

Encore une fois, je prie les amis du gouvernement et de la bourgeoisie de ne pas insister sur ces objections. Examinons-les pourtant de plus près. La discipline gouvernementale ? Oui, en faisant, et librement, de la politique, le professeur peut compromettre la discipline gouvernementale telle qu'elle est aujourd'hui conçue et pratiquée, c'est-à-dire comme la mainmise des gouvernants, par la fonction, sur l'homme tout entier. Mais c'est là une discipline gouvernementale odieuse et surannée ; et ce ne sont plus ici seulement les professeurs et instituteurs qui sont en cause : ce sont tous les fonction-naires, petits et grands ; et nous lutterons sans trêve, mes amis socialistes et moi, dans le Parlement, devant le pays, jusqu'à ce que nous ayons détruit cette tyrannie abominable de l'État patron et grand électeur sur ses agents, jusqu'à ce que nous ayons réduit la discipline gouvernementale à n'être plus que la discipline professionnelle. Je n'ai ni le temps ni la place de montrer aujourd'hui comment la conception du fonctionnaire doit se transformer et se pénétrer de liberté ; la question viendra à son lieu et à son heure. Je fais obser-ver seulement que dans ce pays où il y a dès maintenant 700 000 familles de fonctionnaires, sans compter les ouvriers d'État, et où des services privés se transforment incessam-ment en services publics : allumettes, téléphones, demain peut-être assurances, chemins de fer, rectification de l'alcool, etc., etc., si on ne trouve pas moyen de respecter dans le fonctionnaire l'homme tout entier, le citoyen tout entier, nous nous acheminons, sous prétexte de gouvernement, vers la domestication universelle. C'est nous, socialistes, qu'on accuse, d'être des fanatiques de réglementation ou d'enré-gimentement, qui émanciperons les fonctionnaires comme les autres travailleurs. Et plus nous croyons à la nécessité de l'action collective, plus aussi nous nous préoccupons de sauvegarder, dans les organisations collectives, les libertés individuelles.

Ce sera l'honneur de l'Université que ce soit d'abord à propos d'elle que la question de la liberté du fonctionnaire se soit posée. Plus que d'autres encore, le professeur, à raison de ses fonctions intellectuelles, a besoin de liberté. Et ce sera l'honneur aussi de l'Université d'avoir, par plusieurs de ses maîtres, sous l'arbitraire ministériel, maintenu son droit.

Les instituteurs et les professeurs ne faibliront pas : ils se rappelleront le mot que M. Spuller, grand maître hier encore, écrivait dans son livre sur Lamennais : « En fait de liberté on n'a jamais que celle qu'on prend. » Ils se rappelleront aussi que c'est la liberté de tous les fonctionnaires qu'ils préparent en défendant la leur, et que tout au moins cette bourgeoisie pauvre, qui faute de capital va aux fonctions publiques, ne la leur boudera pas.

J'ajoute, si l'on s'obstine à parler d'autorité gouvernementale, que celle-ci ne tarderait pas à être singulièrement affaiblie si on entrait dans un système de réaction et de compression contre l'Université. Nous avons vu quelques préliminaires, quelques timides essais. Peut-être s'arrêtera-t-on ; peut-être aussi, et plus probablement, sous l'influence du mouvement général de réaction qui se dessine, sera-t-on contraint d'aller plus loin : tous les professeurs suspects de socialisme seront inquiétés, évincés peu à peu ; et l'on reverra sous la République ces temps de l'Empire où Sarcey, About, Taine, Prévost-Paradol, bien d'autres encore, toute l'élite libérale de l'Université, étaient hors de l'Université. Je ne vois pas ce qu'y gagneront la République et l'autorité gouvernementale. Le gouvernement aura mis au front de tous ceux qui seront restés avec lui un signe de servitude : la belle force au jour du péril !

Et au point de vue des intérêts immédiats de l'Université, qu'a-t-on à craindre ? S'imagine-t-on vraiment que parce que des professeurs affirmeront leur foi socialiste et prendront part à l'action politique les enfants de la bourgeoisie vont déserter nos lycées ? En fait, pour les mesures prises récemment, il n'y a là qu'un prétexte, un triste prétexte. Les professeurs déplacés étaient entourés de l'estime de tous et le nombre de leurs élèves n'avait nullement diminué.

C'est avec de pareilles raisons qu'on interdisait l'enseignement, il y a trois quarts de siècle, aux protestants, aux juifs. Comment, en effet, des familles catholiques auraient-elles confié leurs enfants à des professeurs protestants ou juifs ? Sous peine de dépeupler les lycées, il fallait exiger des professeurs l'orthodoxie catholique. C'est sous couleur d'intérêt universitaire qu'on retranchait alors à l'Université la liberté religieuse : c'est par le même sophisme qu'on lui conteste aujourd'hui la liberté politique. La bourgeoisie s'accoutumera au professeur socialiste comme elle s'est accoutumée au professeur franc-maçon ou juif. Je ne la crois pas, dans son ensemble, tombée si bas qu'elle s'imagine écarter de ses fils le péril social en écartant d'eux jusqu'au soupçon de l'idée socialiste. Il est de son intérêt même de laisser venir au cerveau de ses enfants tout le mouvement d'idées qui ébranle le monde où ils lutteront demain.

D'ailleurs, si c'est bien dans l'intérêt de l'Université et pour assurer le peuplement de nos écoles qu'on veut maintenir un certain accord d'opinions, au moins apparent, entre les maîtres et les familles, je défie qu'on réponde à la question suivante : Il y a des écoles primaires publiques dans les villes ouvrières ; là les familles sont socialistes ; à côté de l'école publique il y a des écoles congréganistes qui gardent encore, en vertu de la force acquise et par l'action très puissante des femmes, beaucoup d'élèves ; il est certain que si les ouvriers ont une sympathie très vive pour l'instituteur laïque, peu à peu les écoles congréganistes se videront ; il est clair aussi que de franches et loyales convictions socialistes chez l'instituteur lui vaudront les sympathies ouvrières ; là il y a donc intérêt pour le recrutement même de nos écoles à permettre à l'instituteur de parler et d'agir en socialiste.

Je le demande au ministre de l'Instruction publique : y est-il disposé ?

La vérité, et je conte ce que j'ai vu, c'est que, de plus en plus, dans les centres ouvriers et socialistes, on obligera les instituteurs à combattre le socialisme, au risque de créer, et en vertu d'une consigne, un malentendu irréparable entre les maîtres du peuple et le peuple même.

Qu'on n'essaie donc pas de couvrir par de fausses raisons d'intérêts universitaires les basses œuvres préfectorales dont le ministère de l'Instruction publique se fait contre l'Université elle-même l'instrument humilié. Et si, contrairement à toute prévision, une partie de la bourgeoisie était assez lâche d'esprit et de cœur pour détester l'Université parce que les professeurs seraient restés libres, eh bien ! qu'elle s'en aille. Il y a dans le peuple assez d'enfants dont la merveilleuse intelligence est privée, contre toute raison et contre tout droit, de la haute culture ; il y a dans le peuple ouvrier et paysan des cerveaux d'élite qui végètent dans une sorte de pénombre et qui s'épanouiraient comme des fleurs robustes en pleine clarté. Ceux-là accepteraient la science sans condition, la lumière sans condition, la vie sans condition, et la bourgeoisie, en désertant le libre et vigoureux enseignement de maîtres libres pour les fades formules de la discipline cléricale, n'aurait fait que précipiter sa chute. C'est elle que cela regarde et non point l'Université.

Mais combien aveugles ceux qui diminuent l'Université elle-même en lui fermant toute communication avec le peuple socialiste, avec le prolétariat militant ! La science organisée et pénétrée d'idéal doit remplacer peu à peu dans la vie humaine et dans les profondeurs mêmes du peuple la foi morte ou mourante. Et l'Université peut devenir en ce sens l'Église de la pensée libre, la grande éducatrice humaine disputant le monde par la seule liberté aux ruses du dogmatisme finissant. Mais qui donc ouvrira à la haute science, à la haute pensée l'accès du peuple ? Qui ? le socialisme, et le socialisme seul. Le peuple est prêt à écouter avidement les

maîtres qui l'entretiendront des grandes conceptions scientifiques ou philosophiques. Il y a dans ces consciences neuves
une soif des hautes vérités que la bourgeoisie routinière et
pesante ne soupçonne pas.

Mais il est à l'heure présente une condition impérieuse
pour que le maître soit écouté : c'est qu'il n'apporte pas au
peuple la haute science, les grandes conceptions scientifiques,
poétiques, métaphysiques, religieuses du génie humain comme
une diversion aux problèmes économiques, mais, au contraire,
comme le couronnement espéré et splendide d'un ordre social
nouveau où tout homme affranchi des servitudes de la misère
aura sa part de la vie idéale. Je le répète et je l'affirme, la
pensée humaine, la pensée libre, la pensée affranchie du dogme
ne peut pénétrer aujourd'hui jusqu'au fond du peuple, avec
toute sa force auguste et vraiment religieuse, que si elle est
unie à la pensée socialiste. Qui donc, en Allemagne, a organisé l'enseignement populaire supérieur ? Le parti socialiste.
Qui donc, en Belgique, a fait de l'*University Extension* une
vérité ? Le parti socialiste. J'ai vu à Bruxelles les principaux
militants et propagandistes du parti ouvrier, les Vandervelde,
les Vanderbrook, au sortir des réunions socialistes où ils dis-
cutaient avec les ouvriers la tactique électorale, aller enseigner
la haute science à d'autres assemblées ouvrières. Et s'il m'est
permis d'apporter mon témoignage personnel, les ouvriers de
Carmaux, ouvriers mineurs, ouvriers verriers, quand ils ont
été bien convaincus, jusqu'au fond de leur conscience, de
ma bonne foi socialiste, se sont mis à m'interroger, avec une
sorte d'ivresse, sur les grands problèmes que résumait pour
eux le mot de philosophie : c'est seulement dans l'intimité de
la lutte que j'ai pu surprendre vraiment leur âme d'homme,
leurs étranges curiosités inassouvies, le fond de mystère
et d'universelle rêverie que remuait en eux une aspiration
continue vers la justice.

Ah ! que je plains les chefs d'Université si, envahis peu
à peu par l'esprit de bureaucratie, ils ont perdu le sentiment
de ces choses !

Les instituteurs et le socialisme
REPPS, 16 octobre 1905

La question de l'enseignement de l'histoire, abordée lors du premier congrès syndical des instituteurs qui s'est tenu en cette année 1905 à Lille, intéresse particulièrement Jaurès qui a, du reste, lui-même fait œuvre d'historien en rédigeant la fameuse Histoire socialiste de la Révolution française *parue de 1900 à 1903. À travers une analyse marxiste de l'évolution de la société, il établit un lien étroit entre l'histoire et le socialisme. Jaurès développe dans cet article des idées qui lui sont chères : le socialisme n'est rien d'autre que l'application pleine et entière de la Déclaration des Droits de l'Homme et du Citoyen en conjuguant à la fois droits politiques et droits sociaux ; l'école publique est une force émancipatrice notamment face à l'obscurantisme clérical, mais il existe une contradiction entre cette œuvre d'émancipation intellectuelle et la permanence du capitalisme qui asservira les futurs salariés que sont les élèves. Enfin, Jaurès insiste ici, comme dans d'autres articles, sur la solidarité profonde qui existe* de facto *entre le prolétariat voué à une mission émancipatrice et les instituteurs qui contribuent à son développement intellectuel et moral et qui doivent délivrer les enfants du fatalisme social.*

L es instituteurs, dans leurs remarquables Congrès, s'élèvent de plus en plus au-dessus des questions purement techniques. Ou plutôt, c'est selon des idées générales qu'ils

déterminent la technique de l'enseignement. On l'a vu notamment, dans leur récent Congrès, à propos de l'enseignement
de l'histoire. De même, comment pourraient-ils vraiment faire
œuvre d'éducateurs, former ou préparer des hommes et des
citoyens, s'ils ne se préoccupaient pas des conditions dans
lesquelles l'humanité se meut, et du but où elle tend ? Les
éducateurs du peuple ne feront une œuvre pleinement efficace
que lorsqu'une philosophie politique et sociale réglera et
animera leur effort d'éducation. Or, le socialisme, de quelque
façon qu'on le juge, est tout à la fois une grande idée et
un grand fait. C'est un grand fait, puisqu'il groupe dans le
monde entier des millions de travailleurs dont l'action se
développe sans cesse sur les gouvernements et les sociétés.
C'est une grande idée, puisqu'il propose aux intelligences et
aux consciences une organisation des rapports humains qui
éliminerait, avec la misère, l'ignorance et la dépendance, et
qui, pour reprendre une forte expression scolastique, ferait
passer l'humanité « de la virtualité à l'acte ».

Il n'y a donc ni indiscrétion, ni inconvenance, ni abusive
ingérence politicienne à insister auprès des instituteurs pour
qu'ils étudient, en toute liberté et sincérité d'esprit, le socialisme. Et je veux dire en quelques mots pourquoi ils y doivent
adhérer et comment, eux instituteurs, ils peuvent le servir.

Comment n'adhéreraient-ils pas au socialisme, puisque
visiblement il conquiert aujourd'hui tous les esprits, toutes
les consciences, qu'un intérêt de caste et de classe ne
détourne pas du vrai ? Il n'y a plus aujourd'hui un seul
homme qui ose dire que le régime du salariat est le régime
définitif du travail. Non seulement il entretient d'incessantes
crises de misère et d'insécurité, mais il abaisse la valeur
morale des hommes. Il est tout à la fois un principe de
haine et un principe de passivité. En divisant la société en
deux classes, celle qui détient le capital, les grands moyens
de production, celle qui n'a d'autre fortune que ses bras,
il oblige les hommes à une lutte incessante contre les
hommes. Toute revendication est maintenant un combat,

une occasion de souffrance et de haine. La grève, moyen nécessaire de défense pour les salariés, est un phénomène horrible qui accuse de barbarie toute la société actuelle. Que des travailleurs soient obligés, pour défendre leurs salaires, de suspendre leur travail, d'anéantir ou d'ajourner de la richesse, de s'infliger à eux, à leurs femmes, à leurs enfants, des privations prolongées qui les aigrissent et les exaspèrent : il n'y a pas de condamnation plus terrible contre l'ordre capitaliste, qui donne aux revendications de justice la forme de la souffrance et de la haine.

De même, le salariat crée de la passivité. Il réduit des multitudes innombrables à un rôle mécanique dans la production, qui est dirigée par la minorité possédante. Double dégradation de la nature humaine et qui doit surtout affliger, quand ils méditent sur ces problèmes, les éducateurs du peuple ouvrier.

Ils ont devant eux, sur les bancs de l'école, des enfants en qui s'éveillent aisément les nobles et naïves sympathies. L'instituteur les invite à se libérer de l'égoïsme et de la haine, à aimer leurs camarades, à aimer les hommes. Il les invite aussi à secouer la routine, la paresse de l'esprit et de la volonté, à penser par eux-mêmes, à agir librement, selon les règles de raison et de justice vérifiées par leur propre conscience. Mais ces belles facultés de sympathie humaine, d'autonomie morale et d'initiative intellectuelle, quel emploi ces enfants, devenus hommes, en trouveront-ils dans la société capitaliste, quand ils seront appelés à remuer, outils passifs, la terre des vastes domaines dont quelque homme d'affaires dirigera seul l'exploitation, quand ils seront engloutis dans ces mines, usines et chantiers, dans toutes ces vastes entreprises industrielles dont le capital seul manœuvre les ressorts ? Il me semble qu'il y a, pour l'instituteur qui pense, un contraste poignant entre les forces d'humaine fraternité et de liberté agissante qu'il essaie d'éveiller dans les jeunes consciences, et la société de dureté, de combat, de haine, de passivité où elles seront engagées demain. Quoi ! cette eau vive et limpide, qui court et se joue, qui s'anime à tous les souffles du vent, à toutes les rencontres de la lumière et du flot, qui réfléchit les images riantes des choses et la pure clarté, elle ira se perdre demain en de noirs abîmes de servitude stagnante, remuée seulement par des remous de colère ! Non : c'est une contradiction intolérable, et à travers toutes ces consciences d'enfants l'éducateur du peuple ressent en sa conscience toutes les meurtrissures, toutes les iniquités, toutes les dégradations d'un système social de privilège, d'exploitation et de combat. Il aspire, lui aussi, comme l'élite du prolétariat dont il élève l'enfance, à une société de coopération, où le capital sera possédé par la nation et par les travailleurs groupés, où la fédération de producteurs égaux permettra à tous les droits de s'affirmer sans violence et sans haine, à toutes les intelligences, à toutes les énergies morales de coopérer, selon leur puissance propre, à la direction commune de l'effort humain.

À la lumière de cet idéal, la Déclaration des Droits de l'Homme et du Citoyen que les instituteurs ont mission d'enseigner et de commenter prend un sens plus plein et plus décisif. La liberté, oui, mais non pas illusoire et superficielle, mais réalisée jusque dans le fond même et l'habitude de la vie, c'est-à-dire dans l'organisation du travail. L'égalité, oui, mais non pas nominale et dérisoire. La propriété, oui, mais pour tous, comme l'universelle garantie sociale de toutes les libertés individuelles.

Est-ce que cette société de coopération et de liberté réelle est impossible et chimérique ? Ceux-là le prétendent qui ont intérêt à en empêcher l'avènement, mais elle s'affirme dans les esprits avec une force croissante : elle commence à s'ébaucher dans les faits. Et c'est déjà un grand signe des temps que la plupart de ceux qui combattent l'idée socialiste, n'osant plus en contester la légitimité et la grandeur, la déclarent seulement irréalisable. Mais quoi ! Et que de « chimères » sont maintenant accomplies ! L'histoire, que les instituteurs enseignent, si elle nous montre la lenteur de l'évolution humaine, nous apprend aussi que l'effort humain n'est pas stérile et que de degré en degré l'humanité s'élève à la justice. Les instituteurs eux-mêmes, s'ils veulent bien y réfléchir, quel vivant exemple ils sont du progrès humain et quel encouragement à l'espérance ! Ce peuple, qui fut si longtemps tenu dans les ténèbres de l'ignorance, ou par dédain ou par calcul, ou qui ne reçut que quelques rayons d'une pauvre lampe filtrant à travers les doigts du prêtre, il a maintenant dans toutes les communes, dans tous les quartiers, dans tous les hameaux, des maîtres laïques, des éducateurs républicains qui peuvent lui transmettre toute la lumière de la science, toute la pensée de la Révolution. Ces maîtres, afin de pouvoir donner la liberté au peuple, commencent à la conquérir pour eux-mêmes. Ils apprennent à penser librement, et ils s'habituent à exprimer librement leur pensée tout entière : ils habituent l'État, les gouvernements, les partis à tolérer cette liberté. Oh ! ce n'est pas encore sans difficultés ni sacrifices. La réaction les hait, les guette, les dénonce. Et ils ont besoin de tout leur sang-froid, de toute leur fermeté d'esprit et de conscience, pour ne pas s'étonner devant l'orage, ou pour ne pas se laisser emporter au-delà de la mesure par l'excès même des provocations et des calomnies. Mais peu à peu, par leur courage tranquille, ils créent des précédents de liberté qu'on ne pourra plus abolir. C'est contre les instituteurs socialistes de 1848 que la réaction cléricale, capitaliste et propriétaire mobilisa toutes ses forces, ses calomniateurs gagés, ses tartufes à poigne, ses conservateurs de meurtre, ses dévots de coup d'État : et M. Thiers, homme d'affaires de la bourgeoisie affolée, voulait les remplacer par des « sonneurs de cloches au nez bien embourgeonné », avant que Bonaparte leur mît sur la bouche un double bâillon. Aujourd'hui, c'est « la patrie », c'est « le patriotisme », que la réaction cléricale et bourgeoise, tristement secondée par quelques polémistes radicaux, appelle à la rescousse contre les instituteurs de la République. Le Congrès de Lille a montré qu'ils ne se laisseraient pas émouvoir et qu'ils tenaient la droite voie. Le prolétariat aura enfin un enseignement libéré de toutes les entraves du privilège comme du dogme, un enseignement de raison et d'espérance humaine. Progrès immense, et qui permet aux éducateurs du peuple, par le chemin qu'a parcouru l'enseignement, de mesurer le chemin que peut parcourir le peuple lui-même.

Dès maintenant, il y a entre les instituteurs et le prolétariat une solidarité profonde. Les éducateurs du peuple peuvent beaucoup pour son émancipation sociale et le rôle des instituteurs s'ennoblit de toute la noblesse du rôle historique du prolétariat. Celui-ci est appelé à transformer selon la justice les conditions de la vie, à remplacer partout l'exploitation par le droit, les hiérarchies oppressives par la coopération, la guerre par la paix. Les éducateurs qui contribuent au développement intellectuel et moral de cette classe d'humanité et de paix, participent à la grandeur de son rôle : ils se sentent par là excités à de plus grands efforts encore, et on peut dire en ce sens qu'il y a éducation mutuelle des instituteurs et du prolétariat.

Est-ce à dire que les instituteurs doivent être dans leur enseignement des prédicateurs de socialisme et qu'ils doivent porter à l'école toutes les controverses du dehors ? Ce serait manquer à toute méthode éducative, puisque ce serait soumettre aux enfants des litiges de pensée, que ni leur instruction théorique ni leur expérience de la vie ne leur permettraient de résoudre. Ce ne serait pas enseigner le socialisme, ce serait le gâcher en le réduisant à une contrefaçon de catéchisme où la liberté vraie de l'esprit n'aurait aucune part. Mais le maître, intérieurement animé et éclairé de la pensée socialiste, peut servir son idéal en éveillant sans cesse chez les enfants du peuple la liberté et la curiosité de l'esprit, en leur donnant le sens de l'évolution. Dans les siècles d'histoire qu'il leur enseigne, ce ne sont pas seulement les formes extérieures des gouvernements qui ont été modifiées : c'est la structure profonde des sociétés. Du monde antique au monde féodal, du monde féodal au monde moderne, la propriété a changé de forme : et toujours, à l'époque dominante d'une forme de propriété, celle-ci a apparu comme nécessaire et éternelle. Toujours aussi une élite d'hommes a pressenti des formes de propriété nouvelles, mieux adaptées à des besoins économiques nouveaux, à des exigences nouvelles de liberté et d'humanité. Dès le temps de la Révolution française, bien des esprits allaient par leurs pressentiments et leurs théories au-delà des formes sociales qui ont prévalu dans la démocratie bourgeoise. Donner aux enfants le sens du perpétuel mouvement humain, les délivrer de ce poids de la routine et de ce fardeau du désespoir qui accable le progrès, faire qu'ils ne soient pas tentés de dire aveuglément : « À quoi bon ? c'est impossible », quand plus tard un effort vers une vie sociale supérieure leur sera proposé, mais qu'ils examinent d'un esprit fervent toutes les possibilités nouvelles de libération, voilà un service décisif que les instituteurs socialistes peuvent rendre à leur idéal sans infliger aux enfants la tyrannie mécanique d'un formulaire.

C'est cet esprit d'espérance humaine et de progrès humain qu'ils peuvent répandre aussi au-dehors, sans se laisser accaparer par les coteries locales, et en réservant toujours, à l'égard de toutes les puissances, leur liberté.

Voilà la pensée dans laquelle je voudrais être, pour cette *Revue*, un collaborateur assidu. C'est une grande joie pour moi de pouvoir être en communication constante avec les éducateurs du peuple : et s'il m'arrivait parfois, dans le jugement porté sur tel ou tel événement, sur telle ou telle doctrine, de n'être pas d'accord avec quelques-uns d'entre eux, ces dissentiments n'ont rien qui puissent troubler des esprits vraiment libres. Quand le directeur de cette *Revue* m'a demandé d'y écrire, je lui ai répondu immédiatement : « Oui, à condition que ceux qui y écrivent déjà y gardent leur situation. » Ce n'est donc pas de ma faute, ce n'est pas non plus, je le sais, de la faute du directeur, si quelques incidents personnels se sont produits. Ceux qui se plaignent aujourd'hui et qui accusent, en termes que je ne veux point qualifier, ne m'ont pas averti des difficultés qui survenaient ou qu'ils soulevaient. Et c'est par des injures dans les journaux que j'ai été, moi dont la conduite avait été si correcte et si loyale, informé de ces incidents. Avait-on la prétention de se réserver un monopole ? Je ne fais allusion à ces choses que parce que j'ai besoin, dans mon rapport avec les instituteurs, qu'aucune ombre ne reste sur ma collaboration, et que dans leur esprit mon intégrité morale ne soit même pas effleurée. Mais ce mot de légitime défense est le dernier mot personnel que je me permettrai ici. De plus importants objets appellent notre effort commun.

Le Syndicat des instituteurs

REPPS, 24 décembre 1905

Jaurès rédige cet article dans le contexte d'un développement sensible du mouvement syndical chez les fonctionnaires malgré les entraves gouvernementales. Dès 1884, à la suite de l'adoption de la loi Waldeck-Rousseau sur les syndicats, certaines organisations professionnelles de fonctionnaires apparaissent, mais un arrêt de la Cour de cassation de juin 1885 limite l'application de la loi aux salariés de l'industrie et du commerce et, en 1887, le ministre de l'Instruction publique interdit les syndicats d'instituteurs. Cependant les troubles consécutifs à l'Affaire Dreyfus, qui menacent l'institution républicaine dans les années 1898-1899 et auxquels Jaurès fait allusion, amènent les fonctionnaires à réagir et donc à s'organiser sous une forme associative à la faveur de la loi de 1901. Cependant bien des instituteurs sont réticents à l'idée de créer des syndicats – les premiers apparaissent en 1903 –, ce dont l'article de Jaurès porte trace. Cette effervescence amène Louis Barthou à ouvrir officiellement en 1903 une discussion à la Chambre des députés sur un éventuel statut des fonctionnaires : elle exclut rapidement le droit de grève. Néanmoins, entre 1905 et 1907 éclatent les premières grèves dans la fonction publique. Pour Jaurès, les revendications des instituteurs posent notamment la question des choix budgétaires des gouvernements : dans cet article, il dénonce, une nouvelle fois, le fardeau financier de la course aux armements qui nuit aux « œuvres de vie » au premier rang desquelles l'Instruction publique.

C'est par une évolution irrésistible que le Syndicat s'est étendu des salariés de l'industrie privée aux salariés de l'État, ou des communes, c'est-à-dire aux fonctionnaires. M. Waldeck-Rousseau[1], quand il proposa la loi de 1884, avait-il prévu ce développement ? Il est difficile de le dire. Ce qui est certain, c'est qu'il y a six ans, c'est lui, comme ministre de l'Intérieur, qui reconnut la légalité du Syndicat des agents de l'octroi de Troyes. Une lettre récemment publiée par de Pressensé[2] en a fourni la preuve. Or, si les agents de l'octroi, qui sont chargés de percevoir un impôt, qui peuvent dresser des procès-verbaux, peuvent se syndiquer, quelle est la catégorie de fonctionnaires qui n'en aura pas le droit ? Waldeck-Rousseau avait donc reconnu la force et la légitimité du mouvement qui tendait à élargir sans cesse l'application du droit syndical.

À mesure que la République dure, des mœurs de démocratie se développent : et la notion même de l'État se transforme. Il cesse d'être la puissance absolue et quasi divine avec laquelle les fonctionnaires ne discutent même pas. Il est obligé de leur accorder la liberté de se grouper. Toutes les fois que l'institution républicaine est assaillie par la contre-révolution, comme elle ne peut se défendre que par le concours énergique des forces populaires, elle laisse naturellement à celles-ci un jeu plus libre et plus étendu. C'est ainsi que depuis six années, il y a eu une large expansion

---

1. Pierre Waldeck-Rousseau (1846-1904) est mort lorsque Jaurès écrit cet article. De 1899 à 1902, cet ancien disciple de Gambetta s'était imposé comme président du Conseil de la « défense républicaine ».
2. Francis de Pressensé (1853-1914), journaliste au *Temps* et ancien modéré, est devenu avec l'Affaire Dreyfus un proche de Jaurès, militant socialiste et président de la Ligue des Droits de l'Homme depuis 1903. Voir sa biographie par Rémi Fabre (Presses universitaires de Rennes, 2004).

syndicale dans le monde ouvrier, et en même temps, dans
les administrations publiques, un puissant éveil de l'esprit
d'association. Tout naturellement, l'association des fonctionnaires a tendu à prendre la forme du Syndicat qui est,
pour les salariés, l'organe de revendication. Il est impossible
aujourd'hui de réagir contre ce mouvement ; et j'ose dire
qu'en fait la question est résolue. Je ne sais si la Chambre
aura le temps de discuter à fond le rapport Barthou[3] ; mais
qu'elle mène ce débat jusqu'au bout ou qu'elle l'ajourne,
il n'est plus au pouvoir de personne de supprimer d'une
façon durable les habitudes de liberté qui ont été prises, et
de modifier brusquement un état d'esprit qui s'est lentement
créé. Le Syndicat des fonctionnaires est né du concours de
deux idées. D'abord les salariés de l'État se sont aperçus
qu'ils avaient le souci, eux aussi, de s'associer pour réveiller
l'attention de leur grand patron absorbé par d'innombrables
soucis ; pour faire valoir plus fortement leurs revendications
et pour résister à l'arbitraire administratif. En second lieu
ils se sont aperçus que le moyen le plus efficace d'affirmer
leurs droits et de défendre leurs intérêts était de rattacher
leur mouvement au mouvement général d'émancipation de
la classe ouvrière. Donner aux associations de fonctionnaires
la forme syndicale, c'est signifier que ces fonctionnaires
défendront leurs droits, leurs intérêts, leur dignité avec la
même franchise, avec la même vigueur que les Syndicats
ouvriers. C'est signifier en même temps qu'ils attendent le
relèvement de leur condition, l'accroissement de leur indépendance et de leur bien-être, du relèvement général de la
condition du prolétariat.

Ce n'est pas à dire, comme on le prétend quelquefois pour
détourner les instituteurs de l'organisation syndicale, que les
fonctionnaires syndiqués auront recours à la grève. Pour les

---

3. Louis Barthou (1862-1934), républicain modéré et adversaire
habituel de Jaurès.

instituteurs notamment, cette forme de revendication est à
peu près impraticable. D'abord la grève n'est guère facile
à des fonctionnaires aussi dispersés. Chacun des instituteurs des trente-six mille communes aurait à prendre, dans
une sorte de solitude, une responsabilité redoutable que les
hommes n'assument volontiers que quand ils sont soutenus
par l'élan d'une action collective, par la force sensible et
visible de l'union.

D'ailleurs, les instituteurs n'aboutiraient probablement par
la grève qu'à irriter un grand nombre de familles, surtout
ces familles pauvres qui ne peuvent pas garder aisément
l'enfant. Certes, les ouvriers de l'industrie, habitués aux
sacrifices de tout ordre qu'impose la lutte pour la commune
émancipation, consentiraient à cet ennui pour aider les instituteurs syndiqués dans leur effort. Mais dans les milliers
de communes rurales, les familles paysannes accepteraient
sans doute malaisément que l'école fût fermée à l'enfant
par la seule volonté de l'instituteur.

Enfin, la réaction n'est pas si passionnée pour l'instruction du peuple qu'elle s'effrayât d'une longue interruption
des études. Ainsi, la grève des instituteurs est à peu près
impossible, et ceux d'entre eux qui craindraient d'y être
entraînés par l'organisation syndicale peuvent se rassurer.

Mais l'action même de leur syndicat n'en sera pas moins
très puissante. Quand ils formeront un Syndicat général,
quand les diverses sections de ce Syndicat général, tiendront
leurs réunions et leurs congrès dans les Bourses du Travail,
quand la revendication des instituteurs du peuple fera suite
aux revendications du peuple lui-même, quand par là la
solidarité des prolétaires de l'enseignement et des prolétaires
de l'industrie apparaîtra à tous les yeux, c'est avec une
grande force morale et sociale que l'État aura à compter.
Et la bourgeoisie sera avertie par des signes multiples que
l'heure est venue pour elle, si elle ne veut pas s'épuiser en
une résistance insensée et stérile, de consentir aux grandes
transformations.

Ce qui donnera une grande autorité morale aux instituteurs syndiqués, c'est qu'ils ne revendiqueront pas seulement pour eux-mêmes. C'est qu'il leur sera impossible de réclamer pour l'école des garanties nouvelles de développement sans se préoccuper de la condition même du peuple, et sans poser tout le problème social. Pourquoi, malgré les efforts faits depuis vingt ans, les écoles sont-elles si mal aménagées encore ? Pourquoi les enfants sont-ils entassés dans des locaux trop étroits, avec un nombre de maîtres insuffisant ? Parce que les dépenses improductives d'une société monstrueuse gênent les œuvres de vie : parce que la France et l'Europe fléchissent sous les charges militaires effroyables imposées au monde par la domination des castes et par le désordre économique ; parce que le grand livre de la dette publique a été enflé, de génération en génération, par des dépenses de parasitisme ou de violence.

Pourquoi les enfants ne fréquentent-ils pas l'école avec une assiduité suffisante ? Pourquoi n'y restent-ils pas un peu plus longtemps, jusqu'à l'âge où les semences reçues par leur esprit peuvent vraiment fructifier pour toute la vie ? Parce qu'ils sont détournés de l'école ou par l'insouciance des familles que l'excès de misère abêtit, ou par la nécessité cruelle d'ajouter trop tôt un misérable supplément de gain au salaire insuffisant du père et de la mère. Pourquoi enfin l'impulsion donnée par l'instituteur à l'intelligence de l'enfant, se perd-elle parfois si vite ? Parce que dans le milieu de misère où ils rentrent, il n'y a plus ni temps ni place pour les nobles curiosités de l'esprit. Seule une vaste réforme sociale permettra le plein développement intellectuel de la classe ouvrière. Comment dès lors les instituteurs n'associeraient-ils point leur action à celle du prolétariat organisé ? Ils défendront, par leur syndicat, leurs intérêts corporatifs, mais, au-delà de ces intérêts, le droit de la classe ouvrière à la vie de la pensée, à la joie de l'esprit. Ils représenteront un aspect, noble entre tous, de la revendication prolétarienne.

Non pas qu'ils aient la prétention de transformer les ouvriers en pédants et en mandarins. C'est la vie qui est la grande institutrice. La pratique de la lutte sociale, la pratique même du métier façonnent l'intelligence mieux que quelques exercices scolaires. Mais précisément quand les instituteurs vivront plus étroitement avec le peuple, ils lui apprendront mieux à réfléchir sur lui-même et à comprendre sa propre vie. Or c'est cette intelligence profonde de soi-même qui est, pour toute classe d'hommes, la source de toute émotion et de toute beauté. Le livre n'a de sens que si sur ses pages se joue un reflet de la vie. L'effort conscient des prolétaires vers le bonheur, vers la justice peut éclairer pour eux, de proche en proche, toute civilisation, toute poésie, toute philosophie. Et le contact immédiat avec la lutte ouvrière peut être pour les instituteurs un grand principe de renouvellement intérieur. Ainsi le Syndicat ne sera pas pour eux une forme vide et artificielle. Il créera entre eux et le prolétariat une profonde communication de conscience et de vie parfaite.

Syndicats de fonctionnaires
REPPS, 1er avril 1906

Depuis les débuts de la IIIe République, les effectifs de fonctionnaires ont fortement augmenté (l'évaluation de Jaurès – « près d'un million » – est très approchante). Or, depuis le début du XXe siècle, on constate une dégradation certaine de leurs conditions de travail, à laquelle s'ajoutent une faible progression salariale et des mesures arbitraires... Il en résulte le développement d'un mécontentement chez les fonctionnaires et un essor de leurs organisations professionnelles (voir l'article précédent). Mais, malgré l'ouverture d'un débat parlementaire sur l'opportunité d'un statut des fonctionnaires, la Chambre laisse la question du droit syndical de ces derniers en suspens (il n'est pas reconnu, il n'est pas non plus interdit...). D'où, selon Jaurès, l'importance des prochaines élections législatives de mai 1906. Au demeurant, le ton de l'article est révélateur des tensions de plus en plus vives qui existent entre socialistes et radicaux au sein du bloc des gauches...

Il y a des questions factices, créées par le caprice de l'opinion et qui s'évanouissent à l'épreuve des faits ou devant la résistance du pouvoir. Il y a au contraire des questions sérieuses, profondes, que nul ne peut éluder ou éliminer : la question du syndicat des fonctionnaires est de ce nombre. Je ne crois pas me tromper en disant qu'elle est appelée à jouer dans la vie politique et sociale de notre pays un rôle décisif. Et s'il ne se forme pas aux élections prochaines une majorité avisée et hardie, capable de résoudre nettement le problème dans le sens de la liberté, je suis sûr que des crises gouvernementales multiples se produiront.

Dans un pays comme la France, pays de démocratie et de centralité (selon le mot de Gambetta), où les attributions administratives et industrielles de l'État grandissent sans cesse, il est impossible que les fonctionnaires ne réclament point des garanties. Ils sont près d'un million : ils constituent une force sociale considérable et qui est représentée dans les milieux les plus divers. Il est naturel, il est inévitable qu'ils s'organisent pour la défense de leurs intérêts, pour la sauvegarde de leur dignité, pour la protection de leurs droits contre le favoritisme ou la violence, contre l'arbitraire administratif ou politicien. C'est le contrepoids nécessaire à la centralisation croissante : c'est la précaution bienfaisante contre un régime de pure bureaucratie qui abâtardirait peu à peu les consciences et les volontés.

Il ne s'agit pas de constituer une sorte de souveraineté corporative, démembrement de la souveraineté nationale. « L'Université aux universitaires », ou « la poste aux postiers » ne sont pas des formules socialistes, pas plus que « la mine aux mineurs ». Ce n'est pas la propriété syndicale que nous voulons instituer : c'est la propriété sociale. Mais de même que cette propriété sociale sera administrée par des groupements professionnels, de même que le fonctionnement de la propriété nationale ne supprimera point, mais excitera au contraire les énergies et les initiatives des groupes et des individus, de même la puissance administrative de l'État doit s'exercer, non pas par des fonctionnaires serfs, pliés à tous les caprices et incapables de toute action autonome, mais par des groupes, par des syndicats de fonctionnaires capables d'assurer l'application de règles de justice et de concourir par leur bonne volonté éveillée, active et efficace, à la marche des services publics.

À mesure que l'État républicain, entrant en lutte contre les oligarchies capitalistes, les résorbera, à mesure qu'il transformera les chemins de fer, les mines, les raffineries, les assurances en services publics, il sera tous les jours plus utile de donner aux fonctionnaires des garanties et de créer à l'intérieur de l'énorme puissance de l'État, des mœurs de liberté.

C'est tout le destin, c'est tout l'avenir de la société nouvelle qui se joue dans cette question. Et le prolétariat a un intérêt immense à ce que les fonctionnaires conquièrent ainsi une part d'influence sociale et d'autonomie : car il échappera par là au péril de voir la bureaucratie mettre sur l'ordre collectiviste de demain, une empreinte de routine et de servitude. Et de plus, il ne sera point diminué et comme amputé des forces entrées au service de l'État. Il serait vraiment trop commode de paralyser la classe ouvrière, et de lui retirer de vives énergies en créant des services industriels mécaniquement réglés et où un fonctionnarisme somnolent ou servile remplacerait la vigoureuse action des prolétaires. Ainsi la question du syndicat des fonctionnaires a une portée sociale immense. Aucune habileté gouvernementale, aucune formule d'équivoque ou d'ajournement, ne parviendra à l'écarter.

C'est aux fonctionnaires, unis aux prolétaires, à se saisir vigoureusement de la question par le suffrage universel. Il faut que partout, aux élections de mai prochain, ils posent très nettement à tous les candidats leurs conditions.

Facteurs, cantonniers, employés des postes, instituteurs, employés des administrations financières, tous doivent réclamer pour eux le bénéfice de l'action syndicale et collective, le droit d'intervenir auprès des administrations pour étudier et contrôler les règles d'avancement, pour écarter toute influence abusive et perturbatrice, pour combattre la réaction, pour défendre la liberté politique et la dignité professionnelle de tous les serviteurs de l'État.

La devise de la République sociale sera : Ni oligarchie, ni bureaucratie, mais une vaste coopération sociale où les règles d'action seront déterminées par tous, et où l'autonomie des individus et des groupes se conciliera le plus largement possible avec l'unité de l'effort et la coordination des énergies.

La question sera-t-elle portée à la tribune du Parlement avant les élections ? Cela dépend du ministère. Les employés de l'État n'ont pas intérêt à brusquer la discussion de la loi. Car peu à peu leur idée progresse dans l'opinion et ils pourront sans doute la faire agréer de la majorité prochaine par une active propagande électorale. Encore faut-il que la tolérance de fait leur soit assurée.

La Chambre a décidé de laisser la question en suspens et d'ajourner toute action disciplinaire ou administrative contre les syndicats de fonctionnaires, jusqu'à ce qu'elle ait pu discuter la question d'ensemble. Mais si, dans cet intervalle, l'action du gouvernement s'exerçait publiquement ou sournoisement contre les syndicats de fonctionnaires, nous serions obligés d'élever en leur nom une protestation immédiate. Quelle folie ce serait pour le ministère d'affaiblir la démocratie à l'heure même où elle va soutenir l'assaut de toutes les forces de réaction coalisées et exaspérées !

Le repos hebdomadaire et l'éducation
REPPS, 16 décembre 1906

Cet article se situe dans le contexte du vote de la loi du 13 juillet 1906 sur le repos hebdomadaire obligatoire de vingt-quatre heures, qui concerne aussi les employés, catégorie sociale en plein essor au début du XXe siècle. On y trouve des arguments d'une surprenante actualité, qui rappellent ceux qui furent échangés lors du vote de la loi sur les 35 heures en 2000... Tout aussi actuel, le souci qu'a Jaurès d'occuper positivement le temps de loisir. Quant à l'allusion aux « sports fortifiants et sains », aux « allègres promenades ou à la culture de l'esprit », n'y trouve-t-on pas les accents avant-coureurs du Front populaire et d'un Léo Lagrange ? Jaurès évoque aussi le vote d'une autre loi sociale, la loi Millerand sur la journée de travail de dix heures (30 mars 1900) et rappelle surtout la fameuse revendication du mouvement ouvrier concernant la journée de travail de huit heures, exprimée dès le début des années 1890 (le 1er mai 1906, en particulier, a été marqué par une grève générale à l'appel de la CGT). Cette revendication ne fut satisfaite qu'en 1919.

Bien peu de lois ont provoqué une aussi vive émotion que la loi sur le repos hebdomadaire. On en discute dans les boutiques, dans les magasins, dans les restaurants, dans les cafés. Le jour où a commencé sa mise en vigueur, les camelots qui vendaient sur le boulevard le texte de la loi étaient assaillis d'acheteurs ; et on ne pouvait entrer dans un restaurant ou simplement aller prendre un bock dans un café ou une brasserie sans que le patron vînt démontrer que la loi était inapplicable et énumérer les difficultés de détail, qui selon lui, se résumaient en une impossibilité. Toute cette agitation est vaine et tous les prétextes allégués sont futiles. En fait, il n'y a pas une seule difficulté opposée par le patronat qui ne puisse se résoudre avec un peu de bon vouloir.

Là où le repos collectif pourrait avoir des effets fâcheux il sera procédé par roulement. Et ce roulement peut être organisé partout. Les remplaçants, les « extras », c'est-à-dire les ouvriers appelés à suppléer, le jour du repos, les ouvriers permanents, apprendront vite le mécanisme du travail dans les cinq ou six maisons diverses où ils seront appelés. Un grand patron de restaurant et de café nous disait, à quelques-uns de nos amis socialistes et à moi : « Comment donc pourrai-je faire ? Les garçons peuvent frauder. Seule la caissière, qui est habituée au service et qui évalue d'un regard rapide la valeur des consommations représentée par les soucoupes, nous donne une garantie. Le jour où la caissière habituelle sera remplacée par une autre, celle-ci sera aisément trompée. Ce sont des filets de couleurs différentes, rouges, jaunes, verts, bleus, qui marquent les différents prix. Or, ces filets ne sont pas les mêmes dans les différentes maisons. Une caissière qui servira dans cinq ou six maisons n'arrivera pas à se débrouiller. » Et voilà sur quels obstacles la grande réforme qui assure à tous les travailleurs un peu de relâche, un minimum de repos régulier, condition de santé et de dignité, allait se briser ! Un de nous suggéra à cet homme embarrassé qu'à la rigueur les cafés et restaurants pourraient s'entendre pour adopter les mêmes couleurs, comme marque des mêmes prix. C'est ainsi que les compagnies de chemins de fer, quand leurs points de communication se multiplient, sont amenées à uniformiser leurs signaux. Si je cite ces détails, c'est pour montrer à quelles objections enfantines s'obstine le patronat quand il veut faire échec à une loi de progrès social. Ni les ouvriers ni les législateurs ne seront dupes de ces manœuvres.

Ce qui fait l'importance de cette loi, c'est d'abord qu'elle s'adresse à des catégories de travailleurs restés jusqu'ici en dehors du mouvement social. La plupart des ouvriers industriels jouissaient dès longtemps du repos hebdomadaire. Seuls ou presque seuls les employés du commerce et de l'alimentation en étaient privés. Maintenant cette portion du prolétariat est entrée en mouvement. Elle réclame elle aussi des garanties, des conditions d'existence plus humaines, et c'est par l'organisation, c'est par la force du groupement syndical, qu'elle les fait valoir. Ainsi des bataillons nouveaux viennent grossir les effectifs combattants de la classe ouvrière.

Et puis, par une conséquence inévitable, à mesure que toutes les catégories de travailleurs conquièrent des droits nouveaux, un type de vie plus élevé, le monde du travail prend confiance en lui-même. Le niveau, d'abord infime, de son existence sociale se relève et la fierté s'élève d'un même mouvement. La vieille conception aristocratique, qui réservait à une classe privilégiée toute la joie et toute la noblesse de la vie, est ébranlée, et, une conception nouvelle, vraiment démocratique, s'élabore. Or, lorsque l'esprit de démocratie aura pénétré toutes les couches du travail, l'organisation oligarchique de la propriété sera minée dans sa base. C'est là ce qui multiplie la valeur des réformes partielles, comme celle du repos hebdomadaire.

Mais à mesure que l'effet de la législation sociale, repos hebdomadaire, loi de dix heures même pour les adultes, plus tard loi de huit heures, créera aux travailleurs quelques loisirs, il sera tous les jours plus important de donner à ces loisirs un utile et noble emploi.

Les journées perdues à l'insipide manille ou près du comptoir du marchand de vin et d'alcool ne hâtent pas l'émancipation des travailleurs. Il faut qu'ils apprennent à donner les heures de liberté à des sports fortifiants et sains,

à d'allègres promenades ou à la culture de l'esprit. Les instituteurs devront préparer les enfants dès l'école et par les
œuvres post-scolaires à comprendre combien il est criminel
de gaspiller à des distractions malsaines ou abêtissantes les
heures de liberté qui peuvent grandir l'homme.

Toutes les lois de progrès social doivent être des moyens
d'éducation, et elles n'ont toute leur valeur que par un effort
d'éducation. Ainsi la tâche des instituteurs, déjà si belle,
grandit encore de tout ce qui élève la classe ouvrière.

Les éducateurs du prolétariat voient leur fonction se hausser à mesure que le prolétariat se hausse. Ils doivent mettre
l'esprit et la conscience du peuple à la hauteur des destins
nouveaux. Et la République doit leur assurer à eux-mêmes
assez de bien-être, de sécurité et de liberté pour qu'ils puissent
seconder l'éducation sociale et la croissance morale de la
classe des travailleurs.

Éducation post-scolaire
REPPS, 30 septembre 1906

*Jaurès reprend un thème déjà abordé dans l'article pré-
cédent : la valorisation du temps de loisirs. Il développe
ici le rôle central que doivent jouer les instituteurs dans
« l'éducation post-scolaire », qui doit permettre le développement du corps (avec une allusion à « ces sports que
pratiquent les races anglo-saxonnes » à savoir le football et
le rugby !), de la lecture... et de l'esprit critique.*

*Cela suppose une volonté accrue en matière d'efforts
budgétaires pour l'éducation et Jaurès pose à nouveau la
question du gouffre financier des dépenses militaires. S'il
ne nie pas la « grande œuvre » faite depuis le vote des lois
Ferry (1881-1882), il faut, selon Jaurès, aller plus loin. À
commencer par la nécessité de prolonger la scolarité obligatoire (qui s'arrête alors à l'âge de 13 ans). L'éducation
tout au long de la vie participe à ce grand projet jaurésien,
autrement plus ambitieux que l'idée actuelle d'une « formation tout au long de la vie », qui s'arrête à l'objectif de
favoriser « l'employabilité » du salarié...*

C'est un grand et difficile problème qui est posé depuis
longtemps, qui a été partiellement résolu par l'effort
d'hommes de bonne volonté, mais qui reste à résoudre
dans son ensemble et sur lequel de récents congrès et les

déclarations mêmes du ministre de l'Instruction publique[1] ont appelé avec éclat l'attention du pays. À vrai dire, j'hésite à l'aborder pour ma part : car il est impossible même d'en préparer la solution sans demander aux instituteurs et aux institutrices un surcroît de travail et de souci. Or, les maîtres de nos écoles primaires sont déjà surchargés. Ils ont souvent un bien plus grand nombre d'écoliers qu'il n'est raisonnable, et ils ne peuvent suffire pleinement à leur tâche. Que sera-ce si on les prie encore de suivre les écoliers au sortir de l'école, de continuer pour les enfants devenus adolescents, pour les adolescents devenus hommes, cette œuvre d'éducation qui, pour les citoyens d'une République, pour les coopérateurs futurs d'une démocratie sociale, ne doit prendre fin qu'avec la vie ?

À accabler les instituteurs et les institutrices d'un excès de labeur on irait contre le but même qu'on se propose. Car l'éducateur, pour remplir sa fonction élargie, pour aider les écoliers d'hier entrés à leur tour dans la vie à exercer leur raison, à développer leurs connaissances, à fortifier leur volonté, doit pouvoir se renouveler lui-même, puiser sans cesse dans la lecture, la méditation, la libre observation aux sources vivantes et jaillissantes. S'il est pris tout entier par la besogne, s'il ne peut respirer, hausser son esprit, comment pourra-t-il montrer au peuple ouvrier et paysan les grands horizons ? Ils se seront refermés pour l'éducateur lui-même. Aussi l'éducation post-scolaire, quel que soit le zèle, quel que soit le dévouement des maîtres, suppose l'élargissement du budget de l'Instruction publique ou, pour mieux dire, de l'éducation nationale. Il faudra que le nombre des instituteurs et institutrices soit assez grand pour qu'ils puissent ajouter à l'éducation par l'école l'éducation après l'école, et assumer sans fléchir un double fardeau. Il faudra aussi que leur condition matérielle améliorée les mette à l'abri de ces

---

1. Aristide Briand, qui a quitté la SFIO au printemps pour prendre ce portefeuille.

soucis quotidiens qui, quand la famille s'accroît, deviennent dévorants et suppriment la libre et joyeuse activité sans laquelle l'éducation est chose morte. Or le budget de l'éducation nationale ne pourra avoir sa plénitude et répondre à son grand objet que lorsque la société sera renouvelée dans son fond, quand tout le parasitisme social aura été éliminé, quand le travail seul sera rémunéré, quand la paresse et le gaspillage auront pris fin, quand l'accord des peuples libres et sages aura mis un terme aux effroyables dépenses de guerre ou de paix armée qui oppriment l'Europe.

Quiconque ne rattache pas le problème scolaire ou plutôt le problème de l'éducation à l'ensemble du problème social, se condamne à des efforts ou à des rêves stériles. Je sais bien que depuis trente ans une grande œuvre a été faite, et que le budget de l'Instruction publique a été largement accru. Mais quelle disproportion entre ce qui est et ce qui doit être ! Et comme ces générations d'enfants, qui à treize ans quittent l'école et sont prises dans le terrible engrenage social, sont loin encore d'avoir ce libre jeu, cette pleine disposition des facultés intellectuelles, cette habitude de la raison qui peut seule assurer la souveraineté politique de la démocratie et préparer sa souveraineté sociale ! Donner à chacun le moyen de développer toute la puissance de son esprit, d'exercer un contrôle efficace sur sa propre vie et sur les affaires publiques, c'est une tâche immense. Et parler d'éducation post-scolaire sans avoir reconnu l'immensité du problème serait une grande légèreté.

Pourtant, on peut chercher dès maintenant, en quel sens il convient de diriger l'effort. On peut se demander comment, par quelles institutions, par quel mécanisme les instituteurs pourront le mieux contribuer à cette œuvre, à mesure que l'évolution politique et sociale leur permettra de former pour le peuple de plus vastes ambitions.

Il me semble que, pratiquement, les instituteurs et institutrices pourraient tenter de former en chaque commune des Cercles d'études, des Sociétés d'éducation populaire.

Ces cercles ne seraient point des cercles politiques au sens
étroit et superficiel du mot. Ils devraient même se garder
avec soin de toute intervention, de toute ingérence dans les
luttes électorales, dans les compétitions locales. En fait, ils
seraient toujours républicains, car il n'y a que les républicains sincères qui désirent passionnément la croissance
intellectuelle du peuple. J'ajoute, pour dire toute ma pensée,
qu'ils seraient de tendance et d'esprit socialistes. Car il est
impossible de préparer la pleine émancipation et le plein
développement de l'intelligence du peuple, sans préparer
aussi un milieu social où le peuple pourra exercer réellement
son intelligence libérée et accrue.

Il n'y aurait ni formule ni catéchisme politique et social :
rien qui inféode ce cercle d'éducation ou à une secte ou
même à un parti. Tous les démocrates de bonne foi, tous les
esprits libres, tous ceux qui veulent vraiment l'avènement
d'une humanité nouvelle où toutes les énergies se déploieront
sans contrainte, où toutes les activités laborieuses s'orga-
niseront sans payer une dîme à l'oisiveté et au privilège,
tous ceux-là entreront dans ces sociétés communales ou
cantonales d'éducation.

Il n'est pas nécessaire que tous les associés soient eux-
mêmes des hommes instruits. La vraie culture aujourd'hui,
pour les ouvriers et les paysans, la seule à laquelle beaucoup
d'entre eux aient pu atteindre, c'est de comprendre précisément la beauté et la nécessité de la culture. Que des ouvriers et
des paysans même ignorants, ou à peine dégrossis, se groupent
autour de l'instituteur de la République pour l'aider à rester
en communication avec les générations nouvelles après le
sortir de l'école, ce serait un grand spectacle et une grande
leçon. Ce petit groupe d'hommes enthousiastes inviterait
les familles à se préoccuper de l'éducation de la jeunesse
et les jeunes gens eux-mêmes à tendre sans cesse vers plus
de lumière, vers plus de force morale. Ces sociétés d'éducation auraient un triple objet : perfectionnement physique,
intellectuel et moral de la nation. Elles développeraient, elles

susciteraient ces exercices physiques, ces jeux que connut l'ancienne France, ces sports que pratiquent les races anglo-saxonnes. De commune à commune, entre enfants ou jeunes gens, s'institueraient des concours de gymnastique, d'adresse, de vitesse, des courses, des jeux de balle ; bientôt, dans des conditions déterminées et sous le contrôle de la nation elle-même, des concours de tir. Tout ce qui peut accroître la force, l'agilité, la résistance, l'habileté, et consolider cet ensemble de qualités musculaires et nerveuses qui est la base physiologique du courage et de la joie serait au programme de ces sociétés d'éducation.

Elles se proposeraient aussi de tenir les esprits en haleine, de développer le goût de la lecture réfléchie et intelligente. Le maître expliquerait aux jeunes gens et aux hommes mêmes, en de familières réunions, quelques-unes des œuvres les plus belles de notre France admirable. Il ferait honte à ceux qui se croient français et négligent de connaître au moins par quelques rayons ce que le génie de notre nation a produit de plus lumineux et de plus grand. Cicéron, vieillissant et réfugié dans l'étude des lettres, s'écriait : « Celui-là n'est pas vraiment un citoyen romain, qui ne comprend pas les beautés de la langue romaine. » Il faut redire pour notre démocratie ce mot hardi et pieux. Il faut que les enfants, après avoir quitté l'école, soient convoqués parfois par le maître, pour que l'étincelle qui a été allumée en eux dans les premiers ans ne s'éteigne pas, mais devienne au contraire, par la continuité d'un noble aliment une vive flamme.

C'est aussi, c'est surtout l'esprit critique, l'habitude de la réflexion que la Société d'éducation propagera.

L'instituteur, assisté de libres collaborateurs, proposera aux jeunes gens, aux adultes, des sujets de causerie, de controverse, de méditation : il habituera à comprendre la pensée des contradicteurs, à recueillir sur les divers problèmes posés par le mouvement de la vie publique les renseignements de fait, les informations exactes qui permettent de porter un jugement. J'ai pu constater par exemple, assez récemment, que le texte et les dispositions principales de la loi d'assistance des vieillards étaient complètement ignorés de ceux mêmes qui y étaient le plus intéressés. À quel monde d'idées toucherait l'instituteur si, dans le commentaire de ces lois, il donnait quelques notions précises aux ouvriers et aux paysans sur la marche des idées d'assistance, sur le passage de la charité confessionnelle à l'assistance humaine, de celle-ci à l'assurance sociale !

De cette question comme centre, le maître pourrait faire rayonner en tous sens les recherches et les perspectives : quelle habitude de précision et aussi de généralisation donnée aux esprits ! Je donne cet exemple en passant, pour bien marquer ce que je veux dire : les questions seraient prises au courant de la vie, mais soustraites à la vulgarité des polémiques ignorantes, et elles deviendraient pour les intelligences populaires l'occasion d'un travail fécond, d'un apprentissage de la méthode et de la pensée. Après les controverses récentes sur l'idée de patrie, sur les conflits possibles du devoir national et de la solidarité internationale des prolétaires, comme l'étude des *Horaces* de Corneille, des sentiments divers et des idées diverses qu'éveille dans les divers personnages le conflit de la patrie et des affections naturelles, pourrait être prenante et poignante ! En une heure ou deux de lecture et de commentaire, le maître pourrait agiter dans les esprits et dans les âmes tout un monde de pensées, sans y rien laisser ni d'étroit ni de lâche. Les portes de l'avenir s'ouvrent devant les peuples, et il faudra bien qu'ils y passent, mais la tête haute.

Enfin, dans cette œuvre, quotidienne continue et grandissante, d'éducation nationale où le maître fournira quelques liens d'idées, mais où les travailleurs apporteront eux-mêmes leur expérience de la vie, la conception morale de l'humanité nouvelle se précisera peu à peu. Elle reposera sur un double sentiment très énergique d'individualité et de solidarité. Se perfectionner sans cesse soi-même, accroître sa valeur technique et humaine, cultiver sa puissance de travail, sa puissance de pensée, sa puissance d'affection, prétendre vigoureusement au bonheur, et chercher en même temps un ordre où toutes les activités puissent se développer comme les siennes, ce sera l'idéal de l'homme nouveau. Ni abandon de soi, ni empiètement sur les autres, ni servitude, ni tyrannie : générosité, mais jouissance d'une existence assurée et pleine qui a su ménager un trésor de joies saines et fortes. Le peuple qui aura su se donner cette règle de vie et créer un ordre social qui y soit conforme sera vraiment, pour reprendre un mot prématuré de Gambetta, « l'épanouissement de l'élite de l'humanité ». Les instituteurs pourront beaucoup pour cette œuvre quand la République en aura compris la nécessité.

La séparation

REPPS, 18 novembre 1906

*Jaurès évoque ici une question d'une actualité alors brû-
lante : l'application de la loi de séparation des Églises et de
l'État, votée le 3 juillet 1905 par les députés, le 6 décembre
1905 par les sénateurs et dont le rapporteur est Aristide Briand.*

*La pierre angulaire de cette loi est l'article 4 sur les
associations cultuelles. Depuis la Révolution, les églises et
autres bâtiments de l'Église étaient propriété de l'État, des
départements ou des communes. Depuis le Concordat de 1801,
ils étaient mis à disposition du culte. À qui reviendraient-ils
à la suite du vote de la loi de séparation ? Celle-ci prévoit
la constitution d'associations cultuelles auxquelles devraient
être dévolus les biens des établissements du culte et la
jouissance des bâtiments.*

*Pendant de longs mois, Pie X se tait. Mais le 11 février
1906, ce pape traditionaliste publie une encyclique* Vehementer nos *qui condamne le principe de la séparation et
l'attribution de l'administration du culte à des associations
de laïcs et non à la hiérarchie ecclésiastique. Le 10 août
1906, une nouvelle encyclique* Gravissimo officii *condamne
les associations cultuelles et appelle les catholiques à la
résistance contre ce qui est qualifié de « loi d'oppression »
(Jaurès y fait allusion). Le gouvernement français refuse
d'ouvrir des négociations avec Rome mais se trouve dans
une situation délicate.*

*Le 28 octobre 1906, Briand, ministre de l'Instruction
publique et des Cultes, propose au Conseil des ministres*

que le culte puisse être exercé légalement même sans asso-
ciations cultuelles : les catholiques se trouvant soumis à la
loi de 1881 sur les réunions publiques. Le 1ᵉʳ décembre, la
déclaration préalable fut réduite à une formalité annuelle.
Mais, le pape s'opposant à cette déclaration (7 décembre),
le gouvernement supprima la déclaration préalable par souci
d'éviter des incidents.

Notons enfin que Jaurès évoque un point particulier de la
loi de séparation : elle prévoit que les biens d'Église sont
placés sous séquestre pour être transférés à des établisse-
ments de bienfaisance à défaut d'associations cultuelles.

Que les lecteurs de la *Revue* me pardonnent si je les entretiens aujourd'hui d'un débat qui est encore en cours au moment où j'écris ces lignes, mais qui aura été certainement tranché par un vote au moment où ils les auront sous les yeux. Mais la question de l'application de la loi sur la Séparation est si grave, elle peut avoir, si elle est mal résolue, des conséquences si dangereuses, que je ne puis en ce moment en détourner mon esprit. D'ailleurs, les difficultés qu'elle recèle ne seront pas réglées en un jour, et il faut qu'elles soient bien comprises de tous.

Il y a d'abord une difficulté politique et d'ordre personnel. C'est que Briand, ayant acquis une autorité immense et légitime dans la Chambre et dans le pays, en arrive peu à peu à ne plus souffrir d'autre interprétation d'une loi très complexe que celle qu'il a formulée lui-même un peu hâtivement. Il se bute et il construit un système intangible là où il n'y a, en réalité, qu'un expédient nécessaire peut-être, mais provisoire.

À quoi tient, en effet, la difficulté de fond ? À ceci : la loi a été organisée avec les associations cultuelles. C'est le fonctionnement de ces associations cultuelles qui devait assurer le fonctionnement normal et aisé de la loi. Or le pape, en interdisant aux catholiques de former ces associations cultuelles, a déconcerté le mécanisme de la loi, privée d'un de ses ressorts essentiels. On peut le dire sans embarras, car si la papauté a créé ainsi aux républicains des embarras sérieux mais passagers et dont ils auront raison par leur union, elle s'est créée à elle-même et au catholicisme français des difficultés profondes et sans doute irrémédiables. Donc la loi est privée d'un de ses organes essentiels, frappé de paralysie.

Et d'autre part, il y a unanimité des républicains, modérés ou radicaux socialistes, pour déclarer que la loi même, ainsi lésée en un point vital, ne doit pas être modifiée sous le coup et sous la sommation de l'Encyclique. Les uns, les modérés, craignent que si la loi est changée, elle le soit dans un esprit de représailles contre la papauté et contre l'Église, et ils souhaitent le *statu quo* légal par peur d'une aggravation. Les autres, les radicaux, redoutent qu'à remettre la loi en question, même pour la fortifier ou l'aggraver, on ne paraisse céder à l'injonction papale ; et la loi leur devient intangible parce que le pape l'a dénoncée.

Ainsi le gouvernement est obligé d'appliquer la loi dans des conditions toutes nouvelles que la loi n'avait point prévues. Il est donc obligé, ne pouvant plus faire jouer un ressort essentiel qui est maintenant inerte, de mettre en jeu des ressorts secondaires et de leur demander, au risque de les forcer un peu, ce pour quoi tout d'abord ils n'étaient point faits.

C'est ainsi que la loi a prévu, pour l'attribution des biens qui doivent revenir aux communes et aux établissements de bienfaisance, des procédures et un délai de deux ans dans le cas où plusieurs associations cultuelles rivales revendiqueraient ces biens. Elle semble avoir permis cette revendication même aux associations cultuelles qui se formeraient dans l'année qui suit le 12 décembre 1906. C'est du moins l'interprétation du Conseil d'État et celle du ministre, et elle ne me paraît ni tout à fait vaine ni pleinement justifiée, précisément parce que le législateur ne s'est pas préoccupé de mettre une précision et une rigueur souveraine dans une question qui ne devait se produire que de façon tout à fait exceptionnelle.

Mais voici que le gouvernement est amené, par le refus universel de former des cultuelles, à appliquer partout, pour tout le fonctionnement de la loi, ce délai, cette réserve suspensive d'un an encore que la loi n'avait prévue que pour des cas exceptionnels. De là évidemment des difficultés qui ne doivent être ni envenimées ni dissimulées. Or, d'une part certains adversaires de gauche, de la politique ministérielle, les enveniment ; et d'autre part le ministre, par une sorte de bravade, a l'air de se réjouir comme d'un triomphe de la nécessité qu'il subit.

Ainsi, M. Puech[1], dans un discours d'ailleurs intéressant et fort, a exploité assez âprement contre la thèse du ministre une difficulté sérieuse, marquée, qui ne tient pas à cette thèse et que d'ailleurs il exagère. Il y a environ deux mille églises qui n'appartiennent ni à l'État, ni aux départements, ni aux communes : ces églises (parmi lesquelles le Sacré-Cœur et peut-être aussi Lourdes, mais pour Lourdes les conditions d'existence semblent ne rentrer dans aucun cadre légal) appartiennent aux fabriques ou aux menses épiscopales. Elles doivent donc faire retour aux établissements communaux de bienfaisance de leur circonscription ecclésiastique. En attendant, elles seront mises sous séquestre. Ce qui n'implique d'ailleurs en rien une intervention matérielle de la force publique. Et M. Puech triomphant dit au ministre : Ou le séquestre institué par l'État fermera les deux mille églises, et ce sera un trouble grave, ou il laissera se continuer le culte, et voilà, en régime de séparation, que l'État devient caution des miracles de Lourdes.

Mais pas le moins du monde. Le séquestre représentera non l'État, mais les ayants droit, c'est-à-dire, dans l'espèce, les établissements de bienfaisance. Et, en vérité, s'il plaît

1. Louis Puech (1852-1947), député radical modéré de Paris (IIIe arrondissement).

aux établissements de bienfaisance de laisser se continuer le culte à Lourdes ou au Sacré-Cœur, sous la condition que les pauvres qu'il assiste bénéficient d'une bonne part des revenus de tout ordre qui affluent aux deux basiliques, ce sera une solution peut-être provisoire, mais qui ne sera dépourvue ni d'habileté ni d'élégance. Et puis, même si l'on admettait le système opposé par M. Puech à celui du ministre et si l'on faisait, dès le 12 décembre 1906, l'attribution des biens, encore faudrait-il, selon la loi et par la force des choses, qu'un séquestre opérât cette transmission. Il y aurait donc toujours, en fait, une période plus ou moins longue durant laquelle M. Puech pourrait dénoncer l'État comme l'organisateur et le répondant des miracles de la grotte.

Voilà à quelles injustices mène l'esprit de polémique en une question où nous avons tous besoin de mesure et de sang-froid. De son côté, le ministre va à l'excès opposé. Et pour justifier le délai d'un an, encore appliqué à l'attribution des biens, il dit que sans ce délai les deux mille églises seraient fermées tout de suite ; que leur affectation au culte cesse nécessairement de plein droit, dès que ces biens sont attribués aux établissements de bienfaisance, et il fait peur à la Chambre, si elle ne se range pas à son système, de cette fermeture brutale et soudaine de deux mille églises, qui serait grave en effet. Mais pas le moins du monde. Car pourquoi le séquestre, réservant tous les droits de ceux qui doivent recueillir ces biens, ne maintiendrait-il pas provisoirement l'exercice du culte, que les établissements de bienfaisance pourraient ensuite permettre sous des conditions de redevance fixées par eux ?

J'ai cité cet exemple pour montrer à quelles extrémités dangereuses des esprits qui devraient être plus sobres se laissent emporter par le conflit des opinions. Or, c'est là qu'est le danger : car nous ne décourageons à jamais les adversaires de la loi de séparation que par l'union de tous ceux qui l'ont votée ; et cette union n'est possible que par le calme et la largeur de la pensée.

Solution nécessaire
REPPS, 25 novembre 1906

Dans cet article, Jaurès revient sur la loi de séparation des Églises et de l'État et rappelle – utilement – qu'elle est une « œuvre de liberté » respectant « le droit de toutes les consciences et de toutes les croyances ». À cette loi s'opposait le contre-projet de Maurice Allard, député socialiste du Var, blanquiste d'origine, et qui avait le soutien de la libre pensée.

Jaurès revient également sur les difficultés de l'application de la loi de séparation en raison de l'opposition et de la condamnation du pape Pie X (voir article précédent).

Face à l'intransigeance de la papauté et au refus du gouvernement d'ouvrir des négociations, certains prélats français cherchent des issues, à l'instar du cardinal Lecot qui crée une diocésaine à Bordeaux, conforme à la loi de 1901 sur les associations. Il compte parmi les modérés, les « transigeants », favorables à l'acceptation de la loi de séparation, qui l'emportaient, en fait, sur les intransigeants au sein de l'épiscopat français.

À la fin de son article, Jaurès évoque le projet d'impôt sur le revenu du radical Joseph Caillaux, ministre des Finances : c'est alors la grande affaire en matière économique et sociale ! En 1907, Caillaux présente son projet mais la commission des finances du Sénat s'empresse de l'enterrer...

P lus je réfléchis à la meilleure manière d'appliquer la loi de
séparation et de résoudre enfin la question religieuse pour
aborder librement le problème social, plus je suis convaincu
que c'est le système que j'ai indiqué qui prévaudra, et à
bref délai. Il est intermédiaire entre celui de Briand et celui
d'Allard. D'une part, j'approuve pleinement Briand d'avoir
compris la séparation comme une œuvre de liberté, qui doit
donner aux catholiques toutes garanties et facilités pour l'exercice de leur culte. Ce fut, devant le pays, la grande force du
parti républicain d'avoir pu faire la démonstration invincible
qu'il avait respecté le droit de toutes les consciences et de
toutes les croyances. Ce sera sa force de rester fidèle à ce
large esprit. Voilà pourquoi, puisqu'il pouvait y avoir doute
sur le sens de quelques dispositions de la loi, notamment sur
la légalité du délai d'une année prévu par le Conseil d'État,
on comprend que le ministre ait adopté l'interprétation la plus
large, la plus libérale, la plus favorable aux catholiques. Il
leur laisse le temps de bien mesurer la faute que commet
l'Église en refusant de former les associations cultuelles et
d'agir en ce sens sur la papauté. Mais je suis convaincu qu'il
sera impossible à la République d'aller jusqu'au bout de ce
délai d'un an. Si les catholiques veulent vraiment mettre en
œuvre les libertés que leur reconnaît la loi, ils se hâteront d'en
faire usage. Si l'Église s'obstine à refuser les libertés légales,
c'est qu'elle a le dessein de créer une agitation factieuse, de
jeter le trouble dans les esprits en prolongeant l'incertitude et
l'équivoque : et il y aurait alors duperie criminelle à laisser
à cette intrigue de l'Église contre la République et la loi un
espace d'une année qui conduirait l'agitation jusqu'au seuil
des élections municipales.

La diocésaine du cardinal Lecot va donner à la papauté
l'occasion de se prononcer avec une précision absolue ; ou
plutôt elle va l'y contraindre. Je ne recherche pas si cette
diocésaine est en effet une cultuelle, ou si elle se rattache

à la loi générale de 1901 sur les associations. Le débat en ce point est vraiment plaisant. Le ministre dit au cardinal : « Vous appliquez la loi, ma loi. – Mais non, mais non, répond le cardinal, j'en applique une autre. » Mais peu importe au fond. Ce qui est intéressant, c'est de savoir comment le pape va juger cette tentative. Il ne peut pas garder le silence, car s'il se tait, d'autres évêques, soucieux d'assurer la vie des prêtres, constitueront des diocésaines sur le même modèle, et les plus transigeants interpréteront le silence de la papauté comme une sorte d'approbation. Donc le pape est obligé de parler. S'il condamne la tentative du cardinal Lecot, s'il proclame que cette diocésaine ne donne pas à Rome et à l'Église les garanties nécessaires, c'est que le pape est résolu à trouver toute garantie insuffisante tant qu'il ne disposera pas de la France à son gré, tant qu'il n'aura pas arraché à l'État et aux communes le domaine des églises, tant qu'il n'aura pas dressé la hiérarchie catholique en dehors et au-dessus de toutes les lois françaises même les plus libérales.

Ce sera alors une déclaration de guerre. Il n'y aura plus à attendre du délai d'un an la moindre solution pacifique, mais seulement un long effort de combat contre la loi républicaine. À cette déclaration de guerre, la République répondra non par la guerre, non par des représailles, mais par l'application immédiate de la loi, par l'attribution des biens d'église aux ayants droit, par la remise des édifices religieux aux communes. Elle donnera aux catholiques le droit commun d'association, mais elle ne leur conférera aucun privilège.

Au contraire, si le pape approuve ou tolère expressément une diocésaine qui a pour objet au moins indirect l'entretien du culte, puisqu'elle se propose l'entretien de ses ministres, le pape reconnaîtra que la loi française permet aux catholiques de s'organiser avec des garanties suffisantes. Dès lors pourquoi ne donnera-t-il pas aux catholiques le conseil de s'organiser partout selon la loi, à moins qu'il ne veuille délibérément troubler la République en déchaînant la guerre religieuse. Là encore, ou la loi de séparation sera appliquée sans délai, par l'assentiment de la papauté, ou la République devra sans délai mettre un terme à une situation indécise. Il ne faut pas que Rome s'imagine que la République a peur. C'est par scrupule de liberté, ce n'est pas par timidité qu'elle a donné à la loi le sens le plus libéral. Maintenant l'heure de fermeté est venue ; il ne s'agit point de persécuter ni même de taquiner.

Les communes laisseront librement les églises à la disposition du culte. Mais il faut qu'un régime définitif et clair soit établi.

Et si les prêtres essayaient de soulever les paysans en faisant appel aux intérêts matériels, en leur faisant peur par exemple de la charge que leur imposera l'entretien du culte par les fidèles eux-mêmes, le Parlement n'aura qu'à voter sans délai l'excellent projet d'impôt sur le revenu que prépare M. Caillaux, et dont les journaux ont donné les grandes lignes. Il assurera un large dégrèvement des paysans et il leur montrera que la République est aussi soucieuse d'alléger le fardeau fiscal que portent les travailleurs que d'émanciper leur conscience.

La question religieuse et la question sociale

REPPS, 30 décembre 1906
Conférence du citoyen Jaurès,
à la fête du Trocadéro du 16 décembre 1906[1]

*1906, année charnière : la loi de séparation des Églises et
de l'État vient d'être votée mais le climat social s'exaspère
comme en témoigne l'ampleur prise par la grève générale
du 1er mai : le règlement de la question religieuse doit
permettre, aux yeux de Jaurès, de se consacrer désormais
à la question essentielle : la question sociale.*

*Au demeurant, ce début du XXe siècle lui apparaît comme
une phase de transition entre « la force déclinante de
l'Église et la force du socialisme grandissant ». L'Église
qui s'est coupée de « la force vivante de la liberté », qui
s'est coupée du peuple, notamment du monde ouvrier,
et qui se trouve piégée dans un « paradoxe d'autorité »
en raison de l'attitude adoptée face à la loi de séparation. En effet, si la majorité des évêques de France sont
des « transigeants », Pie X reste figé dans une ligne de
refus catégorique de la loi : lors de l'Assemblée plénière
de l'épiscopat français (30 mai-1er juin 1906) à Paris,
les évêques adhèrent à l'encyclique* Vehementer nos *et
condamnent le principe de la séparation ; parallèlement,
ils sont favorables à la recherche d'un* modus vivendi
*dans l'application de la loi mais Rome rejette la solution
conciliante des évêques. Voilà pourquoi Jaurès parle d'un
simulacre d'assemblée.*

---

1. Cette fête a été organisée au profit du journal *L'Humanité* par
les loges maçonniques socialistes.

Dans cet article, il expose aussi certaines idées clés de sa conception du socialisme.

– le lien fondamental qui unit, à ses yeux, socialisme et liberté.

– la nécessité de l'organisation et de l'unité des socialistes (réalisée en avril 1905 avec la création de la SFIO). Quant à L'Humanité, le premier numéro est paru le 18 avril 1904, mais en 1905, le journal a connu une grave crise financière : il doit abandonner une ligne trop élitiste et s'ouvre à de nouvelles tendances (le syndicalisme révolutionnaire notamment).

– le caractère central, « dominant » de la question de la propriété : il est indispensable de réaliser la collectivisation des moyens de production au nom même de la liberté et de l'émancipation des travailleurs et la société socialiste doit être substituée au capitalisme. D'où la nécessité d'« ébaucher le plan de la société nouvelle ». Notons, dans cette conférence, l'appel de Jaurès aux « intellectuels » pour qu'ils apportent leur contribution à l'édification du socialisme : Jaurès, le normalien, « a gardé le goût, très fort, du compagnonnage intellectuel » (Madeleine Rebérioux), qui s'était notamment manifesté lors de l'Affaire Dreyfus.

L'objectif jaurésien est donc un objectif révolutionnaire : il s'agit bien de changer la société et non d'amender le capitalisme. Mais cette révolution sociale devra être « une sorte d'évolution pacifique » par des réformes qui seront les étapes successives de cette « réalisation graduelle du socialisme ». Par conséquent, la pensée de Jaurès est bien « une combinaison de philosophie révolutionnaire et d'esprit réformiste ».

Mais, depuis les années 1904-1905, date de la guerre russo-japonaise et de la première crise marocaine qui oppose la France et l'Allemagne, Jaurès s'inquiète de plus en plus des risques de guerre, des manigances de la diplomatie secrète et de la machine infernale que constituent les alliances militaires qui peuvent transformer un conflit local en conflit généralisé.

On retrouve dans ce texte les solutions qu'il préconise : le « désarmement concerté » et « l'arbitrage international » (Jaurès est en cela le précurseur de la SDN et de l'ONU), et, en attendant, une réorganisation de l'armée qui doit être, selon lui, une armée populaire et défensive (en 1910, il présentera son projet d'« Armée nouvelle » à la Chambre).

Mais surtout, Jaurès mise sur l'action internationale des travailleurs, y compris la grève générale : « Là sera la garantie définitive de la paix du monde. » Il le pense et le dit encore lors de l'ultime discours qu'il prononce en France, à Vaise, quartier ouvrier de Lyon, le 25 juillet 1914, quelques jours avant son assassinat.

Citoyennes et Citoyens,

Je vous remercie tous, après mes amis Sembat et Meslier, de la sympathie que vous marquez à notre œuvre et du concours que vous lui apportez. Ceux mêmes, comme le disait justement Sembat, qui n'adoptent pas toute notre doctrine reconnaissent que l'expression libre et probe de la pensée socialiste et de l'action ouvrière est un élément nécessaire de la civilisation générale. C'est dans cet esprit que je remercie les nobles artistes qui ont bien voulu nous donner leur concours, ou par l'exécution d'admirables fragments musicaux, ou par la représentation de la grande œuvre du grand Corneille.

J'aurais quelque plaisir et quelque tentation d'entrer dans l'analyse même de cette œuvre ; mais le temps nous presse. Je veux dire simplement qu'il m'est impossible de relire ou de revoir une des grandes œuvres du maître sans y trouver du réconfort. À mesure que la vie humaine s'élargit et se développe, à mesure que le progrès de la civilisation et de la science nous met en rapport avec des peuples plus lointains dans l'espace et plus lointains dans le temps, il y a une disproportion accablante entre toute cette étendue d'humanité qui se révèle confusément au regard et la puissance de perception et de sympathie dont est doué l'individu humain étroit et chétif ; et nous risquerions de voir notre individualité submergée par cet océan dont la houle vient vers nous, si nous ne faisions sans cesse effort pour nous ressaisir, pour nous concentrer, pour nous organiser nous-mêmes et pour entrer en communication avec l'univers sans perdre l'intimité profonde de notre pensée et de notre énergie.

Corneille avait le regard ouvert sur un monde moins vaste que le nôtre ; il n'a guère pratiqué par la pensée que le monde latin, que la race latine, l'Espagne moderne et tout le monde romain. Mais c'est déjà un horizon vaste ; et c'est un magnifique développement d'humanité qui va des origines héroïques et farouches de la République romaine, à travers les guerres civiles de Pompée, à travers l'empire d'Auguste, jusqu'au suprême conflit dont Corneille a marqué, dans son drame d'*Attila*, les belles péripéties. En face de ce monde déjà vaste et que sa pensée a parcouru, le vieux maître a su affirmer l'originalité individuelle de sa nature ; il a su retrouver partout la fermeté subtile et claire de sa pensée et l'exaltation héroïque de la volonté individuelle. C'est cette façon, l'individualité s'affirmant dans la communication avec l'humanité élargie, que moi, socialiste, je me plais à retenir.

Il en est une autre : c'est la magnifique leçon, c'est la magnifique force de liberté politique qui est incluse dans la force de pensée du maître.

Quinet s'affligeait que la France ancienne n'ait connu ni la force de liberté religieuse que la Réforme avait communiquée à l'Allemagne, ni la force de liberté et d'éducation politique que la vie parlementaire communiquait à l'Angleterre. Oui, à défaut de ces deux forces, la France se serait abattue sous l'absolutisme catholique et sous l'absolutisme monarchique, si une admirable tradition de pensée forte, si une admirable audace et activité d'intelligence ne s'était produite et déve-loppée jusque dans ce cadre d'autorité. Regardez, écoutez les personnages du vieux Corneille. La Fronde ne fait pas ou ne fait plus de politique ; la Fronde qu'a vue Corneille a été vaincue. Nous abordons au règne de Louis XIV ; c'est le roi, c'est le maître. Mais sur cette scène du Théâtre-Français, sur cette scène française, ce sont les premiers républicains héroïques de Rome ; c'est, devant Auguste, le débat de Cinna et de Maxime, c'est la controverse entre la république et la monarchie, c'est l'ensemble des problèmes politiques agités par un souffle d'héroïsme et de pensée. La France n'avait pas d'institution officielle de liberté, et l'audace et la force de sa pensée étaient déjà une institution permanente de liberté. C'est une tradition vivante que nous n'oublierons pas, et bien que nous ayons aujourd'hui conquis des mécanismes de liberté, bien que nous ayons les formes de l'action politique, la démocratie, le suffrage universel, un Parlement souverain, et qui, lorsqu'il est domestiqué, ne l'est que par ses propres faiblesses, quoique nous ayons toutes ces formes de liberté, nous n'oublierons pas que ces mécanismes de liberté seraient inefficaces, que tous les moyens de revendication seraient vains si nous ne gardions le culte, l'exercice passionné de la pensée, si nous ne tâchions de devenir et d'être tous les jours davantage des êtres pensants, des penseurs libres, non pas selon une formule étroite, mais dans toute l'ampleur d'une méthode de liberté.

C'est le sens que nos amis francs-maçons et socialistes donnent à l'œuvre d'aujourd'hui.

Pensée libre et socialisme

Oui, entre la franc-maçonnerie et le socialisme, il y a, non pas identité, mais il y a affinité. Nous socialistes – et je parle en profane qui reste profane, pour mieux faire ressortir le caractère libéral de l'intervention de nos amis –, nous n'avons rien à redouter de la pensée libre, parce qu'il n'y a pour nous aucun privilège réservé, aucune idole, hors du débat ; il en est qui veulent bien abattre le dogmatisme religieux, mais qui veulent laisser subsister le dogmatisme social, la superstition sociale des vieilles formes oligarchiques et oppressives de la propriété capitaliste. Pour nous, ni dans les hauteurs, ni dans les profondeurs – ni sur les sommets où ont lui autrefois les révélations divines, ni dans les profondeurs des souffrances où gémissent les hommes –, nulle part il n'y a une question réservée, il n'y a un dogme auquel nous disons : On ne touchera pas à toi. Liberté complète de critique pour le capital comme pour Dieu ! *(Applaudissements.)*

Voilà pourquoi nous disons que c'est seulement dans le socialisme qu'est l'épanouissement suprême et la suprême garantie de la pensée vraiment libre.

En 1876, Jules Ferry, adressant une sorte de manifeste maçonnique, disait aux maçons rassemblés : « Vous combattez deux choses, le mysticisme et la frivolité intellectuelle. » Je ne sais si cette formule positiviste de Jules Ferry est exacte ; je ne sais si l'office de la maçonnerie est de combattre ce qu'il appelait le mysticisme, et qui a été à certaines heures l'exaltation de la vie intérieure cherchant à s'unir à ce que la vie de l'univers a de plus haut et de plus ardent. Je dirais plus volontiers que l'objet de la maçonnerie est de combattre le dogmatisme d'autorité et la frivolité intellectuelle.

Oui, la frivolité de l'esprit, la légèreté de l'esprit qui se disperse à la multitude des événements ou des impressions superficielles, et qui ne se recueille pas pour organiser ses idées. Plus que jamais, citoyens, nous avons besoin, notre race a besoin, sans rien perdre de son allégresse, de répudier toute frivolité, toute habitude superficielle, car, de plus en plus, les grands problèmes se pressent devant nous, exigeant de nous la vigueur de l'esprit, la conscience de la recherche, le probe effort de l'intelligence. Oui, c'est un monde nouveau qui s'annonce, confus encore et mal débrouillé et qui appelle, pour s'organiser, la collaboration active de l'esprit humain. La vieille Église chancelle ; l'heure approche où la question des rapports politiques de l'Église et de l'État sera définitivement résolue.

L'Église et la République

Je ne sais pas si le projet déposé hier par le gouvernement est le terme et le dernier mot ; mais ce que je sais, je le dis sans fanfaronnade, c'est que je suis pleinement rassuré sur l'issue du conflit : je suis convaincu qu'il se résoudra dans la paix par la liberté selon la liberté. J'en suis convaincu, car les événements nous fournissent tout à la fois la preuve et la contre-épreuve de cette puissance de la liberté.

Pourquoi l'Église, aujourd'hui, chancelle-t-elle ? Pourquoi donne-t-elle, au moment même où elle affecte je ne sais quelle superbe d'intransigeance, l'impression d'une force en pleine décomposition et en plein désarroi ? C'est parce qu'elle s'est séparée elle-même, depuis des générations, de la force vivante de la liberté. Elle avait subi longtemps la discipline des Concordats et, sous cette discipline, elle avait contracté je ne sais quelle habitude contradictoire de servilité et de révolte : servilité individuelle de ses prêtres, courtisant le pouvoir athée pour devenir évêques, révolte collective de ce clergé subventionné, s'insurgeant contre la République. *(Vive approbation.)* À cette éducation de servitude, inaugurée par le Concordat, s'est ajoutée, pour le clergé français, l'éducation de servitude de l'ultramontanisme.

J'entendais dire ces jours-ci à un catholique très fervent, mais modéré, et qui a gardé un regret du gallicanisme : La crise présente, c'est la crise de l'infaillibilité ! Il voulait dire par là que l'Église commençait à constater la faute qu'elle avait commise et le péril qu'elle avait couru en abandonnant à un seul homme, non seulement la maîtrise de ses dogmes, mais la maîtrise de son administration temporelle et de ses décisions politiques.

Pour moi, je ne sais pas si l'autorité absolue et infaillible du pape n'était pas le terme normal de l'évolution organique des principes d'autorité, dans lesquels le catholicisme se résume. Ce que je sais bien, c'est qu'après avoir proclamé son infaillibilité, son omnipotence, la papauté aurait été sage de limiter elle-même, dans la pratique, cette puissance absolue, et d'accepter un contrôle. Voici que, dans la crise traversée par l'Église de France, elle convoque en un simulacre d'assemblée les évêques, les archevêques et les cardinaux, elle les réunit, elle les consulte, elle se fait adresser leurs avis. Mais, comme ils sont pour une conciliation relative et qu'elle a voulu la guerre, elle déchire ces avis, elle les néglige, et c'est un homme seul qui prononce à la fois contre la République et contre l'Église française ! *(Mouvement et approbation.)* C'est un paradoxe d'autorité qui ne pourra pas tenir. Son premier effet, son seul effet, a été de jeter dans les rangs du clergé lui-même et dans les consciences des prêtres un trouble et un doute profonds. Ils se taisent ; mais dans le fond de leur pensée, ils n'acquiescent pas. Et voilà pourquoi nous assistons à ce spectacle incohérent d'une Église qui résiste, mais qui ne sait pas organiser la résistance, d'une Église qui ne veut pas accepter la loi, mais qui accepte de vivre passivement en charge de la loi, d'une Église qui s'est refusée à faire, pour ses réunions du culte, la simple déclaration annuelle demandée par la loi, mais qui permet, sans les désavouer formellement, à des laïcs, quelquefois à des impies, de faire pour elle la déclaration ! *(Rires et applaudissements.)*

C'est le signe de l'irrémédiable faiblesse de toute force qui, aujourd'hui, ne se réclamera pas de la liberté.

L'Église a manqué aussi envers le peuple au devoir de loyauté. Je ne sais rien de plus terrible pour elle que les documents qui ont été publiés aujourd'hui même par un journal du matin sur l'organisation directe des syndicats jaunes par les Jésuites ; le fait est indéniable pour les syndicats de Roubaix. Eh bien ! là est le crime clérical. Ah ! je comprendrais que les catholiques se soient, au plein jour, adressés au peuple ouvrier ; je comprendrais qu'ils lui aient dit : Les socialistes t'égarent sur le chemin des chimères, dans la vanité et l'exaspération des rêves utopiques. Échappe-leur, organise-toi publiquement sous la discipline de la vieille Église maternelle ! J'aurais compris ce langage. Mais l'Église n'a pas osé le tenir ; elle a voulu ruser avec les prolétaires ; elle a voulu leur faire croire que ces syndicats de travailleurs, formés contre les syndicats rouges, émanent directement, spontanément, de l'initiative ouvrière ; elle a voulu faire croire aux ouvriers que des hommes qui n'étaient dans ses mains que des mannequins, étaient en effet des hommes... *(Applaudissements.)*

... Je lis, dans une lettre de l'organisateur aristocrate des syndicats jaunes au Père Jésuite avec lequel il a machiné cette organisation : Nous avons donné la présidence du syndicat à un ouvrier insignifiant ; mais il faut un ouvrier comme président. Le véritable maître sera un jeune homme fort intelligent, notre ami Boudry... Voilà la duperie, voilà la déloyauté, c'est l'Église masquée d'une apparence ouvrière. La classe ouvrière peut pardonner bien des choses ; elle peut pardonner la haine, la brutalité, la violence ; il y a une chose qu'elle ne pardonne pas, c'est le mépris des dirigeants essayant de se servir des ouvriers contre des ouvriers, de les ravaler à l'état de dupes... *(Vifs applaudissements.)*

... C'est parce que l'Église s'est retirée à elle-même toute force en se séparant ainsi des sources de vie, de liberté, de loyauté démocratique et ouvrière, que nous, pour la refouler et pour la perdre, sans violence, sans persécution, sans étroitesse sectaire, nous n'avons qu'à la combattre par la liberté et par la démocratie.

J'aurais préféré pour ma part, je le dis à titre individuel, et sans engager mes camarades, qu'au lieu d'instituer des procès-verbaux de contravention et des semblants de déclaration, on eût joué à l'Église le méchant tour de supprimer pour toutes les réunions publiques, pour les siennes comme pour les nôtres, la formalité inutile de la déclaration. Ainsi elle eût été dans la posture ridicule d'un homme qui, ayant foncé de la tête dans un obstacle, voit cet obstacle se dérober et s'étale tout de son long sur la terre maternelle ! *(Rires et applaudissements.)*

Au fait, la conséquence va être la même. La déclaration est exigée une fois par an ; mais d'autres, amis ou ennemis, le feront pour eux ; ils ne veulent pas pratiquer le droit commun de l'association ; nous leur donnons la loi de 1901 qui est si libérale que les associations sont constituées par la nature des choses, par la seule communauté du dessein poursuivi, sans qu'il soit besoin même de la formalité d'une déclaration. Ils seront ainsi civilement, laïquement, républicainement, associés malgré eux. *(Rires.)* C'est là, citoyens, la force admirable de ce régime de liberté que, peu à peu, nous développons depuis trente ans ; il vient une heure où les lois de liberté sont si larges, où elles se confondent tellement avec la liberté elle-même, qu'il n'est pas plus possible de se mouvoir hors de l'espace !

C'est dans cette libre étendue de l'espace que nous attendons l'action de l'Église. Comme elle n'était habituée à agir que sous la concentration arbitraire de l'autorité, elle va se dissiper, s'évaporer peu à peu dans l'étendue d'un régime de liberté, et la question se réglera sans que nous soyons obligés d'absorber toutes les forces de notre pensée et toutes les forces de la République dans cette lutte et dans ce problème. *(Approbation.)* Un autre nous sollicite, le problème social, et à mesure que l'Église baisse parce qu'elle n'a pas su être une puissance de liberté, le peuple qui travaille monte, parce qu'il porte en lui-même la revendication de la liberté suprême, de la liberté totale. C'est un monde nouveau qui se dresse, et je peux lui appliquer l'admirable vers de notre Corneille, dans ce poème d'*Attila*, si sommairement exécuté par l'épigramme de Boileau ; oui, je peux dire en face de ce temps où se heurtent des forces grandioses, la force de l'Église déclinante et la force du socialisme grandissant, je peux dire à mon tour :

Un grand destin commence, un grand destin s'achève ! *(Applaudissements.)*

Question sociale et méthode

C'est pour hâter, c'est pour seconder ce grand destin républicain et socialiste qui commence que nous avons tous besoin de tout le travail de la pensée, de tout le travail de l'esprit. Et voilà pourquoi aujourd'hui je veux faire appel ici aux générations nouvelles, je veux faire appel à tous ces travailleurs éduqués par les écoles de la République ; je veux faire appel à tous ces étudiants, à tous ces jeunes savants, à tous ces chercheurs des bibliothèques et des laboratoires... Les anciens du socialisme commencent à se lasser ; moi-même, qui ne suis pas de cette génération première, je ne suis plus non plus à l'heure de la jeunesse et des forces intactes. Nous avons besoin que des générations nouvelles grandissent pour assumer le fardeau toujours plus grand. Il faut du labeur, il faut de l'étude, il faut de la science, il faut le sérieux profond de l'esprit pour aborder et pour résoudre les problèmes qui sont là... *(Vifs applaudissements.)*

Il ne suffit plus de critiquer la société d'aujourd'hui, il faut ébaucher le plan de la société nouvelle, et il ne faut pas se borner à la contemplation de l'idéal ainsi précisé, il faut faire pénétrer tous les jours, dans les lois, dans les mœurs, dans les institutions, un peu de l'esprit, un peu de la pensée socialiste, et c'est par une combinaison d'idéalisme et de technicité, de philosophie générale et de savoir pratique que nous pourrons résoudre peu à peu les questions en les rattachant à la question dominante, à la transformation totale du système de la propriété.

Nous avons besoin de cette combinaison d'idéalisme et de technicité, de philosophie révolutionnaire et d'esprit réformiste ; nous avons besoin de tout ce travail, de toute cette activité de l'esprit pour résoudre, pour régler chaque jour les questions qui nous pressent.

Voici l'assurance sociale contre la vieillesse, contre le chômage, contre les maladies, contre les accidents. Ce n'est rien ou presque rien, si nous ne pénétrons pas cette œuvre de l'esprit de démocratie et d'organisation. C'est beaucoup si, au lieu d'en faire une œuvre de bureaucratie, nous en faisons une œuvre vivante et sociale, en associant les ouvriers organisés à la gestion des grands intérêts constitués ainsi, et en les habituant à l'administration prochaine de l'ensemble des intérêts sociaux. *(Applaudissements.)*

Voyez l'armée. Nous voulons la paix, nous voulons préparer par l'action du prolétariat international et de toutes les démocraties, la fin des guerres, le régime de l'arbitrage international, le désarmement concerté. Mais, en attendant l'heure, hâtée par nous, où nous pourrons réaliser ce désarmement concerté de toutes les nations par la certitude de la grande paix ouvrière et humaine, nous ne voulons pas livrer aux surprises du dehors, aux agressions de la tyrannie, aux sursauts convulsifs d'un kaiser, qui serait peut-être tenté, comme un autre Bonaparte, de chercher dans des aventures extérieures une diversion aux embarras intérieurs qui grandissent pour lui… *(Approbation.)*… Nous ne voulons pas livrer à ces surprises possibles l'intégrité, l'indépendance, la liberté d'action de la France révolutionnaire. Pour cela, en attendant l'heure de la paix socialiste et du désarmement général, nous avons besoin d'une armée qui ne soit à aucun degré une armée de caste, une armée d'oligarchie, une armée de privilège, de coups d'État : coup d'État césarien ou coup d'État capitaliste… *(Applaudissements.)*… d'une armée qui soit le peuple lui-même, capable de défendre contre ses ennemis sa liberté et son espérance ! *(Vive approbation.)*

Et alors nous sommes reconnaissants à ceux des officiers qui commencent à propager dans l'armée de la République bourgeoise et autoritaire un esprit nouveau, une pensée nouvelle. Il y en a qui m'ont écrit : Nous sommes dans une situation bien difficile ; nous sommes pris entre les réactionnaires, qui veulent une armée de caste, et les socialistes, qui veulent supprimer toute armée. Ne nous abandonnez pas… Et je leur réponds : Vous vous trompez sur la pensée des socialistes ; ils ne veulent supprimer l'armée française qu'avec les autres armées, et ils veulent, en attendant, la transformer dans le sens du peuple pour qu'elle cesse d'être un obstacle au mouvement intérieur. *(Applaudissements.)*

Nous nous rappelons qu'avant la Révolution de 1789, il y avait dans certaines armes – et notamment dans la plus savante, – dans cette admirable artillerie française de la fin du XVIIIᵉ siècle, qui était, au témoignage de tous les techniciens, la première artillerie du monde, – des officiers qui, en même temps qu'ils étaient les plus savants de leur arme, étaient déjà, avant la Révolution, des révolutionnaires. Aussi, qu'est-il arrivé ? L'armée ayant été ainsi travaillée peu à peu, sous l'Ancien Régime même, par le souffle nouveau, lorsque la Révolution a éclaté, cette armée n'avait qu'un petit effort à faire pour être en harmonie avec la Révolution, et immédiatement elle a fait deux choses : la première, c'est de refuser son concours à l'absolutisme contre le peuple révolutionnaire, et la seconde, c'est de défendre la Révolution contre l'univers coalisé. *(Applaudissements.)*

Ah ! nous disons aux officiers démocrates, aux officiers socialistes : Ne vous découragez pas, n'émigrez pas, restez dans l'armée pour la transformer, pour y faire passer peu à peu l'esprit et la conscience du peuple, afin que les dirigeants, s'ils étaient tentés un jour d'employer contre le prolétariat la force de l'armée, comprennent que dans le cœur même de l'armée palpite la force de pensée du prolétariat. *(Vifs applaudissements.)*

Mais vous voyez, citoyens, vous voyez, jeunes gens de l'atelier, des universités, à quelle complication de problèmes nous devons faire face, vous le voyez dans la politique intérieure. Dans la politique internationale aussi, nous avons un grand appui, une grande force : c'est le groupement des prolétaires de tous les pays ; là sera la garantie définitive de la paix du monde. Mais nous ne sommes pas des enfants, nous savons bien que le prolétariat, malgré sa croissance, n'est pas encore devenu partout la force dominante et décisive et qu'il ne peut exercer son action dans le sens de la paix qu'à force de vigilance, d'habileté et en exploitant les divisions et les erreurs des partis de la guerre, qui sont à ce point les partis de la guerre qu'ils sont en guerre même avec eux-mêmes, et que par l'incohérence de leurs desseins, hier voulant la guerre contre l'Angleterre avec l'alliance de l'Allemagne, aujourd'hui rêvant la guerre contre l'Allemagne avec l'alliance de l'Angleterre, par leur incohérence et par leurs contradictions, ils sont le vaccin de leur propre maladie... *(Rires et applaudissements.)* Mais encore faut-il empêcher que le poison s'insinue dans les veines du peuple.

Et voilà pourquoi, nous socialistes, nous surveillons sans cesse les événements, voilà pourquoi mon ami, le citoyen Vaillant, a signalé sans cesse le péril que faisait courir à la France et à la paix du monde une interprétation servile de l'alliance franco-russe qui permettait aux escadres de la Russie, durant la guerre russo-japonaise, de séjourner, de se ravitailler, de s'approvisionner en charbon dans les eaux de l'Indochine française, dans les eaux de Madagascar, au mépris des traités, au mépris des règles internationales de neutralité. Et voilà pourquoi, avec mes amis, j'ai signalé dès la première heure les premiers germes de ces difficultés marocaines qui iront en s'aggravant si le pays de France s'abandonne à l'ignorance et à l'indolence dans ces problèmes...

Ah ! citoyens, nous avons obtenu l'autre jour un résultat sensible : nous avons amené le ministre des Affaires étrangères à déclarer que la France et l'Espagne n'agiraient au Maroc que d'accord avec les représentants de toutes les puissances. Il nous a fallu huit jours pour obtenir cette brève déclaration ; mais si nous y veillons, si nous tenons ferme à ce qu'elle soit appliquée, c'est la garantie de la paix. Mais, entendez-moi bien, nous ne garderons la paix qu'à la condition d'avoir le courage de la probité internationale. Il y a eu l'autre jour dans le mouvement de la Chambre française quelque chose qui m'a inquiété et qui m'a affligé. Il est évident que l'acte signé par les puissances à Algésiras[2], s'il prévoit la participation de la France et de l'Espagne à l'organisation de la police dans quelques ports sous l'autorité et sous le commandement du sultan, ne prévoit en rien un débarquement de troupes françaises et espagnoles allant se substituer au sultan ; c'est l'évidence même, et lorsque l'on cause avec des représentants du pays de tous les partis, ils sont dans les couloirs unanimes à le reconnaître, et pourtant, l'autre jour, lorsque je me suis permis de le dire à la tribune, j'ai fait scandale et on m'a dit qu'un bon Français n'avait pas le droit en aucune question de donner publiquement tort à son pays... *(Mouvement.)* Citoyens, si c'est là notre morale, s'il est entendu que quoi que fassent des gouvernants, s'ils le font ou prétendent le faire au nom de la France, quand bien même ils violeraient les contrats signés par notre pays, il faut se taire et s'incliner, si c'est là notre morale de sauvagerie... *(Applaudissements vifs et prolongés.)*

Je dis que nous devons avoir le scrupule de la loyauté internationale, que nous devons l'avoir d'autant plus à l'heure présente envers l'Allemagne elle-même, qu'elle est engagée dans une crise politique intérieure ; c'est notre intérêt, je le répète depuis des années, de laisser l'Empire militariste allemand aux prises avec des difficultés intérieures : la démocratie grandit en Allemagne, le socialisme s'y développe, même la bourgeoisie commence à trouver qu'elle n'y a pas une puissance politique suffisante. L'empereur gouverne tout seul, et il a sans doute un génie très actif ; mais lorsqu'on gouverne ou qu'on prétend gouverner tout seul un grand peuple de 60 millions d'hommes qui ont une des plus vieilles et des plus profondes cultures de l'univers, on est exposé ou à commettre bien des fautes, ou à porter peu à peu la responsabilité de tous les événements qui s'accomplissent.

Il y a donc une fatigue, une lente usure de l'autorité impériale ; et plus la paix se prolongera, plus cette usure

2. Sur Algésiras, voir infra p. 301 et 303.

s'aggravera… Ah ! quel service nous rendrions au kaiser et à
son chancelier si, par une attitude agressive, par des desseins
où une arrière-pensée se marquerait, nous lui fournissions
un prétexte pour alarmer, pour inquiéter l'Allemagne, qui
veut bien devenir libre, mais qui ne veut pas perdre cette
indépendance nationale qu'elle n'a conquise qu'après des
siècles de déchirements où tout le sang de ses veines
coulait selon la fantaisie de l'Europe ! Quel service nous
rendrions à l'absolutisme, au militarisme impérial, si nous
lui permettions de coaliser contre l'étranger, contre le
dehors, la force de la conscience allemande ! Laissons
l'empereur aux prises avec son peuple et comptons sur
la démocratie et sur le socialisme allemand pour installer
peu à peu un régime de contrôle et de liberté qui soit une
garantie de plus pour la civilisation et pour la paix du
monde. *(Applaudissements.)*

L'avenir

C'est pour cette œuvre, citoyennes et citoyens, que nous
combattons, que nous travaillons, que nous nous organisons,
c'est pour cette œuvre que nous avons besoin, nous socialistes,
comme vous le disait Sembat, d'un journal qui ne relève que
de notre conscience et de la conscience du parti organisé.

Citoyens, il n'y a plus à l'heure présente que deux catégories de journaux qui pourront vivre, j'entends d'une vie
qui ne soit pas une perpétuelle capitulation et une perpétuelle
trahison : ce sont les journaux appuyés, selon la loi moderne
de la grande industrie, comme les forges, les mines, sur
des capitaux immenses : nous n'y pouvons pas prétendre ;
mais il y a aussi les journaux appuyés sur une autre force,
la force d'un parti organisé, la force d'une classe ouvrière
cohérente et active, se disant que son premier devoir envers
elle-même c'est de permettre que tous les jours sa pensée
arrive à l'expression complète et libre.

Voilà pourquoi nous faisons appel à votre dévouement persévérant ; il nous a déjà arrachés aux difficultés les plus graves, et nous sommes sur le chemin du salut, mais ce n'est pas un effort d'un jour et d'une heure, c'est un effort constant par la propagande d'abonnements et de lecture que nous attendons des ouvriers, des socialistes, des démocrates.

Pour moi, citoyens, j'ai confiance, non pas seulement dans cette œuvre particulière, mais dans l'œuvre générale du socialisme et du prolétariat. J'ai confiance que l'heure approche en Europe, en France, des grandes solutions, des grandes libérations. Je suis convaincu, sans vouloir risquer de prophétie trop stricte, que d'ici dix ans, c'est la pensée socialiste qui pourra prétendre au gouvernement du monde, ou plutôt qui appellera le monde à se gouverner lui-même. *(Vifs applaudissements.)*

Deux forces favorisent le développement du socialisme : la force de la pensée libre, la force du travail qui se révolte. Dans un des derniers chants de l'admirable poème d'Homère, Ulysse, rentré en son palais d'Ithaque, est encore déguisé sous des haillons de mendiant. Nul ou presque nul ne le reconnaît, presque tous l'insultent, et il se demande s'il parviendra à se débarrasser des prétendants installés dans sa maison et qui dévorent la substance de son patrimoine. Mais, à l'heure où il médite son difficile dessein, deux présages le rassurent : en haut du ciel serein et clair, Zeus, le dieu de la lumière et de la foudre, fait entendre un grondement soudain, et puis, dans le palais même, une vieille servante, une vieille esclave attachée au service de la reine, s'écrie avec un gémissement de colère : Quand donc viendra le jour où nous serons débarrassés de ceux qui nous dévorent ?...

Eh bien ! à l'heure où je suis, il y a le travail qui erre depuis des siècles à la recherche de la définitive patrie de justice ; il a été ballotté sur toutes les mers, il a subi les tempêtes et les naufrages, il a subi les outrages, il se traîne avec des haillons de mendiant dans ce palais de la civilisation humaine qu'il a construit, et il se dit : Quand pourrai-je

enfin délivrer la maison humaine, la maison du travail, des
parasites insolents qui la pillent ? Eh bien ! oui, travailleurs,
ayez confiance, car la haute pensée libre, qui est à la fois la
force de lumière et la force d'orage, prononce la mort des
sociétés vieillies qui ne portent en elles que le mensonge, et,
en même temps, les esclaves, les opprimés, les prolétaires,
les travailleurs, se soulèvent, se révoltent, s'organisent, et
c'est de la conspiration de la pensée libre et de la révolte
du travail que va jaillir l'universelle libération ! *(Applaudissements vifs et prolongés. – Acclamations enthousiastes.)*

Représentation proportionnelle et instituteurs
REPPS, 7 avril 1907

Jaurès aborde ici la question de la réforme électorale qui tient alors une place importante dans la vie politique française. Les socialistes, mais aussi la droite, réclament la mise en œuvre de la représentation proportionnelle pour les élections législatives. Jaurès fait, du reste, allusion au manifeste de la SFIO pour les législatives de mai 1906.

Les radicaux, dans leur grande majorité, restent très attachés au scrutin d'arrondissement.

À partir de 1907, des élus de toutes tendances (Jaurès, Doumer, Deschanel, Millerand...) se regroupent pour organiser une campagne commune en faveur de la « RP ». Mais elle est encore au cœur de la campagne pour les élections législatives de 1910...

La campagne pour la représentation proportionnelle a commencé, appuyée cette fois sur une base solide. La commission du suffrage universel a en effet adopté et proposé un système précis : la Chambre va être saisie d'un rapport. Je pense que la *Revue de l'enseignement primaire* jugera utile de donner les extraits essentiels de ce rapport et les dispositions principales du projet afin de permettre à ses lecteurs de se former une opinion personnelle. Aussi je ne donne pas moi-même cette analyse. On sait que le parti socialiste a dès longtemps affirmé sa préférence pour le scrutin de liste avec représentation proportionnelle. Cette grande réforme électorale, qui donnera à tous les partis un moyen d'expression exacte et pure, est inscrite au programme du socialisme : elle figurait notamment dans le manifeste qu'il a adressé au pays il y a un an, en vue des élections générales. Le dimanche 24 mars le Conseil national de notre parti, réuni à Paris, a délibéré sur la meilleure façon de faire aboutir la représentation proportionnelle. Il a pensé que celle-ci ne pouvait aboutir qu'à une condition : c'est que tous les partisans de cette réforme fissent campagne commune sur un projet commun. Il ne suffit pas d'être d'accord sur le principe. Il faut s'entendre sur les moyens d'application. Le grand espoir des adversaires de la représentation proportionnelle, c'est que ses adhérents, unis seulement en doctrine, se diviseront sur les procédés de réalisations. C'est cet espoir qu'il faut déjouer. Il a paru au Conseil national que le système proposé par la commission du suffrage universel pouvait être accepté. Il faudrait avoir, pour le rejeter, des raisons très fortes : car comment espérer aboutir à bref délai si on ne prend pas pour base le projet sur lequel, dans la commission du suffrage universel, des hommes de tous les partis, conservateurs, catholiques, modérés, radicaux, socialistes se sont mis d'accord ? En fait, ceux mêmes qui adressent à ce projet des objections de détail ou qui formulent des réserves reconnaissent que, tel qu'il est, il donne à tous les partis les garanties nécessaires. Il offre sur le scrutin d'arrondissement et sur le scrutin de liste majoritaire un avantage immense. C'est dès lors pour ce système que les propagandistes, les militants du socialisme feront campagne d'accord avec tous les partisans de la représentation proportionnelle, sans distinction de parti. Car s'il est une question où des hommes de tous les partis puissent s'efforcer ensemble, sans abdication ou confusion d'aucune sorte, c'est bien celle qui a pour objet d'attribuer une représentation équitable et nette à tous les partis. Et entre tous les partis, celui qui a le plus grand intérêt à cette réforme, c'est le parti socialiste, car par elle il pourra affirmer partout son haut idéal, sans mélange, sans coalition ; il ne sera pas obligé de l'atténuer pour recueillir un appoint de suffrages équivoques, et il ne risquera pas, en dressant son drapeau de pourpre dans la mêlée des partis, de faire le jeu des pires réacteurs : chacune des doctrines s'affirmera en toute liberté selon sa force propre, et la lutte électorale sera une merveilleuse propagande d'idées : il n'est pas de meilleure fortune pour un parti dont l'idée contient en elle tout l'avenir.

Mais entre tous les socialistes, ce sont les instituteurs qui doivent saluer avec le plus de joie et propager avec le plus de ferveur la représentation proportionnelle. Elle les libérera, elle libérera leur action politique et sociale de toutes les petites questions personnelles ou locales qui peuvent l'entraver ou la fausser. De plus en plus, ils sont conduits par la force du mouvement social à affirmer et à défendre leur conviction. Ils ne peuvent pas se désintéresser de l'effort du prolétariat dont ils sont les éducateurs. Ils ne peuvent pas enseigner à l'école la République politique et rester indifférents à la République sociale qui en est le terme logique et l'accomplissement. Mais, à mesure qu'ils entrent dans la pensée et l'action socialistes, ils risquent de se heurter, sur le terrain étroit de la circonscription, aux hommes politiques de droite ou de gauche, conservateurs authentiques ou semi-conservateurs radicaux dont l'influence est encore dominante. Ceux-ci s'effraient ou se scandalisent de la propagande socialiste de l'instituteur, même si elle se fait sous les formes les plus sages et les plus nobles. De là pour les instituteurs un double péril. D'abord ils assument des haines formidables, et ensuite l'hostilité même qui s'exerce contre eux les entraîne malgré eux à donner parfois une forme personnelle à une lutte qui était d'abord impersonnelle et toute d'idée. La représentation proportionnelle élargira la bataille politique et sociale. Elle fera prédominer la lutte des idées sur la lutte des personnes ; et par là elle donnera à la propagande des instituteurs le plus de liberté, de sécurité, d'élévation et de dignité qu'il se peut. Si après examen les instituteurs se prononcent pour la représentation proportion-nelle, s'ils en expliquent les avantages aux républicains de bonne foi, ils auront rendu et à la nation et au socialisme et à la République et à eux-mêmes un service immense.

Le mouvement
REPPS, 5 avril 1908

Protégés
REPPS, 12 avril 1908

Le début de l'article intitulé « Le mouvement » donne le ton : il s'inscrit, comme le suivant, dans le contexte de désintégration du « bloc des gauches » (majorité parlementaire socialiste et radicale depuis 1902) sensible depuis 1907. Les députés SFIO s'opposent aux radicaux et aux socialistes indépendants (comme Briand, Millerand) au sujet des problèmes de politique étrangère, de défense et surtout de la question sociale.

Or, l'heure est à l'agitation sociale. En avril-mai 1907, des grèves ont éclaté chez les fonctionnaires qui revendiquent la reconnaissance du droit syndical, et en 1908, une longue grève dans le bâtiment aboutit au drame de Draveil (2 juin) et de Villeneuve-Saint-Georges (30 juillet) : six morts et des centaines de blessés au total à la suite de l'intervention de l'armée pour « maintenir l'ordre ». En effet, Clemenceau, alors président du Conseil, développe une politique de répression antisyndicale. À l'usage de la troupe, s'ajoutent les révocations massives de postiers et d'instituteurs (celle de l'instituteur Roux-Costadau, qu'évoque Jaurès, en est l'illustration). L'interdiction du Congrès mixte de Lyon par Gaston Doumergue, ministre de l'Instruction publique, s'inscrit également dans ce contexte de politique antisyndicale et antisocialiste.

Cependant, Jaurès affiche son optimisme à propos des progrès du socialisme en Europe et notamment en Allemagne (l'article nous rappelle qu'à cette époque, le suffrage

*censitaire existe encore dans certains Länder) et en Angle-
terre : en 1906 est né le Labour Party et son influence
croissante oblige les libéraux à mettre en œuvre un programme d'assurances et de retraites ouvrières. Cet exemple
offre à Jaurès l'occasion d'exposer son « gradualisme » : la
révolution sociale est l'objectif des socialistes et elle sera
obtenue par la transformation par degré de la société par
l'action réformatrice du Parlement.*

Le mouvement

REPPS, 5 avril 1908

Voici donc les sottises gouvernementales qui recommencent. Sous prétexte que la Confédération générale du Travail, c'est-à-dire, comme M. Clemenceau lui-même l'a reconnu, la seule organisation d'ensemble de la classe ouvrière, y donne son patronage, le ministre de l'Instruction publique[1] a interdit le congrès mixte de Lyon, où les syndicats d'instituteurs devaient délibérer avec des syndicats ouvriers et des délégués des Bourses sur des questions pédagogiques de premier ordre. C'est vraiment dommage. Il y avait un grand intérêt pour les éducateurs du peuple ouvrier à recueillir les impressions, les idées du peuple ouvrier lui-même sur la meilleure façon d'éduquer les enfants du prolétariat. Et il y aurait un grand intérêt pour les travailleurs eux-mêmes à réfléchir à ces grands problèmes d'éducation, à préciser sur cet objet si difficile et si important leurs idées qui sont sans doute encore en bien des points incertaines et confuses. Le programme des questions était très haut et très noble, puisqu'il s'agissait de rechercher par la mise en commun de l'expérience des instituteurs républicains et de l'expérience des prolétaires engagés de tout leur être dans la vie quel est le moyen le plus efficace de former non seulement l'ouvrier et le citoyen, mais l'homme.

1. Gaston Doumergue (1863-1937), alors député radical-socialiste du Gard.

Cet appel de l'instituteur à la classe ouvrière était aussi la meilleure réponse à ceux qui prétendent que le programme des instituteurs, c'est : l'école aux instituteurs. Je ne sais si cette parole a été dite. Elle ne pouvait avoir, en tout cas, qu'un sens : c'est d'interdire l'école à des influences étrangères à l'intérêt de l'enseignement lui-même. Prise à la lettre, elle serait absurde : l'école n'appartient pas aux pédagogues ; elle a pour objet d'assurer le développement intellectuel et moral des enfants ; et en ce sens on peut dire qu'elle appartient aux enfants ; mais comme ceux-ci ne peuvent pas exercer leurs droits, c'est la nation, la vraie nation, celle qui travaille et qui pense, qui intervient pour donner forme et vie au droit de l'enfant. L'école doit donc avoir cet objet sublime de préparer le prolétariat à assumer dans la nation renouvelée la grande fonction qui appartient au travail.

Le ministère ne comprend pas ces choses, ou il fait semblant de ne pas les comprendre. Les termes de la lettre de M. Doumergue sont ambigus. Il n'ose pas décider, en principe, que jamais les syndicats d'instituteurs et les syndicats ouvriers ne délibéreront ensemble, et c'est toujours le spectre de la Confédération qu'il évoque ; comme si la classe ouvrière n'était capable de sagesse qu'à condition de se briser et de se morceler ; comme si les paradoxes mêmes et les outrances de pensée ou de parole qui ont pu se produire devaient céder à la persécution et à la violence ; comme si des gouvernants républicains ne devaient pas faire un large crédit à la force de raison qui est dans le peuple et qui se dégage par l'organisation même et par la liberté prolongée de la discussion et de la critique. Quelle que soit la destinée immédiate de ce congrès mixte de Lyon, ceux qui en ont conçu l'idée et formulé le programme ont rendu un service marqué à la cause de l'éducation populaire, c'est-à-dire de la civilisation elle-même. Des germes mûrissent que la réaction la plus pesante ne réussira point à écraser.

Partout dans le monde les forces nouvelles s'émeuvent. Voici les ouvriers de Prusse qui engagent à fond la bataille pour conquérir le suffrage universel et abattre la domination des hobereaux tacitement soutenus ou mollement combattus par la bourgeoisie censitaire. Voici le Parti du Travail anglais qui soumet à la Chambre des Communes un projet de loi hardi qui organise l'assurance contre le chômage et le droit au travail. Ce droit, proclamé un moment en une formule théorique vaine et bientôt répudiée, par la République de 1848, le prolétariat organisé veut enfin lui donner forme. Il veut protéger enfin les travailleurs contre le pire fléau de la vie ouvrière, contre l'effet meurtrier des crises de chômage.

Cette initiative des députés ouvriers anglais a mis en émoi les conservateurs de toute l'Europe. Les plus clairvoyants reconnaissent là un des symptômes les plus remarquables de la croissance du socialisme. C'est l'esprit socialiste qui anime de plus en plus le prolétariat anglais dont on nous opposait si volontiers jusqu'ici les conceptions et les méthodes. Mais voici surtout l'importance de l'événement. Quand les représentants du Parti du Travail ont saisi le Parlement anglais de ce problème, ils n'ont pas prétendu faire une vaine manifestation : rien n'est plus contraire au génie de la race anglaise. Ils ont prétendu marquer à l'effort du prolétariat anglais un grand objet précis. Par la puissance de leur organisation économique ancienne, de leur organisation politique nouvelle, les prolétaires anglais espèrent bien imposer au Parlement le vote de ces grandes mesures de salut ouvrier. Par là, le parlementarisme prend, pour le socialisme et pour le prolétariat, un sens nouveau, une valeur nouvelle. Manié par une classe ouvrière fortement organisée, et ayant la claire vision du but final où elle doit atteindre, des réformes successives qui l'y doivent conduire, il deviendra une force prolétarienne, l'instrument d'une révolution sociale dont les travailleurs eux-mêmes seront, si l'on peut dire, la substance et le moteur. Ce sera pour toute l'action socialiste en Europe un magnifique renouvellement.

Protégés

REPPS, 12 avril 1908

Les instituteurs ne se plaindront pas, j'imagine, d'être livrés sans défense à leurs ennemis. Voici deux lois nouvelles destinées à les protéger. La première punit les chefs de famille qui organisent la grève de l'école, qui refusent d'y envoyer leurs enfants, sous prétexte que tel enseignement ou tel livre leur déplaît. La seconde substitue la responsabilité de l'État à celle de l'instituteur quand un chef de famille se plaint d'un propos tenu en classe par celui-ci. L'État dira au plaignant : « C'est en mon nom que parle l'instituteur. C'est moi qui l'ai choisi. C'est moi qui l'ai délégué. C'est donc moi qui suis responsable s'il manque à la neutralité. »

Soit, et voilà les instituteurs débarrassés de quelques ennuis. Les voilà couverts contre les assauts directs des associations cléricales, et les juges, les bons juges, si empressés à fausser toutes les lois de laïcité comme toutes les lois de réglementation du travail et de réforme sociale, seront obligés de prendre à partie directement, non pas tel ou tel pauvre instituteur, mais l'État lui-même.

Ces lois nouvelles procèdent donc, je ne le méconnais pas, de bonnes intentions. Mais elles peuvent aussi constituer un péril pour les instituteurs. Ces interventions protectrices de l'État induiront l'État à resserrer encore le contrôle si soupçonneux, souvent si réactionnaire, qu'il exerce sur les maîtres de l'enseignement primaire. Il se retournera vers eux et leur dira : « Je suis responsable de vous. J'ai donc, plus encore qu'autrefois, le droit et le devoir d'exiger de vous le respect absolu de la neutralité scolaire et un enseignement prudent, modéré, qui n'ébranle ou qui n'effleure aucune des bases de l'ordre social. » Et plus les instituteurs seront défendus par l'État, plus ils seront obligés de se défendre contre l'État.

Hélas ! ce ne sont pas de vaines appréhensions. Depuis que le radicalisme au pouvoir a entrepris, avec M. Clemenceau, une lutte systématique contre le parti socialiste et l'organisation ouvrière, les instituteurs sont entourés d'une atmosphère de soupçon. M. Buisson[1] a montré, l'autre jour, dans un discours plein de force et de courage, comment ces défiances hostiles de l'État faisaient le jeu de la réaction nationaliste. On guette le moindre propos des instituteurs. On le dénature, on le grossit ; on sépare un mot, une phrase, du texte qui les explique et leur donne leur vrai sens. Et on se prend à déclamer contre les ennemis de la patrie, contre les doctrines d'empoisonnement. Alors les chefs catholiques se retournent vers les familles et ils leur disent : « Vous voyez bien, ce n'est pas nous, ce ne sont pas les curés qui dénoncent les maîtres d'école, ce sont les républicains, ce sont les radicaux. » Ainsi là encore, pour avoir voulu frapper le socialisme, on frappe la laïcité et la République elle-même.

M. Buisson a montré que les instituteurs, en refusant de s'associer à la campagne de Bocquillon, en refusant de suivre M. Goblet lui-même, mal conseillé et mal inspiré, ont donné l'exemple du sang-froid, de la fermeté d'esprit et sauvé l'esprit républicain de la panique et de la débâcle.

Cet exemple, les gouvernants ne l'ont pas suivi. Et la révocation arbitraire et absurde de l'instituteur Roux-Costadau[2] a révélé une fois de plus leur infirmité d'intelligence et

1. Ferdinand Buisson (1841-1932) est un député radical-socialiste en excellents termes avec les socialistes et il jouit d'une haute autorité morale et intellectuelle ; ancien collaborateur direct de Jules Ferry à l'Instruction publique, futur président de la Ligue des Droits de l'Homme.
2. Ferdinand Roux-Costadau (1875-1946) révoqué devint député socialiste de la Drôme entre 1910 et 1919.

d'âme. Quand M. Doumergue a annoncé qu'il avait eu des raisons graves d'aller au-delà de la peine prononcée par le Conseil départemental et que les articles de l'instituteur, ses lettres même, justifiaient la révocation, la majorité a marqué par un mouvement de joie qu'elle s'apprêtait à nous confondre et à nous accabler. Elle s'attendait, sur la foi du ministre, à quelque démarche inconvenante, à quelque propos monstrueux ou grossier. Sa déception a été grande. Les lettres de l'instituteur révoqué sont un modèle de dignité, de sagesse et de mesure, et elles ont produit, je le sais, sur la majorité elle-même, une profonde impression. Quant à son article, il était vraiment, comme je me suis permis de le dire, d'une ironie charmante. Son seul défaut est qu'il était d'une ironie trop fine, car vraiment, à la lettre, le ministre de l'Instruction publique ne l'a pas compris. Pour protester contre une loi d'amnistie qui excluait les antimilitaristes, il disait : La patrie est vraiment de complexion bien délicate, puisqu'elle peut être mise en péril par cinq ou six hommes. Et M. Doumergue s'écriait dramatiquement : « Voilà, Messieurs, comment il parle de la patrie ! » Je suis toujours stupéfait de l'obscurcissement intellectuel que produit le pouvoir sur la plupart des hommes. M. Doumergue, à la lettre, n'a rien compris au passage qu'il citait. À l'examen du brevet, et pour l'explication des textes, il aurait eu une mauvaise note. Étrange défenseur de l'école !

C'est donc encore sur eux-mêmes, sur leur constance, sur leur sagesse, sur leur force d'association que doivent compter les instituteurs. Plus que jamais, ils doivent développer leurs institutions syndicales. Plus que jamais aussi, ils doivent concilier la prudence et la juste hardiesse. Ils ont à faire une œuvre admirable et redoutable : ouvrir l'esprit des enfants à toutes les idées, les rendre capables de réflexion libre et personnelle. Ils sont exposés, dans cette œuvre, à heurter bien des préjugés, à soulever bien des colères sincères ou factices. Leur meilleure sauvegarde sera dans leur solidarité. Elle sera aussi dans une large et intelligente méthode qui écartera d'eux tout reproche de sectarisme et d'étroitesse. C'est à eux d'avertir ceux de leurs camarades qui se laisseraient emporter par une sorte de fanatisme. La première vertu de l'éducateur, c'est une sympathie intelligente pour tous les efforts de l'esprit humain. Il n'est pas besoin d'outrager une idée pour habituer les enfants à l'analyser sans crainte. Il suffit de leur montrer la succession et l'évolution des croyances et les raisons profondes de chacune d'elles. J'entendais l'autre jour, dans les couloirs de la Chambre, des députés se scandaliser et s'indigner du propos prêté à un instituteur : « Quiconque croit en Dieu est un imbécile. » Et moi je dis que ce propos est une bêtise. Le monde a été interprété en des sens divers par les plus grands esprits ; et ce que démontre l'histoire de l'esprit humain, c'est qu'il n'y a pas de croyance, si grossière et si rudimentaire qu'elle paraisse, qui ne procède d'un grand effort de réflexion et qui ne renferme des trésors de pensée. Lisez le livre si substantiel de Frazer (*Le Rameau d'or*), et vous verrez que d'idées, que de subtilités profondes, que de riches pressentiments il y a dans les croyances même les plus primitives. Il me semble qu'une des tâches les plus pressantes des instituteurs sera d'élaborer et de préciser dans leurs congrès les méthodes d'exposition qui leur permettront de parler librement de toutes les idées sans en offenser aucune. C'est par là, et par leur union fraternelle, qu'ils résisteront et à l'hostilité cléricale et à l'hostilité gouvernementale, et qu'ils accompliront avec force leur grande mission émancipatrice.

Neutralité et impartialité
REPPS, 4 octobre 1908

De la neutralité
REPPS, 11 octobre 1908

La valeur des maîtres
REPPS, 25 octobre 1908

La prochaine bataille
REPPS, 17 janvier 1909

Dans ces quatre articles, Jaurès réagit à la déclaration des évêques sur la neutralité scolaire rendue publique en juin 1908 et qui condamne divers manuels de morale et d'histoire utilisés dans les écoles laïques. Sous l'impulsion du clergé, des associations de pères de famille se créent pour contrôler l'enseignement d'État.

Dans cette République où l'Église est désormais séparée de l'État, la question religieuse demeure une ligne de clivage importante, mais l'école est devenue désormais le principal lieu de confrontation.

Pour Jaurès, l'orientation politique du gouvernement Clemenceau a encouragé la résurgence du cléricalisme et du conservatisme parce que le président du Conseil « s'est dressé comme une menace provocatrice à l'égard des organisations ouvrières » (discours de Jaurès à Grenoble en 1910), en réprimant les mouvements sociaux (voir articles précédents). Jaurès ne conçoit la lutte contre le cléricalisme que dans le cadre d'une « politique de réforme (sociale) et de large démocratie ». Pour cela, il laisse la porte ouverte à ceux qui, parmi les radicaux, se montrent soucieux de progrès.

Ces articles nous rappellent aussi que l'époque est marquée par l'opposition du pape Pie X (et de Pie IX avant lui

avec le Syllabus*) au rationalisme scientifique. Or l'idéologie
positiviste et scientiste est alors triomphante dans l'école de
la République : les élèves sont instruits dans un véritable
culte de la science et la vénération des savants, nouveaux
héros du monde moderne.*

*Enfin, Jaurès évoque aussi, dans son article « De la neu-
tralité », la crise moderniste : c'est en 1908 justement que
fut excommunié Alfred Loisy, figure de proue de la nouvelle
exégèse qui tente d'appliquer à l'Évangile les méthodes de
la critique moderne et de l'esprit scientifique. Démarche
inacceptable pour une papauté attachée au fondamentalisme.*

Neutralité et impartialité

REPPS, 4 octobre 1908

L a plus perfide manœuvre du parti clérical, des ennemis de
l'école laïque, c'est de la rappeler à ce qu'ils appellent
à la neutralité, et de la condamner par là à n'avoir ni doctrine, ni pensée, ni efficacité intellectuelle et morale. En
fait, il n'y a que le néant qui soit neutre. Ou plutôt les
cléricaux ramèneraient ainsi, par un détour, le vieil enseignement congréganiste. Celui-ci, de peur d'éveiller la réflexion,
l'indépendance de l'esprit, s'appliquait à être le plus insignifiant possible ; ainsi les affirmations et les doctrines de
l'Église, auxquelles rien ne faisait contrepoids, maîtrisaient
irrésistiblement les intelligences.

Sans doute il serait matériellement impossible de retrancher aujourd'hui de l'histoire des hommes ou de l'histoire
de la nature tous les événements qui contrarient la tradition
ecclésiastique. Les choses mêmes, si je puis dire, ont une
voix et jettent des cris. La cosmographie, la géologie, la vaste
histoire humaine renouvelée par la critique, ne s'accordent
pas aisément avec la lettre de certains récits bibliques enfantins et étroits ; toutes les sciences, quelles qu'elles soient,
abstraites ou concrètes, en habituant l'intelligence à lier des
idées selon une conséquence rigoureuse, comme le fait la
géométrie, ou à enchaîner les faits selon des lois, comme
le font la physique et la chimie, la mettent en défiance à
l'égard du miracle. Et le large tableau de la vie multiple et
changeante des peuples, de la succession des institutions,
des croyances, des formes religieuses et sociales émergeant

par degrés et s'évanouissant peu à peu, libère l'intelligence des partis pris aveugles.

La neutralité scolaire ne pourrait donc pas, à moins d'aller jusqu'à la suppression de tout enseignement, retirer à la science moderne toute son âme de liberté et de hardiesse. Mais ce qu'on attend de l'école, ce qu'on s'apprête à exiger d'elle, c'est qu'elle réduise au minimum cette âme de liberté ; c'est que, sous prétexte de ménager les croyances, elle amortisse toutes les couleurs, voile toutes les clartés, et qu'elle ne laisse parvenir à l'esprit les vérités scientifiques qu'éteintes et presque mortes. Il y a une façon de raconter l'histoire de la terre, les « époques de la nature » pour parler comme Buffon, qui émeut prodigieusement l'esprit et qui le fait assister au long travail de notre planète comme à un drame incomparable. Il y a au contraire une façon sèche, inerte, qui ne laisse dans l'esprit que des mots et qui n'y suscite point la vie et les dangereuses curiosités redoutées de l'Église.

De même il est possible de raconter l'histoire de France sans manquer à l'exactitude matérielle des faits et des dates, mais de telle sorte que les institutions successives, empire de Charlemagne, féodalité, monarchie centralisée, explosion révolutionnaire de la démocratie bourgeoise, lente poussée et préparation profonde du socialisme, n'offrent à l'esprit rien de vivant et se réduisent à une pauvre nomenclature. Dès lors, les intelligences ainsi éduquées, n'ayant jamais goûté à la vie, ne seront pas choquées de ce qu'a de mort aujourd'hui la pensée ecclésiastique. Et l'Église guettera l'heure où tous ces esprits, souffrant à leur insu de la pauvreté de l'enseignement scolaire, seront à la merci de la première émotion idéaliste qu'elle pourra leur ménager.

Ainsi, par la campagne de « neutralité scolaire », ce ne sont pas seulement les instituteurs qui sont menacés de vexations sans nombre. C'est l'enseignement laïque lui-même qui est menacé de stérilité et de mort.

Plus l'esprit est vivant, plus il étend à l'infini les applications des idées qu'il reçoit. Quoi de plus abstrait en apparence que la géométrie ? Mais le jour où Roger Bacon pressent et proclame dans son *Opus magnum* que tout l'univers est, en un sens, géométrie et mathématique, le jour où il conclut que l'homme pourrait donc exercer une action croissante sur la totalité des choses, et concentrer en un seul miroir assez de flamme pour éclairer ou embraser l'univers, ce jour-là il agrandit à l'infini la pensée d'Archimède. Il pressent Diderot, Berthelot, Renan, et la froide géométrie prend dans son esprit révolutionnaire une force de révolution. De même encore, quand Descartes empruntait à la géométrie le type de la certitude, il renouvelait par elle tout l'esprit humain. Et lorsque, par une tendance d'esprit toute contraire, Pascal limitait la sphère de la géométrie et affirmait tout un monde de vérités d'un autre ordre, il montrait encore que la géométrie n'était pas restée pour lui science abstraite et morte, qu'il en avait confronté la méthode avec toute la vie de l'esprit humain. Il faudrait tuer les esprits pour empêcher les idées d'y développer ces vastes conséquences, souvent imprévues, dont s'épouvantent les partisans de la « neutralité scolaire », c'est-à-dire de l'immobilité ecclésiastique.

Est-ce à dire que l'enseignement de l'école doit être sectaire, violemment ou sournoisement tendancieux ? Ce serait un crime pour l'instituteur de violenter l'esprit des enfants dans le sens de sa propre pensée. S'il procédait par des affirmations sans contrepoids, il userait d'autorité, et il manquerait à sa fonction même qui est d'éveiller et d'éduquer la liberté. S'il cachait aux enfants une partie des faits, s'il ne leur faisait connaître que ceux qui peuvent seconder telle ou telle thèse, s'il ne comprenait pas et s'il ne leur faisait pas comprendre la force des raisons qui ont légitimé telle ou telle institution, propagé telle ou telle croyance, il n'aurait ni la probité ni l'étendue d'esprit sans lesquelles il n'est pas de bon instituteur.

Que tout le mouvement de l'Europe moderne tende à la démocratie politique d'abord, et aussi à la démocratie sociale, c'est ce qui ressortira sans doute de l'enseignement historique de l'école. Mais ce n'est pas une raison pour méconnaître les grandeurs de l'ancienne monarchie française et l'éclat de l'ancienne aristocratie, et il suffirait à l'instituteur de méditer le *Manifeste communiste* de Marx pour y voir le plus magnifique tableau de l'œuvre de la bourgeoisie moderne. On peut donc se tourner vers l'avenir et orienter vers des temps nouveaux la signification de l'histoire, sans calomnier le passé et le présent. Cette largeur d'esprit est conforme aux exigences de la science elle-même, car la science est l'interprétation de la vie, et la vie ne procède point par tranches : elle va comme un fleuve où bien des affluents se mêlent, et le passé se survit étrangement à l'heure même où on le croit aboli.

De là la nécessité d'une méthode d'enseignement surtout positive. Ce n'est point par voie de négation, de polémique, de controverse, que doit procéder l'instituteur, mais en donnant aux faits toute leur valeur, tout leur relief. À quoi bon polémiquer contre des récits bibliques enfantins ? Il vaut mieux donner à l'enfant la vision nette de l'évolution de la terre. À quoi bon railler la croyance au miracle ? Il est bien plus scientifique de montrer que tous les progrès de l'esprit humain ont consisté à rechercher des causes et à savoir des lois. Quand vous aurez ainsi mis dans l'esprit des enfants la science avec ses méthodes et la nature avec ses lois, c'est la nature elle-même qui agira dans leur intelligence et qui en rejettera le caprice et l'arbitraire. Et que pourront dire alors ceux qui accusent à tout propos l'instituteur de violer la neutralité scolaire ? Voudront-ils, selon le mot admirable de Spinoza, obliger la nature elle-même à délirer comme eux ?

Mais je n'ai fait aujourd'hui qu'effleurer la question par ses aspects les plus généraux. Je me réserve de préciser par des exemples, dans ma prochaine chronique, l'application de la méthode que j'indique, et qui est tout à la fois, si j'ose dire, enthousiaste et objective.

De la neutralité

REPPS, 11 octobre 1908

L'hypocrisie de ses origines suffirait à condamner la campagne pour la « neutralité scolaire ». Cette neutralité est demandée d'abord par ce parti clérical qui, lui, essaie d'imposer ses conceptions, ses dogmes, à la vie, à l'histoire et à la nature elle-même. Ne pouvant plus emplir tout l'enseignement de sa pensée despotique, il veut du moins que l'enseignement soit vide. À ce parti clérical se joignent des alliés à peu près aussi suspects : ce sont ces bourgeois au républicanisme conservateur qui, tant qu'ils se sont crus les maîtres définitifs de la République et de l'école, se sont servis de l'enseignement pour leurs desseins bornés. Ils y ont propagé un anticléricalisme souvent subalterne, superficiel et frivole, et une forme de patriotisme étroite, basse, haineuse, exclusive, qui n'avait rien de commun avec ce patriotisme supérieur, le « patriotisme européen », dont M. Pichon[1] parlait l'autre jour, sans savoir d'ailleurs ce qu'il disait.

Maintenant que ces faux libres penseurs et ces nationalistes inavoués voient l'esprit nouveau dont se pénètrent les instituteurs, un esprit largement humain et socialiste, ils craignent que, par eux, cette pensée nouvelle se communique aux enfants du peuple : et ils réclament soudain une neutralité qu'ils ont si longtemps violée et qui n'est que le bâillon sur des bouches dédaigneuses des vieux mots d'ordre.

---

1. Stephen Pichon (1857-1933) est un proche collaborateur et le fidèle ministre des Affaires étrangères de Clemenceau, souvent moqué par Jaurès.

Mais cette neutralité a d'autres vices plus profonds. Elle aurait ce double effet désastreux de réduire au minimum l'enseignement du peuple et de réduire au minimum la valeur des instituteurs.

Un jour viendra sans aucun doute (M. Lavisse lui-même l'a annoncé naguère dans son discours aux écoles de Nouvion) où l'enseignement primaire sera élargi. La durée de la scolarité sera accrue, et une vue d'ensemble du mouvement humain sera présentée aux écoliers. Une idée générale de l'histoire des religions entrera nécessairement dans ce programme, car elles sont un des faits essentiels, peut-être sont-elles le fait essentiel de l'histoire humaine. Ce jour-là, inévitablement l'instituteur rencontrera des problèmes où il sera exposé sans cesse à heurter « la neutralité », par le simple énoncé des faits désormais acquis à la science.

Notez qu'il pourra exposer ces faits, résumer par exemple l'histoire des livres sacrés de la Judée, sans blesser en rien les croyances même religieuses. Il pourra montrer, d'après le résumé qu'a publié récemment M. Guignebert[2], que les diverses parties de la Bible se réfèrent à d'autres dates que celles que leur assigne communément l'Église. Mais, quels que soient les résultats de la critique historique, c'est un fait aussi, et nullement négligeable, que les livres hébreux ont exercé une profonde influence sur les esprits et sur les consciences. C'est un fait que le messianisme hébraïque, appel douloureux et véhément à la justice de l'avenir, s'est élargi, dans la pensée du Christ, en un messianisme universel, à la fois humain et cosmique, qui affirme que le monde humain et tout l'univers même seront renouvelés pour se conformer à la justice et à l'amour. Et ce prodigieux élan vers l'avenir, transmis à la science moderne et à la démocratie socialiste, lui a communiqué une sorte de frisson religieux.

---

2. Charles Guignebert (1867-1939), disciple de Renan, est professeur d'histoire des religions à la Sorbonne.

C'est un fait que les plus grands et souvent les plus libres esprits, sans se laisser arrêter aux difficultés critiques et aux contradictions des textes, ont puisé à ces sources ardentes. C'est un fait qu'aujourd'hui encore bien des chrétiens, ou d'origine protestante comme M. Wilfred Monod[3], ou d'origine catholique comme le groupe de M. Loisy[4], croient, tout en acceptant tous les résultats de la critique moderne, que des vérités d'ordre transcendant se sont révélées dans un mouvement historique.

Quand l'instituteur exposera, à propos de l'histoire de la Judée et de ses livres religieux, les résultats de la critique de l'exégèse, il aura présents à l'esprit tous ces faits : et sans rien atténuer de la vérité scientifique et objective, il saura, par scrupule de vérité totale et humaine, éviter toute ironie offensante, toute forme de négation brutale et définitive.

Il indiquera aux enfants que c'est leur conscience, affranchie de toute contrainte, que c'est leur esprit, développé par la réflexion, par l'étude, par l'expérience de la vie, qui statuera sur ces grands problèmes. Ainsi les questions les plus délicates, celles que la théorie de la neutralité entend proscrire, pourront entrer un jour dans le cercle élargi de l'enseignement primaire, sans qu'aucune conscience ait le droit de protester. Qu'on ne croie pas que ces vérités complexes, où le souci de la réalité objective se concilie avec le respect de toutes les hautes et mystérieuses aspirations, dépassent l'intelligence des enfants. Elle a parfois des intuitions surprenantes, de merveilleux pressentiments. L'autre jour, deux enfants de dix ans, qui ne sont pas particulièrement méditatifs, mais très remuants, au contraire, très épris de jeu, m'ont posé coup sur coup deux questions qui révèlent à quelles profondeurs descend spontanément la pensée enfantine. L'un d'eux me

3. Wilfred Monod (1867-1943) pasteur et théologien protestant, père de Théodore Monod.
4. Alfred Loisy (1857-1940), chef de file du courant « moderniste » et récemment excommunié, va devenir en 1909 professeur au Collège de France et accentuer sa critique du catholicisme.

demanda brusquement : *Est-ce que la vie n'est pas un rêve ?*
Peut-être nous rêvons en ce moment-ci. Et l'autre, ayant
entendu parler de Jupiter comme un dieu adoré par les
Anciens, me dit tout à coup : *Est-ce qu'il a existé ?* Le contenu
de ces deux questions est énorme ; et il sera possible, même
avec les enfants, de porter l'enseignement assez haut pour
que les vérités scientifiques les plus directement contraires
à quelques-unes des notions inculquées à leur esprit par la
famille ou par l'Église affranchissent et fortifient leur pensée sans la meurtrir. J'ai pris l'exemple le plus difficile, le
plus redoutable. Ce n'est donc pas en mutilant et abaissant
l'enseignement par un système de neutralité tyrannique et
inquisitoriale, c'est en l'agrandissant, au contraire, et en
l'élevant, qu'on évitera toute violence aux esprits.

Je voudrais montrer dans mon prochain article comment
la « neutralité » abaisserait le niveau de pensée et de savoir
des maîtres.

La valeur des maîtres
REPPS, 25 octobre 1908

L es controverses au sujet de la neutralité continuent ;
mais, en vérité, quand on va, par des exemples précis,
au fond des choses, comment est-il possible de concevoir un
enseignement d'indifférence et d'équilibre qui ne conclurait
ou même qui ne marquerait sa tendance en aucune des questions vitales ? Peut-on concevoir, par exemple, que le maître,
racontant les guerres de religion qui ont si longtemps et sous
tant de formes diverses déchiré et ensanglanté l'humanité,
déchiré et ensanglanté la France, ne fasse pas valoir avec
force la sublimité de la tolérance, le droit absolu de toutes les
consciences, de toutes les intelligences humaines à interpréter
librement l'univers et à communiquer aux autres esprits par
la persuasion le rythme de leur propre vie intérieure ?

Ou encore le maître qui expose la fin de l'Ancien Régime,
l'avènement douloureux, puissant et convulsif du monde
moderne, pourra-t-il se défendre d'une adhésion enthousiaste
à l'idée de la souveraineté nationale et du contrôle populaire ?
Lui sera-t-il interdit de s'émouvoir aux grandes pensées des
plus nobles révolutionnaires, aux plans d'éducation, aux rêves
d'organisation sociale et de justice d'un Condorcet ? Et enfin,
quand l'instituteur du peuple résumera l'effort de la France
depuis cent années, n'aura-t-il pas le droit de s'émouvoir
des souffrances ouvrières, de mettre en opposition, dans un
tableau de lumière et d'ombre, les progrès de la science et
les conquêtes de la civilisation, avec ces horribles misères
prolétariennes dont les livres de Buret et les enquêtes de

Villermé[1] contiennent, pour le règne de Louis-Philippe, l'authentique et terrible témoignage ? Ne pourra-t-il pas faire sentir aux enfants ce qu'il y a de grand dans l'espérance de libération qui a soutenu à travers toutes les épreuves la classe ouvrière et dans l'effort des travailleurs pour préparer un ordre nouveau plus fraternel et plus juste, qui exigera de tous les hommes plus de lumière, plus d'autonomie, plus de volonté ? Condamner au silence sa bouche et son cœur même sur ces grands sujets, ce serait glacer son enseignement. Ce serait bientôt abaisser le maître lui-même.

Rien n'est facile, en effet, comme cette sorte de neutralité morte. Il suffit de parcourir la surface des choses et des événements, en notant les clartés, le matériel des faits, sans essayer de rattacher les faits à des idées, d'en pénétrer le sens, d'en marquer la place dans les longues séries d'efforts humains qui aboutissent à des crises généreuses.

Le difficile, au contraire, pour le maître, c'est de sortir de cette neutralité inerte sans manquer à la justice. Le difficile, pour reprendre les exemples que j'indiquais tout à l'heure, c'est de glorifier la tolérance sans être injuste envers les hommes qui longtemps ont considéré la persécution comme un devoir dans l'intérêt même des âmes à sauver. Il n'est que de lire les œuvres mêmes, les écrits, les discours de Michel de l'Hospital[2] pour voir comme il était difficile aux esprits les plus élevés, les plus conciliants, d'atteindre d'emblée à l'idée de la tolérance absolue. Au début il hésite : il fait au dogmatisme intolérant et persécuteur des concessions redoutables, et on sent que ce n'est pas chez lui prudence de politique obligé de manœuvrer entre les partis et de laisser un peu de jeu aux passions mêmes qu'il veut brider ; non, c'est l'embarras d'une conscience aux prises avec un problème

---

1. Eugène Buret (1810-1842) et Louis-René de Villermé (1782-1863) sont les précurseurs de la sociologie du travail.

2. Les *Discours* du chancelier Michel de L'Hospital (1506-1573) ont été réédités par Robert Descimon à l'Imprimerie nationale en 1995.

nouveau, qui nous paraît aujourd'hui très facile à résoudre, mais dont l'humanité la plus cultivée, la plus délicate, a mis des siècles et des siècles à entrevoir la solution. Le paganisme a été persécuteur, même à Athènes. Le protestantisme, au moment même où il revendiquait contre Rome le droit d'interpréter directement les livres saints, frappait les dissidents. Luther, d'humeur si large et si joviale, a persécuté. Rien n'est poignant comme de voir, dans l'introduction du livre de Calvin sur l'*Institution chrétienne*, avec quelle force il s'élève contre les persécutions de François Ier ; avec quelle fierté il affirme les droits de la conscience, et de se rappeler en même temps l'implacable sentence qu'il a fait porter contre Michel Servet, en toute sûreté de conscience, pour un dissentiment à propos de la Trinité. Qu'est-ce à dire ? C'est que la conscience humaine ne s'élève que lentement, douloureusement, à certains sommets. Il convient à l'historien, à l'éducateur, d'être indulgent à ceux qui s'attardèrent dans des préjugés funestes, et de glorifier d'autant plus ceux qui eurent la force de gravir les sommets, de glorifier surtout la beauté même de l'idée.

Mais qui ne voit que cet enseignement, où l'équité est faite non d'une sorte d'indifférence, mais de la plus large compréhension, suppose chez le maître une haute et sérieuse culture ? Cette façon d'enseigner l'oblige à un perpétuel effort de pensée, de réflexion, à un enrichissement constant de son propre esprit.

Il serait aisé de le montrer aussi à propos de la Révolution française et à propos du mouvement ouvrier et socialiste moderne. Là aussi, pour pouvoir sympathiser avec les forces de progrès et de mouvement sans méconnaître la valeur des idées et des forces du passé, pour être vivant et ému sans être sectaire, le maître aura besoin d'une large provision de pensées. Cacher aux enfants la lutte des classes qui s'est développée, sous des formes diverses, tout au long de l'histoire et qui prend forme aujourd'hui dans la lutte du capitalisme et du prolétariat, ce serait supprimer pour eux un des aspects essentiels de l'histoire humaine. Mais résumer cette lutte en formules trop sommaires, trop âpres, ce serait fausser aussi et mutiler l'histoire. L'effort multiple et incertain du prolétariat est extrêmement complexe. Ses rapports avec la démocratie depuis le babouvisme jusqu'au syndicalisme de l'heure présente ont été très variables. Il est visible que la classe ouvrière ne peut s'affranchir pleinement et assumer la reconstitution de l'ordre social que par un labeur immense. Donner aux enfants, par le commentaire des faits, tout ensemble l'enthousiasme et le sérieux, l'élan et la gravité, c'est une tâche difficile et où le maître ne pourra réussir que s'il possède vraiment le sens de l'histoire du siècle. Mais le sentiment même de cette difficulté sera pour l'instituteur un stimulant admirable à l'étude, au travail, au progrès incessant de l'esprit. La neutralité, au contraire, serait comme une prime à la paresse de l'intelligence, un oreiller commode pour le sommeil de l'esprit.

La prochaine bataille
REPPS, 17 janvier 1909

C'est très probablement autour de l'école laïque que s'engagera la nouvelle et grande bataille de la démocratie contre la réaction. Des signes multipliés, des actes tous les jours plus audacieux, attestent l'espérance du parti clérical, sa volonté hardie de reprendre en main, par des procédés indirects mais efficaces, la direction de l'enseignement populaire.

Officiellement, l'Église est séparée de l'École publique. Officiellement, l'Église est séparée de l'État. Mais si elle a perdu peu à peu sa puissance légale, elle a gardé au moins, à un haut degré, sa puissance sociale. Elle constitue, en fait, l'association la plus étendue et la plus homogène par la communauté absolue de la croyance, par la solidarité des intérêts. Elle peut donc agir avec ensemble, avec persévérance. Et, de plus, elle peut mettre en mouvement les forces économiques. Elle a une clientèle toute faite dans les riches familles de bourgeoisie cléricale qui voient en elle non seulement la gardienne des portes du ciel, mais la protectrice des trésors de la terre. Par les ressorts dont elle dispose dans une partie de la Banque, du négoce, de la grande industrie, elle peut agir sur une large zone des classes moyennes. Et, de plus, l'insuffisance de la solidarité sociale offre aux entreprises d'une charité confessionnelle, qui est souvent un moyen de propagande politique, la triste foule des misérables.

De tout cela, il résulte que l'Église peut susciter contre l'école laïque des groupements de « pères de famille », soumettre l'école à une sorte d'investissement, les instituteurs à une sorte d'inquisition. Elle trouve, pour l'aider dans son œuvre, une magistrature enivrée d'autorité grossière, saturée de préjugés conservateurs et qui, même quand elle est ou se croit libre penseuse, incline à admirer et à protéger dans l'Église une puissance d'ordre, de forte discipline sociale et de solide hiérarchie. Ainsi l'Église, par la jurisprudence des dommages-intérêts qu'elle a réussi à faire adopter, et qui transfère de l'État aux associations cléricales servies par la magistrature, la maîtrise de l'enseignement par la censure arrogante exercée contre les œuvres scolaires, commence à étendre son ombre sur l'enseignement républicain.

Et comment la République pourra-t-elle réagir ? Comment pourra-t-elle libérer à nouveau l'école laïque ? Ce ne sera pas par des dispositions de détail, ce ne sera pas par des artifices juridiques. Je ne conteste pas la nécessité de certains remaniements législatifs protégeant les instituteurs contre les revendications des associations cléricales et contre les procès en dommages-intérêts. Mais ce serait, si je puis dire, des moyens de surface. Ce qu'il faut, c'est une bataille de fond et une bataille à fond. Je veux dire qu'il faut grouper autour de l'école laïque et républicaine tant de forces politiques et sociales que la réaction n'ose même plus attaquer, que les associations cléricales d'inquisition et de vexation se dissolvent d'elles-mêmes par l'effet de leur impuissance constatée, et que les magistrats eux-mêmes répudient les jurisprudences plus que singulières qu'ils ont créées.

En cette question de l'école, c'est tout un problème de politique générale qui est posé. C'est parce que depuis trois ans toute la force du gouvernement s'est portée contre la gauche, c'est parce que le ministère Clemenceau et sa majorité ont affecté de ne plus voir de péril à droite, c'est parce qu'ils ont pris prétexte de quelques outrances de parole et de geste, qui se seraient apaisées d'elles-mêmes dans l'organisation croissante du prolétariat, pour dresser « une barricade » entre la République gouvernementale et le prolétariat, pour frapper en ses militants et pour bafouer en son idéal la classe ouvrière, c'est pour cela que la vieille réaction a retrouvé le souffle et l'audace. C'est pour cela qu'elle est redevenue un danger pour l'école laïque.

On dirait que le péril est entrevu par une partie des radicaux et des radicaux socialistes qui affirment maintenant la nécessité de ne pas rompre avec le socialisme, de renouer avec lui des communications cordiales. Et nous, nous avons répondu que nous voulions maintenir l'autonomie absolue de notre parti ; que nous ne voulions entrer dans aucune combinaison parlementaire qui mêlât notre responsabilité à la responsabilité d'un parti aussi confus, aussi mélangé, aussi contradictoire que l'est à cette heure le parti radical, qui va des radicaux réactionnaires aux radicaux socialisants ; mais nous avons toujours ajouté et toujours prouvé que nous étions prêts à aider librement une politique de réforme et de large démocratie. Si l'on veut défendre vraiment l'école laïque, il faudra rendre possible à la classe ouvrière de s'intéresser de nouveau à l'action d'un gouvernement républicain. Il n'y a qu'une politique claire, loyale, décidée, de sympathie pour le prolétariat, de réforme sociale et de paix internationale, qui puisse grouper autour de l'école menacée les forces vives de la nation et de la République.

Je ne crois pas que le ministère Clemenceau soit capable de cette œuvre. Il semble pris parfois d'hésitation et d'inquiétude sur les effets de sa politique. Il s'effraie, quoi qu'il en dise, pour le parti radical lui-même, de l'irritation croissante de la classe ouvrière, et il oscille de la provocation à la capitulation, des répressions arbitraires aux amnisties, des déclamations conservatrices aux balbutiements de réformes, des imprudences internationales aux propos conciliants et pacifiques. Mais il ne peut plus retrouver la confiance perdue du monde du travail, et il s'est condamné lui-même à une politique incertaine, ambiguë et inefficace.

Le péril grandissant de l'école laïque obligera la démocratie républicaine à un grand changement dans la politique générale, et c'est pourquoi je dis que c'est autour de l'école laïque que s'engagera, sans aucun doute, le grand combat prochain des partis de mouvement et des partis de réaction, des classes de travail et de justice et des classes de privilèges.

L'esprit de l'éducation populaire
REPPS, 3 octobre 1909

Jaurès commente ici les débats du Congrès des Amicales qui vient de se tenir à Nancy. Les Amicales, qui sont des associations professionnelles, se sont multipliées chez les fonctionnaires et en particulier chez les instituteurs depuis la fin du XIXᵉ siècle.

Par ailleurs, son article fait allusion à la réorganisation du mouvement ouvrier alors en cours, au moment où se développent le machinisme et la division du travail : multiplication des Bourses du travail depuis les années 1890 ; apparition des fédérations d'industries (qui remplacent les syndicats de métiers beaucoup trop morcelés) dans le cadre de la CGT fondée en 1895. Cette réorganisation s'inscrit aussi dans le cadre du développement d'une conscience de classe chez les ouvriers (favorisée lorsqu'il y a concentration de ces derniers dans leurs lieux de travail et d'habitation). L'article de Jaurès en est empreint.

Les débats du Congrès des Amicales à Nancy ont été du plus haut intérêt. Notamment la controverse entre MM. Devinat et Dufrenne a porté sur une question vraiment vitale. Quel doit être le sens, le caractère essentiel de l'enseignement donné dans les écoles primaires de la République aux enfants du peuple ouvrier ? Dans quel esprit doivent être enseignés les programmes ? Je serais bien étonné si

les orateurs qui ont pris part au débat, si MM. Devinat et
Dufrenne eux-mêmes avaient pu, en cette question immense,
préciser toute leur pensée, et donner toutes leurs raisons. Le
temps leur a manqué, à coup sûr : et ce n'est pas, d'ailleurs,
en quelques paroles qu'un homme peut communiquer à
d'autres hommes sa pensée sur des méthodes d'éducation qui
résument à la fois toute sa conception générale de la vie et
toute sa pratique d'éducateur. Nous n'avons eu d'ailleurs par
la presse que des indications trop sommaires. Si je commets
quelque méprise, si je ne discerne pas exactement quelques
nuances dans la pensée des uns ou des autres, ils voudront
bien m'excuser. C'est une grande joie pour l'esprit, c'est
aussi une sorte de souffrance, la plus noble de toutes il est
vrai, de vivre en un temps où surgissent tant de problèmes,
où jaillissent tant d'idées : la pensée en est à la fois éblouie
et débordée.

Il me semble que M. Devinat se donne un trop facile
avantage quand il dit à M. Dufrenne et à ses amis : « Ayez
le courage de le dire. Au fond, ce que vous voulez, c'est
faire de l'école une école professionnelle. » Il y a beaucoup
d'équivoque dans ce mot, car si on creuse l'enseignement
professionnel, on retrouve vite les sources profondes du
savoir humain, la libre activité de l'esprit. Si au contraire
M. Devinat entend par là que l'école primaire, dans la pensée de ses contradicteurs, doit surtout les préparer de bonne
heure à telle ou telle spécialité de travail manuel, je crois
qu'il méconnaît absolument leur idée. Ce n'est certainement
pas ainsi qu'ils veulent dès l'école primaire préparer des
producteurs.

Donner à l'école primaire le caractère étroitement professionnel que M. Devinat croit trouver dans les formules de
M. Dufrenne, ce serait introduire à l'école la division infinie
du travail moderne ; ce serait donc tuer l'enseignement et le
réduire en miettes. Et comment M. Devinat peut-il attribuer
cette pensée à M. Dufrenne et à ses amis ? Ceux-ci veulent
évidemment s'inspirer de la pensée ouvrière ; ils veulent

que l'école primaire se souvienne avant tout qu'elle a une classe ouvrière à élever. Or la classe ouvrière lutte précisément pour échapper au morcellement et à la dispersion des métiers. Elle opère un travail ininterrompu de concentration. Elle a mis fin au compagnonnage, qui opposait groupement à groupement dans un même métier. Elle s'efforce de mettre fin au corporatisme qui isole les ouvriers des divers métiers. Elle remplace de plus en plus la Fédération de métier par la Fédération d'industrie, et elle coordonne dans la Confédération générale du travail tous les syndicats, toutes les Fédérations ouvrières, toutes les Bourses du travail. Le syndicalisme est un acte d'unité ; c'est donc un acte de pensée : car il n'y a que la force de la pensée qui puisse dominer les spécialités diverses dans lesquelles la vie ouvrière est disséminée. Et comment des instituteurs pénétrés précisément de l'esprit syndicaliste voudraient-ils émietter à l'école ce que le syndicalisme s'efforce d'unir dans la vie ?

Seulement ils veulent s'inspirer, dans l'éducation première des enfants du prolétariat, des méthodes vivantes par lesquelles se fait l'éducation du prolétariat lui-même. Pour qu'il ait pu s'élever au point de culture économique, politique et sociale où il est parvenu, pour qu'il ait pu prendre quelque conscience de lui-même comme classe, c'est-à-dire reconnaître à la fois son unité essentielle et la grandeur du rôle auquel il est destiné, pour qu'il puisse s'élever plus haut encore, deux conditions ont été nécessaires et demeurent nécessaires. Il y a fallu d'abord une grande tradition historique, je dirai nettement une grande tradition intellectuelle. Entre la plèbe romaine et l'ouvrier de la France moderne, de la France du XXᵉ siècle, il y a des siècles d'histoire. Ce ne sont pas des abîmes vides qui les séparent. Toutes les révolutions morales, religieuses, intellectuelles, scientifiques, politiques, industrielles, qui se sont succédé ont laissé leur trace dans la race humaine. Les idées, les espérances, les audaces, se sont transmises de génération en génération,

comme le sang des plus lointains aïeux se transmet en se
renouvelant dans les veines des hommes.

Le prolétaire moderne descend d'hommes qui ont affirmé
avec le premier christianisme évangélique l'égale vocation
de tous les hommes à l'infinité du bonheur, et l'égale valeur
de toutes les âmes. Il descend d'hommes qui ont affirmé
révolutionnairement le droit de l'homme et du citoyen,
et qui, par leur action, ont donné presque d'emblée à la
formule bourgeoise de l'égalité des droits une valeur plus
populaire et plus hardie. Il descend d'hommes qui ont été
mêlés à tous les mouvements du XIXᵉ siècle, et même quand
il ne s'en doute pas, même quand il a perdu le sens de ses
origines, il porte dans la fierté de ses revendications devant
le patronat, dans l'audace de son affirmation socialiste, la
fierté et l'audace de tous les mouvements d'action et de
pensée qui, à travers de prodigieuses vicissitudes, haussent
depuis des siècles la force morale du travail. Même voilés
d'ignorance, tous ces sommets sont en lui. Et il est bien
clair que plus il a conscience de cette tradition, plus son
éducation de prolétaire est forte.

Il est impossible d'éduquer pleinement le producteur si
on ne lui donne pas l'idée des forces qui l'ont fait ce qu'il
est déjà, c'est-à-dire capable d'aspirer et de monter plus
haut. D'où la nécessité, dans l'éducation de l'ouvrier, dès
l'école primaire comme dans la vie, d'une culture générale,
d'un ensemble de connaissances qui dépassent non pas son
ambition de producteur, mais sa spécialité de métier.

Mais il vrai que cette culture générale n'a de sens et de
valeur pour le prolétaire que s'il l'interprète selon sa propre
vie. Il ne peut se comprendre vraiment lui-même que par une
idée de l'ensemble. Mais il ne peut comprendre l'ensemble
que par rapport à lui-même ; sa propre vie, la vie ouvrière, de
souffrance, d'effort et d'espérance, de combat, est comme un
foyer ardent. Ce foyer a été haussé par le travail de l'histoire ;
mais c'est lui qui projette sur l'histoire et sur le monde une
vivante clarté. Sans la préparation séculaire dont j'ai parlé,

l'ouvrier moderne n'aurait pu s'élever au syndicalisme ; mais le syndicalisme n'a pour lui un sens réel, concret, vivant, que parce qu'il éprouve tous les jours la nécessité de l'union ouvrière, parce qu'il en vérifie le bienfait. Les efforts des générations disparues intéressent vraiment son entendement et sa conscience dans la mesure où ils ont préparé sa propre vie et l'action collective de sa classe.

Pour s'harmoniser à cet esprit, pour être vivant comme le peuple ouvrier lui-même, l'enseignement primaire doit n'oublier jamais qu'il s'adresse à une classe de producteurs, au prolétariat moderne.

Je trouve dans le livre que vient de publier Albert Thomas[1] : *Histoire anecdotique du travail*, et sous une forme naïve, un curieux exemple de la méthode d'assimilation par laquelle les travailleurs ramènent à eux l'histoire. C'est le rite du compagnonnage, à l'admission des nouveaux compagnons. Tous les instruments de la Passion figuraient dans la cérémonie, et le postulant devait en donner le sens. La signification générale du symbole, c'est que le travail dépouillé, bafoué, supplicié, depuis des siècles, était le Christ des sociétés humaines et qu'il attendait comme lui la résurrection. Évidemment ces pauvres ouvriers, écrasés sous tant d'institutions oppressives et de mépris accumulés, ont trouvé dans ce symbolisme une source de courage. Ils se sont approprié la force du christianisme naissant ; et en même temps, tout en déformant à leur insu le sens originel du christianisme, ils prenaient du mouvement chrétien une idée bien plus vivante que lorsqu'ils se bornaient à répéter les enseignements dogmatiques et les formules abstraites.

C'est là, bien entendu, une application naïve et rudimentaire de cette méthode vivante dont je parlais tout à l'heure ; et je

1. Albert Thomas (1878-1932) est, au début de sa carrière, à la fois disciple et différent de Jaurès. Agrégé d'histoire, il anime alors une *Revue syndicaliste* afin de développer le réformisme dans le mouvement syndicaliste et socialiste français.

ne la signale que parce qu'il y a là une indication spontanée
fournie par les travailleurs eux-mêmes. Il ne sera nullement
nécessaire de fausser et de forcer l'histoire ou de substituer
des symboles enfantins à la réalité sociale, pour donner à
tout l'enseignement primaire une signification vivante, un
accent nouveau où le prolétariat se reconnaisse lui-même.
Il ne s'agit pas non plus de se livrer dans les écoles à une
prédication politique et sociale. Pas le moins du monde.
Mais il faut que dans tout l'enseignement qu'il donnera,
enseignement de la langue, des sciences, de l'histoire, de
l'hygiène, de la morale, l'instituteur n'oublie pas un instant
qu'il a devant lui les générations prochaines de la grande
classe des producteurs ouvriers.

Voilà, si je ne me trompe, le sens des formules combat-
tues par M. Devinat. Voilà du moins, selon moi, comment
se pose le problème.

Je n'ai pu aujourd'hui qu'en définir les termes les plus
généraux. J'examinerai de plus près, dans les prochains
articles, les formules qui se sont heurtées au congrès de
Nancy, et je préciserai par des exemples comment, selon
cet esprit nouveau, serait donné l'enseignement primaire.

Homme et ouvrier
REPPS, 24 octobre 1909

Morale prolétarienne et humaine
REPPS, 14 novembre 1909

*Dans les deux articles qui suivent, le contradicteur épisto-
laire de Jaurès, Devinat, un des participants au Congrès de
Nancy, oppose conscience de classe (« solidarité ouvrière »)
et « solidarité nationale » et reproche à Jaurès de mettre en
exergue la première. Débat très révélateur des mouvements
qui traversent alors la société française marquée à la fois
par l'émergence d'une conscience de classe chez les ouvriers
(voir l'article précédent) et le développement du sentiment
national qui s'exaspère dans l'essor du nationalisme.*

*Rappelons que l'école laïque, dans la pensée de ses fon-
dateurs, se devait de cimenter la cohésion de la nation en
exaltant un civisme républicain et le sentiment national (en
développant, en particulier, l'idée du caractère inéluctable
de la « revanche » à l'égard de l'Allemagne). La géographie, la morale, l'éducation civique et, bien sûr, l'histoire
devaient y contribuer.*

*Les programmes d'histoire insistent sur la constitution de
la nation et présentent comme un aboutissement l'institution
de la République démocratique : il y a donc un « sens de
l'histoire » dans cette « vulgate » historique étroitement
centrée sur l'espace français. Cette lecture de l'histoire n'est
évidemment pas celle de Jaurès influencé par l'interprétation
marxiste et soucieux de concilier patriotisme et perspective
internationaliste.*

Homme et ouvrier

REPPS, 24 octobre 1909

M. Devinat m'adresse, au sujet de ce que j'ai dit du Congrès de Nancy, une intéressante lettre qu'on trouvera ci-jointe et que je prie la *Revue* de publier avec mon article. Il me dit que j'ai au moins forcé le sens de ses objections à M. Dufrenne, et qu'il n'a pu reprocher à celui-ci de demander un enseignement purement profession-nel, M. Dufrenne ayant lui-même beaucoup atténué en ce point « les théories syndicalistes » extrêmes. J'avais pris la précaution de dire que, n'ayant connaissance des délibérations du Congrès que par un compte-rendu je m'excusais d'avance si je me trompais en quelque point sur la nuance de pensée de ceux qui ont pris part au débat. C'est aux instituteurs qui y étaient présents, et à M. Dufrenne comme à M. Devinat, de dire si celui-ci, dans sa lettre rectificative, si courtoise d'ailleurs, marque exactement les positions.

Ce que je retiens, parce que cela se rapporte au fond même du grand problème de l'éducation populaire, ce sont les thèses qui terminent la lettre de M. Devinat. Il me dit que je parais demander aux instituteurs de développer chez leurs élèves « une solidarité ouvrière, une solidarité de classe ». Il pense au contraire que l'heure des discordes sonnera assez tôt pour les enfants qui deviennent hommes, qu'il faut d'abord les munir de « solidarité française ». Ils apprendront nécessairement, par les leçons mêmes de la vie, la solidarité de classe, solidarité bourgeoise, solidarité ouvrière. C'est à l'école à leur apprendre tout de suite et seulement la « solidarité nationale ». Je pourrais dire à M. Devinat : Quoi ! pas même la solidarité humaine ? Mais ce serait déplacer le problème.

C'est d'une question générale de méthode qu'il s'agit. J'accepte les termes dans lesquels il la pose, et je dis : Oui, il est impossible qu'il y ait une telle discontinuité entre l'école et la vie. Il est impossible que les enseignements de l'une ne préparent pas, n'annoncent pas les enseignements de l'autre. Ou l'enseignement sera abstrait, presque fictif et souvent inefficace. La formule présentée au Congrès par M. Devinat demandait à l'instituteur, si je me souviens bien, de former « l'homme, le citoyen, le Français », c'est-à-dire l'homme en soi, le citoyen en soi, le Français en soi. C'est de l'idéologie ; ce n'est pas de l'idéalisme. Je crois qu'il faut un haut idéal à l'enseignement populaire ; mais je crois que pour avoir un sens plein, une vie réelle, cet idéal doit être interprété selon les conditions d'existence de ceux auxquels il est proposé.

Je suis convaincu que l'instituteur accroîtra singulièrement ses prises sur les enfants de la classe ouvrière qu'il a charge d'éduquer s'il se souvient, en effet, toujours qu'il s'adresse, en la personne de ces enfants, à la classe ouvrière du XIXᵉ siècle évoluant dans un milieu déterminé. M. Devinat procède par catégories abstraites. L'effort commun des ouvriers luttant pour une plus haute forme de vie se développe dans un milieu national, dans un milieu humain. S'il était impossible de parler à des ouvriers comme à des ouvriers, et de leur parler en même temps de la France et de la solidarité française, c'est que la France ne serait rien dans la vie des ouvriers ; c'est que l'histoire française n'aurait préparé en rien leur condition présente ; c'est qu'elle ne contiendrait aucune force intéressant leur avenir. M. Devinat, en isolant ainsi l'une de l'autre la solidarité ouvrière et la solidarité nationale, aboutit, par l'abstraction d'un nationalisme exclusif, à l'abstraction anarchiste qui sépare le prolétariat de la patrie.

C'est la réalité totale et complexe que le maître doit avoir dans l'esprit ; même s'il ne la formule pas toujours explicitement, elle doit être sa règle, sa lumière. Les enfants des ouvriers savent de bonne heure quelles sont les conditions d'existence, quel est l'état d'esprit, quels sont les soucis collectifs de la classe ouvrière. Un enfant qui, pour venir à l'école, a quitté le foyer à demi éteint par le chômage ou par la grève, n'est déjà plus dans la vie un novice : et si le maître, dans les conseils qu'il lui donne, dans la morale qu'il lui prêche, dans les émotions de vérité, d'art, de poésie, qu'il lui communique, dans l'histoire qu'il lui enseigne, dans l'idée de la France qu'il lui retrace, a l'air d'ignorer le grand drame de la vie réelle, de la vie sociale qui projette sa dure lueur sur le front de l'enfant, celui-ci aura l'impression qu'on s'amuse un peu de lui, qu'on le promène encore dans le pays des fables, mais des fables où les hommes, au lieu d'être déguisés en animaux, sont déguisés en abstractions.

Il ne s'agit pas du tout de bourrer ces petites âmes de tristesse, de colère, de haine et d'envie. Car cette éducation ne convient pas plus à l'homme fait qu'à l'enfant ; et le vrai militant de la classe ouvrière est celui qui est capable, jusque dans la revendication la plus énergique, d'allégresse, de sérénité dans le labeur, de joie familiale, de justice envers les individus de l'autre classe. Ce ne sont pas les socialistes qui méconnaissent la grandeur historique de la bourgeoisie, que Marx a si magnifiquement résumée, ou les vertus personnelles de tel ou tel bourgeois. Mais est-il possible de préparer réellement à ces hautes vertus l'enfant des classes ouvrières, si l'instituteur paraît ignorer le monde social où elles s'exerceront ; s'il ne montre pas aux enfants comment ces vertus ennobliront et eux et leur classe, comment elles favoriseront, avec leur perfectionnement individuel, le perfectionnement collectif et la croissance collective de leur classe ; comment par là elles contribueront de façon substantielle et sincère au bien de la patrie et de l'humanité ?

Cette méthode à la fois idéaliste et concrète est aussi loin de l'enseignement purement professionnel et étroitement spécialisé, ou d'une haineuse déformation de la conscience enfantine, que de la méthode abstraite et purement idéologique de M. Devinat. Je crois en avoir assez nettement marqué la direction générale pour répondre à la lettre de M. Devinat. Je suis convaincu que cette méthode est susceptible des applications les plus fécondes et les plus nobles, et que par elle l'enseignement populaire de l'histoire, de la littérature, de la morale surtout, peut être renouvelé et vivifié. Si je ne savais comme c'est chose difficile d'écrire un livre pour les enfants, quel soin il y faut mettre et quelles qualités rares y sont nécessaires, j'essaierais d'écrire dans cet esprit un livre de morale à l'usage des écoles primaires. Mais je marquerais du moins par des exemples précis, et comme si moi-même, reprenant après vingt-cinq ans de lutte politique, mon métier d'éducateur, je faisais la classe aux enfants, comment cette large méthode peut être appliquée.

Morale prolétarienne et humaine
REPPS, 14 novembre 1909

Il est possible d'enseigner aux enfants des écoles primaires la plus haute morale humaine en la vivifiant par la pensée constante de la vie ouvrière et de ses conditions. En fait, les qualités qui dans tous les temps et dans tous les milieux font la valeur de la personne humaine, de l'individu humain, la puissance de travail, le courage, la prévoyance, la pensée, le savoir, la générosité, la tempérance, l'amour de la famille, toutes ces vertus personnelles sont en même temps le plus puissant ressort qui soulève vers des destinées plus hautes les classes opprimées. Et pour donner à cet enseignement moral toutes ses prises sur la conscience des enfants du prolétariat, il est bon de leur montrer que par ces vertus non seulement ils réaliseront en eux-mêmes une haute idée de l'homme, mais qu'ils hâteront l'ascension de toute la classe ouvrière vers une société meilleure et plus juste.

Ce qui a fait durant une admirable période de l'histoire de Rome la force et la grandeur des plébéiens, c'est qu'ils avaient le courage de revendiquer leurs droits, d'exiger l'égalité civile et l'égalité politique. Ils n'étaient pas dupes des sophismes du patriciat ; et quand celui-ci suscitait des conflits extérieurs et invoquait le péril de la patrie pour détourner les demandes pressantes des plébéiens, ceux-ci, déjouant le piège, savaient poser leurs conditions. Ils ne se laissaient pas non plus intimider par la violence, et ils savaient défendre, même par la force, leur dignité outragée ; mais s'ils parlaient un ferme et haut langage, c'est qu'ils étaient un peuple laborieux et vaillant, de mœurs pures et sobres, fécondant le sol par la charrue et défendant la communauté par le glaive quand elle était vraiment menacée.

Plus tard, au contraire, c'est parce que la plèbe avait perdu ses vertus que l'admirable entreprise des Gracques, seule capable de sauver Rome, la liberté, la démocratie, avorta misérablement. Si la plèbe oisive, famélique et dépouillée, qui s'était accumulée dans la grande ville avait eu assez de clairvoyance pour soutenir jusqu'au bout les grands tribuns si sagement révolutionnaires ; si elle avait eu assez de vertu, assez le goût du travail, pour prendre vraiment possession des vastes domaines publics que lui remettaient les lois agraires ; si elle avait reconstitué dans toute l'Italie la classe des propriétaires indépendants, et associé tous les Italiotes, selon la vaste pensée des Gracques, au droit de la cité romaine ; si, à mesure que s'étendait la langue romaine, le peuple de Rome avait mis en valeur la part réservée au domaine public, et peu à peu associé les peuples vaincus à la vie romaine, la civilisation de Rome aurait pu s'étendre sur le monde sans le dévorer et sans se dévorer elle-même. La fainéantise, la mollesse, la corruption, ayant gagné jusqu'aux os la classe expropriée, le grand effort de régénération sociale et nationale sombra.

De même on ne connaîtra jamais les origines profondes de l'histoire de France tant qu'on n'aura pas reconnu les vertus de labeur, de persévérance, de prévoyance domestique, par lesquelles les pauvres serfs du Moyen Âge préparèrent obscurément leur émancipation et semèrent dans les sillons de la terre française les germes de cette démocratie paysanne qui a été une des forces de la Révolution.

Or, aujourd'hui la classe ouvrière, par d'admirables efforts individuels et collectifs, a conquis des droits, et elle revendique d'autres droits encore. L'instituteur ne peut pas ignorer, devant les enfants du peuple, ces hautes ambitions du prolétariat. C'est un fait d'histoire qui remplit tout le XIXe siècle et qui donne dès maintenant son sens au XXe. Il

ne s'agit pas pour le maître de développer des programmes
socialistes. Il ne s'agit pas pour lui d'opter témérairement
entre telle ou telle formule de réorganisation sociale, encore
moins de pousser à la haine. Mais c'est son devoir d'éducateur d'exciter les enfants aux plus hautes vertus de l'esprit
et du caractère, en leur montrant sans cesse que sans ces
vertus personnelles il ne pourrait ni exercer utilement les
droits déjà conquis ni prétendre pour la grande classe des
travailleurs à une puissance sociale supérieure.

L'abus de l'alcool est dégradant pour tout homme ; mais
combien plus funeste encore et plus honteux pour ceux qui
n'ont d'autre ressource dans la vie que leur activité personnelle et qui demandent aux classes jusqu'ici dirigeantes de
renoncer à leur privilège !

Tout homme est coupable quand il néglige les occasions
de s'instruire qui lui sont offertes. Mais quel crime commet
contre lui-même l'enfant de l'ouvrier qui ne travaille pas
à l'école ? Il sait qu'il sera pris bientôt par la dure vie de
l'industrie ; et s'il ne s'est pas mis en état, dès l'école, de
mettre à profit pour développer son instruction les trop rares
heures de loisir qui lui sont laissées, que deviendra son
esprit ? Vous savez bien que dans tous les pays civilisés,
depuis trois quarts de siècle, les ouvriers ont lutté pour
obtenir que la durée de la journée de travail fût réduite. Ils
ont obtenu satisfaction partielle. Ils continuent leur effort.
Et toujours ils disent que non seulement ils veulent par là
ménager leurs forces vitales, mais qu'ils entendent aussi
pouvoir vivre davantage de la vie de famille, lire, s'instruire,
devenir vraiment des hommes. Mais quel usage intelligent et
honnête pourrez-vous faire des heures libres si vous n'avez
pas dès l'école appris à bien lire, à comprendre facilement,
à trouver du plaisir dans l'exercice de l'esprit ?

La régularité dans le travail, l'esprit de sage prévoyance,
la sollicitude pour la famille, ce ne sont pas seulement des
conditions de bonheur individuel et domestique, mais par là
aussi les travailleurs ont l'esprit plus libre et le cœur plus

haut pour travailler avec fermeté et sérénité à l'amélioration générale du sort de ceux qui travaillent. Plus il y aura dans la classe ouvrière d'hommes imposant à tous le respect par leur valeur morale, par leur culture d'esprit incessamment perfectionnée, plus aussi toute la classe ouvrière pourra prétendre, dans la conduite de la production, à une puissance accrue.

Il me semble qu'il n'y a pas un fait de l'histoire politique ou économique, suffrage universel, république, syndicats, coopératives, qui ne puisse et ne doive être interprété dans l'enseignement moral de l'instituteur selon une double idée concordante de noblesse humaine et de progrès ouvrier. Il serait enfantin et il serait funeste que l'instituteur parût ignorer toutes les misères, toutes les tares, toutes les douleurs de la vie prolétarienne, et les grands efforts collectifs qui sont tentés par les travailleurs pour guérir ces maux par une organisation meilleure. S'il ignorait tout cela, sa parole serait inefficace ou même suspecte, car il paraîtrait prêcher aux enfants surtout les vertus de résignation qui prolongent l'iniquité. Mais s'il s'appuie sur la réalité sociale nettement reconnue pour montrer aux fils des travailleurs que les nobles vertus personnelles de fierté, de travail, d'intelligence, de solidarité, sont une condition nécessaire du renouvellement social rêvé par leurs pères, si cette pensée est présente à tout son enseignement, si elle anime ses paroles, non du feu de la haine, mais du feu de la vie, alors les leçons d'histoire et de morale auront pour la classe ouvrière tout leur sens, toute leur efficacité.

M. Devinat m'écrit, dans une lettre qu'on trouvera ci-après, que les maîtres se préoccupent des circonstances particulières de la vie de chacun de leurs élèves. C'est une chose excellente ; mais il y a pour l'ensemble de la classe ouvrière des conditions générales d'existence que le maître ne peut pas ignorer s'il veut donner cet enseignement concret dont j'ai parlé.

C'est dans cet esprit aussi, et en tenant compte des aspirations et des efforts du prolétariat international vers l'harmonie des patries, que l'idée de patrie doit être, si je puis dire, renouvelée. Les enfants ouvriers savent que l'idée de patrie est devenue l'enseigne des partis de conservation sociale et de réaction. Ou bien le maître, quand il parlera de la patrie, quand il enseignera la patrie, essaiera de lutter contre cette sorte de défiance en surexcitant au cœur des enfants un chauvinisme subalterne et cet instinct grossier de combativité si facile à éveiller dans l'homme, ou bien il faudra qu'il montre le sens et la valeur de la patrie pour l'humanité ouvrière elle-même. Insister sur la solidarité nationale comme sur une chose en soi, qu'on néglige de rattacher pour les ouvriers à leur effort général d'émancipation, c'est faire une œuvre factice et stérile dont on ne tarderait pas à voir la vanité. Il est facile, au contraire, dans un large esprit prolétarien, de mettre très haut l'indépendance et l'originalité de toutes les nations, et de mettre en belle lumière la valeur propre de la France.

Catholiques et honnêtes gens
REPPS, 5 décembre 1909

Les conclusions
REPPS, 6 février 1910

Ces deux textes font suite à la polémique ouverte par la déclaration des évêques français sur la neutralité scolaire (voir l'article « Neutralité et impartialité »). Cette polémique se trouve relancée dans le contexte de la campagne pour les élections législatives d'avril-mai 1910. La question de la neutralité scolaire se trouve, du reste, posée à la Chambre en janvier 1910 où l'on discute sans résultat sur le monopole et la liberté d'enseignement.

Jaurès souligne ici avec acuité et pertinence la profonde division des catholiques français à l'égard de la République (mais aussi de la science, de la question sociale...). Aux « transigeants » favorables au ralliement à la République, aux modernistes, aux démocrates chrétiens (dont l'un des symboles est le Sillon, mouvement fondé par Marc Sangnier dans les années 1890), s'opposent les conservateurs, les fondamentalistes, fidèles à la ligne fixée par Pie X. À ce sujet, Jaurès souligne avec raison l'influence des hommes de l'Action française au Vatican (ils seront, par exemple, à l'origine de la condamnation papale du Sillon en août 1910). Les liens sont alors étroits entre le nationalisme intégral et l'intégrisme catholique. Et il est certain que le rôle tenu par ce dernier dans le jeu politique français ne peut que gêner les tenants d'une ligne modérée, favorable au ralliement comme l'Action libérale de Jacques Piou, fondée en 1901.

Catholiques et honnêtes gens

REPPS, 5 décembre 1909

Je ne veux pas toucher aujourd'hui à la question des manuels scolaires. Je ne veux en parler qu'après avoir terminé la lecture de l'ensemble des manuels dénoncés par le clergé et après avoir confronté au texte intégral les citations, les extraits et les commentaires de la presse catholique. Il me paraît seulement, à prendre la question du dehors, que l'Église engage cette difficile et redoutable bataille dans des conditions très défavorables pour elle. Évidemment elle ne se propose pas d'obtenir la rectification de tel ou tel passage qui aurait manqué à l'impartialité historique, au jugement équitable et large qui doit être porté par la science sur les époques successives de l'histoire humaine vues dans leur lumière propre. Mais c'est à l'école laïque elle-même, c'est au principe d'un enseignement non confessionnel qu'elle s'en prend.

Pour mener ce combat qui va dresser contre elle, si elle s'y obstine, toutes les forces et toutes les colères de la société moderne, il aurait fallu au moins qu'elle fût unie, qu'elle eût une tactique uniforme. Or elle est à cette heure cruellement divisée entre deux tendances, partagée entre deux méthodes. Le conflit de l'évêque de Nancy et de l'archevêque de Toulouse n'est pas une banale querelle ecclésiastique ; ce n'est pas un duel de théologiens : c'est le plus grave problème de conduite politique qui est débattu. Il s'agit de savoir si les catholiques compteront avant tout sur leurs forces propres, sur la valeur de leur doctrine de salut par l'autorité, et s'ils formeront pour la bataille électorale un bloc absolument homogène ; ou si, au contraire, ils essaieront de grouper immédiatement des forces plus vastes par une attitude plus diplomatique et un programme plus atténué.

L'archevêque de Toulouse tient pour la première méthode. Il veut que nettement, hardiment, les évêques prennent la direction d'un parti catholique séparé de tous les autres partis, et le mènent eux-mêmes au combat électoral. Naturellement les partis politiques, parti monarchique ou parti modéré, qui donneraient leur adhésion au programme catégorique de l'Église recevraient le concours du parti catholique ; mais c'est celui-ci, avec sa bannière d'Église, avec sa croix épiscopale brillant au soleil, qui mènerait le mouvement et donnerait les mots d'ordre. L'évêque de Nancy s'effraie de cette tactique. Il a peur que l'anticléricalisme séculaire du peuple de France ne se révolte contre l'intervention directe du clergé dans les luttes électorales. Il a peur que les ressentiments subsistent contre le curé, contre l'évêque, que les libres subventions de la masse tiède des fidèles ne se fassent plus rares quand il s'agira d'entretenir un clergé ouvertement politicien. Et pour conjurer ce danger il veut que les évêques restent dans la coulisse, qu'ils se bornent à inspirer et ne dirigent pas, et qu'un bloc compact soit formé, comprenant tous ceux qui consentent à défendre les droits de l'Église, que ce soit par fidélité à son dogme et à sa discipline, ou simplement par respect pour la liberté ! Il a lancé un appel « aux catholiques, aux libéraux sincères, et aux honnêtes gens de tous les partis ».

Il est clair que l'initiative de l'évêque de Nancy a déplu au Vatican. Le seul mot de libéralisme et de libéraux effarouche Pie X, qui n'a pas oublié les anathèmes du *Syllabus*. Il s'est empressé de marquer ses réserves et d'infliger un blâme poli mais net à l'évêque de Nancy. Il lui a fait écrire que « si le pape avait rédigé lui-même le document, il n'aurait pas parlé des libéraux sincères ». L'évêque n'a retenu que les compliments dont le blâme était enguirlandé, et avec cette méthode singulière des livres expurgés que le clergé pratique si souvent, il a expurgé la lettre même du pape, et il l'a publiée en en retranchant la phrase même pour laquelle la lettre avait été écrite.

C'est l'opinion de nombreux députés de droite que Pie X a cédé, non seulement à la logique de la politique intransigeante affirmée par lui, mais aux suggestions des jésuites et des royalistes, qui veulent engager la lutte à outrance, marcher à fond contre la République et mettre un terme à la politique constitutionnelle de M. Piou. Il est fort remarquable que l'association de M. Piou, l'Action libérale, a précisément dans son titre le mot dont s'offusque l'esprit d'autorité superbe et d'exclusivisme dogmatique du Vatican.

Ainsi pèsent sur l'Église, en ce moment, un lourd malaise, une incertitude anxieuse, qui ne peuvent que la paralyser ou tout au moins l'affaiblir. Le pape, cette fois encore, ira-t-il jusqu'au bout de sa pensée ? L'adhésion donnée par la majorité des évêques à la tactique de Nancy, le fait hésiter sans doute. Mais il a passé outre, dans la question des associations cultuelles, aux idées de l'épiscopat, et il se peut que de nouveau il lance la foudre contre les combinaisons bâtardes qui scandalisent son âme mystique et étroite. L'Église serait alors obligée d'aller à la bataille selon un plan de combat qu'elle redoute, et comment pourrait-elle espérer la victoire ?

Même si le pape se résout ou à sanctionner ou à tolérer la méthode opportuniste et laïcisante de Mgr Turinaz, il est bien tard pour rassurer le pays. Tous les Français savent que les préférences du Vatican, même s'il croit habile d'en ajourner l'expression publique, vont à la tactique de Toulouse, et que le clergé ne tarderait pas, s'il surprenait la victoire en se dérobant à demi, à paraître au premier rang, avec toutes ses exigences. Les Français savent que le pape ne peut même pas supporter le mot de libéral, et je doute qu'ils consentent à se livrer même un instant, et à livrer les écoles à une puissance aussi fanatique.

Ce qui est curieux, ce qui atteste le désarroi d'esprit où est l'Église, c'est que même ce pape intransigeant, inflexible, absolu, n'a pas osé dire toute sa pensée. Car enfin, puisqu'il reprochait à Mgr Turinaz d'avoir fait appel non seulement aux catholiques mais aux libéraux sincères, pourquoi ne lui a-t-il pas reproché en même temps de s'adresser « aux honnêtes gens de tous les partis » ? Il y a là une dangereuse équivoque, car si le pape entend par là les croyants inscrits dans d'autres partis que le parti catholique, ce n'est pas comme honnêtes gens qu'il les appelle, mais comme catholiques : et le double appel aux catholiques et aux honnêtes gens est un pléonasme qui ne peut créer que la confusion. Ou bien le pape admet-il officiellement, dogmatiquement, qu'il y a, en dehors du catholicisme, des honnêtes gens ? Il y aurait donc une morale qui ne reposerait pas sur le dogme, une moralité qui ne procéderait pas de la foi. Ce serait la reconnaissance par le Vatican de la morale rationnelle et laïque, et par conséquent de l'école laïque elle-même dont cependant l'Église dénonce le principe.

Il serait vraiment curieux de savoir quel sens l'évêque de Nancy et le pape donnent à ce mot « d'honnêtes gens ». Mais l'Église est acculée à une redoutable alternative : ou organiser sur le terrain purement catholique des forces exclusivement catholiques menées au combat par les évêques, et susciter ainsi la défiance et la colère de la démocratie française éprise de liberté civile ; ou bien ranger la revendication catholique dans un grand parti amorphe de conservation et de réaction libérâtre, et perdre ainsi le bénéfice de l'idéalisme intolérant mais audacieux, et de l'affirmation surnaturelle qui ont fait autrefois sa grandeur.

Les conclusions
REPPS, 6 février 1910

Quoique le débat sur l'enseignement ait eu, en quelque sorte, un tour spéculatif et n'ait pas abouti à des conclusions parlementaires précises, quoiqu'il soit même très improbable que la Chambre puisse aborder avant de se séparer l'examen des projets Doumergue, la discussion aura été, je crois, très utile.

D'abord elle aura encouragé dans leur lutte souvent difficile les instituteurs laïques, en groupant autour d'eux toutes les forces républicaines. Dès maintenant, la défense de l'école laïque est un des articles essentiels du programme des élections prochaines, et l'épiscopat n'aura point à se féliciter d'avoir engagé la bataille. Les représentants parlementaires de l'Église ont paru, dans tout le débat, divisés et incertains. Au fond, une grande partie de la droite juge l'initiative des évêques imprudente et inopportune. Mais est-ce bien l'initiative des évêques ? D'étranges lueurs ont filtré sous la porte close du Vatican. Il semble bien que la papauté, cette fois encore, soit intervenue ; et il semble surtout qu'elle est guidée, dans ses interventions, par de singuliers personnages. Tous les observateurs ont été frappés de l'embarras de la droite toutes les fois qu'on prononçait le nom de M. Rocafort[1]. Elle n'est pas sûre du personnage. Elle sait seulement qu'il

---

1. Jacques Rocafort [Jacques Forcade], spécialiste de l'Encyclopédie et universitaire, est le critique catholique habituel des manuels scolaires de l'enseignement public.

a exercé sur le Vatican une influence tout à fait disproportionnée à ses services et à ses mérites. Et elle a peur que la France ne ressente une sorte de stupeur (même la France catholique) en apprenant enfin quels ont été les inspirateurs de la politique pontificale. Les chefs catholiques ont été peu écoutés à Rome. Seul M. Groussau, dont la ferveur combative était agréable à l'intransigeance du Vatican, a pu donner quelques conseils, et il semble bien qu'il ait été surpris lui-même par la récente levée de crosses. Le petit état-major du Vatican paraît avoir donné toute sa confiance à quelques personnages obscurs et agités. Les mieux informés parmi les catholiques ne cachent pas que c'est M. Rocafort, et le Père Pascal, représentant de l'Action française et de la fraction la plus brouillonne, la plus imprudente, la plus injurieuse du parti royaliste, qui ont dirigé Pie X. Ce sont eux qui, malgré l'avis de la majorité des évêques, malgré le vœu des monarchistes du Parlement, l'ont décidé à rejeter les associations cultuelles. Ce sont eux aussi qui ont donné le signal de la guerre à l'école laïque. La droite catholique, qui connaît ces choses ou qui les entrevoit, éprouve un secret malaise qui gêne son action et paralyse son élan. M. Piou, qui a été très violent de ton, n'a-t-il pas voulu reconquérir, par sa véhémence, la confiance du Vatican ? Le désaveu partiel infligé par la papauté à l'évêque de Nancy, faisant appel « aux vrais libéraux », a atteint par contrecoup le chef de l'Action libérale. Peut-être a-t-il voulu se rétablir à Rome, en jetant du haut de la tribune des appels de guerre et des mots de combat. Mais, plus il haussait le ton, moins il était soutenu par la droite. Il est donc probable que, dans la bataille engagée entre l'école laïque et le parti clérical, la confiance du parti républicain ira grandissant, et qu'au contraire l'ardeur des cléricaux ira s'affaiblissant. La nation n'est pas avec eux : et le débat du Parlement a bien montré de quel côté seraient la vigueur, l'élan, la victoire.

En même temps que les instituteurs sont rassurés contre d'injustes attaques, ils prennent un sentiment toujours plus

net de l'importance et des difficultés de leur tâche. Il
sera bon, pour eux comme pour la nation, que celle-ci
ne se désintéresse pas de la marche de l'enseignement,
de la question des méthodes. Rien n'est plus difficile que
d'enseigner la morale et l'histoire dans une société aussi
tourmentée, aussi divisée, que la nôtre. Se réfugier dans
un enseignement incolore et glacé, qui ne serait qu'une
nomenclature de faits sans âme ou de menus préceptes
sans idéal serait une déplorable abdication. Il faut que
l'enseignement soit vivant, moderne, tout pénétré des plus
généreuses espérances de la science et de la démocratie.
Mais plus il sera vivant, plus il faut qu'il soit débarrassé
de tout esprit de polémique subalterne et de dénigrement
systématique. Il importe que l'esprit de l'enfant soit préparé à comprendre le sens des époques successives dans
la grande évolution humaine, à reconnaître avec sympathie
la grandeur des efforts du passé comme des espérances de
l'avenir. Il n'y a pas, je le répète, de tâche plus difficile.
Et les maîtres n'y pourront suffire que s'ils considèrent
eux-mêmes qu'un de leurs premiers devoirs est d'élever
sans cesse et d'élargir leur propre culture. Par là seulement
ils seront en sympathie avec toutes les grandes idées de
l'esprit humain, avec toutes les grandes forces de l'histoire
humaine, et capables de donner un enseignement vraiment
impartial quoique noblement passionné. Mais cette culture
toujours plus haute, vers laquelle s'efforcent dès maintenant beaucoup de maîtres, comment pourront-ils l'atteindre
s'ils sont accablés par le travail trop lourd de classes trop
nombreuses et par des besognes matérielles démesurées ?

Au fond, la solution des problèmes qui ont été agités au
Parlement est dans une organisation meilleure de l'enseignement populaire. Il faut, d'une part, prolonger la scolarité, de
telle sorte que l'enfant emporte de l'école une force vive
de curiosité, un élan vers la pensée et vers le savoir, que
la vie ne pourra plus amortir. Et il faut, d'autre part, que la
distribution matérielle de l'enseignement soit telle qu'il reste

toujours aux maîtres quelques loisirs, quelque liberté d'esprit pour agrandir et élever chaque jour leur culture personnelle.

C'est dire que le vrai problème est un problème budgétaire et un problème social, plus encore qu'un problème technique de méthode. Il manque des millions et des millions au budget de l'instruction publique. Et ici encore apparaît la difficulté croissante où se débattent les sociétés modernes, qui, sous le poids d'un militarisme suranné et ruineux, ne peuvent que se traîner dans les voies de l'avenir.

Au bout de tous les chemins, au tournant de tous les problèmes, nous rencontrons la même question, le même fantôme obsédant et terrible. Quand le chasserons-nous ? Quand l'Europe saura-t-elle exorciser ce démon épuisant de la guerre et du militarisme ? Seule la Paix, dans les plis de sa blanche robe, pourra porter aux enfants des écoles de France les beaux fruits de savoir et de liberté.

Prolétariat et culture classique

REPPS, 1er octobre 1911

Contenu des programmes, démocratisation de l'enseignement, telles sont les questions, toujours aussi actuelles, qu'aborde cet article.

Rappelons que l'enseignement secondaire est alors payant et donc réservé aux enfants des catégories aisées (la gratuité n'est obtenue qu'en 1930). Dans le meilleur des cas et hormis pour quelques rares boursiers, les enfants du peuple n'accèdent qu'à l'enseignement primaire supérieur ou aux écoles professionnelles...

Quant au contenu de l'enseignement, certaines réformes interviennent, mais leur impact reste limité : ainsi en 1902, la composition latine disparaît du programme au lycée et une section moderne (enseignement sans latin) est créée mais elle reste considérée comme une section... inférieure.

On a beaucoup discuté depuis quelques mois au sujet de la culture classique. On a prétendu qu'elle s'affaiblissait dans notre pays, et que par là l'esprit français lui-même était menacé dans ses sources profondes. Des hommes considérables, des écrivains, des artistes, même des industriels, qui se constituaient les gardiens « du goût », ont poussé le cri d'alarme. Et certes, je ne méconnais pas qu'il y aurait péril pour un peuple à se séparer de ses origines. Ce serait, je crois, un grand malheur si le beau fleuve des traditions antiques cessait de se développer à travers les champs de France. Mais il me semble que la question n'a pas été bien posée. Elle est d'une difficulté et d'une complication extrêmes. Une nation moderne, qui doit être en communication avec les autres nations modernes, avec leur littérature, avec leur génie et qui doit manier aussi le formidable appareil des sciences nouvelles, ne peut pas donner à l'étude des lettres antiques la même quantité ou plutôt la même proportion de temps qu'elle leur donnait autrefois. Ce n'est que par un prodige d'aménagement qu'elle pourra distribuer les forces de son esprit sur tant d'objets divers.

Mais il me semble que la question n'a pas été bien posée. Ou plutôt on a négligé un élément essentiel. On a discuté comme si la bourgeoisie constituait encore la seule force intellectuelle de la France. Et à ceux qui disent que tous les enfants des lycées et des collèges doivent recevoir la culture latine et grecque parce que, en dehors de cette culture, il n'y a pas d'éducation parfaite, je suis tenté de dire : Que faites-vous donc des millions de travailleurs, ouvriers et paysans, que vous avez appelés à la vie civique, que vous instruisez dans vos écoles et qui agissent désormais directement sur la civilisation de la France ? Avez-vous donc renoncé à leur donner une éducation vraiment française ?

Pour moi, je crois qu'il faut arriver à leur donner une culture classique, c'est-à-dire le sens de la beauté, de la justesse, de l'ordre, de la mesure. La connaissance des œuvres antiques aide une nation à maintenir, à développer en elle cet esprit classique ; mais il ne la constitue pas. Il est l'expression d'une sorte de maturité sociale ; et le prolétariat, à mesure que se précisera en lui la conscience de sa force et de son destin, sera de plus en plus capable des qualités supérieures. Quand une classe est faible, quand ses ambitions excèdent son pouvoir, elle est réduite à déclamer. Ou elle s'emporte en violences de paroles désordonnées qui trahissent l'infirmité foncière, ou elle imite gauchement les façons de parler, les élégances et les éloquences conventionnelles de la classe dominante. C'est ainsi que subsiste encore dans la vie intellectuelle du prolétariat une trop grande part de rhétorique. Mais quand sa parole a une valeur sociale certaine, quand elle exprime et traduit des idées, des forces avec lesquelles toute une société doit compter, alors elle n'a pas besoin de forcer le ton ; et elle dédaigne d'emprunter à la rhétorique banale des ornements superficiels. Comme la force de sa pensée lui vient des choses, et comme la force de sa parole lui vient de sa pensée, son souci dominant est de traduire exactement la réalité telle qu'elle la veut, et elle est conduite à mettre dans ses idées cette liaison, cet ordre, cet enchaînement qui ajoutent si puissamment à la force du discours et qui est un élément essentiel de la beauté classique. En même temps qu'elle contracte le besoin de l'ordre, elle apprend la mesure qui est un effet et un signe de la force. Car rien ne donne la sensation de la force, dans l'ordre, intellectuel et social, comme dans l'ordre physique, comme de ne pas la dépenser tout entière, et d'éviter jusque dans l'action la plus vigoureuse, cette tension extrême des muscles, des nerfs ou de la parole qui marque que l'organisme est arrivé à sa limite et n'a plus de réserves. Encore un degré, et une classe consciente de sa force profonde et tranquille aura, jusque dans le combat, cette liberté, ce jeu, cette joie, cette vive et rapide lumière de gaîté, d'ironie et de grâce qui sont la partie supérieure de l'art classique.

J'ajoute qu'arrivée à ce point une classe est capable de comprendre, de goûter ce que les classes qui l'ont précédée dans l'histoire ont produit de plus noble.

Aussi la question de la culture française devient, à une certaine profondeur, une question sociale. La France a besoin certes, pour le mouvement continué et amplifié de son génie, de rester en communication avec les sources antiques. Mais elle a besoin plus encore de devenir tout entière une nation « classique », c'est-à-dire une nation où l'immense peuple du travail aura, par l'accroissement et l'organisation de sa

force, les élans supérieurs de pensée cohérente, d'action
ordonnée, d'expression vigoureuse et calme, de joie lumi-
neuse, qui constituent la beauté classique de l'esprit et la
gloire d'une race.

Éducation nécessaire
REPPS, 10 décembre 1911

La Fontaine et les nations
REPPS, 7 janvier 1912

Jaurès écrit l'article intitulé « Éducation nécessaire » alors qu'est survenue une grave crise internationale provoquée par les appétits coloniaux des puissances européennes. Il s'agit de la deuxième crise marocaine.

La première, intervenue en 1905, avait déjà opposé la France et l'Allemagne. Elle avait abouti à la Conférence internationale d'Algésiras (janvier-avril 1906) qui avait accordé à la France des droits particuliers au Maroc. La France en avait profité pour s'immiscer toujours davantage dans les affaires marocaines. En 1911, les troupes françaises occupent Fez puis Meknès et Rabat. Le gouvernement allemand condamne l'intervention française et demande des compensations au Congo français si la France reste au Maroc, requête qu'il appuie d'une « diplomatie de la canonnière » : C'est le coup d'Agadir (1er juillet 1911). Les deux pays sont alors au bord de la guerre. Les marchandages coloniaux qui s'en suivent accordent à l'Allemagne une partie du Congo et à la France le protectorat sur le Maroc.

À l'occasion de cette crise, Jaurès s'inquiète de l'exacerbation des nationalismes et dénonce la diplomatie secrète menée par les gouvernements européens. Il développera souvent ce thème dans les années qui suivent notamment lors du discours de Vaise (quartier ouvrier de Lyon) prononcé le 25 juillet 1914 :

« Et alors notre ministre des Affaires étrangères disait à l'Autriche : "Nous vous passons la Bosnie-Herzégovine à

302 Jaurès : De l'éducation

condition que vous nous passiez le Maroc" et nous prome-
nions nos offres de pénitence de puissance en puissance, de
nation en nation, et nous disions à l'Italie : "Tu peux aller
en Tripolitaine, puisque je suis au Maroc ; tu peux voler
à l'autre bout de la rue, puisque j'ai volé à l'extrémité."
Chaque peuple paraît à travers les rues de l'Europe avec
sa petite torche à la main et maintenant, voilà l'incendie. »

Par ailleurs, dans ces deux articles, Jaurès aborde un
thème qui lui est cher, le pluralisme culturel : reconnaissance du pluralisme des cultures européennes mais aussi
non européennes (civilisations arabo-musulmanes, asiatiques,
latino-américaines...). L'ouverture à ces cultures apparaît
comme un antidote à la pensée nationaliste...

Éducation nécessaire

REPPS, 10 décembre 1911

Plusieurs de nos concitoyens m'ont affirmé qu'un moment, dans les derniers jours critiques de juillet et dans le mois d'août, pendant que se poursuivaient entre la diplomatie française et la diplomatie allemande des négociations obscures, le sentiment public français était vivement excité. On entendait dire partout, me déclarent-ils : « Après tout, si l'Allemagne veut nous chercher querelle, qu'on en finisse ; et s'il le faut, qu'on règle une bonne fois les comptes. » Et ils se réjouissent de cette fermeté, de cette décision de la France. Pour moi, je suis prêt à me réjouir aussi que notre pays ne soit pas accessible à la panique. La peur, outre qu'elle est avilissante, est aussi mauvaise conseillère pour les peuples que pour les individus. Et autant je déteste toute pensée d'agression, toute guerre d'orgueil ou de proie, autant je suis prêt à répéter sans cesse que la France doit être en état de se défendre matériellement et moralement contre les violences du dehors. Mais plus la fibre française est excitable, plus il importe que notre pays ne soit la dupe d'aucune manœuvre, d'aucun mensonge, d'aucune excitation. Ses susceptibilités patriotiques, ses fiertés nationales feraient de lui, précisément, la dupe lamentable des intrigants et des aventuriers si son esprit critique n'était pas toujours en éveil et s'il n'avait pas tous les éléments d'information nécessaires.

C'est là une question vitale. Et nous serons à la merci des mensonges les plus grossiers, des combinaisons les plus scélérates et des courants les plus aveugles si un immense effort d'éducation ne proportionne pas la pensée du peuple aux difficultés croissantes qu'elle doit résoudre, aux périls grandissants qu'elle doit surveiller.

C'est dès l'école et par les instituteurs que cette éducation nécessaire doit commencer. Et le principe en est très simple. Il s'agit, tout en faisant connaître aux enfants l'histoire de France dans un détail plus particulier et avec cet accent d'intimité affectueuse qui résulte de la communauté même de la vie, de faire apparaître à leurs yeux, en quelques traits sommaires mais forts, l'histoire des autres grands peuples, leur rôle dans la civilisation générale, leur part de droit humain à la vie et au développement. L'égoïsme et la méchanceté sont faits bien souvent d'ignorance. C'est l'incapacité où nous sommes de nous représenter vraiment les autres êtres, de comprendre leur vie, leurs souffrances, leurs aspirations, qui nous rend cruels envers eux ou indifférents aux douleurs que d'autres leur infligent. Par là s'expliquent en partie les atrocités coloniales. Des races très différentes de nous apparaissent aux plus brutaux des conquérants comme une quantité négligeable, comme une matière qu'on pouvait manipuler sans ménagement et sans scrupule. Et la difficulté où nous sommes d'entrer dans l'histoire, dans la pensée, dans la conscience des autres peuples de l'Europe fait que nous nous permettons envers eux des choses que nous ne leur permettrions pas envers nous-mêmes, comme d'ailleurs ils se croient permis envers nous, par un effet de la même étroitesse de pensée, du rétrécissement d'âme qui en est la suite, ce qu'ils jugeraient intolérable de notre part.

J'ai été stupéfait à mainte reprise, depuis des années, de la facilité, de l'espèce d'inconscience avec laquelle nous violions nos engagements les plus formels. Ainsi, à peine avions-nous signé le traité international d'Algésiras, nous n'avions d'autre pensée que de le tourner, de l'éluder, d'en forcer et enfin d'en briser le sens. À chaque empiètement nouveau, à chaque violation nouvelle, la Chambre affirmait avec une gravité comique sa volonté de respecter le traité ; et à force de respecter « l'intégrité du Maroc et l'indépendance du sultan », nous avons envahi le Maroc jusqu'au cœur, et nous avons mis le sultan en tutelle. Cette déloyauté a d'ailleurs été rudement châtiée : car nous avons été mis, ainsi, par notre faute, dans une situation morale inférieure le jour où il a fallu négocier avec l'Allemagne, nous avons dû subir cette humiliation de reconnaître officiellement que nous devions des « compensations » pour ce que le ministre des Affaires étrangères allemand a appelé deux fois les violations des traités. Nous avons dû payer une sorte d'amende pour un délit international, et à la tristesse d'abandonner le Congo s'ajoutent la douleur et la honte d'avoir dû consentir cet abandon comme une sorte de rançon de nos manquements à la foi publique et à la parole donnée par nous. Châtiment terrible ! Mais ce qui m'effraie le plus pour l'avenir, c'est cette sorte d'inconscience avec laquelle nous sommes allés au-devant de ce désastre matériel et moral. Si un autre peuple s'était conduit ainsi envers nous, s'il avait violé aussi continûment et aussi cyniquement sous les plus futiles prétextes, un traité qui le liait en nous liant, nous aurions débordé de l'indignation la plus véhémente et la plus sincère. Nous n'avons pas eu pour nous-mêmes la moindre sévérité de conscience : nous n'avons pas songé un instant que les autres avaient des titres, et qu'ils pouvaient s'émouvoir comme nous-mêmes nous nous serions émus. Notre diplomatie, à peine débarrassée par le triste compromis que l'on sait, des difficultés immédiates avec l'Allemagne, n'avait d'autre souci que de recommencer avec l'Espagne le jeu que nous avions joué avec les signataires du traité d'Algésiras. Elle s'apprêtait à violer les engagements secrets, mais formels, que nous avions pris envers le gouvernement espagnol, comme elle avait violé les engagements publics et formels envers tous les gouvernements représentés à Algésiras. Pratiquement les autres peuples ne comptent pas pour nous. J'entends que leur droit n'a quelque valeur pour nous que dans la mesure et au moment même où ils se déclarent prêts à l'appuyer par la force. C'est parce que notre diplomatie a senti que l'Angleterre était aux côtés de l'Espagne qu'elle revient ou paraît revenir à une appréciation plus exacte de la valeur de nos engagements. Tout cela est un sérail, et tout cela tient à ce que, au fond, nous ne connaissons que nous-mêmes. Nous ne traitons pas les autres nations comme des personnes ayant des droits, parce qu'elles ne sont pour nous que des existences effacées et nominales, de pâles et lointaines réalités. Le premier devoir de l'éducation populaire est donc de donner substance et vie, pour les enfants de France, aux nations avec lesquelles notre pays a des rapports nécessaires. La valeur de la France n'en sera nullement diminuée à leurs yeux. Elle sera au contraire mieux définie. Les autres nations ont agi profondément sur nous comme nous avons agi profondément sur elles. Les connaître mieux, c'est prendre une conscience plus pleine et plus haute de nous-mêmes. C'est aussi éclairer devant nous notre chemin : car en ignorant les autres peuples nous ne les faisons pas disparaître. Et quand, par étourderie égoïste, par oubli et négligence des autres, nous nous sommes engagés dans une voie dangereuse, nous trouvons brusquement devant nous, grondants, menaçants et armés de nos propres fautes, ceux que notre ignorance présomptueuse avait d'abord traités comme un rien. J'aime mieux respecter le droit que m'humilier devant la force. Et le respect du droit suppose la connaissance des grands êtres collectifs avec lesquels la France est en communication.

Cette première éducation par l'école n'est qu'une partie, mais une partie importante, de l'œuvre immense d'éducation qui doit régénérer, dans l'ordre de la politique internationale, nos mœurs publiques. Ceux qui voudraient faire le silence sur l'accord franco-allemand se trompent, car il faut du moins que nous en déduisions pour l'avenir prochain et lointain les leçons nécessaires. Ceux qui veulent étriquer le débat aux proportions d'une querelle ministérielle se trompent plus gravement encore. La responsabilité d'un ministère particulier n'est engagée que dans une très faible mesure. C'est toute la politique suivie depuis huit ans dans la question marocaine, c'est toute la diplomatie radicale à la fois fastueuse, immorale et vide, qui s'exprime dans le traité.

Le Maroc a été, dans l'ordre extérieur, la grande pensée du règne radical. Il s'agit de savoir si nous aurons la force de concevoir et de pratiquer, selon des règles certaines de droit, une politique extérieure à la fois plus noble et plus sage.

La Fontaine et les nations

REPPS, 7 janvier 1912

J e disais dans une de mes dernières chroniques qu'il
convenait de faire comprendre et sentir aux enfants, en
quelques grands traits, en même temps que la haute valeur
de la France, la valeur propre des peuples avec lesquels elle
est nécessairement en rapport. Cet élargissement d'horizon
est nécessaire à la paix, et à cette noble communauté de
civilisation humaine qui sera, si l'on peut dire, la paix agissante. Or, précisément, en relisant mon La Fontaine, je suis
frappé de voir combien l'éducateur des enfants avait cette
curiosité d'humanité. La Fontaine n'est pas seulement un
grand poète ; c'est un grand esprit. Il a eu le sens profond de
la vie universelle. Quand il dit : « Tout parle en l'univers »,
ce n'est point par une fiction de fabuliste ou par une vaine
allégorie. Il a si bien démêlé et ressenti les efforts, les désirs,
les habitudes, les douleurs, les combats des êtres qu'en leur
donnant la parole il ne fait que traduire et continuer leur
vie. C'est, comme il le dit lui-même, « un enchantement »,
c'est-à-dire une magie, mais qui ne fausse pas les rapports
des choses, qui ne trouble pas la vie intérieure des forces
muettes, mais qui, par une communication de sympathie
humaine, leur donne un surcroît de clarté. Il méditait en
philosophe sur le spectacle du monde dont il jouissait en
artiste. Il était frappé, à un degré saisissant, par l'universel et
incessant combat qui met aux prises les éléments, les êtres,
les hommes ; et s'il se refusait à sonder le mystère, s'il se
réfugiait dans une sorte d'ignorance résignée et religieuse :

« Dieu fit bien ce qu'il fit », ce n'est pas par insouciance ou paresse d'esprit ; c'est parce qu'il avait entrevu la profondeur de l'abîme.

Au demeurant, il était curieux de toutes les grandes constructions de l'esprit. Il n'était prisonnier d'aucun système ; mais il sentait merveilleusement la grandeur de la philosophie de Démocrite comme celle de Descartes. Il les conciliait en quelque mesure. Il avait aussi, comme son grand et doux maître Virgile, le goût de la haute science. Il ne s'effrayait d'aucune audace de la pensée ; et il accueillait les nouvelles théories astronomiques. Il disait du soleil : Je le rends immobile et la terre chemine. Sur son système de la nature qui ménageait les transitions de la matière à l'esprit et qui instituait une hiérarchie de la pensée, il y aurait de curieuses choses à dire trop négligées par ceux qui ne voient dans l'admirable poète capable des plus vastes rêveries, et des plus subtiles analyses qu'un habile montreur d'animaux.

Il prenait de même le plus vif intérêt à la politique européenne, et sa pensée allait souvent au-delà des frontières de France. Oh ! je me garderai bien de faire de lui, par une anticipation forcée, un homme du XVIIIe siècle, bien qu'il parlât en toute liberté des rois, des courtisans, des « mangeurs » de tout ordre, il était du siècle de Louis XIV. Il s'éblouissait parfois de la gloire du Roi, et il a fait contre le peuple de Hollande une fable dédaigneuse et injuste (*Le Soleil et les Grenouilles*).

Il n'avait pas non plus l'idée de la démocratie et de la liberté républicaine ; j'imagine même que quand il plaint le malheur des peuples qui ressemblent au serpent dont la queue a voulu mener la tête, il a en vue les agitateurs de la République d'Angleterre. C'est pour le régime du Stuart restauré Charles II, régime d'absolutisme aimable, joyeux et lettré, qu'il paraît avoir le plus de goût. Mais enfin il avait une grande étendue d'esprit et de regard. Il aimait la paix. Il souhaitait passionnément que la période de conquêtes et d'alarmes fût close, et que la douceur de la vie, le charme

des arts, l'enchantement des rêveries ne fût pas troublé par
le désordre et la violence de la guerre. Il le disait nettement,
courageusement. Il dénonçait les convoitises des princes, des
petits et des grands, des « volereaux » et des « voleurs ». Et
le rayonnement du Roi-Soleil ne lui cachait pas le mérite
des autres nations.

Il a dit sur l'Espagne et le génie espagnol un mot admirable, parlant de l'exploit du Castillan qui avait mis le feu
à la maison où il se trouvait avec sa maîtresse pour pouvoir
l'emporter dans ses bras à travers les flammes et le péril
de mort, il conclut :

> *Le conte m'en a plu toujours infiniment.*
> *Il est bien d'une âme espagnole,*
> *Et plus grande encore que folle.*

Comme nous voilà loin d'un La Fontaine, à l'étroit et
humble bon sens ! Tout ce qui est hardi et aventureux le
tente, dans l'action comme dans la pensée.

Dans la sympathie intelligente pour le génie anglais il
a devancé Voltaire. Aucun de nos écrivains n'en a parlé
avec plus de force et de netteté. Dans sa fable : *Le Renard
anglais*, il écrit à Madame Harvey :

> *La pompe vous déplaît, l'éloge vous ennuie.*
> *J'ai donc fait celui-ci court et simple, je veux*
> *Y coudre encore un mot ou deux*
> *En faveur de votre patrie.*

> *Vous l'aimez. Les Anglais pensent profondément.*
> *Leur esprit, en cela, suit leur tempérament.*
> *Creusant dans les sujets et faits d'expériences,*
> *Ils étendent partout l'empire des sciences.*

N'y a-t-il pas dans le vers sur l'esprit et le tempérament,
comme un premier essai de la critique de Taine ? La

profondeur des sensations et la concentration des sentiments contribuent en effet à l'intensité de la pensée anglaise.

La Fontaine a très bien vu aussi à quelle faiblesse l'Allemagne était vouée par son morcellement, par la multiplicité de ses États, malgré une apparence pompeuse. Elle est, dans sa fable, « l'hydre aux cent têtes » qui ne peut passer à travers la haie.

Pour avoir parlé ainsi de l'histoire de l'Allemagne, j'ai été hué l'autre jour par les radicaux. N'auraient-ils point lu La Fontaine ?

Mais on voit, par ces quelques traits, comment le grand poète offre aux instituteurs des occasions multiples d'éveiller la réflexion des enfants et d'élargir leurs sympathies. Il n'y a dans ce beau génie, facile et ample, aucun parti pris étroit. C'est le génie de la France, en ce qu'il a de plus fier et de plus noble, de plus aisé et de plus vaste.

À propos d'un livre
REPPS, 27 juillet 1913

Problème d'éducation
REPPS, 24 août 1913

Jaurès, fin lecteur et critique littéraire (il tint une rubrique de critique littéraire entre 1893 et 1898 à La Dépêche de Toulouse *sous le pseudonyme « le liseur »), s'intéresse ici à la question de l'explication de texte fortement débattue alors : lecture directe ou histoire littéraire avec un cours dogmatique et un précis de littérature qui permettent de parler des auteurs sans les lire... Débat qui s'inscrit aussi dans le contexte de la remise en cause du scientisme (qu'incarnent Renan et Taine). Jaurès se montre soucieux de permettre aux jeunes esprits d'accéder à une culture littéraire personnelle et de développer des qualités d'analyse : il s'agit autant de favoriser l'émancipation intellectuelle de l'individu que de former des citoyens éclairés.*

Il est remarquable de constater que Jaurès conserve tout son intérêt pour les questions d'éducation alors même que l'actualité est particulièrement chargée avec la question de la loi des Trois Ans. Le 22 mars 1913, le gouvernement français dirigé par Barthou fait connaître son intention d'allonger la durée du service militaire de deux à trois ans. Le projet de loi est voté par la Chambre le 19 juillet 1913 et par le Sénat le 7 août. Il entraîne contre lui une puissante mobilisation des socialistes et de la CGT : une pétition hostile au projet de loi recueille 700 000 signatures, de multiples meetings sont organisés (notamment le 25 mai 1913 au Pré-Saint-Gervais où Jaurès parle devant près de 150 000 personnes). Même après le vote de la loi, Jaurès continue à s'y opposer et à défendre la paix.

À propos d'un livre

REPPS, 27 juillet 1913

Ces jours-ci, dans les rares et courts intervalles que nous laissait la discussion de la loi des Trois Ans, je savourais à petite dose, comme rafraîchissement d'esprit, le livre que vient de publier M. Albalat : *Comment il faut lire les classiques*. M. Albalat est un homme qui sait lire et qui excelle à aider les autres à lire, je veux dire à comprendre et à sentir pleinement le sens et la beauté des grandes œuvres littéraires. M. Albalat ne dédaigne pas les méthodes d'interprétation critique qui furent appliquées par Renan et qui considèrent surtout les œuvres d'art comme l'expression des forces historiques profondes, et même inconscientes. Il ne méconnaît pas l'intérêt des vastes synthèses d'histoire littéraire tentées par Taine et Brunetière. Il n'est pas insensible non plus au subtil travail d'analyse d'un Sainte-Beuve qui cherchait surtout à démêler les fils délicats qui rattachent une œuvre à la vie individuelle, à l'âme, au tempérament de l'écrivain. Mais enfin il veut réagir contre ces méthodes indirectes et en quelque façon extérieures, qui étudient la genèse sociale ou individuelle de l'œuvre plus que l'œuvre même. C'est à l'examen direct de l'œuvre elle-même et de l'art particulier qui s'y manifeste qu'il veut nous ramener. Le péril des méthodes historiques ou synthétiques ou biographiques trop exclusivement appliquées, c'est qu'elles confondent dans une même vie indifférente et vaste le mauvais, le médiocre et l'excellent ; c'est qu'à force d'analyser le terrain ou d'anatomiser les racines elles négligent la plante même et la fleur.

M. Albalat veut qu'on lise avec passion et avec discernement, avec enthousiasme et avec minutie. Avant tout un livre, un grand et beau livre est pour lui une œuvre d'art qui vaut par l'ordonnance des pensées, et par la structure du style. On peut même dire qu'il est conduit, par une juste réaction contre la méthode de Renan et de Taine, à insister surtout sur l'arrangement des mots et des phrases.

Ce n'est pas, j'ai à peine besoin de le dire, qu'il n'aille pas à l'idée elle-même, et jusqu'au fond de l'idée. Je crois par exemple qu'il a excellemment compris Pascal, et qu'il a donné une interprétation très exacte de l'œuvre si complexe, si multiple de Montesquieu, *L'Esprit des lois*.

Il est impossible d'ailleurs que l'étude directe, à la fois patiente et ardente d'une grande œuvre, n'oblige pas l'esprit à en scruter tout le sens. Mais il est vrai que jusque dans la définition de la pensée et de l'âme même d'un écrivain M. Albalat se préoccupe avant tout des moyens d'expression où se traduit l'esprit lui-même. L'équilibre des idées et l'équilibre des mots sont inséparables ; le mouvement de la pensée et le mouvement de la phrase, l'enchaînement des raisons et l'enchaînement des périodes se correspondent exactement. Pour comprendre le penseur, il ne faut pas oublier qu'il est un écrivain et un artiste. Aussi pour Pascal lui-même, pour le plus passionné et le plus intérieur des écrivains, on est exposé à de singulières méprises si on ne se souvient pas qu'avant tout il voulait convaincre, entraîner et obliger à la fois les esprits réfractaires : et on est tenté de prendre pour un drame intérieur de doute ou de désespoir ce qui est le suprême effort dialectique de démonstration et de persuasion.

C'est ainsi que M. Albalat peut entrer dans le détail technique le plus minutieux du style de chaque grand écrivain sans rabaisser la critique, sans séparer l'étude des mots, des mécanismes de phrase, de l'étude de l'idée. On peut dire qu'il applique le procédé critique de Hugo et de Flaubert, si épris l'un et l'autre de combinaisons verbales, mais qu'il l'applique avec un souci plus grand de surprendre dans ces combinaisons mêmes les formes de la pensée. Par exemple, la notation des procédés de dialogue dans Molière est une étude directe de la nature humaine, de l'esprit humain en mouvement dans tous ces conflits de conversation où se heurtent les intérêts, les passions, les vanités. Et encore je ne sais rien de plus pénétrant et de plus profond que la page où il marque la différence de la période de Bossuet et de celle de Rousseau. La phrase de Rousseau est ample aussi, mais elle n'a pas les embranchements et les repliements de celle du grand orateur catholique. Elle a des « perspectives plus droites ». C'est que Bossuet appuyait sa magnifique période sur un fond d'idées acceptées presque par tous. Elle pouvait s'y reposer tout en avançant. La phrase oratoire de Rousseau avait une trouée à faire, une percée à travers la forêt.

De même le procédé essentiel de La Fontaine, et qui se confond avec son génie même, c'est une sorte de vision de l'homme dans l'animal. Il ne compare pas deux séries dissociées ; il les perçoit l'une dans l'autre. Ainsi sa poésie est à la fois une vision directe et une transposition, un mélange indissoluble d'épopée et de comédie, et je me risquerais à dire, poussant en ce point la pensée de M. Albalat, que c'est la grande forme française de l'humour, et qu'il y a là quelque chose de Shakespeare qui, lui aussi, confondait dans une vision très vaste tout ensemble et très ramassée toutes les forces de la vie.

Mais pendant que je lisais ces choses et que j'y réfléchissais, une pensée se précisait en moi, ou plutôt une question. Je la soumets aux maîtres de nos écoles, et si la *Revue* pouvait publier là-dessus quelques-unes de leurs réponses, j'en serais très heureux. La voici. Je demande s'il est possible de faire remarquer et comprendre aux enfants des écoles primaires les caractéristiques précises des grands écrivains français. Et cela en soumettant devant eux à l'analyse un petit nombre de morceaux typiques. Peut-on arriver avec eux à ce résultat qu'ils arrivent à reconnaître du Corneille, du Hugo, du La Fontaine, du Bossuet, du Michelet ?

Moi j'incline à croire que si le maître est lui-même pleinement exercé à démonter le mécanisme littéraire des plus grands écrivains, il peut amener même les plus jeunes enfants des écoles primaires à sentir et à reconnaître le génie propre de chacun d'eux. Et ce serait une joie immense qui leur serait donnée, une sorte de familiarité affectueuse et sublime avec les plus hauts artistes et les plus grands esprits. Ce serait la garantie qu'ils ne se détourneraient plus durant toute leur vie de ces grands fleuves dont ils sauraient discerner le courant, la teinte, la qualité des eaux.

Je me permets d'ouvrir là-dessus, parmi les lecteurs de la *Revue*, une petite enquête.

Problème d'éducation

REPPS, 24 août 1913

Je demandais ici l'autre jour si les instituteurs croyaient possible d'amener les enfants, par l'étude de quelques textes bien choisis et bien commentés, à reconnaître le style et la manière de nos plus grands écrivains : « C'est probablement du Hugo, du Corneille, du Molière, du Bossuet. » J'ai reçu directement quelques réponses, peu nombreuses mais très intéressantes. Elles ne s'accordent pas toutes sur l'état actuel des choses. Quelques-uns de mes correspondants me disent que leurs écoliers (ou du moins quelques-uns d'entre eux) ont été si touchés de la beauté de certaines phrases ou de certaines strophes qu'ils les répètent volontiers et qu'ils reconnaissent parfois, à des beautés analogues, le même maître. D'autres me disent, au contraire, que sous la surcharge de programmes minutieux toute éducation vraie et vivante de l'esprit disparaît et qu'il leur arrive trop souvent, quand ils lisent aux enfants, même à ceux des cours d'adultes, une belle page de prose ou de vers, harmonieuse et forte, d'avoir le sentiment « qu'ils lisent pour eux-mêmes », et qu'ils n'éveillent aucun intérêt, sauf s'il est question d'une bataille ou d'un naufrage ou de quelque épisode dramatique qui ébranle les imaginations d'une émotion un peu grossière.

Mais tous mes correspondants, que je remercie bien vivement ici en bloc de leurs communications, s'accordent à dire que cette éducation du sens de la beauté dans les écoles primaires est possible et nécessaire. Ils la croient possible à deux conditions. Il faut d'abord que les instituteurs eux-mêmes soient sérieusement préparés, qu'ils aient pris eux-mêmes l'habitude de ne pas se contenter, à propos de nos grands écrivains, de phrases générales ou de vastes synthèses ambitieuses, qu'ils en aient pénétré l'intimité par des lectures directes et attentives, et qu'ils soient capables d'analyser le mécanisme de chacun d'eux.

L'art et le métier sont inséparables. Les œuvres de génie ne naissent pas soudain d'un élan d'imagination, d'une inspiration sublime. Elles ne sont possibles que lorsque par une longue préparation, par l'effort continu des générations successives, des moyens d'expression puissants et souples ont été créés. Tous les critiques, tous ceux qui ont étudié de près « la facture » d'Homère, son vocabulaire, ses images, l'ordonnance de ses discours, ses combinaisons métriques, l'harmonie merveilleusement savante qui accorde la structure de son vers, sa marche pesante ou légère, avec le mouvement des choses et des dieux, avec la densité des batailles, le grand vol des grues ou l'essor aérien d'une déesse, tous déclarent maintenant que le plus « primitif » des poètes est, en réalité, un poète très savant, déjà raffiné, héritier d'une longue tradition et d'un travail séculaire. C'est sous le marteau lentement forgé par les siècles qu'il a façonné le bloc ardent de son poème, et fait jaillir de divines étincelles de beauté.

Connaître et aimer une grande littérature comme la littérature française, si variée, si riche, si multiple dans son unité, ce n'est pas seulement discerner les grands courants d'idées et de sentiments qui la traversent, c'est reconnaître dans chacun des grands écrivains la particulière harmonie de l'idée et de la forme qui constitue sa manière et qui est la marque de son génie. Quand l'esprit s'y est exercé, il y trouve les plus vives joies, la joie de l'intelligence complète. Bien entendu, il ne s'agit pas de faire des élèves des écoles primaires (ni même de ceux des lycées) des connaisseurs raffinés, mais de leur donner par quelques exemples émouvants et par quelques analyses exactes un premier goût, un premier éveil de curiosité et de sympathie. Et quand ils auront compris

qu'il y a là, *pour toute la vie*, une source d'émotion noble
et de bonheur, qu'il dépendra d'eux de vivre parfois dans
la familiarité des esprits les plus sublimes, et pour ainsi dire
dans le secret de leur activité créatrice, ils seront haussés à
un très haut degré de civilisation. Quelque modeste que soit
leur condition, quelque limitée que soit la somme de leurs
connaissances, la quantité brute de leur savoir, si réduit que
soit le temps dont ils disposeront, ils accéderont parfois au
cœur même du génie humain.

Quel changement devraient subir les programmes, quel
allégement devraient-ils recevoir, comment les études de
l'école primaire devraient-elles ensuite se prolonger dans
les œuvres post-scolaires pour que cette première formation
si précieuse de l'esprit du peuple soit possible ? Comment
devra être organisé l'enseignement pour que les instituteurs
eux-mêmes, moins écrasés de besogne qu'aujourd'hui, aient
assez de loisir pour développer eux-mêmes en ce sens leur
propre culture ? Ce sont des problèmes qu'il sera aisé de
résoudre quand on sera d'accord sur la nécessité de l'effort
dont je parle.

Or les maîtres qui m'écrivent sont unanimes à dire qu'il
faut, en effet, à tout prix, développer dans l'esprit du peuple
le sens précis de la beauté, l'habitude de l'analyse exacte.
L'étude des idées et de la forme parfaite donnée aux idées
et aux émotions par les grands écrivains est une condition
indispensable de la formation de l'esprit. Toutes les grandes
crises nationales, la crise des la loi des Trois Ans comme la
crise de l'Affaire Dreyfus révèlent des profondeurs effroyables
d'ignorance, une sinistre habitude d'irréflexion. Dans la
presse, dans les conversations, les mots confus charrient les
idées troubles. Et l'instinct populaire est, pour un assez long
temps au moins, à la merci de toutes les surprises, de tous
les mensonges, de toutes les équivoques. Les mots tiennent
de si près à l'idée, le désordre, l'impropriété, l'obscurité des
mots troublent si profondément la pensée elle-même qu'un
peuple qui ne connaît pas bien sa langue vivra constamment

à l'état de confusion intellectuelle. Et le seul moyen de bien connaître la langue française, c'est de l'étudier dans les « chefs-d'œuvre » des maîtres, c'est d'en connaître le « métier » pour en mieux goûter l'art.

Notez qu'il n'y a aucune contradiction, mais harmonie au contraire, entre cette éducation du sens de la beauté et le souci d'éducation technique et professionnelle. Il n'y a pas de métier, quelque mécanique qu'il paraisse, quelque pesante qu'en soit la matière, qui n'ait sa beauté précise d'agencement, d'encouragement, d'ajustage. Maçon, tanneur, tisseur, il y a dans tous les métiers des règles et un tour de main. Étudier dans la littérature même « le métier », c'est manifester la fraternité profonde de toutes les forces de l'esprit humain. De merveilleuses et précises analogies se manifesteraient aux intelligences averties. Le souci croissant des syndicalistes de ramener dans le travail la personnalité, la conscience, le soin de l'exécution parfaite, correspondrait exactement à ce souci technique d'éducation littéraire. Voyez comme M. Albalat est amené précisément, par la nature et la qualité de son analyse, à emprunter des comparaisons à la technicité des métiers. Plus on entrerait dans le détail, plus se vérifieraient ces analogies. Et l'admirable peuple des métiers serait enfin comme chez lui dans le magnifique palais de l'art.

Pour l'école
REPPS, 16 novembre 1913

Alors que se déroule la discussion budgétaire à la Chambre, Jaurès expose ici une argumentation que l'on retrouve souvent dans ses discours surtout après 1904 : il dénonce les « politiques d'armements fous et de dépenses fantastiques » par lesquelles « les dirigeants couvrent l'Europe de citadelles ».

Il en résulte des déficits budgétaires abyssaux et Jaurès fait ici explicitement allusion au projet d'emprunt de plus d'un milliard de francs lancé par le gouvernement Barthou pour couvrir les dépenses militaires nouvelles engendrées par le vote de la loi des Trois Ans (voir l'article « À propos d'un livre » du 27 juillet 1913). Ce « fardeau écrasant » pèse aussi sur l'école laïque pour laquelle la Nation ne fait pas les efforts nécessaires.

D'autant plus nécessaires pourtant que, depuis 1907, l'Église et les milieux cléricaux ont lancé une nouvelle offensive anti-laïque visant à ruiner le prestige des maîtres de l'école publique et à limiter la portée de son enseignement. Cette offensive amène la presse républicaine à réclamer des mesures de « défense laïque » (contrôle de l'obligation scolaire, sanction contre ceux qui détournent les enfants de l'école laïque...). Ces propositions sont discutées à la Chambre au cours de nombreuses séances en 1913 et, le 20 janvier 1914, les députés adoptent une loi sur la « Défense laïque ».

Q uand, il y a quelques mois, les députés socialistes ont
proposé, pour la défense et le développement de l'école
laïque, un emprunt de cinq cents millions et un relèvement
de cent millions du budget annuel, on a prétendu que c'était
là une sorte de plaisanterie : qu'ils avaient voulu simplement, par une sorte de symétrie dérisoire, faire la critique
des dépenses énormes prévues pour les armements et la loi
militaire.

L'événement démontre au contraire et démontrera tous les
jours plus nettement que c'est une proposition sérieuse et
nécessaire. D'abord le pays va se demander, devant le budget
de M. Dumont[1] : Mais que restera-t-il donc pour les œuvres
d'éducation populaire ? Voilà un budget qui se présente avec
un déficit avoué de huit cents millions de francs, et avec des
projets d'emprunt : un milliard d'emprunt pour les armements
et les casernes, quatre cents millions d'emprunt pour réduire
le déficit. C'est une crise budgétaire et financière formidable.
Les aggravations d'impôt auxquelles songe le ministre ne
seront jamais acceptées : le Parlement ne votera, il ne peut
voter ni un décime sur la propriété bâtie, qui aggraverait
encore la cherté des loyers, ni deux décimes aux patentes
souvent si iniques, ni le relèvement du droit de circulation
sur les vins dont la seule annonce provoque l'insurrection
des vignerons. C'est donc à l'impôt progressif sur le revenu
et sur le capital qu'il faudra demander l'équilibre du budget.
Oui, mais si on ne prend pas la précaution de doter d'abord
le budget de l'enseignement laïque, qui osera demander des
ressources nouvelles à ces impôts quand ils auront déjà pourvu
à cette besogne budgétaire accablante ? Ah ! oui, nous étions
bien inspirés quand nous hâtions, avant le vote de la loi des
Trois Ans, avant l'orgie des constructions de casernes, de
demander que l'on songeât à l'instruction du peuple.

1. Charles Dumont (1867-1939), député radical du Jura et ministre
des Finances en 1913.

On ne l'a pas fait, et maintenant dans quelles conditions va-t-on discuter les lois de « défense laïque » ?

Il était déjà évident, pour tout homme réfléchi, que le vrai moyen de combattre les écoles cléricales, c'est de développer, c'est de mieux aménager les écoles publiques ; c'est de leur assurer un nombre suffisant de maîtres pour que l'enseignement y soit partout efficace et pour que les œuvres post-scolaires puissent être fortifiées et étendues. À quoi servirait de proclamer la formule du monopole si elle était pratiquement irréalisable faute de locaux, faute de maîtres, et si on ne faisait par là que dégoûter les familles d'un enseignement national mal outillé pour sa tâche ? À quoi servirait même d'appeler dans les écoles tous les enfants de France si, dès la sortie de l'école, ils étaient captés par les œuvres post-scolaires de l'Église, faute d'un enseignement civil correspondant.

Mais ces vérités d'évidence viennent d'être singulièrement renforcées par les déclarations retentissantes de Mgr Touchet. Désormais c'est sous la menace d'un vaste *lock-out* clérical que le Parlement va délibérer sur les moyens de protéger l'école laïque. Que dit, en effet, l'évêque ? Il propose aux catholiques, si la Chambre vote ou l'amendement Brard, ou l'amendement Buisson, ou toute autre proposition analogue, de fermer d'un coup toutes les écoles privées et de mettre à la rue, du jour au lendemain, un million d'enfants. Est-ce un bluff, une fanfaronnade ? Je ne le pense pas, et je voudrais au contraire persuader à tous qu'il y a là un dessein sérieux, afin que les républicains ne soient pas pris au dépourvu, afin que les instituteurs puissent faire état de cette donnée nouvelle dans leur campagne pour le développement de l'école laïque. D'abord il est bien difficile de penser qu'un évêque aussi considérable que Mgr Touchet ait lancé une idée pareille, qui peut décourager les familles et les souscripteurs, s'il n'est pas d'accord au moins avec une notable partie des évêques et des groupes catholiques militants. C'est sans doute une position tactique qu'il occupe, il se réserve de

dire aux catholiques, si aucun des projets de défense laïque
actuellement discutés n'aboutit : C'est devant notre menace
qu'ils ont reculé. Vous voyez par là à quoi sert la vigueur.
Oui, mais si le Parlement passe outre à la menace, il sera
bien difficile à Mgr Touchet et à ceux des catholiques dont
il est l'interprète de ne pas insister pour que l'opération soit
menée jusqu'au bout.

En second lieu, il apparaît de plus en plus que pour les
catholiques les plus passionnés la création d'écoles libres
n'est qu'une sorte d'expédient désespéré, bon tout au plus
pour les époques où ils n'espèrent plus rien du pouvoir
central. Ce n'est pas seulement une lourde charge et qui
les empêche de consacrer leurs ressources à des œuvres de
combat d'un effet à la fois plus immédiat et plus général.
C'est encore, du point de vue de la doctrine catholique elle-
même, une sorte d'abdication. Opposer à l'école publique
l'école libre, c'est reconnaître en quelque sorte à la laïcité
son domaine. C'est accepter ou paraître accepter la doctrine
qui affranchit l'école publique du contrôle professionnel.
C'est déclarer qu'il suffit aux catholiques, pour que leur droit
soir reconnu et respecté de pouvoir ouvrir des écoles à eux.
C'est en tout cas affaiblir la force et diminuer l'efficacité
des objections qu'ils font à l'école publique. C'est mettre
l'Église à côté de l'État, alors qu'elle doit être au-dessus.
Aussi je ne puis voir une simple coïncidence et une rencontre fortuite dans les déclarations presque simultanées de
Mgr Touchet et du Congrès des jurisconsultes catholiques.
Celui-ci a proclamé, avec une force inaccoutumée, que pour
les catholiques l'action essentielle était l'action par l'État.
C'est l'État qu'ils doivent conquérir pour imposer de haut
à la société civile elle-même les règles qui dérivent de la
doctrine catholique. Être maître de l'État, c'est être maître
des écoles, de toutes les écoles. L'opération est bien plus
vaste que l'entreprise des écoles privées. Et elle est bien
plus haute aussi, car lorsque l'Église fait pénétrer son esprit
dans tout l'enseignement par la force de l'État, elle ne se

borne pas à exercer une liberté de droit commun qui est à ses yeux une impiété, elle atteste sa supériorité sur l'État lui-même, son droit souverain de contrôler et de dominer les consciences. Cette pleine revendication de la doctrine de l'Église, l'Église n'osait pas se la permettre quand elle désespérait de conquérir et de maîtriser l'État.

Mais de grandes espérances lui sont venues. Elle croit depuis quelques années, mais surtout depuis quelques mois, à l'avènement d'un nouveau régime qui lui livrera peu à peu les pouvoirs publics par une série d'abdications. Et elle se dit sans doute qu'elle hâtera l'avènement de ce régime par la menace d'un grand coup qui obligera la République hésitante, affaiblie, surchargée de besognes militaires, ou à assumer soudain une charge pour laquelle elle n'est point préparée, ou à subir, dans l'organisation même et dans le fonctionnement de l'école publique, les conditions du clergé.

Oserai-je dire qu'il y a là, pour ceux des syndicalistes qui, au lieu de faire pénétrer dans l'école nationale un esprit plus large, un sens plus vrai du mouvement social, songent à instituer des écoles à eux, une curieuse leçon ? L'Église, plus riche qu'eux, plus capable qu'eux de fonder et d'entretenir des écoles, songe au contraire à porter le problème dans la sphère de l'État, à porter le combat sur le terrain de l'action politique.

M'est-il permis d'ajouter, sans aborder la question du monopole, que c'est l'Église, par le plus singulier paradoxe et le plus inattendu, qui vient apporter au monopole un concours décisif ? Elle vient, en effet, de rappeler à tous qu'il dépend d'elle de le réaliser, et elle vient de signifier qu'elle songe à le réaliser : comme il n'y a pas d'écoles privées autres que celles de l'Église, il suffit à l'Église de fermer ses écoles, comme Mgr Touchet le suggère, pour qu'il n'y ait plus, en fait, d'autres écoles que celles de l'État.

Et si elle y songe, c'est bien par toutes les raisons doctrinales et politiques que j'ai dites. C'est aussi sans doute parce que la difficulté se fait sentir à elle d'obtenir des militants catholiques la continuation des sacrifices indéfinis qu'ils doivent consentir pour l'entretien et la création des écoles privées. Elle veut donc brusquer les opérations en consacrant plus de ressources à la conquête du pouvoir politique qui, une fois conquis, dispenserait les cléricaux d'un effort financier personnel. Et puis l'Église est encouragée dans cette voie par le succès de ses œuvres post-scolaires, par l'extension rapide de ses patronages, qui groupent aujourd'hui treize cent mille enfants et qui attirent un grand nombre des enfants sortis des écoles laïques.

Il faut donc prendre au sérieux la menace de Mgr Touchet. Oui, mais quelle est la liberté de discussion et de décision qui restera au Parlement s'il ne devance lui-même l'opération et s'il n'en prévient les effets les plus graves en préparant dès maintenant l'enseignement laïque à recevoir la totalité des enfants de la France et à prolonger son action par des œuvres post-scolaires étendues et efficaces ? C'est donc nous qui avons vu juste quand nous avons invité la Chambre à un immense effort d'organisation scolaire qui suppose un immense effort financier. La République de M. Étienne[2] et des encasernements monstrueux et stériles aura-t-elle la force d'accomplir cette grande œuvre ? Si elle n'a pas un sursaut d'énergie, elle subira à fond la loi de l'Église jusque dans les écoles dites nationales ; et elle capitulera devant le chantage épiscopal.

---

2. Eugène Étienne (1844-1921), député républicain d'Oran, disciple de Gambetta, leader du *lobby* colonial à la Chambre et ministre de la Guerre en 1913.

Nomination des instituteurs

REPPS, 15 février 1914

Le 5 février 1914, la Chambre des députés adopte un texte qui retire aux préfets la nomination des instituteurs et la confie aux recteurs d'académie sur proposition des inspecteurs d'académie.

Cette loi permet ainsi de lever une tutelle pesante sur les instituteurs. En effet, bien des potentats politiques locaux (maires, conseillers généraux) considèrent que les petits fonctionnaires doivent être à leur dévotion. Ayant souvent l'oreille du préfet, ils faisaient jusqu'alors nommer leurs clients aux bons postes, les autres aux mauvais. L'arbitraire administratif régnait et les déplacements d'office sanctionnant des délits d'opinion ou de militantisme étaient fréquents.

J'éprouve quelque scrupule à me réjouir du vote par lequel la Chambre a tout ensemble enlevé aux préfets la nomination des instituteurs et organisé pour ceux-ci, dans le nouveau régime, tout un système de garantie. Car enfin la loi n'est pas définitive : que fera le Sénat ? Déjà, quand le résultat du scrutin fut proclamé, une voix « préfectorale » s'écria : C'est la même majorité que pour la proportionnelle. Et il faut bien reconnaître que la nouvelle loi procède, en effet, de ce qu'il y a de plus noble et de meilleur dans l'inspiration qui anima les proportionnalistes. Mais ce mot, qui était un hommage involontaire, était surtout une menace. Il voulait dire : de même que le Sénat « majoritaire et républicain » a débarrassé la France de la proportionnelle et l'a maintenue sous le régime de l'arrondissement, de même le Sénat « préfectoral et républicain » maintiendra les instituteurs, malgré la Chambre, sous la discipline des préfets, des conseillers généraux et des sénateurs eux-mêmes. Qui sait cependant si ces pronostics ne seront pas démentis ? Comme disait le proverbe avant qu'il fût retouché par Bridoison, tant va la cruche à l'eau qu'elle se casse. Et le Sénat pourrait bien se fêler à aller trop souvent aux fontaines d'arrondissement et de préfecture.

J'entendais dire au cours d'un débat, que notre ami Ellen-Prévot[1] a mené avec beaucoup de vigueur et de succès : Après tout, qu'importe maintenant que les instituteurs soient nommés par le préfet, l'inspecteur d'académie ou le recteur, puisque de toute façon il y aura un comité consultatif offrant toutes les garanties ? Je suis prêt à reconnaître que là, en effet, est la disposition essentielle, et quoique dans le comité consultatif ne soient pas représentées directement les organisations professionnelles des instituteurs, syndicats ou amicales, elles y sont représentées indirectement, puisque les délégués élus des instituteurs au conseil départemental sont le plus souvent en communication avec elles. Il est certain que le comité consultatif, où siégeront, à côté de l'inspecteur d'académie, des inspecteurs primaires et des représentants directs du personnel, aura une grande autorité morale ; si du moins il a pleine conscience de son rôle et de sa responsabilité ; s'il a au même degré le souci de deux choses inséparables : le droit de chacun des maîtres et le progrès de l'enseignement. Il y aurait là, même contre l'arbitraire préfectoral, même contre les interventions politiciennes abusives qui se produisent parfois par l'intermédiaire des préfets, une sérieuse barrière. Et d'autre part, sans la force morale de ce comité

---

1. Antoine Ellen-Prévot (1877-1952) est alors un des jeunes espoirs du socialisme toulousain, député depuis 1910 et futur maire (1935-1940).

consultatif, les autorités universitaires elles-mêmes seraient à la merci de bien des influences fâcheuses, ou électorales ou bureaucratiques.

Mais quoique ce Comité soit, en effet, la maîtresse pièce et l'organe essentiel du système nouveau, il n'est pas indifférent que le droit de nomination ait été transféré de l'autorité préfectorale à l'autorité universitaire. Même s'il n'y avait là qu'un symbole, même si ce changement dans le mécanisme n'avait d'autre valeur que de marquer l'avènement définitif d'un esprit nouveau, la ferme volonté de soustraire l'enseignement primaire à tout favoritisme, à toute action perturbatrice, cette sorte de signification symbolique ne serait point à dédaigner. Mais il y a plus que cela. En fait, l'autorité universitaire sera mieux en état que le préfet de résister à des considérations extérieures. Elle sera moins facilement entraînée à servir des combinaisons électorales, des ambitions ou des rancunes contraires à l'intérêt de l'enseignement.

Cela ne veut pas dire que toutes les difficultés actuelles seront résolues par une sorte de baguette magique que tiendrait en main l'Université. Il n'y a pas de formules, il n'y a pas de mécanisme qui puisse dispenser les hommes, les citoyens d'un pays libre, les fonctionnaires d'un État démocratique, de sagesse, de vigilance, de fermeté et d'esprit de conciliation. À propos des instituteurs se posent fréquemment des questions très compliquées. Il est très vrai que par la nature même de leurs fonctions, et aussi par la législation scolaire qui impose aux communes des charges spéciales, l'instituteur n'est pas seulement en rapport avec ses chefs, il n'est pas seulement en rapport avec les élèves et les familles, il est aussi en relation, c'est-à-dire souvent en conflit avec les municipalités. Pour les logements et les indemnités des maîtres, pour l'aménagement des locaux, des difficultés surgissent souvent. Même si le différend entre l'instituteur et le maire est d'origine purement personnelle, il peut atteindre un tel degré d'acuité que le fonctionnement même de l'école en est troublé par contre-coup.

C'est en évoquant cet ordre de faits que les partisans du *statu quo* ont fait parfois quelque impression sur la Chambre. Ils disaient : Est-ce que le chef universitaire, inspecteur d'académie ou recteur, pourra apaiser ces antagonismes aussi bien que le préfet qui est en relation constante avec les maires, qui les connaît tous et qui peut obtenir d'eux une attitude plus conciliante, précisément parce qu'il est en état de leur rendre des services quotidiens en facilitant l'administration de leur commune ? C'est l'argument « réaliste » que M. Viviani[2] a fait valoir. Et si le Sénat rejetait la loi, ce serait sans doute sous ce prétexte, mais le prétexte est vain. D'abord il y a eu dans notre pays depuis quelques années une telle instabilité administrative, les préfets et sous-préfets voltigent si continûment de chef-lieu en chef-lieu, qu'il est difficile à la plupart d'entre eux d'acquérir cette sorte d'autorité personnelle qui rend aisé le rôle d'arbitre et efficace le rôle de conseiller. Je crois bien que dans le département du Tarn, si on me permet un exemple, les quatre ou cinq préfets qui viennent de se succéder n'y ont pas séjourné, en moyenne, plus de trois ou quatre mois. Il est permis d'espérer que l'inspecteur d'académie et le recteur séjourneront plus longtemps ; et l'inspecteur d'académie, les inspecteurs primaires ont assez souvent l'occasion, en s'intéressant aux écoles, de seconder les efforts des municipalités, pour pouvoir agir sur elles par la persuasion. Le comité consultatif chargé de promouvoir les instituteurs ne tardera pas à comprendre et à leur faire comprendre que le devoir professionnel des maîtres et leur obligation envers l'école leur font une loi, sans rien abdiquer de leur droit de citoyen et de leur dignité personnelle, d'entretenir avec les municipalités, quelles qu'elles soient, des rapports au moins corrects et, s'il est possible, cordiaux.

2. René Viviani (1862-1925), resté en bons termes avec Jaurès, républicain-socialiste, est alors ministre de l'Instruction publique et des Beaux-Arts.

Pour toutes les œuvres intéressant l'école, pour en assurer la fréquentation, pour faire fonctionner la caisse des écoles, pour les œuvres post-scolaires, et à mesure même que celles-ci se développeront, la coopération amicale des municipalités et des instituteurs deviendra tous les jours plus nécessaire. Ce sera une des tâches essentielles du comité consultatif, et des délégués mêmes des instituteurs, de prévenir les écarts, d'apaiser les querelles, d'empêcher les justes susceptibilités de dégénérer en esprit de contention.

Valait-il mieux confier la nomination à l'inspecteur d'académie ou au recteur ? Les deux systèmes sont au fond moins opposés qu'ils n'apparaissent tout d'abord. Quand le comité consultatif sera unanime, quand l'inspecteur d'académie, les inspecteurs primaires et les représentants directs des instituteurs seront d'accord pour proposer un mouvement, le recteur n'aura guère en fait qu'à l'enregistrer. Il n'exercera effectivement son droit que s'il y a des divisions, des contestations ; et son droit de nomination sera surtout pratiquement un droit d'arbitrage.

Je crois donc qu'on peut attendre du nouveau régime des effets excellents. J'ajoute qu'en faisant rentrer officiellement les instituteurs dans la « grande famille » universitaire, il rend plus sensible à tous la liaison, la nécessaire harmonie des trois ordres d'enseignement : et cela ne sera point sans conséquences. Mais que de problèmes de fond restent à résoudre !

Méthode d'enseignement
REPPS, 29 mars 1914

Jaurès, agrégé de philosophie, professeur et pédagogue, rencontre ici, par l'entremise de la lecture, Émile Chartier dit Alain (1868-1951), agrégé de philosophie, que lui ont fait probablement connaître des amis communs, Charles et Marie Salomon. Alain n'est pas encore le philosophe dominant de l'entre-deux-guerres, mais un professeur qui cherche à enseigner comment il faut penser et non ce qu'il faut penser. Soucieux d'être avant tout un éducateur et non un concepteur de système philosophique, Alain rédige entre 1908 et 1919 ses Propos, *qui font appel à l'expérience familière. Son œuvre développe un raisonnement qui part du concret.*

Je notais l'autre jour ici combien la critique littéraire faisait mal son devoir ou, si l'on préfère, remplissait mal sa fonction, puisqu'elle n'avait pas signalé à l'attention du public ce livre des *Cent un propos* d'Alain qui me paraissent à bien des égards un des chefs-d'œuvre de la prose française. Je lis précisément dans une étude d'un grand critique anglais qu'il n'y a plus de critique ; qu'elle a été tuée, assez paradoxalement, par l'abondance même de la production. Trop de livres viennent chaque jour sur le marché pour qu'on puisse en discerner et en mesurer la valeur. Les livres « spéciaux », j'entends par là les livres de haute science et d'érudition, sont à peu près assurés de trouver un public attentif et averti. Mais l'énorme masse des œuvres qui s'adressent à tous, qui ont la prétention de plaire au grand public et de l'instruire agréablement, cette masse-là ne trouve plus de crible à sa mesure. Et c'est au hasard que se fait le tri. Qu'est-ce à dire, et faudra-t-il que l'homme cultivé et de goût délicat renonce à lire les nouveautés, de peur de gâcher son temps à des lectures médiocres ? Ce serait le découragement complet pour les artistes sérieux, pour les écrivains sincères. Ce serait la fin de la production, au moins dans les hautes sphères de la pensée et de l'art. Et ce serait aussi, pour le lecteur trop délicat, trop réservé, une véritable diminution, puisqu'il se confinerait dans le connu et n'irait jamais à la découverte ; puisqu'il n'éprouverait jamais, au contact de nouveautés incertaines, la sûreté et la rapidité de son goût. Il me semble qu'il faut adopter une règle très souple et qui pourrait se formuler en trois prescriptions principales : fréquenter familièrement et assidûment les chefs-d'œuvre reconnus, ceux qui étendent et élèvent l'esprit, ceux qui vivifient et ennoblissent la conscience ; être attentif aux premières rumeurs qui signalent la valeur d'une œuvre nouvelle, et enfin faire soi-même dans ses lectures, selon le hasard des étalages, des relations, des courtes et banales réclames, une part à l'inconnu, afin de contribuer pour une part à cette immense besogne d'exploration critique qui ne peut plus être faite par une catégorie limitée de professionnels. Et quand, soit dans ces voyages de découverte tout à fait aventureux, soit à la suite d'indications encore restreintes, on a eu la bonne fortune de rencontrer une œuvre d'une valeur vraie encore ignorée, c'est un devoir, comme c'est une joie, de la signaler aux autres. Voilà pourquoi j'ai dit tout de suite la joie très vive que m'avaient donnée les *Cent un propos* d'Alain.

Les maîtres de la jeunesse et de l'enfance, les éducateurs et enseigneurs, y trouveront l'exposé de toute une méthode qui dérive d'une doctrine. Alain se défend des vastes synthèses : il a pourtant toute une philosophie que j'appellerai le rationalisme positif. Il ne croit pas que l'homme puisse saisir le sens des grands mouvements historiques. Ou plutôt il lui paraît impossible que nous retrouvions avec certitude ce qui ne peut pas recommencer sous nos yeux et devenir objet d'expérience. Quand nous avons tant de mal à démêler ce qui se passe dans l'âme et la pensée des hommes les plus proches, quand le père et la mère ont tant de peine à bien discerner les penchants, les caractères, les dispositions intellectuelles et morales de l'enfant, comment se flatter de distinguer, à la distance des siècles, l'âme des personnages historiques qu'éloigne de nous la différence des mœurs et des civilisations et dont la physionomie ne se révèle qu'à travers les récits des témoins passionnés et qui eux-mêmes sont des énigmes ?

Ainsi raisonne Alain, et vous devinez bien que nous aurions tous bien des choses à lui répondre. Mais enfin il a un besoin de réalité concrète et certaine qui s'accommode mal des procédés de divination et de reconstruction de l'histoire. De même les tentatives métaphysiques et religieuses, pour donner un sens à l'univers, l'inquiètent : « Il n'y a pas de raison qui suffise à donner l'existence ; il n'y a pas d'existence qui puisse donner toutes ses raisons. » Et l'idée sur laquelle s'obstine l'esprit humain, l'idée du Tout, lui paraît à peu près impossible à penser. Ce qui l'intéresse, ce qui l'émeut, c'est l'enchaînement des faits ; c'est la solidarité, la continuité de tous les événements du monde ; il éprouve une sorte d'allégresse à noter, à propos des événements quotidiens, et dans tous les ordres, de la politique à la météorologie, la liaison imperturbable des choses : et c'est par là, non par le caprice du miracle ou par une interprétation religieuse conforme aux fantaisies humaines, c'est par là que « l'univers a figure d'homme », puisqu'il est la raison même en ce qu'elle a d'essentiel, c'est-à-dire la sûreté des liaisons causales.

Ici encore qui ne voit que s'ouvrent des controverses peut-être infinies ? Mais cette philosophie conduit Alain à une pédagogie. Il faut donner le moins possible à la mémoire, le moins possible aux mots qui insinuent dans l'esprit des idées vagues, le plus possible à l'observation directe. Il boucherait presque les oreilles des écoliers pour leur ouvrir plus largement les yeux.

Mais entendons-nous bien. Ce n'est pas à une observation bassement utilitaire qu'il veut les réduire. Ceux qui ramèneraient par exemple l'éducation de l'ouvrier à un apprentissage purement technique sans lui donner les raisons scientifiques des faits mutileraient la réalité ; et ils rétabliraient le règne de la routine, la domination de l'oreille sur l'œil. Or dès qu'on donne les raisons tout s'agrandit ; et la goutte de rosée devient le miroir où se réfléchit un monde puisqu'elle est l'effet et l'expression de causes innombrables ; et voilà l'esprit qui se met en mouvement sur des chemins infinis. Et l'art du style, l'art d'écrire, l'art de composer se confond avec la science elle-même ; il n'est plus rhétorique vaine, il est l'art de décrire exactement un fait ou un objet, d'en faire comprendre la structure et de le situer dans l'ensemble des faits qui le déterminent.

Mais il faudra que je revienne là-dessus, que je précise par des exemples, que je demande à Alain lui-même de préciser. Et une grande question se posera : est-ce qu'il ne méconnaît pas la vie de l'imagination elle-même qui est aussi un fait et qui a ses lois ? N'est-ce pas lui qui est si épris des mécanismes, locomotive ou microscope, et qui y reconnaît avec joie un agencement précis ? Est-ce qu'il n'oublie pas que le langage aussi est un mécanisme, le plus voisin de l'esprit, le plus individuel à la fois et le plus collectif ? Et ce mécanisme-là aussi ne vaut-il pas qu'on apprenne à l'analyser, à en décomposer et à en recomposer les ressorts, à en observer le jeu si prodigieusement varié et si étonnamment sûr ?

L'école et la vie

REPPS, 12 avril 1914

La lecture comme dérivatif et reconstituant, comme une respiration nécessaire pour l'esprit au sein de l'activité politique et des turpitudes qui l'émaillent parfois, à l'instar des remous de l'« Affaire Caillaux » dont il est question ici.

Joseph Caillaux, personnalité majeure du parti radical, ardent promoteur de l'impôt sur le revenu, allié de Jaurès, est, depuis 1913, ministre des Finances. Il fait l'objet d'attaques répétées de la part d'hommes politiques de droite (dont Poincaré) mais aussi du centre gauche (dont Briand) qui entretiennent de très bons rapports avec la grande presse.

Calmette, directeur du Figaro, *publie une lettre privée de Caillaux à sa maîtresse, devenue, depuis, sa seconde épouse, et annonce que d'autres révélations suivront. Le 17 mars 1914, affolée par cette annonce, madame Caillaux tue Calmette. Caillaux démissionne. Mais ses adversaires s'acharnent et exhument une affaire ancienne dans laquelle Caillaux aurait accordé sa protection à un homme d'affaires douteux, Rochette. En avril 1914, une commission d'enquête parlementaire doit examiner cette affaire. Jaurès la préside, ce qui le met dans une position délicate. Il rend des conclusions mesurées et sort indemne de cet épisode.*

Notons enfin que, dans cet article, au terme d'un questionnement passionnant sur les rapports de l'enfant au temps, Jaurès revient sur une idée qui lui est chère : l'école ne doit pas seulement faire connaître les combats menés pour la conquête des droits politiques, mais elle doit dévoiler aux

*enfants les luttes pour l'émancipation sociale car « c'est en
ce sens que toute l'histoire pousse ».*

J'ai eu plus de chance que n'en méritait un sombre « justi-
cier » qui avait accepté la tâche redoutable de chercher le
vrai sous le feu croisé des passions des partis. À peine avais-je
terminé cette enquête où tant de vilaines choses s'étaient
étalées, à peine étais-je remonté du fond du puits où j'avais
passé plusieurs jours en face de vérités moroses dont la nudité
n'avait rien d'attrayant, j'ai trouvé sur ma table de travail un
livre réconfortant et rafraîchissant, un livre étrangement enca-
dré entre une préface de M. Ferdinand Buisson et une lettre
sympathique de M. Maurice Barrès, et où respire une foi si
sincère et si émue en l'école laïque, en la raison, en la nature
humaine, en la beauté et l'efficacité de la vie des éducateurs du
peuple. C'est le livre *Pour l'école vivante* de M. l'inspecteur
d'académie de la Haute-Marne, Edmond Blanguernon.

Il faut que je l'avoue d'abord : quand je lis des livres
comme celui-là ou comme les *Cent un propos* d'Alain,
dont j'ai déjà parlé ici, je suis effrayé non seulement de
mon ignorance, mais de notre ignorance à tous sur les faits
mêmes qui doivent servir de base à l'enseignement, c'est-
à-dire sur la nature de l'âme et de l'esprit des enfants, sur
le jeu des facultés enfantines dans les diverses périodes de
l'enfance elle-même. Par exemple, Alain et M. Blanguernon
sont d'accord pour se méfier de l'histoire, mais c'est pour
des raisons tout opposées. Alain, épris avant tout de vérité
certaine, concrète, *démontrable*, considère que l'histoire est
une hypothèse essentiellement invérifiable. Ni on ne peut
pénétrer dans le secret des âmes lointaines, ni on ne peut
reproduire à volonté dans la réalité présente, l'enchaînement
des faits anciens pour en vérifier les lois…

Au demeurant, Alain veut cultiver dans l'esprit même des
enfants le sens de la causalité, habituer l'esprit à remonter,

à propos de tous les faits qui frappent nos sens, la série des causes, que ce soit à propos de la goutte de rosée qui se dépose sur l'herbe de la prairie ou du nuage qui traverse la rue par-dessus les toits, ou de la marche des constellations diversement inclinées, selon le temps de l'année, sur l'horizon. Mais cette sorte de passion intellectuelle de la causalité qu'Alain veut inculquer aux enfants suppose en eux le sens précis et vaste du temps, du temps illimité, infini, où peuvent se prolonger en tous sens les chaînes des événements. M. Blanguernon, au contraire, craint que l'histoire ne puisse être enseignée utilement dans la période de l'enfance, parce que l'enfant n'a pas le sens réel de la durée. Et il dit à ce sujet des choses très fines, très suggestives et un peu troublantes :

« Je me demande, et je ne suis pas le premier à me demander, si nous ne nous leurrons pas en voulant intéresser à l'histoire, comme des hommes, la plupart des enfants de nos écoles primaires. À quel âge, en effet, l'enfant peut-il se détacher de lui ; comprendre, même d'une façon vague, que le temps s'écoule, qu'il y a eu des siècles où lui n'existait pas, qu'il viendra un temps où lui ne sera plus ? Le jeune enfant n'en a nulle conscience ; il n'a que deux termes de comparaison, deux classes où il range les êtres : "les petits" dont il est, et "les grands" qui le nourrissent et le commandent… ou lui obéissent. Il ne peut concevoir qu'une vie oscillant entre ces deux termes, et vous avez tous entendu un bambin dire adorablement à une grande personne : "Quand tu seras petit…" Regardez ce bonhomme de trois ans et cinq mois couché sur le dos, devant le feu de la chambre à coucher, à côté de sa sœur : il joue à être mort : "On est mort, dis, Olga ? – Si tu veux, condescendent les cinq ans de l'autre élève du jardin d'enfants de notre école annexe. On est dans la terre." Un silence et un frémissement… de plaisir. "On va nous mettre tous nos jouets, et une tartine." – Il est vrai que tu as bien le temps, mon petit, d'apprendre l'histoire. – Bien le temps ? Cela grandit si vite ! Et je me rappelle un grave écolier de six ans et demi : il revient de sa classe

tout pénétré d'une leçon d'histoire et il aborde son père
d'un ton quasi anxieux : "Dis donc, papa, qu'est-ce que tu
faisais au temps des Gaulois ?" »

Je confesse que je ne suis pas très assuré de la signification de ces faits, et je voudrais que tous les maîtres et
maîtresses recueillissent sur tous ces états de l'esprit enfantin
des observations précises multiples et circonstanciées. Est-il
donc vrai que l'enfant, même le plus petit, se trompe ainsi
sur le sens de la croissance ? Il sent, par tout son être, par
tout ce qu'il entend dire de lui-même, qu'il est destiné à
devenir « grand ». Il pousse ; ses camarades poussent comme
lui. Ses frères et sœurs grandissent. Les plantes poussent
aussi. Les arbres montent, mais a-t-il vu un seul homme
fait redevenir enfant ? Je me demande si le mot cité par
M. Blanguernon comme l'expression de la flottante pensée
enfantine n'est pas simplement l'écho d'une plaisanterie
qu'une grande personne aura faite à l'enfant.

De même l'erreur de mesure commise par l'enfant sur les
rapports de temps de son père et des Gaulois explique-t-elle
nécessairement qu'il était incapable d'avoir la notion, le sens
de la profondeur du temps ? M. Blanguernon suggère qu'au
lieu de situer les faits d'histoire dans la suite des temps on
se borne pour les petits à la suggestion mystérieuse et vague
des contes de fées : « Il y avait une fois… » mais est-ce
que ce : « Il y avait une fois » n'éveille pas précisément
l'idée et comme la sensation des profondeurs indéterminées
du passé ? Et sur cette étoffe de mystère au déroulement
infini, n'est-il pas possible de fixer une série de grandes
images ? N'est-il pas possible de dire aux enfants, même
aux plus petits : à ce moment, rien de ce que vous voyez
n'existait, et depuis que ces choses se sont produites, le
soleil a eu le temps de se lever et de se coucher bien des
fois ? Je voudrais que pour tous ces problèmes si délicats
de la pensée enfantine, et où on peut être si aisément dupe
des apparences, une expérimentation sérieuse et continue fût

menée par les maîtres, qui nous feraient part du résultat de leurs observations.

Que de choses fines, émouvantes et profondes je pourrais d'ailleurs noter dans le livre de M. Blanguernon, notamment sur le rapport des contes de fées avec cette féerie vraie qu'est la nature ; mais j'aime mieux, pour éprouver ma pensée comme la sienne, marquer aujourd'hui les points sur lesquels il peut y avoir quelque divergence entre nous, ou plutôt des divergences. Oui, je pense comme lui qu'il faut à l'école éviter tout sectarisme, aussi bien les formules d'avenir trop contraignantes, étroites et figées, que les formules mortes et tyranniques du passé. Oui, je pense comme lui que si la vie, pressée d'agir, forcée de conclure, est obligée de se ramasser en une doctrine, l'école doit avant tout munir les enfants d'une méthode, de l'habitude d'observer, de réfléchir, de penser par soi-même et de comprendre la solidarité comme l'ardente coopération de volontés libres et d'intelligences autonomes s'harmonisant les unes aux autres par la vertu de leur propre rythme.

Oui, je pense tout cela, et je crois démêler, sans que M. Blanguernon fasse explicitement ses réserves, qu'il ne voudrait pas trop que les maîtres s'aventurent au seuil des questions brûlantes, internationalisme, socialisme, syndicalisme. Je détesterais sans aucun doute les éducateurs qui tenteraient de jeter les jeunes esprits dans ces moules ardents. Mais qu'il veuille bien prendre garde. Il veut qu'on donne aux enfants une éducation concrète. Il veut qu'on les mette en face de la nature et de la vie. Il veut même qu'on leur donne autant que possible l'émotion directe des grandes journées de l'histoire, des grandes conquêtes du peuple et de la démocratie comme des grandes conquêtes de la science. Et le voilà qui convoque les enfants sur les ruines du vieux château féodal de la région pour leur lire là la vieille charte d'affranchissement de la commune.

Oui, mais voilà que surgit des ruines, avec l'esprit de la liberté, l'esprit de combat. Car enfin c'est par une âpre bataille sociale dont on ne pourra pas laisser tous les traits dans le demi-jour que les bourgeois des communes ont conquis sur les seigneurs les premières chartes de garanties. Me dira-t-il qu'après tout, c'est une date lointaine ? Non, puisqu'il veut la rendre toute présente et communiquer à ces jours déjà anciens le frémissement de la vie, la vibration du rayon de soleil qui se réfléchit maintenant sur le débris de la forteresse féodale et qui va frapper le front de l'enfant.

D'ailleurs M. Blanguernon ne s'arrête pas là. Il ouvre l'année nouvelle en disant aux enfants, par la bouche de l'instituteur, ce qu'est l'instituteur, pourquoi il y a un instituteur, pourquoi il y a dans le village une école de la République. Que de combats il résume là ! et quel champ de bataille il remue ! Mais pourquoi ne fait-il point un pas de plus ? Car enfin il y a dans le monde entier, depuis des générations un mouvement qui est égal en grandeur à l'affranchissement des communes, à la révolution de 1789, à l'œuvre républicaine de laïcité, de raison, d'éducation populaire saine et forte : c'est l'effort immense des prolétaires pour devenir dans la société transformée des coopérateurs. C'est en ce sens que toute l'histoire se pousse, et c'est par là qu'un degré plus haut d'éducation, d'initiative et de libre discipline se prépare pour tous les hommes.

Oh ! ne jetez pas dans l'école la flamme de ces combats ! mais n'ayez pas l'air, quand vous parlez aux enfants, d'ignorer le problème qui occupe, si je puis dire, le foyer de leur maison, le cerveau et le cœur du père, parfois même le rêve tendre ou irrité de la mère. Servez-vous de cette âpre réalité pour les élever, pour les ennoblir. Dites-leur : Plus la classe ouvrière a de hautes ambitions sociales, plus il faut que chacun de ses fils, dès l'école, se prépare par le travail, par la sagesse, par la pensée, par la discipline volontaire, à ces magnifiques et difficiles destinées.

Comment l'école serait-elle « vivante » si elle ignorait de parti pris, devant les enfants qui commencent à savoir, une si grande part de la vie ?

La part de l'aventure
REPPS, 3 mai 1914

Jaurès s'affronte ici à l'un des traits fondamentaux de la pédagogie depuis la fin du XIXᵉ siècle : la volonté de soumission au réel (Jules Ferry disait lui-même : « La leçon de choses est à la base de tout ») : elle veut exercer l'esprit au contact des réalités. En partant d'objets sensibles, on dégage des évidences et on remonte aux principes en comparant et en généralisant.

Mais la pratique se réduit davantage à des exercices d'attention et de mémoire plus que d'observation effective. Il en va de même dans l'approche des textes...

Il en résulte un « dessèchement » de l'enseignement. Par ailleurs, ce dernier « se définit en fonction de l'adulte à former, non de l'enfant à épanouir » (Antoine Prost) : il ne prend pas en compte (ou fort peu) la psychologie enfantine, ni l'âge d'acquisition des enfants...

Tous les éducateurs, tous ceux qui écrivent sur l'éducation sont d'accord pour recommander au maître d'habituer l'enfant à la réflexion personnelle. Ils veulent que l'élève se représente exactement les choses, qu'il mette toujours sous les mots qu'il prononce ou sous les mots qu'il lit une idée claire, un objet défini. Ils sont en défiance contre la mémoire verbale et ils demandent, selon une formule chère à Alain, que l'enfant s'instruise par les yeux ou par les mains beaucoup plus que par les oreilles. La tendance est excellente, et la preuve qu'elle l'est en effet, c'est que cette méthode peut contribuer à la fois à former le savant et le poète.

Car si le savant doit se représenter exactement et fortement la réalité pour en percevoir ou en imaginer les rapports, il faut que le poète voie les choses. Il faut que pour lui le mot même soit évocateur et qu'au contact de la vie de la nature, la vie profonde des mots se réveille et se révèle. La Bruyère a dit que l'exactitude des métaphores était le signe de la justesse de l'esprit et il a marqué par là l'excellence commune de l'intelligence du savant et de l'imagination du poète. Elles se lient l'une à l'autre par le sens vif du réel. Et la méthode qui développe dans l'esprit, dès l'enfance, ce sens du réel est bien la méthode dominante : elle commande, si je puis dire, la pensée à sa source même ; mais comme toute méthode, celle-ci a ses limites. Elle risque, elle aussi, si on la force, si on en veut pousser à outrance l'application, de mutiler ou de troubler le jeu de l'esprit qui est fait de pressentiments obscurs et d'heureuses audaces comme d'exactes perceptions. Elle risque aussi de tourner en routine, de devenir elle aussi une servitude. Et si le maître s'y soumettait trop étroitement, s'il n'avait parfois confiance dans les forces spontanées et dans les facultés divinatrices de l'intelligence enfantine, s'il ne savait pas qu'on ne peut éliminer de la culture première de l'esprit tout *à peu près* sans le gêner, il aurait dans sa façon d'enseigner quelque chose de contraint, de méticuleux et d'appauvrissant.

Parfois même il se demanderait avec une sorte de désespoir s'il est possible d'éduquer une intelligence d'enfant en la tenant constamment en contact non seulement avec le réel, mais avec des réalités que l'enfant puisse pleinement saisir.

Cet excès dans l'application de la méthode et le pessimisme pédagogique qui en dérive est sensible chez Rousseau et chez ses disciples les plus grands. Tolstoï[1] est sans doute le plus illustre et le plus puissant de tous. Il est plein de la pensée de Jean-Jacques : on peut presque dire qu'il lui a emprunté l'essentiel de ses doctrines sociales et religieuses. Il lui a emprunté aussi ses théories sur l'éducation. Comme lui, il a le souci passionné d'écarter de l'enfant tout ce qui n'est pas le vrai et tout ce qui n'est pas en harmonie parfaite avec les facultés enfantines. Mais a quoi a-t-il abouti, notamment dans son livre sur l'école de Yasnaia-Poliana qu'il a un moment dirigée lui-même ? À un aveu d'impuissance. Il n'a trouvé à soumettre aux enfants aucune œuvre d'imagination où l'esprit de l'enfant fût vraiment à son aise.

Il a expérimenté avec eux les récits les plus simples de l'Antiquité, ceux qui contiennent le plus d'images familières et distinctes, les récits bibliques de Joseph et de ses frères, de Ruth et Booz, les récits homériques de *L'Odyssée*.

Et il lui a paru que les enfants ne les comprenaient pas. Ou ils s'attachaient à la partie la plus puérile de la fable, et leur raison pouvait en être faussée pour la vie, ou ils subissaient passivement un défilé de mots qui n'éveillait pas dans leur esprit des images précises et vivantes. Ainsi du moins en jugeait Tolstoï, et on peut dire que son expérience d'éducateur ne lui a fourni que des conclusions négatives. Mais Tolstoï n'a-t-il pas commis une erreur fondamentale, n'a-t-il pas attendu de l'intelligence humaine en mouvement une précision, une sûreté, qui ne sont compatibles ni avec la nature de l'esprit ni avec les lois de sa croissance ?

L'esprit humain est comme la nature elle-même, comme la vie elle-même ; il procède par tâtonnements, par perceptions incomplètes et rectifications successives. Si l'organisme attendait, pour se nourrir, d'avoir rencontré des aliments qu'il puisse assimiler pleinement et immédiatement sans

---

1. Jaurès témoignera souvent de son admiration envers lui, voir Gilles Candar, « Jaurès, lecteur de Tolstoï », *in* Juliette Grange et Pierre Musso (dir.), *Les Socialismes*, Le Bord de l'Eau, 2012.

élaborations successives et sans déchets, il périrait. Si les sens attendaient, pour s'exercer, d'avoir atteint la perfection de leur jeu, si l'esprit ne se risquait à induire qu'après des expériences répétées, si l'imagination naissante, aux prises avec la réalité immense et confuse, s'interdisait toute antici-pation, toute analogie superficielle et hâtive, l'enfant resterait plongé à jamais dans le sommeil des sens et de la pensée.

Le ciel clair des nuits refusera-t-il de montrer la lune à l'enfant tout jeune par peur qu'il ne s'en forme une idée fausse et qu'il prenne, en tendant vers elle ses petits bras, l'habitude de l'erreur, de l'illusion et des vains désirs ? La nature et la vie ont confiance en elles-mêmes : et c'est pourquoi elles grandissent. Elles ont une puissance interne d'équilibre et un élan intérieur qui leur permettent de se risquer sans se perdre. Disciplinons ces forces, mais ne les brisons pas.

Voyez où Jean-Jacques a été mené par cette sorte de scrupule éducatif ! Il va jusqu'à détruire par une analyse implacable les fables de La Fontaine. Ou du moins il essaie de démontrer qu'elles dépassent infiniment les enfants : mais ne dépassent-elles point la plupart des hommes ? Quelle est l'œuvre de génie dont on peut être sûr qu'elle sera comprise tout entière et d'emblée ? C'est la vie elle-même qui, en se développant, nous révèle des sens nouveaux et plus profonds dans les œuvres que nous avions d'abord partiellement ou superficiellement comprises.

Faudra-t-il interdire à l'enfance toute communication avec ces œuvres de génie ? Ne saura-t-elle pas y trouver à sa manière des profondeurs ? Rousseau reproche aux fables de supposer chez les bêtes la faculté du langage. Mais l'enfant n'a-t-il pas précisément le don de passionner de sa propre vie les êtres et les choses mêmes ? Ne parle-t-il pas aux animaux comme s'il en était compris ? Ne l'est-il pas en quelque manière et ne les comprend-il pas à sa façon ? Ce don spontané d'imagination ne le rend-il pas sensible au génie créateur du poète ? Il est bien vrai qu'il ne comprendra pas tout. Il est très vrai qu'il saisira souvent fort mal et par quelque biais singulier la leçon morale contenue dans la fable qui suppose, pour être pleinement comprise, une expérience étendue et amère de la vie. Mais les premières impressions de l'imagination ne sont-elles pas une partie de cette expérience ?

Rousseau parle de la fillette qui, après avoir lu la fable du *Loup et du Chien*, pleurait de n'être pas le loup, c'est-à-dire la bête sauvage et errante mais libre. N'est-ce pas déjà son expérience propre de la vie qui commençait à se marquer par là et n'avait-elle pas senti déjà à sa manière les servitudes de l'existence sociale ? Si vous surveillez trop sévèrement toutes ces émotions obscures, vous appauvrirez l'âme, vous diminuerez le sens de la vie, vous dessécherez toute l'existence.

Quand je remonte à mes souvenirs d'enfance, je ressens encore la cruelle douleur que m'infligea la fable du *Loup et de l'Agneau*. « Au fond des forêts, le loup l'emporte et puis le mange. » Quel tableau et quelle conclusion ! Mais n'est-ce pas la réalité de la nature ? L'enfant souffre et il ne comprend pas que les choses soient ainsi. Mais c'est la vie même qui entre en lui avec tous ses problèmes. Attendrez-vous, pour que son esprit s'émeuve, qu'il ait la force de résoudre par l'analyse et la raison les grandes questions qui dominent et angoissent le monde ?

Il y a, dans le voyage de l'esprit à travers la réalité, une part d'aventure dont il faut d'emblée accepter le risque.

Pour l'école laïque

REPPS, 17 mai 1914

Cet article paraît au lendemain des élections législatives
(le deuxième tour a eu lieu le 10 mai) qui se concluent par
une nette victoire de la gauche et notamment une progression
sensible des socialistes (ils obtiennent 103 sièges de députés
contre 75 lors de la précédente législature).

Mais dans cet article comme dans de nombreux autres et
dans bien des discours, Jaurès s'interroge sur les équivoques
des radicaux (238 d'entre eux viennent d'être élus). Depuis
1906, il met en évidence leur division en deux courants
divergents : le courant conservateur et le courant progressiste
(incarné notamment par Caillaux). De fait, les radicaux sont
divisés au sujet de la loi des Trois Ans, par exemple. Mais
Jaurès ne cesse d'espérer un réveil du radicalisme, espoir
qui transparaît ici. Et il a toujours affirmé que les socialistes
soutiendraient avec énergie les projets de réforme ambitieux
que proposeraient les radicaux, en particulier l'instauration
de l'impôt sur le revenu.

La situation financière est en effet difficile, sinon désas-
treuse et la mise en œuvre d'une fiscalité assurant à l'État de
nouvelles recettes s'impose. En juin, les dispositions relatives
à l'impôt sur le revenu sont incorporées par la Chambre à
la loi de finance votée le 15 juillet. Le Sénat fait de même.

Mais Jaurès pose le problème du choix politique concernant
l'utilisation de ces ressources nouvelles : nouvelle fuite en
avant dans les dépenses militaires ou financement de réformes
sociales et d'une véritable politique de « défense laïque » ?

N'oublions pas que Jaurès qui souhaite – déjà ! – « un meilleur aménagement des écoles et un dédoublement des classes trop chargées » est aussi un partisan de l'allongement de la durée de la scolarité obligatoire (de 13 à 14 ans).

À en juger par l'étiquette des élus, il semble bien que les élections législatives marquent un recul des partis de réaction, un progrès de l'ensemble des forces de gauche. L'Action libérale perd deux sièges ; les progressistes en perdent près d'une vingtaine. Au contraire, les radicaux unifiés paraissent faire quelques gains et le succès du parti socialiste est éclatant. Le nombre de ses élus dépasse cent, et il sera dans la Chambre nouvelle par son unité, par son enthousiasme, par sa vigueur autant que par sa puissance numérique, une force de premier ordre.

Mais quel est le sens exact des rubriques sous lesquelles on catalogue les autres élus de gauche ? Quel est le programme réel de ceux-ci ? Quel est leur degré de résolution ? Et quel sera sur la Chambre, quel sera sur la gauche elle-même l'effet de la victoire socialiste si éclatante ? Nul ne peut le savoir encore avec certitude. Il se peut que le parti socialiste soit accepté comme une force d'impulsion et que le radicalisme de gauche se décide à pratiquer enfin une politique de réformes assez nette, assez étendue pour que les socialistes puissent la soutenir de toute leur force et aider à vivre le gouvernement qui en sera l'organe. Il se peut aussi qu'une trop grande partie des radicaux écoute les conseils de la peur et se laisse aller aux conseils des tentateurs qui vont lui dire qu'il sera dévoré bientôt s'il ne se défend pas dès maintenant en prenant l'offensive contre le parti socialiste. Si cet état d'esprit prévaut secrètement chez un certain nombre d'élus radicaux, les prétextes ne leur manqueront pas, et nous entendrons à nouveau les vieux refrains sur « la tyrannie socialiste ».

C'est seulement à l'épreuve des faits que le pays pourra juger ses élus et que ceux-ci révéleront, si je peux dire, le vrai fond de leur conscience. Cette épreuve ne tardera pas, car voici que se dresse au premier plan un problème formidable dont on ne peut ni éluder ni ajourner la solution : c'est le problème budgétaire et fiscal. Le budget est en suspens, avec le commencement de réforme fiscale que contient la loi de finances ; le déficit est énorme. Il faudra aviser et sans délai. Il faudra prendre des mesures énergiques et efficaces ; et alors, ou bien la nouvelle majorité, tout en prodiguant hypocritement les assurances réformatrices, aggravera les impôts directs existants, si iniques et si surannés, et elle accroîtra les impôts de consommation qui pèsent sur le peuple ; ou bien elle se décidera, à l'exemple des radicaux anglais, à frapper sérieusement la fortune et à construire des mécanismes fiscaux efficaces pour prélever l'impôt perpétuel sur les grands revenus et les grands capitaux… De toute façon il faut qu'elle prenne parti. Car le gouffre du déficit est tel qu'il ne peut attendre. Il appelle d'une voix profonde et terrible les ressources nouvelles qui sont nécessaires pour le combler. Est-il besoin de dire que pour l'œuvre de réforme fiscale le parti socialiste donnera tout son concours ? Ceux-là sont plaisants parmi les radicaux qui excommunient d'avance le socialisme de la majorité réformatrice. Nous pouvons dès maintenant leur lancer un double défi. Nous les défions, dans la Chambre qui va se réunir, de réaliser une réforme fiscale sérieuse sans le concours des socialistes. Et nous les défions, s'ils proposent, en effet, une réforme fiscale sérieuse d'empêcher les socialistes de la voter et d'en assurer la victoire.

Oui, mais une grande précaution doit être prise par nous. Au moment même où nous aiderons la majorité de gauche à construire un nouveau système fiscal, nous ne voulons pas que toutes les ressources qui en peuvent provenir soient absorbées par les seules dépenses coloniales et militaires.

Nous ne voulons pas qu'on nous refuse après-demain les réformes sociales et scolaires les plus nécessaires et les plus urgentes, en nous répondant que la caisse est vide, que toutes les ressources provenant des impôts nouveaux ont été employées à couvrir les frais de l'opération marocaine tous les jours agrandie et de la loi des Trois Ans, et qu'on ne saurait, pour d'autres objets, en élever encore le taux. Nous demanderons tout de suite que la législation d'assurance sociale soit améliorée, et que les dépenses nécessaires pour un meilleur aménagement des écoles, pour le dédoublement des classes trop chargées, pour la dotation sérieuse des œuvres scolaires et post-scolaires et pour le prolongement légal de la scolarité au moins jusqu'à quatorze ans soient prévues d'emblée dans le budget de 1915, c'est-à-dire dans le budget nouveau dont la Chambre va être saisie.

C'est par là, c'est par cet ensemble de mesures que l'école laïque sera la plus efficacement défendue, en même temps qu'une politique générale de démocratie protégera ses maîtres contre les violences de la réaction, qui ne sont dangereuses que quand elles ont la complicité secrète du pouvoir. Il faut créer autour de l'école et de ses maîtres une atmosphère républicaine, une sorte de grande amitié nationale, et il faut doter l'enseignement laïque d'un outillage si perfectionné que la concurrence des écoles cléricales ne puisse se soutenir.

Nous serions très coupables si nous permettions qu'une hypothèque militaire exclusive saisisse toutes les ressources à provenir de la réforme fiscale. Ce serait décourager et dessécher toutes les œuvres de progrès social ; ce serait racornir la République ; ce serait encourager tous les gaspillages d'un militarisme routinier qui nous fait payer cher la rançon de sa paresse intellectuelle ; et ce serait discréditer la réforme fiscale elle-même dont la démocratie sentirait les épines sans pouvoir en cueillir les fruits.

Pour les syndicats d'instituteurs
L'Humanité, 27 février 1906

Dans ce discours, on retrouve un certain nombre d'idées et d'arguments développés par Jaurès dans les articles qu'il a rédigés pour la Revue de l'enseignement primaire et primaire supérieur. *Jaurès, toujours soucieux de « propagander », utilise les moyens les plus divers pour diffuser ses idées. La syndicalisation des instituteurs s'inscrit à ses yeux dans le mouvement de la conquête démocratique et des libertés. Pour contrer certaines réticences (y compris chez de nombreux instituteurs à cette époque), Jaurès souligne ici, comme il l'avait fait quelques semaines plus tôt dans l'article « Le Syndicat des instituteurs » du 24 décembre 1905, que la grève ne peut être une forme de lutte envisageable pour eux... Nous retrouvons aussi l'affirmation insistante de la nécessité des liens qui doivent unir instituteurs et prolétaires, affirmation déjà présente dans l'article du 16 octobre 1905 intitulé « Les instituteurs et le socialisme ». Jaurès, qui était entré en politique dans la mouvance de Jules Ferry, est toujours resté attaché à l'œuvre scolaire de ce dernier, comme on le voit ici : Jaurès souligne, du reste, que ce sont ces lois qui ont mis en contact les instituteurs avec les ouvriers. Mais il insiste aussi sur la solidarité, la complémentarité qui doivent exister entre eux et il s'agit bien, selon Jaurès, d'échanges réciproques permettant aux uns et aux autres de mieux saisir le « sens de l'Histoire » et de prendre toute leur part aux progrès de l'humanité : « Vous apporterez l'idéalisme de la pensée*

*mais vous recevrez (des syndicats ouvriers) une interpré-
tation vivante de l'histoire humaine. »*

Voici le texte in extenso *du discours prononcé par le
citoyen Jaurès, le 22 février après-midi, à l'Hôtel des Sociétés savantes, dans la réunion organisée par les conseillers
départementaux élus par les instituteurs de la Seine et par
le conseil du Syndicat de la Seine :*

C omme vous le disait tout à l'heure dans son très ferme
discours, votre camarade Dufrenne, ce qu'on oppose
d'abord aux instituteurs et aux institutrices qui veulent se
syndiquer, c'est qu'ils vont être jetés dans l'agitation politique,
c'est qu'ils vont déserter leurs devoirs professionnels. Ne
vous laissez pas troubler par cette objection, c'est celle sous
laquelle, dès l'origine, on a essayé d'accabler, d'empêcher
l'organisation syndicale de toute la classe ouvrière. Ce fut
longtemps, c'est encore aujourd'hui dans les milieux conservateurs une détestable légende de calomnie, que ceux-là des
travailleurs qui se syndiquent sont ceux qui ont le moindre
goût pour leur travail, pour leur métier. L'expérience a
démontré exactement le contraire. Le besoin de se syndiquer
est né, dans la classe ouvrière, non seulement d'un besoin
de défense, mais d'un sentiment de fierté ; et la fierté est
inséparable chez les travailleurs de l'exercice consciencieux
du métier. *(Applaudissements. Très bien.)*
Celui qui gâche ou néglige son métier peut avoir, en
effet, des accès passagers de révolte, il n'a pas cette vertu
constante, cette force continue dans la revendication qui naît,
chez l'homme, de la conscience permanente de sa propre
valeur. Ainsi, à mesure que la classe ouvrière s'organise et
revendique, sa valeur professionnelle s'affirme et s'accroît
en même temps que sa valeur sociale. Et si aujourd'hui vous
êtes réunis, vous, instituteurs et institutrices, pour affirmer

à votre tour votre droit au syndicat, ce n'est pas seulement parce que l'esprit de démocratie et de liberté politique qui est le grand patrimoine de la nation vous inspire, c'est parce que, à servir depuis des années, méthodiquement, consciencieusement, dans vos écoles, la cause du peuple, vous avez pris de vous-mêmes, de votre mission accomplie, un sentiment assez haut pour vous élever aux revendications nécessaires. *(Applaudissements.)*

Mais c'est précisément parce que vous voulez remplir tout votre devoir professionnel, c'est précisément parce que vous voulez mettre en œuvre toute votre valeur professionnelle, que vous demandez à vous grouper, à vous syndiquer légalement. La liberté, la dignité du maître fait partie intégrante de sa valeur professionnelle, de son devoir professionnel. M. Buisson disait tout à l'heure : « Le maître ne peut enseigner la liberté que s'il est lui-même libre. » J'ajouterai : il ne peut enseigner la dignité que si lui-même a le sentiment de sa dignité et des garanties qu'elle exige.

Nécessité du syndicat

Eh bien, à l'heure présente, la garantie essentielle, non seulement de votre liberté, mais de votre dignité d'instituteurs, c'est la force que vous trouverez dans le groupement syndical. Par là, et par là seulement, comme vous le disait M. Buisson avec une expérience qui n'a pas attiédi en lui la flamme de l'enthousiasme, par là, et par là seulement, vous donnerez à l'administration universitaire le moyen de résister aux injustes exigences. Quand un homme politique, puissant dans sa région, par sa mainmise sur le pouvoir préfectoral, viendra demander ou contre l'instituteur ou pour l'instituteur – mais toujours contre les instituteurs – un acte arbitraire, l'administration pourra lui dire : Vous êtes une puissance, mais il y a une autre puissance, celle des instituteurs groupés, celle des instituteurs syndiqués ; et, si je n'avais pas, moi, dans la seule conscience de mon devoir, la force de vous résister, la protestation certaine et unanime des instituteurs organisés me communiquerait cette force nécessaire. Ainsi vous aurez libéré avec vous ceux de vos chefs qui souffrent de la servitude politique. *(Applaudissements.)*

Mais ce n'est pas seulement pour accroître ainsi votre valeur professionnelle et votre dignité professionnelle que vous demandez à vous syndiquer, c'est pour créer en vous la plénitude de la vie intellectuelle et morale, sans laquelle vous ne pouvez être pour le peuple des maîtres complets. Je touche ici au point vif du problème. Ce que redoutent, permettez-moi de le dire franchement, ce que redoutent ceux qui vous refusent le droit de vous constituer en syndicat, ce n'est pas précisément que vous formiez une association. Certes, comme mon collègue, M. Buisson, vous le rappelait justement tout à l'heure, il est des hommes qui poussent l'esprit de réaction, de défiance envers la démocratie et envers vous à ce point, qu'ils voudraient vous retirer même le bénéfice du droit commun, de la loi commune des associations. Mais il en est d'autres qui craignent la forme même de l'association que vous demandez. Ce qu'ils redoutent dans l'institution syndicale, c'est que, par elle, vous vous rapprochiez de la classe ouvrière. *(Très bien.)*

Et c'est là que, sans esprit de parti, sans esprit de secte, sans se lier à telle ou telle formule d'organisation sociale – qui reste livrée à la controverse des esprits libres et à l'épreuve de l'avenir – c'est là que vous devez maintenir énergiquement votre droit. Dans une démocratie, toute association qui s'isole tend à devenir une sorte de caste ; et vous tous, instituteurs et institutrices, qui vous associez aujourd'hui, dans le temps où nous sommes, ou vous ne serez qu'une sorte de mandarinat ou vous serez un syndicat. Vous serez isolés, si vous n'entrez pas tout naturellement en communication avec la classe ouvrière.

Il ne s'agit pas pour vous, j'ai eu occasion de le dire, nos amis l'ont répété, il ne s'agit pas d'introduire les procédés de la grève, qui sont inconciliables avec le mode même de fonctionnement de l'enseignement primaire. C'est une impossibilité, c'est une chimère. Ce n'est pas par l'impossible communauté de la grève que vous pouvez entrer en rapport avec les ouvriers, avec le monde du travail. Mais, en dehors de toute combinaison de grève, il y a, entre eux et vous, un lien essentiel. Pas plus que les prolétaires, vous n'avez la force que donne le capital ; vous n'avez d'autre force, d'autre valeur que celle que vous donne votre mérite, votre effort personnel, votre travail, le service persévérant que vous rendez à la société tout entière. Par là vous n'avez pas à craindre que l'avènement social du travail puisse vous atteindre ou vous diminuer ; il ne peut, au contraire, que vous grandir. Et c'est dans cette glorification, commune du travail, et c'est dans cette attente commune d'un monde où le travail sera la seule puissance, comme il est la seule dignité *(applaudissements prolongés)* que vous pouvez, dès maintenant, sans violences, sans chimères, sans esprit de secte, entrer en communication avec le monde du travail organisé, avec le monde ouvrier. Et ceux-là, parmi les républicains, seraient bien étranges qui songeraient à vous en faire grief et qui prétendraient qu'ainsi vous vous enfermez dans je ne sais quelle exclusive action de classe.

Les lois scolaires

Mais, en vérité, est-ce que ce n'est pas la législation scolaire elle-même qui vous a mis en communication directe avec la classe ouvrière ? Pour qui donc ont été faites les lois scolaires ? Est-ce qu'il a été nécessaire de créer l'obligation pour les fils de la bourgeoisie ? Mais la bourgeoisie avait tout à la fois tant de moyens, tant de facilités de faire instruire ses enfants et un si grand intérêt à les préparer par l'éducation aux fonctions sociales directrices dont elle a eu jusqu'ici le monopole… *(applaudissements)* qu'il n'était pas besoin d'une loi d'obligation pour envoyer dans les lycées et collèges les fils de la bourgeoisie. Il n'était pas besoin non plus, pour elle, d'une loi de gratuité, car elle a les moyens, au moins dans une large mesure, de payer l'éducation des siens. Si donc la République a fait des lois d'obligation, de gratuité, c'est parce que au-dessous de la bourgeoisie, il y avait cette immense multitude du peuple pauvre, ouvriers ou paysans, si pauvre si ignorant, par une longue tradition de servitude et de misère, qu'il pouvait être incapable de songer lui-même à envoyer ses fils à l'école, incapable en tout cas de les y entretenir de ses deniers. Lorsque la République a créé les lois d'obligation et de gratuité, ce n'est pas pour la bourgeoisie, c'est pour le prolétariat. Elle a reconnu et proclamé par là même qu'elle était obligée de faire une législation scolaire de classe, qu'il y avait eu toute une classe qui était restée à ce point en dehors des conditions sociales de développement, qu'il fallait légiférer spécialement pour elle. Et c'est ainsi que la loi républicaine, la loi fondée par toute la majorité républicaine, des modérés aux socialistes, a amené à vous, comme classe, la classe ouvrière.

Il serait extraordinaire qu'après avoir mis ainsi les instituteurs légalement en communication avec les fils, elle vous refusât d'entrer en communication avec les pères. *(Applaudissements prolongés.)*

Instituteurs et prolétaires

Et pourquoi vous l'interdirait-elle ? Elle irait ainsi d'abord contre l'inévitable force des choses, contre l'irrésistible mouvement social qui rapproche peu à peu les travailleurs de tous ordres et de toutes conditions. Voyez ! il semblait que le monde du travail était divisé en deux parts. Il y avait, d'un côté, les fonctionnaires auxquels on assurait une sorte de sécurité extérieure et mécanique, la sécurité du traitement mensuel et de la retraite certaine… *(rires)* certaine quant à son chiffre peut-être, pas toujours quant à sa date, mais enfin c'était une sécurité. Oui, mais à la condition qu'il y ait une hiérarchie, avec l'obéissance absolue à une administration autoritaire. Au contraire, aux ouvriers, on avait été obligé de reconnaître le droit de se syndiquer, de réclamer par des syndicats contre l'arbitraire patronal, mais on les laissait livrés à tous les hasards de la vie. Eh bien ! il se fait une sorte de pénétration réciproque et un admirable échange qui amènent peu à peu toutes les catégories de travailleurs jusqu'ici séparées à vouloir cumuler ensemble les garanties de liberté et de sécurité dont jouissait séparément chacune d'elles. Ce matin, nous avons voté des retraites pour dix millions d'ouvriers et de paysans, et maintenant nous réclamons pour les fonctionnaires le droit de se syndiquer. *(Très bien.)*

C'est, vous le voyez, la confusion progressive, l'identification progressive, et par conséquent c'est une base commune fournie dès aujourd'hui à toutes les forces diverses du travail. Contre ce mouvement d'unité, aucune puissance ne prévaudra.

Dans cette communication des instituteurs et de la classe ouvrière, vous avez à donner et vous avez à recevoir. Vous avez à donner par le seul fait que des syndicats d'instituteurs figureront à certaines heures dans de fraternelles délibérations à côté des syndicats ouvriers ; vous rappellerez sans cesse à la classe ouvrière que l'éducation est pour elle la force et la garantie nécessaire, que si elle a le droit de chercher un monde nouveau, mieux équilibré et plus juste, ce n'est pas seulement pour y trouver la garantie de ses besoins matériels, c'est pour y trouver la satisfaction des nobles besoins de la pensée qui ne reçoivent à l'école primaire qu'un commencement de satisfaction et qui ne recevront une alimentation substantielle, continue, solide, que dans une société juste, dans la dignité, dans le travail et les larges loisirs, qui permettront la culture de l'esprit. *(Applaudissements répétés.)* Voilà ce que votre présence rappelle au peuple.

Et vous, au contact de ces hommes qui représentent une telle ardeur de revendication, une telle tradition de souffrance, d'espérance, d'effort vers la justice, laissez-moi vous dire que vous créerez peu à peu à vous-mêmes une philosophie générale de l'histoire et de la vie dont les instituteurs ont besoin. Savez-vous quelle est une des forces de l'Église et des hommes d'Église ? C'est que l'enseignement traditionnel, s'il leur inocule l'habitude de la passivité et les erreurs dogmatiques, du moins il leur fournit une synthèse du monde, une doctrine générale de l'univers et de la vie. Eh bien ! il n'est pas possible de formuler pour l'instituteur, il n'est possible de formuler pour aucun esprit libre, dans l'état présent de la science ou de l'esprit humain, une synthèse laïque du monde. Nous ne pouvons, nous, proposer aux esprits que des synthèses provisoires et changeantes. Mais du moins, c'est une grande révélation que l'histoire de l'humanité, et ce qui la domine, depuis l'origine des temps, c'est l'effort des opprimés, des asservis, des exploités, des écrasés, sous les formes successives qu'a traversées la société humaine pour se libérer, pour se hausser et pour hausser avec eux la condition générale de l'humanité. Cela, instituteurs et institutrices, vous le savez par les livres ; mais la science du livre est toujours glacée quand elle n'est pas complétée, animée, échauffée, par la science de la vie. Et lorsque vous serez en communication avec les travailleurs organisés, ouvriers et paysans, quand vous assisterez de plus près aux difficultés contre lesquelles ils se débattent, aux souffrances qu'ils veulent vaincre, aux iniquités qu'ils veulent briser, à leurs efforts douloureux, souvent incohérents, toujours admirables de libération et de progrès, vous comprendrez, vous saisirez tout le secret de l'histoire humaine. Remontant du passé, allant vers l'avenir, vous saisirez tous les ressorts des multitudes humaines en mouvement. Toutes les souffrances du passé vous seront expliquées par celles d'aujourd'hui. Toute l'humanité souffrante du passé vous sera révélée dans l'humanité vivante et combattante d'aujourd'hui. *(Applau-dissements.)*

Le rôle de l'instituteur

Il ne s'agit pas pour vous de faire pénétrer dans l'enseigne-ment de l'histoire le détail de nos luttes actuelles. Je trouve mauvais, je trouve dangereux, de jeter les enfants étourdiment dans les controverses de l'heure présente. Ils n'ont pas l'esprit assez robuste pour discerner eux-mêmes. Ce que vous devez leur donner, ce n'est pas une opinion toute faite sur les que-relles d'aujourd'hui, ce sont des habitudes d'esprit qui leur permettront de se reconnaître un jour… *(Applaudissements.)* Et ces habitudes d'esprit, vous ne pourrez les leur donner que si vous-mêmes vous avez, dans le fond de votre esprit, je ne sais quelle interprétation continue de l'histoire humaine. Le vieux livre de la sagesse disait : « l'esprit de l'homme est une lampe merveilleuse qui éclaire les profondeurs » ; mais cette lampe ne peut brûler que si elle est alimentée par l'esprit de vie. Et la lampe de l'enseignement moderne, de l'esprit moderne, la lampe que vous entretenez, dont vous projetez les rayons dans des milliers et des millions d'intelligences, cette lampe ne pourra brûler que si elle est alimentée par l'esprit de vie de la société d'aujourd'hui qui est le besoin de justice, l'affirmation des droits du travail. Voilà pourquoi, lorsque vous entrerez en communication avec les syndicats ouvriers, vous apporterez l'idéalisme de la pensée, mais vous recevrez une interprétation vivante de l'histoire humaine. *(Applaudissements.)*

Vous en recevrez aussi une leçon vivante de morale. Avec quelle force, M. Buisson protestait tout à l'heure contre l'hypocrite abus qui est fait du mot dévouement ! Mais il est vrai que dans la société d'aujourd'hui, dans la classe ouvrière d'aujourd'hui, se trouvent résumés les deux éléments de la morale humaine : revendication et sacrifice.

Non pas le sacrifice aveugle et abject, qui ne peut être que l'abandon de la dignité et du droit, mais la libre subordination réfléchie de l'égoïsme individuel au grand intérêt collectif. C'est dans cette fusion de ce que la revendication a de plus énergique et de ce que le sacrifice a de plus noble, c'est dans l'admirable élan des travailleurs réclamant la justice pour tous et capables de sacrifice pour procurer cette justice à leurs descendants, c'est là qu'est réalisée, en ses traits essentiels, la nouvelle morale de l'homme qui ne s'abandonne pas, qui ne se renie pas, qui revendique toujours pour monter plus haut, et qui ne se sacrifie que pour monter plus haut encore. *(Applaudissements.)*

Voilà donc, citoyens, la leçon de philosophie et de morale qui sortira de la communication des instituteurs organisés et du peuple, des travailleurs organisés. Ce syndicat, vous le conquerrez, nous le conquerrons, non pas peut-être sans des difficultés et des luttes, mais c'est le terme inévitable ; et je crois que c'est le terme prochain de l'évolution. Aucun pouvoir ne pourra résister. Pour vous procurer ce droit, pour vous le garantir, tous les vrais républicains, tous les vrais démocrates se trouveront unis. Ce sera même là, comme le disait Renoult[1] tout à l'heure, la pierre de touche. Certes, il y a aujourd'hui, et il y aura longtemps entre nous, des dissentiments de doctrine que nous porterons librement et loyalement les uns et les autres devant le suffrage universel, car c'est non seulement le droit, mais le devoir de toute idée de se produire en sa clarté et en son intégrité. Mais lorsque nous aurons controversé devant la démocratie souveraine sur le meilleur moyen d'affranchir et d'organiser le travail, sans convulsions et sans crises, lorsque nous aurons loyalement discuté, controversé, quand la démocratie aura prononcé sur nous, sur les uns et sur les autres, un jugement toujours

---

1. Daniel Renoult (1880-1958) militant étudiant puis journaliste sera un proche collaborateur de Jaurès à *L'Humanité*. Futur maire PCF de Montreuil-sous-Bois.

provisoire et révisable, il y a un point sur lequel nous serons toujours concentrés, il y a une idée autour de laquelle nous serons ralliés, il y a un signe de lumière auquel, dans la confusion des combats, nous nous reconnaîtrons toujours, les uns et les autres : c'est l'amour passionné pour l'enseignement de raison donné par les instituteurs devenus libres à un peuple libre, pour préparer, par la justice, la garantie suprême de la liberté de tous. *(Applaudissements prolongés.)*

Après le Congrès d'Angers
L'Humanité, 7 août 1906

*Jaurès commente le congrès de la Ligue de l'enseigne-
ment qui s'est tenu à Angers en août 1906 et devant lequel
s'est exprimé Aristide Briand alors ministre de l'Instruction publique. Cette organisation, fondée par Jean Macé
en 1866, joua un rôle important en faveur de l'obligation,
de la gratuité et de la laïcité de l'école dans les années
1870-1880. Mais, animée par la bourgeoisie libérale, elle
partage les idées des républicains modérés dits « opportunistes » : ainsi voit-elle dans les bourses un remède suffisant à l'inégalité sociale. Elle se refuse à lier la question
scolaire et la question sociale. D'où le profond désaccord
de Jaurès qui souligne le paradoxe majeur d'une politique
qui permet l'émancipation intellectuelle du peuple par la
législation scolaire et son maintien dans une situation d'alié-
nation sociale en ne remettant pas en cause le système
capitaliste. Nous retrouvons au cœur de l'argumentation
la question fondamentale de la propriété. Pour Jaurès, il
faut instaurer « la République jusqu'au bout », c'est-à-dire
la République sociale. Il ne disait pas autre chose lors du
très célèbre discours prononcé à la Chambre le 21 novembre
1893 et dans lequel il interpellait les républicains opportunistes du gouvernement : « [...] Et puis vous avez fait
des lois d'instruction. Dès lors, comment voulez-vous qu'à
l'émancipation politique ne vienne pas s'ajouter, pour les
travailleurs, l'émancipation sociale quand vous avez décrété
et préparé vous-mêmes leur émancipation intellectuelle ?*

Car vous n'avez pas voulu seulement que l'instruction fût universelle et obligatoire : vous avez voulu aussi qu'elle fût laïque, et vous avez bien fait. [...] Mais qu'avez-vous fait là ? [...] Eh bien ! Vous avez interrompu la vieille chanson qui berçait la misère humaine... et la misère humaine s'est révélée avec des cris, elle s'est dressée devant vous et elle réclame aujourd'hui sa place, sa large place au soleil du monde naturel, le seul que vous n'ayez point pâli. »

La Ligue de l'enseignement vient de tenir, à Angers, un très intéressant Congrès qui a été clos par un discours de Briand qui fut très applaudi. Je veux répéter à propos de tout le problème de l'école ce que je disais hier à propos de l'éducation militaire. La Ligue de l'enseignement, en isolant les questions qu'elle traite de l'ensemble du problème social et des conditions économiques de la vie, risque d'aboutir aux formules les plus abstraites et les plus vaines. C'est une grande pensée de réaliser l'unité de l'enseignement, de donner à tous, fils de pauvres ou fils de riches, les mêmes moyens de développement intellectuel. Tous passeront par la même école élémentaire, et c'est ensuite par leur effort, par leur travail, par leur intelligence, que les meilleurs parviendront aux degrés supérieurs du savoir. La conclusion pratique de ces vues, c'est l'unité de l'école, sa gratuité absolue à tous les degrés, au supérieur comme au primaire, et le concours substitué à l'arbitraire de la naissance et de la fortune pour la promotion des intelligences.

Soit ; mais cette science supérieure que la société aura permis au fils du prolétaire de conquérir, comment l'utilisera-t-il ? Pendant toute la durée de son apprentissage intellectuel il aura été soustrait à la puissance du capital ; mais quand il entrera dans la vie, c'est le capital qui disposera de toutes les fonctions économiques. C'est le fils du riche patron qui dirigera l'usine, même si ses connaissances techniques sont inférieures à celles du prolétaire, ou qui choisira les seuls ingénieurs dévoués au capitalisme.

C'est le fils du grand propriétaire qui dirigera le grand domaine, même s'il connaît beaucoup moins l'agronomie théorique et pratique que le fils éduqué du paysan. Le système actuel d'enseignement est détestable comme la société, mais il lui est harmonique. Il y a des degrés dans l'enseignement parce qu'il y a des classes dans la société. Supprimer les classes sociales dans l'organisation scolaire sans les supprimer dans la société elle-même, ce sera créer une disharmonie de plus. Je sais bien qu'elle serait si criante, si offensante, que la société n'y résisterait pas. Mais cela, il faut le voir et le dire.

À tout effort pour atténuer l'inégalité sociale dans l'enseignement devra correspondre, sous peine du plus terrible déséquilibre, un effort équivalent pour diminuer cette inégalité dans la vie sociale, dans l'organisation du travail et de la propriété. À mesure que les fils des prolétaires deviendront capables, en plus grand nombre, d'exercer les fonctions directrices et coordinatrices de la vie économique, le prolétariat industriel devra être admis à désigner lui-même, pour une part croissante, les chefs et sous-chefs d'industrie. De quelque façon qu'on examine le problème, c'est toujours à une expropriation de la puissance capitaliste qu'il faut conclure. Vous ne pouvez lui enlever son privilège de science sans lui enlever dans la même mesure son privilège de direction et bientôt son privilège de propriété. L'école socialiste serait un monstre dans la société capitaliste. La rencontre violente de deux principes contradictoires fausserait toute la vie. Si la société veut évoluer et non périr, il faut qu'elle harmonise son action de réforme dans tous les domaines. Il faut qu'elle ajuste tous les problèmes particuliers dans l'unité du problème social, qui se ramène au problème de la propriété. Et cela, il n'y a qu'un gouvernement socialiste qui puisse le faire. Seul, il peut coordonner par la force d'une idée générale hautement avouée toutes les entreprises de réforme.

Briand a dit que dans une société bien faite tous les hommes, même ceux qui travaillent de leurs mains, devaient pouvoir prétendre à la haute culture, à sa noblesse et à ses joies : « Que disparaisse aussi ce préjugé ridicule et stupide du déclassé : parce qu'un homme a recherché une culture supérieure, il est déshonoré s'il va aux champs ou à l'usine. Il faut que, nécessairement, il se dirige vers ce qu'on appelle les professions libérales ; mais pourquoi donc, dans une démocratie, cet ouvrier qui conduit sa machine avec intelligence ne serait-il pas cultivé ? Pourquoi le paysan, dans la belle nature, au crépuscule, courbé sur son champ, ne sentirait-il pas, lui aussi, toute la poésie et la noblesse de sa tâche, s'il avait reçu la même culture ? » Sans doute, et ce sont là de belles pensées, à condition de bien les entendre. Il serait très dangereux, pour l'excellence même de l'esprit humain, d'exciter les esprits à une fausse science encyclopédique faite de banalités superficielles. Je ne pense pas, comme M. Sorel et comme Édouard Berth[1], que la connaissance professionnelle technique suffise, qu'elle puisse à elle seule créer toute une société, toute une morale, toute une métaphysique. Mais la connaissance exacte et le maniement exact d'une partie de la science appliquée, c'est-à-dire d'un métier, est la condition d'une connaissance plus générale. Sous peine de se perdre dans des formules vaines, les hommes doivent être équilibrés par la précision d'un travail technique. Mais ce travail technique même, il faut qu'ils puissent le dominer, en dégager la méthode, en saisir les rapports avec les autres formes de l'activité professionnelle, avec les lois naturelles qu'il met en œuvre. Et pour cela, une haute culture est nécessaire.

L'éducation de l'avenir sera une éducation générale rattachée pour chacun, comme à un point fixe, au métier précis

---

1. Georges Sorel (1847-1922) et Édouard Berth (1875-1939) font alors figure d'intellectuels du syndicalisme révolutionnaire, même si l'œuvre du premier dépasse largement ce seul prisme.

qu'il exercera. C'est cette communication à la fois très vaste et très minutieuse avec la réalité du monde qui permettra aux ouvriers de la cité nouvelle de comprendre vraiment et de goûter la nature et l'art. Mais qui ne voit qu'il faut d'abord que l'ouvrier ne soit pas accablé par le métier, et que jusque dans le métier il se sente pleinement libre ? Or, il n'y a qu'une révolution sociale qui puisse mettre ainsi la liberté dans la vie de tous ; sans cette liberté il n'y a pas de haute culture. D'innombrables générations d'esclaves n'ont produit qu'un Épictète[2] ; et toute sa pensée était la négation vivante de l'esclavage. Ici encore, les paroles de Briand et les vœux de la Ligue n'ont de sens que si on leur donne une conclusion socialiste.

Mais, quand c'est le gouvernement qui parle, ses conclusions doivent être non des mots mais des actes. Or, quelle mesure immédiate propose-t-il ? Simplement l'accroissement du nombre des bourses pour les enfants du peuple. Entre les idées qu'il a esquissées et cette conclusion il y a une telle disproportion que je ne veux pas insister. Il a bien dit qu'il ne fallait négliger aucun pas vers le but. Mais vraiment, entre ce peu et rien la différence est si infinitésimale que, pratiquement, elle est nulle.

Et c'est là le vice essentiel du gouvernement et de la politique gouvernementale. Quelques hommes d'idées « avancées » sont entrés dans le ministère. Ils ne veulent pas désavouer leurs idées. Ils ne peuvent pas les appliquer. Ils sont réduits à en parler. Dangereux expédient qui discrédite la parole gouvernementale, laquelle ne vaut et ne peut valoir que comme une forme de l'action. Dans la politique ministérielle d'hésitations, de faibles compromis et d'impuissances, les ministres d'extrême gauche sont des captifs. On leur permet seulement de regarder par la fenêtre et de saluer parfois la beauté large des horizons.

2. Comme son nom l'indique, le grand philosophe stoïcien (50-125/130) est un ancien esclave.

Briand a dit au Congrès d'Angers : « Voulez-vous, oubliant que je parle au nom du gouvernement et redevenant un militant, que je vous dise ma pensée et comment je voudrais voir l'enseignement dans ce pays ? » Mais non : ce que dit Briand ministre n'a de l'intérêt que si lui-même se souvient qu'il est ministre et si ceux qui l'écoutent sont autorisés à s'en souvenir. Se dépouiller de sa qualité de ministre pour exposer ses idées, c'est dire non seulement qu'on n'est pas admis comme ministre à les réaliser pleinement, mais qu'on ne peut même pas donner en ce sens une impulsion vigoureuse et saisissable. Les ministres modérés, eux, sont ministres tout le temps. M. Poincaré et M. Barthou n'ont pas d'intermittences. Au contraire, Briand cesse d'être ministre dès qu'il expose une idée hardie. La partie n'est pas égale.

Ce qu'ils n'ont pas vu

L'Humanité, 22 septembre 1912

Depuis le 14 janvier 1912, date de son installation, le gouvernement dirigé par Raymond Poincaré mène une politique de répression qui vise en particulier les syndicats, au nom de l'ordre social et de la défense du pays. Le président du Conseil est en effet convaincu que la guerre avec l'Allemagne est inévitable et que l'heure de la revanche est proche. Le nationalisme s'exacerbe dans les milieux politiques et dans la grande presse. C'est dans ce contexte que le ministre de l'Instruction publique « met les syndicats en demeure de se dissoudre ». Rappelons que c'est en 1904 qu'ont été créés les premiers syndicats d'instituteurs. Le droit syndical pour les fonctionnaires n'est toujours pas reconnu, mais une forme de tolérance implicite s'est instaurée. En août 1912 se tient à Chambéry le congrès des syndicats d'instituteurs. Y est notamment décidée l'adhésion au « Sou du Soldat », une organisation d'entraide pécuniaire et morale mise en place par la CGT pour les syndiqués accomplissant leur service militaire. C'est cette décision qui motive la mesure répressive qui frappe les syndicats d'instituteurs, car le gouvernement et les députés de droite font volontiers l'amalgame entre syndicalisme et « antipatriotisme », ce que Jaurès dénonce avec vigueur. Depuis 1911, les risques de guerre se font plus alarmants. La CGT et la SFIO se mobilisent pour faire la « guerre à la guerre » mais des divergences sur l'antimilitarisme (suppression ou réforme de l'armée), et l'attachement jaloux de la CGT à son indépendance vis-à-vis des partis

*politiques empêchent longtemps une synergie. Il faut attendre
1913 et la lutte contre la loi des Trois Ans (allongement de
la durée du service militaire) pour que le rapprochement
s'effectue. Mais c'est avec ténacité que Jaurès a « assumé le
rôle original de passeur entre le parti, la SFIO et la CGT »
(Madeleine Rebérioux). En témoignent ses propos concernant
les positions adoptées par la CGT lors de son congrès du
Havre (16-22 septembre 1912) durant lequel, dans un texte
connu sous le terme d'« encyclique syndicale », Jouhaux,
Griffuelhes et d'autres syndicalistes dénoncent pourtant les
tentatives supposées de prise de contrôle du syndicat menées
par Jaurès... Mais, dans ce texte, la CGT désavoue aussi
l'antipatriotisme, la désertion et l'insoumission et Jaurès
préfère ici retenir du congrès cette position responsable.*

L es poursuites judiciaires et les persécutions administratives dirigées contre les instituteurs syndiqués sont
arbitraires, iniques, injustifiables. Elles sont une hypocrisie
puisque la dissolution qu'on exigeait des syndicats d'instituteurs ne pouvait être que fictive, les conditions statutaires
de la dissolution ne pouvant pas être remplies. Elles sont un
manquement à la foi publique, puisque le Parlement avait,
par un vote solennel, sanctionné l'état de fait. Elles sont un
acte de violence contraire à toutes les règles de justice, à
toutes les formalités essentielles qui protègent le droit, puisque
prétexte a été pris de propos ou de votes sur lesquels les
instituteurs n'ont pas été interrogés, puisqu'ils ont été frappés
avant d'avoir été entendus. Elles sont la pire faute politique
et elles affaiblissent le régime républicain, puisqu'elles livrent
les maîtres laïques, au nom de la République, aux haines, aux
calomnies, aux interprétations tendancieuses des ennemis de
l'école, investis maintenant d'une sorte d'autorité officielle et
ayant reçu pour leur besogne de mensonge haineux estampille
ministérielle et patente gouvernementale.

Et quelle misère intellectuelle et morale de s'imaginer que c'est en brutalisant les esprits, en essayant de fausser ou de briser le ressort de la pensée et la fierté de la conscience dans les éducateurs du prolétariat qu'on préparera un grand peuple, fort et sage.

Mais ce que n'ont pas vu les gouvernants insensés qui engagent cette bataille, c'est que les instituteurs ont pour eux aujourd'hui deux forces, deux grandes forces.

D'abord ils ont eu autant de sagesse que de courage. Ils ont maintenu le débat à un niveau où aucune manœuvre grossière ne peut les atteindre. Ils n'ont fourni au pouvoir, par aucune violence de parole ou de geste, par aucun excès de polémique, par aucun entraînement de langage, ces moyens de diversion mélodramatique dont les gouvernants ont si souvent abusé. Sans rien abdiquer de leur droit, sans jamais abaisser leur dignité, ils ont tenu au pouvoir le langage mesuré et ferme qui convient à la fois à des citoyens libres, sûrs de leur conscience, et à de bons serviteurs de la République et de la nation, préoccupés par leur devoir. Le manifeste par lequel ils ont défini leur pensée est irréprochable de ton et de forme comme il l'est de substance et de fond. Le discours tenu par l'instituteur Chalopin à la présidence du Congrès confédéral est la revendication légitime, inattaquable, de la liberté des citoyens et elle est, contre les abus, les interventions irrégulières et tyranniques qui compromettent les services publics, une protestation dont les adversaires les plus acharnés des maîtres laïques et des syndicats d'instituteurs sont obligés de reconnaître la vérité et la nécessité.

Et toutes les organisations prolétariennes qui ont soutenu les instituteurs en lutte se sont conformées à la même règle de sagesse et de dignité supérieure. Ni dans la protestation de la Fédération des services publics, ni dans l'ordre du jour confédéral le pouvoir ne relèvera un mot qui lui permette de déplacer le problème, de substituer des effets de théâtre et des indignations de parade à la question de droit et de

République qui est posée par les violences gouvernementales. Et comme pour bien montrer qu'il y a là, dans la classe ouvrière et notamment dans le prolétariat administratif, une volonté réfléchie, une méthode délibérée, c'est dans les termes d'une convenance parfaite que les cheminots de l'État délégués au Conseil du réseau ont adressé leur démission au ministre des Travaux publics. C'est en face d'hommes maîtres d'eux-mêmes que l'État devra justifier ses procédés de violence. Par là les travailleurs donnent une preuve saisissante de leur force, de leur maturité sociale. Et par la pleine possession de leur pensée, ils infligent une terrible leçon, plus dure que tous les emportements d'épithète, aux gouvernants étourdis qui ont oublié toute règle de prudence intellectuelle et d'équité au point de frapper les maîtres sans même les avoir entendus. De quel côté est le sang-froid ? De quel côté est le scrupule ? De quel côté est le respect de soi-même ? Et où sont les vraies forces d'avenir pour la République et pour la France ?

Et puis, il y a pour les instituteurs syndiqués cette grande chose ; qu'on les poursuit pour leurs sympathies ouvrières, pour leur communication avec le prolétariat organisé, juste au moment où la classe ouvrière de France, dans son Congrès fédéral affirme un idéal social et moral d'une magnifique noblesse. Ah ! quelle rage dans la presse de répression ! Quel dépit furieux dans les journaux du nationalisme clérical et du radicalisme réacteur ! Ils en sont à accuser les syndicalistes d'hypocrisie, de dissimulation, de prudence peureuse. Ce qu'ils ne leur pardonneront jamais c'est l'élévation de leur pensée. Quoi ! ils ont affirmé solennellement qu'ils étaient, qu'ils avaient toujours été contre la désertion et contre l'insoumission ! Quoi ! ils font éclater dans tous leurs desseins de réforme sociale le plus haut souci moral ! Ils proclament que ce qui les intéresse tout d'abord dans la semaine anglaise réclamée par eux, dans cette liberté de l'après-midi du samedi qui rendra effective et pleine la liberté du dimanche, ce n'est pas la question des salaires mais c'est la reconstitution du foyer familial ; c'est la lutte contre les influences moralement dissolvantes d'un industrialisme sans mesure ; c'est le développement des affections saines et des pures joies qui accroissent l'influence sociale d'une classe en accroissant sa valeur intérieure. Quoi ! ils redoublent d'effort contre l'alcoolisme ! Ils le dénoncent comme le plus terrible danger. Ils vont jusqu'à profiter de l'épreuve de la vie chère pour conseiller, pour prescrire aux travailleurs d'en atténuer les effets en abandonnant toutes les dépenses d'alcool et toutes les dépenses de jeu ! Et dans cette sagesse, dans cette noblesse, dans ce souci d'éducation et de moralité il n'y a ni alanguissement ni lassitude. Bien loin de renoncer à leur sublime idéal de transformation sociale complète, bien loin d'amortir leur propagande contre l'intervention du militarisme dans les grèves, contre les lois scélérates qui menacent la liberté de pensée de tous les citoyens, contre les risques de conflits internationaux et le crime de la guerre, c'est pour combattre avec plus d'autorité et d'efficacité qu'ils veulent hausser la force morale des prolétaires. Oui, ils vont continuer leur combat pour l'idée nouvelle, pour un ordre humain supérieur ; mais tout cela ils le signifient d'une parole si sobre, d'un geste si sûr, d'un accent si probe, avec un tel souci de prévenir les malentendus et une telle plénitude d'émotion morale, que les calomniateurs professionnels se demandent avec épouvante s'il leur sera facile de continuer leur besogne et si le poison qu'ils ne peuvent plus évacuer ne va pas leur brûler le cœur !

Voilà ce que les gouvernants n'ont pas vu. Voilà ce que n'aperçoivent et ne comprennent ni M. Poincaré, ni M. Guist'hau, ni M. Briand[1], ni leurs collègues. Et c'est déjà pour eux un châtiment, le plus profond de tous, de n'avoir

1. Raymond Poincaré (1860-1934) est alors président du Conseil et ministre des Affaires étrangères, Aristide Briand (1862-1932) son ministre de la Justice et Gabriel Guist'hau (1863-1931), un proche de

pas le sens de ces grandes choses. Ils ne comprennent pas le magnifique travail qui se poursuit dans la pensée et dans la conscience ouvrières, ils ne sentent pas ce qu'a de noble la solidarité ainsi formulée des éducateurs du peuple ouvrier et d'un peuple ouvrier en progrès constant d'éducation.

Les gouvernants ont en main bien des forces matérielles. Mais ce sont de grandes forces morales qui se dresseront contre eux. Tant pis pour eux s'ils sont vaincus, et s'ils portent la peine immédiate de leur déraison. Tant pis pour eux encore si un moment ils étaient vainqueurs !

Briand, ancien maire de Nantes, ministre de l'Instruction publique et des Beaux-Arts.

Le « prof » Jaurès

par Gilles CANDAR

Apôtre de la paix, tribun du socialisme, député de Carmaux, fondateur de *L'Humanité*, grand historien… Ce sont sans doute les qualificatifs qui viennent le plus souvent à l'esprit quand on évoque Jean Jaurès et qu'on cherche à caractériser par une formule le sens général de sa vie et de son action. Mais il fut aussi, et tout d'abord, un « prof », un enseignant fier de son métier et très attaché à répondre aux questions matérielles et morales, comme on disait alors, que pouvait poser l'exercice de la profession.

Reçu troisième à l'agrégation de philosophie en 1881, le jeune normalien – il n'avait pas 22 ans – fut affecté au lycée d'Albi. Il eut cinq élèves la première année, quatorze la seconde. Il donna aussi quelques mois un cours de littérature à l'École normale d'instituteurs d'Albi. Avouons que dans ces conditions nous ne sommes pas trop surpris d'apprendre que son proviseur saluait « le plus grand soin » avec lequel il corrigeait « toutes les copies de ses élèves »… De toute manière, Jaurès ne resta pas longtemps dans le seul enseignement secondaire. Dès 1883, il fut nommé chargé de cours à la faculté des lettres de Toulouse, où il enseignait la philosophie, trois heures par semaine, à une quinzaine d'étudiants de licence. Son service fut complété par un cours hebdomadaire de psychologie au lycée de jeunes filles, ce qui permettait d'améliorer très légèrement le modeste salaire du jeune professeur[1]. Services et effectifs du temps où émergeait à peine « la figure nouvelle » de l'étudiant, pour reprendre une expression d'Antoine Prost, l'historien de l'enseignement et de l'éducation de la France contemporaine. Au début des années 1880, les étudiants en lettres (au sens générique, ce que nous appellerions études littéraires et sciences humaines) ne sont pas plus d'un millier au total en France[2].

Député du Tarn de 1885 à 1889, Jaurès revint à l'enseignement après son échec électoral et retrouva une délégation à la faculté de Toulouse, non sans une certaine chance, puisqu'il n'était pas titulaire de son poste, avec aussi le soutien actif du recteur, qui admirait le talent du jeune orateur, qui était également un ami et un républicain convaincu. En revanche, lorsqu'il fut élu député de Carmaux en janvier 1893, quelques mois seulement après la soutenance de ses thèses, il quitta cette fois définitivement le métier. Il sollicita certes, après son nouvel échec électoral de 1898, un cours libre sur « les principes du socialisme dans leur rapport avec les idées d'individualité, de moralité, d'art et de religion » auprès de la faculté des lettres de Paris, mais celle-ci le lui refusa en juillet 1898, par 21 voix contre 16 et 1 bulletin blanc[3]. La question de ces cours libres était très controversée, en

---

1. Cf. Madeleine Rebérioux, « Le dossier universitaire de Jaurès à Toulouse », *Jean Jaurès, bulletin de la Société d'études jaurésiennes*, n° 8, janvier-mars 1963 et aussi de précises indications par Jacqueline Lalouette dans *Jean Jaurès, apôtre de la patrie humaine*, *Le Figaro-L'Express*, « Ils ont fait la France », collection « Max Gallo », 2012. Le traitement mensuel de Jaurès passait ainsi d'environ 300 francs par mois à 380. Cela restait assez peu élevé, comparable par exemple au traitement d'un capitaine, mais d'un autre ordre évidemment que les 100 francs de l'instituteur débutant.

2. Cf. Antoine Prost, *Histoire de l'enseignement en France*, Armand Colin, 1968, p. 230 et *sq*.

3. Cf. Michel Launay, « Jaurès, la Sorbonne et l'Affaire Dreyfus », *Jean Jaurès, bulletin de la Société d'études jaurésiennes*, n° 26, juillet-septembre 1967.

outre le dossier de Jaurès était désormais celui d'un chef socialiste, non plus celui d'un ancien député somme toute gouvernemental, même si esprit libre et caractère indépendant. Beaucoup de choses avaient changé depuis 1889… Jaurès vécut alors du journalisme (direction de *La Petite République*, articles divers, par exemple dans *La Revue socialiste*) et de travaux éditoriaux (l'*Histoire socialiste de la France contemporaine* chez Rouff). En 1902, il retrouva son mandat de député qu'il devait conserver jusqu'à la mort.

Jaurès a donc enseigné, au lycée comme à la faculté, pendant plusieurs années, sept et demie au total, un peu plus si on compte le stage au lycée Fontanes [actuellement Condorcet] qu'il avait effectué comme normalien. Ceux qui souhaitent savoir à quoi pouvait ressembler un cours de cette époque peuvent se reporter aux leçons du Cours de philosophie dicté – c'était ainsi ! – par Jaurès à ses élèves en 1882-1883. Des extraits significatifs en ont été donnés dans le tome 3, *Philosopher à trente ans*, des *Œuvres* de Jean Jaurès (Fayard, 2000), avec une présentation d'Annick Taburet-Wajngart, dans le cadre de l'édition de référence entreprise par Madeleine Rebérioux et la Société d'études jaurésiennes, et par ailleurs le cours a été intégralement publié par un auteur-éditeur passionné[4].

Même lancé en politique « comme le canard va à l'eau » pour reprendre la formule célèbre de son cousin amiral, Jaurès resta professeur dans l'âme. Journaliste ou député, il intervint fréquemment sur les problèmes scolaires. Un de ses tout premiers articles, dans *La République française* fondée par Gambetta, porta ainsi sur les débuts de carrière des professeurs de philosophie, qu'il jugeait désavantagés par rapport à ceux des professeurs d'histoire… Syndicaliste avant la lettre, Jaurès demandait naturellement l'harmonisation par

---

4. Jòrdi Blanc chez Vent Terral editor, à Valence d'Albigeois, dans le Tarn (81340).

le haut[5] ! Jaurès avait été un enseignant qui aimait ses élèves. Tous les témoignages concordent sur ce point. Il parlait avec autorité, simplicité et bienveillance. Collègues, supérieurs et élèves l'appréciaient. S'il s'adressait lui-même à un public déjà instruit, il recommandait pour les élèves de l'école primaire l'apprentissage de la lecture comme principe primordial. Ce fut notamment l'objet d'un article célèbre de *La Dépêche* de Toulouse, repris dans cette édition et dédié « aux instituteurs et institutrices » : « Savoir lire vraiment sans hésitation, c'est la clef de tout. » Sa culture était façonnée par les classiques et il entendait bien en faire profiter tous les enfants de la République. Pour autant, il était ouvert et surtout sut s'ouvrir toujours davantage à de nouvelles formes de culture, aussi bien aux sciences et à l'enseignement professionnel qu'aux activités sportives et récréatives. Il fut loin d'ailleurs, reconnaissons -le, d'être le seul en la matière[6], mais il faisait partie de ces enseignants aussi novateurs que bons républicains. Il intervint sur des sujets précis, rappelant sa compétence passée, par exemple lors de la réforme du baccalauréat, lorsque se posa – déjà ? – la question de son organisation, de son éventuel remplacement par ce qu'on n'appelait pas encore le contrôle continu et que fut institué le livret scolaire. Jaurès s'exprimait alors avec une sage modération, en professionnel bienveillant, mais non laxiste. Il est tout de même à noter qu'il insistait sur les possibilités de relèvement : le livret devait être pour l'élève « un ami, jamais […] un ennemi[7] ».

Jaurès était un enseignant qui avait confiance dans l'école. Mais cette confiance ne se contentait pas de souhaiter un développement seulement quantitatif avec reprise des mêmes

5. Cf. *Les Années de jeunesse*, t. 1, *Œuvres de Jean Jaurès*, édition établie par Madeleine Rebérioux et Gilles Candar, Fayard, 2009.

6. Cf. Jean-François Chanet, *L'École républicaine et les Petites Patries*, Aubier, 1996.

7. Jean Jaurès, « La réforme du baccalauréat », *La Dépêche* [de Toulouse], 7 août 1890.

méthodes et des moyens employés. Il fut très tôt partisan d'écoles laïques ouvertes par les communes pour pouvoir s'adapter aux conditions locales[8], mener à bien les expériences pédagogiques nécessaires et favoriser la participation des parents à la vie de l'école[9]. On vit aussi, mais plus tardivement semble-t-il, grandir son intérêt pour les langues régionales, le basque, le breton et les « langues méridionales » – le limousin, le languedocien, le provençal…, car l'Occitan Jaurès ne cherchait pas à les amalgamer artificiellement – et il proposa qu'elles fussent enseignées à l'école[10]. Surtout, lui qui était passé avec facilité par toutes les arcanes du système de formation, exemple archétype de la réussite scolaire, se montra constamment favorable à la « liberté », à la « sincérité » de l'enseignement, méfiant devant tout ce qui était respect des rites, des formes, des observations pieuses et sans signification des programmes et des instructions officielles. Jaurès n'aimait guère les frontières, ni les interdits de toute sorte. On peut résumer ainsi sa pédagogie : « Il faut apprendre aux enfants la facilité des passages et leur montrer par-delà la barre un peu ensablée toute l'ouverture de l'horizon[11]. »

Après son échec électoral de 1889, Jaurès concilia un temps activités professionnelles (l'enseignement, la préparation des thèses) et politiques (articles dans *La Dépêche* de Toulouse)

8. Ce point avait particulièrement retenu l'attention de l'historien et militant du syndicalisme révolutionnaire Maurice Dommanget. Voir notamment le chapitre « Jean Jaurès » de son livre *Les Grands Socialistes et l'Éducation*, Armand Colin, coll. « U », 1970.

9. C'est l'objet de son premier discours à la Chambre des députés, le 21 octobre 1886, texte important et assez peu connu, reproduit dans ce volume, supra p. 63.

10. Cf. Rémy Pech, « Jean Jaurès orateur occitan » et Ulrike Brummert, « Jaurès entre Paris et Toulouse », *Jean Jaurès, bulletin de la SEJ*, n° 94, juillet-septembre 1984, et surtout Ulrike Brummert, *L'Universel et le Particulier dans la pensée de Jean Jaurès*, thèse de la Faculté des lettres de Toulouse, 1987.

11. Jean Jaurès, « L'éducation populaire et les patois », *La Dépêche* [de Toulouse], 15 août 1911.

en acquérant également un savoir-faire dans la gestion et l'organisation de l'enseignement. Il fut en effet sollicité par la municipalité de Toulouse pour aider à la constitution de l'Université régionale ainsi qu'au développement de l'ensemble des œuvres scolaires et éducatives. Cette demande ne posait aucun problème politique : ancien député, hors des « factions », déjà « socialiste » par son souhait de promouvoir des mesures favorables à la classe ouvrière, mais se situant pour l'heure plutôt dans la mouvance radicale s'il fallait à tout prix le définir politiquement, Jaurès était un candidat accepté d'emblée par l'ensemble du camp républicain. Il fut donc maire adjoint à l'instruction publique de la ville de Toulouse de 1890 à 1893. Il présidait par fonction la caisse des écoles et s'occupait également de toutes les questions culturelles et artistiques. Mandat actif, compliqué, dominé par les problèmes matériels et administratifs de l'enseignement supérieur toulousain (construction ou aménagements de locaux, évolution des statuts), et que Jaurès paraît avoir rempli à la satisfaction générale, comme en témoigna sa promotion rapide au rang de deuxième adjoint.

Certes, une rupture se produisit lorsque Jaurès devint député socialiste de Carmaux en janvier 1893. Ses responsabilités devinrent plus larges et le portèrent à traiter des problèmes nationaux et internationaux, en responsable politique de premier plan et en chef socialiste puisqu'il acquit très vite ce statut. Mais jusqu'à la fin de sa vie – qui ne fut pas très longue, on oublie souvent que Jaurès n'avait que 54 ans lorsqu'il fut assassiné – Jaurès resta attaché au monde de l'école et aux questions d'éducation. Il est ainsi significatif que lui qui n'écrivit jamais beaucoup dans les revues[12] choisit pourtant de se charger en 1905 d'une tribune supplémentaire pour s'adresser directement et régulièrement à

12. Cf. Christophe Prochasson, « Jaurès et les revues », in *Jaurès et les intellectuels*, Éditions de l'Atelier, 1994.

ce public particulier de l'enseignement primaire qu'il cherchait déjà à atteindre par le biais de *La Dépêche*. Cet échange fut assuré par un éditorial de quinzaine dans la *Revue de l'enseignement primaire et primaire supérieur*. Le moment n'était sans doute pas dû au hasard, encore qu'il fût aussi fruit des circonstances[13].

1905, ce fut bien sûr l'apogée de la campagne laïque du bloc des gauches qui aboutit à la loi de séparation des Églises et de l'État. Jaurès fut un des promoteurs de cette campagne et un des « pères » de cette loi, avant comme après son adoption définitive en décembre 1905. Il eut donc maintes fois l'occasion de préciser ses vues sur la laïcité. Son point de vue ne fut pas absolument immuable. Après une phase de combats, soucieux d'accommodements, soucieux aussi d'éviter le piège de la politique vaticane, qui joua ouvertement en faveur de la confrontation et poussait à la répression, il chercha la solution dans un maximum de liberté qui devait se fonder sur l'égalité des droits. Sa réflexion se précisa et prit de l'ampleur. C'est sans doute alors qu'il fut le plus grand, le plus directement lié aussi à nos débats actuels sur la laïcité et son évolution. L'important discours de janvier 1910, un classique appelé communément « Pour la laïque », montre le point d'aboutissement de la réflexion jaurésienne. Il est bien sûr intégralement reproduit ici, remarquablement présenté et annoté par Catherine Moulin comme les autres textes. S'agissant de l'école et des débats sur les droits respectifs des familles et ceux de l'État, qui mettaient aux prises pour l'essentiel catholiques et radicaux, Jaurès déplaçait les perspectives et faisait bouger les lignes en se réclamant du droit de l'enfant. Il reprenait à son compte la formule de Proudhon : « L'enfant a le droit

13. Jaurès se substituait à Hervé, dans le cadre d'un remaniement général de la revue, ce qui ne dut pas arranger les relations entre les deux agrégés socialistes, si dissemblables par ailleurs. Cf. Gilles Heuré, *Gustave Hervé, itinéraire d'un provocateur*, La Découverte, coll. « L'espace de l'histoire », 1997.

d'être éclairé par tous les rayons qui viennent de tous les côtés de l'horizon, et la fonction de l'État, c'est d'empêcher l'interception d'une partie de ces rayons. » L'État désormais devenait simplement garant de cette liberté, sous le contrôle attendu de l'ensemble des citoyens.

Mais auparavant, 1905 marqua aussi le début du syndicalisme enseignant. Pour Jaurès, tout se tenait. Professeur, journaliste et élu républicain, il avait défendu les libertés républicaines des enseignants. Cela n'allait pas de soi. Le devoir d'obéissance s'imposait aux fonctionnaires. C'est ce que pensaient les conservateurs, par tradition pourrait-on dire. Mais c'est ce que pensaient aussi de nombreux républicains. Jaurès lui-même avait jadis constaté avec un peu de fatalisme dans *La Revue socialiste* que « la sincérité électorale, l'impartialité administrative, l'indépendance républicaine des fonctionnaires » ne seraient pas mieux assurées avec une victoire de la gauche : « Les radicaux abuseraient du pouvoir, et les socialistes aussi en abuseraient tant qu'ils seraient du moins dans la période de combat, tant qu'ils n'auraient pas, en réalisant leur programme, mis eux-mêmes un obstacle à leurs propres abus[14]. » La seule solution durable et sûre ne pouvait être que le renforcement de la force des citoyens face à celle du pouvoir, ce qui signifiait lutter contre « l'ignorance, la misère, l'incertitude de la vie ». Que les fonctionnaires fussent les agents du pouvoir, c'était malgré tout l'habitude et la sanction de la force des choses : « Il n'y a pas, au monde, une seule force disponible qui demeure sans emploi. » Dans ces conditions, le syndicalisme des fonctionnaires au début du nouveau siècle apparut comme une innovation choquante, quasi intolérable, non seulement à droite, mais aussi à gauche. Des « amicales » étaient autorisées et il existait une Fédération des amicales d'instituteurs très

14. Jean Jaurès, « Collectivisme et radicalisme », *La Revue socialiste*, mars 1895.

représentative. Le syndicalisme ne pouvait l'être, surtout s'il signifiait rencontre et alliance avec le syndicalisme ouvrier[15]. L'entrée dans les Bourses du travail, l'appartenance à la syndicaliste révolutionnaire CGT, c'étaient bien les deux points qui « ne passaient pas ».

En 1905, année de la première émergence du syndicalisme enseignant, avec plusieurs militants comme Émile Glay, Louis Roussel ou Marius Nègre[16], la gauche, somme toute, était au pouvoir. Certes, le bloc des gauches avait achevé son existence. Avec le départ de Combes de la présidence du Conseil, tout devenait plus complexe. Mais le clivage droite/gauche existait toujours et, d'une certaine façon, se renforçait même. Marcel Gauchet[17] a pu relever qu'il s'imposa sur le terrain du vocabulaire électoral et dans les dénominations de candidature et les professions de foi lors des élections législatives de 1906. Les élections se firent sur un clair affrontement entre la gauche et la droite, et ce fut la gauche qui l'emporta, de même qu'à la présidence de la République Armand Fallières avait été élu contre Paul Doumer en rassemblant les gauches derrière lui… Le programme gouvernemental, les principes invoqués comme

15. Cf. Jeanne Siwek-Pouydesseau, *Le Syndicalisme des fonctionnaires jusqu'à la guerre froide, 1848-1948*, Presses universitaires de Lille, 1989 et Jacques Girault, *Instituteurs, professeurs, une culture syndicale dans la société française (fin XIXᵉ-XXᵉ siècles)*, Publications de la Sorbonne, 1996.
16. Le premier syndicat d'instituteurs apparut dans le Var en mai 1904. Après plusieurs réunions et manifestes, la Fédération nationale des syndicats d'instituteurs et d'institutrices de la France et des colonies se constitua en juillet 1905, déposa ses statuts en février 1906 et tint son premier congrès en avril suivant. La publication en novembre 1905 dans *L'Humanité* et la *Revue de l'enseignement primaire et primaire supérieur* du manifeste syndicaliste suscita un vif et retentissant débat national.
17. Marcel Gauchet, « La droite et la gauche », *in* Pierre Nora (sous la direction de), *Les Lieux de mémoire*, Gallimard, « Bibliothèque des histoires », 1992, rééd. coll. « Quarto », 1997.

la politique annoncée, ainsi que les équipes ministérielles formées en 1906 (Sarrien-Clemenceau et encore davantage avec le gouvernement Clemenceau lui-même) étaient nettement marqués à gauche. Or, cette gauche était une gauche d'ordre[18] qui se refusait, entre autres, à accepter franchement le syndicalisme des fonctionnaires, et surtout sa rencontre avec la Confédération générale du Travail, dont le programme et la pratique révolutionnaires étaient jugés « illicites ». Un des premiers animateurs du syndicalisme enseignant, Marius Nègre, fut révoqué en 1907 par le gouvernement Clemenceau dont le ministre de l'Instruction publique était Aristide Briand, socialiste certes non « unifié », mais compagnon de Jaurès jusqu'en 1905 et lui-même ancien propagandiste de la grève générale. Jaurès put lui lancer un « Pas ça, ou pas vous » qui fit florès et fut souvent repris, dans toutes sortes de circonstances et de polémiques ultérieures, mais qui ne fit pas fléchir le gouvernement[19]. La conception de l'État chez Clemenceau était claire : « Aucun gouvernement n'acceptera jamais que les agents des services publics soient assimilés aux ouvriers. Un contrat les lie à la nation. Leur place n'est pas à la Bourse du travail, ni à la Confédération générale du Travail. »

Le point de vue de Jaurès, des socialistes et des instituteurs syndicalistes, était alors si nettement minoritaire, même au sein de la gauche, que les sanctions contre Nègre et ses amis parvinrent à affaiblir considérablement, voire à démanteler, les premiers essais de syndicalisme dans la fonction publique, d'ailleurs souvent déchirés par des affrontements

18. Je propose cette dénomination dans « Bloc des gauches et gouvernements radicaux, 1902-1914 », *in* Jean-Jacques Becker et Gilles Candar (sous la direction de), *Histoire des gauches en France*, 2 vol., La Découverte, 2004, rééd. 2005, coll. « L'espace de l'histoire ».

19. Marius Nègre (1870-1952), secrétaire désormais permanent de la FNSI, fut contesté pour son engagement socialiste. Il quitta la direction du syndicat et fut réintégré dans l'enseignement par le gouvernement Monis (avril 1911).

internes au syndicalisme, liés souvent en outre aux débats plus généraux entre socialistes et libertaires. Au sein de la CGT, la Fédération syndicale des fonctionnaires, constituée en décembre 1909 par Charles Laurent, connut elle aussi chez les cheminots ou à la poste bien des conflits, qui se soldèrent par des révocations, des arrestations et des procès pour plusieurs milliers de fonctionnaires et d'employés de l'État. Les gouvernements républicains étaient le plus souvent décidés, comme le revendiqua par exemple Joseph Caillaux en 1911, à « gouverner[20] ». Le syndicalisme enseignant conserva souvent la protection de surface du cadre amicaliste, alors que la Fédération des syndicats était dissoute en août 1913, ainsi que de nombreux syndicats départementaux. Ce ne fut véritablement qu'après la Première Guerre mondiale que le syndicalisme enseignant put se réorganiser, et que sa rencontre avec les autres forces syndicales du monde du travail fut à peu près admise par les pouvoirs publics. En la matière, Jaurès et ses amis avaient été vraiment des « pionniers levés avant l'aube » selon la formule qu'il avait lui-même employée pour les premiers syndicalistes ouvriers...

Jaurès, notre collègue, peut donc intervenir sur des problèmes encore d'actualité : sens général de l'enseignement, pédagogie, rapports avec les élèves et les parents, laïcité, syndicalisme et libertés professionnelles et personnelles. Le monde a changé, et il ne s'agit pas bien sûr de « garder les cendres », mais de faire vivre « la flamme » du foyer et de la pensée jaurésienne, en réfléchissant et en débattant. Il me semble tout de même que ce n'est pas une attitude trop pieuse de conclure avec Jaurès sur la nécessité de chercher

---

20. Cf. Georges Lefranc, *Le Mouvement syndical sous la IIIe République*, Payot, 1967. Avec d'importantes nuances néanmoins : Monis en 1911 réintègre instituteurs ou cheminots, Barthou est en 1913 un président du Conseil « de combat ». Mais les mesures « d'ordre » peuvent avoir été prises par des modérés de centre droit ou des hommes classés « à gauche », comme Clemenceau ou Briand.

« de nouveaux horizons derrière la barre un peu ensablée ».
L'école, comme il le disait à propos de la « démocratie »,
expression qu'il faut d'ailleurs prendre au sens large, dans
une phrase qu'aime à rappeler Jean-Pierre Rioux[21], « n'est
pas fatiguée de mouvement, elle est fatiguée d'immobilité »,
laquelle immobilité peut d'ailleurs se cacher derrière l'apparent tourbillon de mesures bureaucratiques aussi inefficaces
que vainement péremptoires. Madeleine Rebérioux (1920-
2005), qui fut elle aussi une enseignante et une militante,
qui aimait à dire que « nos vies sont collectives » et qui
envisageait l'existence comme un long, fraternel et vigoureux
débat pour éclairer les consciences et apporter un peu plus
de lumière à l'humanité l'entendait bien ainsi et voulait avec
Jaurès « marcher et chanter et délirer même sous les cieux,
respirer les larges souffles et cueillir les fleurs du hasard[22] ».

21. Cf. Jean-Pierre Rioux, *Jaurès*, Perrin, 2005, p. 287.
22. Art. cit., *La Revue socialiste*, mars 1895.

Éléments bibliographiques
(actuellement disponibles)

De Jean Jaurès

– *Œuvres de Jean Jaurès*, en 17 vol., sous la direction de Madeleine Rebérioux et Gilles Candar. Volumes parus :
– vol. 1 : *Les Années de jeunesse*, édition établie par Madeleine Rebérioux et Gilles Candar, Fayard, 2010.
– vol. 2 : *Le Passage au socialisme*, édition établie par Madeleine Rebérioux et Gilles Candar, Fayard, 2011.
– vol. 3 : *Philosopher à trente ans* (les thèses et autres textes), édition établie par Annick Taburet-Wajngart, Fayard, 2000.
– vol. 6 et 7 : *L'Affaire Dreyfus*, édition établie par Éric Cahm, Fayard, 2001.
– vol. 13 : *L'Armée nouvelle*, édition établie par Jean-Jacques Becker, Fayard, 2012.
– vol. 16 : *Critique littéraire et critique d'art*, édition établie par Michel Launay, Camille Grousselas et Françoise Laurent-Prigent, Fayard, 2000.
– *Les Preuves. Affaire Dreyfus*, préface de Jean-Denis Bredin, introduction de Madeleine Rebérioux et notes de Vincent Duclert, La Découverte, 1998.
– *Textes choisis* (*Socialisme et liberté*, 1898 et *Discours à la jeunesse*, 1903), édition établie par Gilles Candar, Bruno Leprince, 2003.
– Jaurès, *Œuvres philosophiques. 1. Cours de philosophie*, 2. *De la réalité du monde sensible*, éditions établies par Jòrdi Blanc, Vent Terral, 2005 et 2009.
– *Il faut sauver les Arméniens*, édition établie par Vincent Duclert, Les Mille et Une Nuits, 2006.

- *Rallumer tous les soleils*, anthologie établie par Jean-Pierre Rioux, Omnibus, 2006.
- *Jaurès. L'intégrale des articles de 1887 à 1914 publiés dans La Dépêche*, édition dirigée par Rémy Pech et Rémy Cazals, avec Alain Boscus, Jean Faury, Georges Mailhos et Jean Sagnes, Privat, 2009.
- *Socialisme et Révolution française*, avec Karl Kautsky, édition établie par Jean-Numa Ducange, préface de Michel Vovelle, Demopolis, 2010.
- *Discours en Amérique latine 1911*, préface de Jean-Luc Mélenchon, Bruno Leprince, 2010.
- *L'Actualité de la pensée de Jean Jaurès* (anthologie des articles de *L'Humanité*), Éditions de *L'Humanité*, 2010.
- *Jaurès. Ce que dit un philosophe à la cité*, édition établie par Claude Dupont, Les Belles Lettres, 2010.
- *Les Origines du socialisme allemand*, précédé de « Jean Jaurès et l'hypothèse socialiste » par Franck Fischbach, Rue des Gestes, 2010.
- *Une loi pour les retraites débats socialistes et syndicalistes autour de la loi de 1910*, édition établie par Guy Dreux et Gilles Candar, Le Bord de l'Eau, 2010.
- *Discours et conférences*, édition établie par Thomas Hirsch, Flammarion, « Champs Classiques », 2011.
- *Le Socialisme et la Vie*, préface de Frédéric Worms, Rivages Poche, 2011.

Sur Jean Jaurès

BIOGRAPHIES ET ESSAIS BIOGRAPHIQUES

- Max Gallo, *Le Grand Jaurès*, Robert Laffont, 1984.
- Madeleine Rebérioux, *Jaurès. La Parole et l'Acte*, Gallimard, « Découvertes », 1994.
- Jean-Pierre Rioux, *Jean Jaurès*, Perrin, 2005, rééd. « Tempus », 2008.
- Jean Sagnes, *Jaurès*, Aldacom, 2009.

Colloques (autres que ceux édités
par les *Cahiers Jaurès)*

– Madeleine Rebérioux (dir.), *Jaurès et la classe ouvrière*, Les
  Éditions ouvrières, 1981.
– Madeleine Rebérioux et Gilles Candar (dir.), *Jaurès et les
  intellectuels*, Éditions de l'Atelier, 1994.
– Alain Boscus et Rémy Cazals, *Sur les pas de Jaurès. La France
  1900*, Privat, 2004.
– *Jaurès, enfant de Castres*, colloque présidé par Jean-Pierre Rioux,
  CNMJJ, 2009.
– Frédéric Worms (dir.), *Bergson et la politique de Jaurès à
  aujourd'hui*, *Annales bergsoniennes V*, PUF, « Épiméthée », 2012.

Études

– Jean Rabaut, *Jaurès assassiné*, Complexe, 1984, rééd. 2005.
– Madeleine Rebérioux, *Parcours engagés dans la France
  contemporaine*, Belin, 1999.
– Michel Launay, *Jaurès orateur ou l'oiseau rare*, Jean-Paul
  Rocher, 2000.
– Vincent Peillon, *Jean Jaurès et la religion du socialisme*, Grasset,
  2000.
– Bruno Antonini, *État et socialisme chez Jean Jaurès*, L'Harmattan,
  2004.
– Gilles Candar, *Jaurès et les patrons. Le Faux et le Vrai*, Les
  Essais de la Fondation Jean-Jaurès, 2008.
– Dominique Jamet, *Jean Jaurès, le rêve et l'action*, Bayard, 2009.
– Paul Marcus, *Jaurès l'humaniste*, La Documentation française,
  « Tribuns », 2009.
– Jean-Michel Ducomte, *Quand Jaurès administrait Toulouse*,
  Privat, 2009.
– Rémy Pech, *Jaurès paysan*, Privat, 2009.
– Gilles Candar, Manuel Valls, *La Gauche et le Pouvoir. Juin 1906 :
  le débat Jaurès-Clemenceau*, Les Essais de la Fondation Jean-
  Jaurès, 2010.
– Charles Silvestre, *Jaurès, la passion du journaliste*, Le Temps
  des Cerises, 2010.

– Gilles Candar (dir.) *Jaurès, du Tarn à l'Internationale*, Les Essais de la Fondation Jean-Jaurès, 2011.
– Gilles Candar, *Jaurès et l'Extrême-Orient*, Les Essais de la Fondation Jean-Jaurès, 2011.
– Jean-Michel Ducomte et Rémy Pech, *Jaurès et les radicaux. Une dispute sans rupture*, Privat, 2011.
– Jacqueline Lalouette, *Jean Jaurès apôtre de la patrie humaine*, *Le Figaro-L'Express*, « Ils ont fait la France » (collection « Max Gallo »), 2012.

PHOTOGRAPHIES ET ICONOGRAPHIE

– *Jean Jaurès. L'Époque et l'Histoire*, Castres, Centre national et musée Jean Jaurès, 1994.
– Jean-Noël Jeanneney, *Jean Jaurès*, Nathan, « Photo poche », 2001.

PÉDAGOGIE

– Jaurès, *TDC, Textes et documents pour la classe*, n° 867, 1er janvier 2004, coordonné par Madeleine Rebérioux, Catherine Moulin et Gilles Candar.

BULLETIN ET CAHIERS

– *Jean Jaurès, bulletin de la Société d'études jaurésiennes*, puis sous la direction de Vincent Duclert *Jean Jaurès. Cahiers trimestriels*, aujourd'hui *Cahiers Jaurès* (trimestriel fondé en 1960, 206 numéros parus à l'automne 2012), publient articles, études, actes de colloques, comptes rendus…, sous la direction successive de Jean Rabaut (1960-1976), Jean-Pierre Rioux (1976-1981), Gilles Candar (1982-1989), Frédéric Moret (1989-1995), Vincent Duclert (1995-2000), Frédéric Audren (2000-2002), Gilles Heuré (2002-2004), Gilles Candar (2004-2008), Alain Chatriot (depuis 2008).
La Société d'études jaurésiennes, fondée en 1959, a été présidée par Ernest Labrousse (1959-1981) et Madeleine Rebérioux (1982-2005). L'actuel président Gilles Candar.
Sites : http://www.jaures.info
– http://www.cairn.info/revue-cahiers-jaures.htm

MUSÉES

- Centre national et musée Jean Jaurès (CNMJJ), 2 place Pélisson, 81100 Castres, tél. 05 63 72 01 01, site http://www.jaures.fr.fm
- Musée de l'Histoire vivante, 31 boulevard Théophile Sueur, 93100 Montreuil-sous-Bois, tél. 01 48 70 61 62, site www.musee-histoirevivante.com

Table

DISCOURS

JOURNAUX ET REVUES

RÉALISATION : NORD COMPO À VILLENEUVE-D'ASCQ
IMPRESSION : NORMANDIE ROTO IMPRESSION S.A.S À LONRAI
DÉPÔT LÉGAL : OCTOBRE 2012. N° 109568 (123571)
IMPRIMÉ EN FRANCE